Liebesroman

Nur ein Kuss

Poppy J. Anderson

1. Auflage April 2015

Covergestaltung: Catrin Sommer rausch-gold.com

Unter Verwendung von © Liliia Rudchenko – fotolia.com

Korrektorat: SW Korrekturen e.U

www.poppyjanderson.de

poppyj.anderson@googlemail.com

Besuchen Sie mich auf Facebook:

www.facebook.com/pages/Poppy-J-Anderson

Prolog

Es war nicht das Sirenengeheul oder der schmerzende Rauch, der ihr in der Nase und im Mund brannte, sondern das ängstliche Weinen ihrer Tochter, das von der Rückbank zu ihr her drang und sie aus ihrer Benommenheit riss. Irgendetwas stimmte hier ganz und gar nicht, aber Amy war zu benommen, um klar denken zu können. Die Schmerzen kamen plötzlich und raubten ihr den Atem, breiteten sich von ihrer Brust aus in jeden Muskel ihres Körpers, sodass sie Mühe hatte zu atmen. Langsam öffnete sie die Augen und sah mit klopfendem Herzen, dass das Armaturenbrett ihres Kleinwagens völlig zerstört war, das Lenkrad zwischen Tür und Angel klemmte und sie selbst gegen die Autoscheibe gedrückt wurde.

Dann war da der Rauch, der sie husten und nach Luft schnappen ließ, während es unter ihren Sommerschuhen unerträglich heiß war. *Feuer*, schoss es ihr benommen durch den Kopf. Vor Schmerzen stöhnte sie auf, als sie sich zu bewegen und aus dem Sitz zu befreien versuchte. Mit steifen Fingern nestelte sie an ihrem Sicherheitsgurt herum, der sich jedoch nicht öffnen ließ. In ihrer Benommenheit ignorierte sie den scharfen Schmerz und fühlte sich regelrecht taub, auch wenn ihre blutenden Fingerkuppen gegen einen scharfen Metallsplitter stießen.

Plötzlich wurde das Weinen auf der Rückbank schwächer. Augenblicklich war Amy hellwach und erinnerte sich daran, dass ihre Tochter mit ihr im Auto saß. Panisch schrie sie ihren Namen und bemühte sich, sich aus ihrem Auto zu befreien. Vergebens.

„Audrey!“ Sie schrie den Namen immer und immer wieder. „Audrey, Mommie ist da, Baby, Mommie ist da!“

Tränen strömten aus ihren Augen, als sie mühsam und unter Schmerzen den Kopf nach hinten drehte und verschwommen sah, dass der Kindersitz zerdrückt war und ihre Tochter in einem unnatürlichen Winkel darin saß. Das kleine Mädchen war kreidebleich im Gesicht und rührte sich nicht. Eine Platzwunde auf der Stirn blutete – genauso wie die Wunden auf ihren Beinen. Die dicht bewimperten Augenlider flatterten leicht, öffneten sich jedoch nicht.

In ihrer Panik begann Amy zu schluchzen. „Audrey! Sieh Mommie an! Schau zu mir, Liebling, bitte! Tu Mommie den Gefallen!“

Doch das fünfjährige Mädchen rührte sich nicht. Panisch schrie Amy um Hilfe und zerrte an ihrem Gurt, der sich einfach nicht lösen wollte. Sie versuchte schluchzend, nach hinten zu greifen, doch sie konnte ihre Tochter nicht erreichen.

„Hilfe! Hilfe! Meine Tochter ist hier, warum hilft denn niemand!“

Schreiend drehte und wand sie sich in ihrem Sitz, zerrte an dem Gurt, bis ihre Fingernägel blutig waren, doch es half alles nichts. Der Rauch wurde stärker, nahm ihr nicht nur die Sicht, sondern ließ sie so stark husten, dass ihre Lungen brannten. Über dem Versuch, sich aus dem Sitz zu befreien, Atem zu schöpfen und die unerträgliche Hitze zu ignorieren, die ihr die Beine hochschoss, während sie gleichzeitig nach Hilfe schrie, wurde sie ohnmächtig.

Teil 1

1. Kapitel

Einige Jahre zuvor

Amy Spencer war müde, frustriert und hungrig, als sie die winzige Bankfiliale verließ, in der zu allem Überfluss keine Klimaanlage installiert gewesen war. Das Ergebnis einer beinahe fünfzigminütigen Wartezeit in einem engen, stickigen Raum ohne Fenster war nicht nur ein Anflug von Kopfweh und latenter Übelkeit, sondern Schweißflecken auf ihrer Bluse, die sie sich morgens angezogen hatte, als sie zu ihrem Nebenjob aufgebrochen war.

Einer von insgesamt dreien, um genau zu sein. Leider machte das Kellnern in einem Café, das sich mitten in einer Touristenhochburg befand, genauso wenig Spaß wie das Verkaufen von Museumstickets oder Führungen für amerikanische Touristen, die das antike Rom besichtigen wollten.

Es war August, was bedeutete, dass die Luft in den engen Gassen der italienischen Hauptstadt nicht nur zum Schneiden dick war, sondern dass jeder halbwegs vernünftige Bewohner der Stadt ausgeflogen war und am Strand Urlaub machte, während die Stadt von Touristen bevölkert wurde, die so waghalsig waren, bei grauenvollen Temperaturen über das Forum Romanum, durch das Kolosseum und zum Vatikan gescheucht werden zu wollen. Amy konnte ein Lied davon singen, wie anstrengend es war, bei fast schon subtropischer Hitze die steilen Stufen des antiken Amphitheaters zu erklimmen und dabei einer keuchenden Meute amerikanischer Urlauber in Shorts und Flipflops zu erklären, wie die Römer es vor fast zweitausend Jahren geschafft hatten, dort sogar Meeresschlachten zu imitieren. Da in den USA gerade Sommerferienzeit war, trudelten täglich mehr oder weniger kulturinteressierte Eltern mit ihrem Nachwuchs in Rom ein, die es sich nicht nehmen lassen wollten, ihren Kindern auch in den Ferien etwas Bildung zu verschaffen. Dass die genervten Söhne und Töchter sehr viel lieber an den Strand gefahren wären, anstatt sich stundenlang die Füße an den antiken Stätten breitzutreten, bekam Amy tagtäglich mit.

Sie konnte es den Teenagern nachempfinden.

Zwar liebte sie die antiken Bauwerke, liebte die altehrwürdigen Stätte und verehrte die uralte Kunst der ewigen Stadt, aber das hieß nicht, dass sie bei dieser Hitze nicht auch lieber an den Strand gefahren wäre. Leider hatte sie keine große Wahl, schließlich musste sie Geld verdienen, um ihren Unterhalt bestreiten zu können. Dies war auch der Grund, weshalb sie an mehreren Morgen in der Woche kellnerte, unendlich lange Stunden in einem winzigen Kassenhäuschen saß, um Tickets zu verkaufen, und mit einem Stock in der Hand durch Rom lief, um haufenweise Touristengruppen durch die vielen Gassen Roms zu schleusen und dabei aufzupassen, dass sie niemanden aus der Gruppe verlor.

Als sie vor fast einem Jahr nach Rom gekommen war, war sie sehr viel optimistischer gewesen und hatte es nicht erwarten können, in dieser faszinierenden Stadt zu leben. In ihrer Vorstellung hatte sie den ganzen Tag nur gemalt, Eis gegessen und über das Leben philosophiert. Amy war davon ausgegangen, mit ihrer Staffelei am wunderschönen Tiber zu sitzen und ein Bild nach dem nächsten zu malen.

Für ein Mädchen aus einer Kleinstadt mitten in North Carolina, das Kunst studiert hatte und dem nie etwas besonders Tolles passiert war, war mit ihrem Umzug nach Rom ein Traum in Erfüllung gegangen.

Dass das Leben in Rom teurer als vermutet und der Tiber ein schlammiger Fluss war, der im Sommer zudem wie die Cloaca Maxima stank, hatte sie relativ schnell begriffen. Anstatt also ihre gesamte Zeit damit zu verbringen, an lauschigen Plätzen zu sitzen und zu malen, hatte sich Amy einen Nebenjob gesucht und damit begonnen, Geld zu verdienen. Es war auch nicht so, dass sie jammern wollte, schließlich liebte sie das Leben in Rom und genoss an den meisten Tagen sogar, Touristen von den faszinierenden Bauwerken der alten Römer zu erzählen und sie ihnen zeigen zu dürfen, aber momentan war ihre Laune ein wenig getrübt.

Das heiße Wetter stieg ihr aufs Gemüt, ihre aktuelle Malflaute verdarb ihr den Appetit und zu allem Überfluss streikten mal wieder die Banken, was bedeutete, dass ihr Konto so gut wie leer war, weil keine Überweisung ankam.

Man hatte sie zwar vor der römischen Bürokratie gewarnt, aber Amy hatte nicht geglaubt, dass es tatsächlich so schlimm sein würde. Sie war nun schon den zweiten Tag in Folge in ihrer Mittagspause zur

Bank gestiefelt und hatte darauf gehofft, dass endlich ihr Gehalt auf dem Konto war, schließlich hatte sie gerade einmal vierzig Euro in der Tasche und musste bis zum Ende der Woche ihre Miete begleichen. Allein der Gedanke, dass sie ihrem Vermieter das Geld nicht geben konnte, ließ sie in Schweiß ausbrechen. Signor Giordano war ein älterer Herr vom Typus eines liebenswerten und verständnisvollen Großvaters, der ihr zwei Zimmer in seinem uralten Haus mitten in Trastevere für ein Schnäppchen überließ. Sogar eine winzige Dachterrasse nannte Amy ihr Eigen. Ausgerechnet Signor Giordano wollte sie kein Geld schulden, denn er hatte selbst eine winzige Rente und lebte in bescheidenen Verhältnissen.

Die Tatsache, dass der Bankangestellte sie nach ewigem Warten in dieser stickigen und völlig überhitzten Filiale mit einem *Vielleicht morgen* abgespeist hatte, frustrierte sie, immerhin bedeutete dies, dass sie keine Ahnung hatte, ob sie am Ende der Woche ihre Miete bezahlen konnte.

Das Geld, das sie in den Staaten mühsam gespart hatte, war schon lange aufgebraucht. Tatsächlich war es ein Wunder, dass sie genügend Rücklagen besessen hatte, um gleich nach ihrem Abschluss nach Europa fliegen zu können. Kein Mensch mit einem Fünkchen Verstand studierte Kunst. Jedenfalls hatte dies ihre Großtante Hazel behauptet, bei der Amy aufgewachsen war. Doch für Amy war nichts anderes infrage gekommen. Sie brauchte kein Geld, um glücklich zu sein, und musste keine tolle Wohnung oder ein teures Auto ihr Eigen nennen. Anstatt in einem Büro zu schuften und sich niedergeschlagen zu fragen, ob das

das Leben sei, das sie sich gewünscht hatte, machte sie einfach das, was sie glücklich machte. Punkt.

Sie hatte immer davon geträumt, nach Europa zu gehen und dort malen zu können. An den Orten, an denen bereits die großen Künstler der Menschheit gewirkt hatten, hatte auch sie malen wollen.

Auch wenn sie sich kaum an ihre Mutter erinnern konnte, wusste sie noch, wie sie einmal mit ihr in ein Museum gegangen war und ihr stundenlang alle dort ausgestellten Gemälde gezeigt hatte. Damals war die Begeisterung ihrer Mutter allzu deutlich gewesen, und Amy hatte verzückt der lebhaften Stimme gelauscht, während sie die mütterliche Hand umklammert und mit großen Augen Bilder von Monet betrachtet hatte. Noch heute hörte sie die Stimme ihrer Mutter im Ohr und spürte das Gefühl einer warmen Umarmung sowie eines Kusses auf der Stirn, wann immer sie ein Bild von Monet sah.

Die Kunst war irgendwie eine Verbindung zu ihrer Mutter, von der sie so wenig wusste. Für ein Mädchen, das wenige Wochen nach seiner Einschulung die Mutter durch einen Autounfall verloren hatte und kurz darauf zu seiner Großtante gebracht worden war, weil sein Vater über den Tod seiner Frau nicht hinweggekommen war und zur Flasche gegriffen hatte, bedeutete das Malen einfach alles.

Amy konnte sich durch ihre Bilder meistens besser ausdrücken als durch Worte. Außerdem fühlte sie sich ihrer Mutter auf diese Weise nah. Näher als sie jemals ihrer Großtante gewesen war. Es war nicht so, dass sie sich mit Hazel schlecht verstanden hätte, schließlich war Amy ihrer Großtante dankbar, dass diese sich um ihre Großnichte gekümmert und sie aufgezogen hatte, dennoch, war ihr Verhältnis nie sonderlich herzlich gewesen. Großtante Hazel war nun einmal eine erzkonservative Lady, die nie geheiratet hatte und stattdessen völlig darin aufgegangen war, ihr Leben der Kirche zu widmen. Wäre sie katholisch gewesen, wäre sie sicherlich Nonne geworden. Daran bestand kein Zweifel.

Für ein träumerisches Kind, das wiederum mit der Kirche nicht viel anfangen konnte und sich nicht danach sehnte, eine gottesfürchtige Hausfrau zu werden, hatte Hazel kein Verständnis aufbringen können. Amys Berufswahl hatte bei der älteren Frau aus einem Provinznest für reichlich Irritationen gesorgt. Nach Amys Highschoolabschluss hatte es sogar Ärger gegeben, weil Hazel dagegen gewesen war, dass Amy in einen anderen Bundesstaat ziehen wollte, um dort zu studieren. Seither war ihre Beziehung ziemlich unterkühlt.

Bei den wenigen Besuchen der letzten Jahre hatte Amy das Gefühl nie abschütteln können, dass Hazel sie wie eine Satanistin beobachtete, die jeden Moment das Holzkreuz von der Wand reißen und damit unanständige Dinge machen würde. Ihr zuliebe hatte Amy sie sogar in den Gottesdienst begleitet und Hazels Blicke ignoriert, mit denen sie ihre Ohrlöcher gemustert hatte. Falls Ohrlöcher ein Indiz dafür waren, dass jemand dem Teufel verfallen sein könnte, dürfte ihre Großtante niemals Amys tätowiertem Kunstprofessor begegnen, der in jedem Semester seinen Studenten nackt Modell gestanden hatte.

Amy konnte sich noch genau daran erinnern, wie sie selbst mit hochrotem Gesicht auf ihr Skizzenbuch gestarrt und nicht gewusst hatte, wie sie sich hatte verhalten sollen. Zwar hatte es auf ihrer Highschool auch Kunstunterricht gegeben, aber Mr. Camden, der gleichzeitig Mathematik unterrichtet hatte und Wasserfarbe nicht von Malkreide unterscheiden konnte, wäre sicherlich niemals auf die Idee gekommen, sich seinen Schülern als Nacktmodell zur Verfügung zu stellen. Abgesehen davon wäre er von aufgebrachten Stadtbewohnern mit brennenden Fackeln und Mistgabeln verfolgt worden, hätte er vor ihren Kindern seinen übergewichtigen Körper entblößt. In Garrington war bereits die Evolutionslehre ein heißes Eisen. Aber nackte Lehrer? Die wären zusammen mit Darwin vermutlich auf einem Scheiterhaufen gelandet.

Nachdem Amy zwölf Jahre in Garrington gelebt hatte, war es auch für sie nicht sehr einfach gewesen, sich an nackte Kunstprofessoren, wilde Campuspartys und Mitbewohnerinnen zu gewöhnen, die sich Monat für Monat Schwangerschaftstests kauften und darüber nachgrübelten, wer der Vater des vermeintlichen Babys sein könnte. Amy mochte vielleicht Künstlerin sein, aber das hieß nicht, dass sie dem Klischee einer Malerin entsprach, die freie Liebe proklamierte, von morgens bis abends Alkohol in sich hineinschüttete und Blockaden mit Drogen bekämpfte. Tatsächlich bezeichnete Amy sich selbst als ziemlich prüde, immerhin hatte sie auf der Highschool keinen Freund gehabt und war erst auf dem College mit Jungs ausgegangen. Eine hoffnungslose Romantikerin steckte in ihr, um es platt auszudrücken.

Obwohl es für emanzipierte Frauen des einundzwanzigsten Jahrhunderts als altmodisch und geradezu peinlich galt, war sie der Meinung, dass man nicht wahllos Sex haben und jeden Typen abschleppen sollte, der einem über den Weg lief. Selbstverständlich war sie nicht die Expertin in menschlichen Beziehungen, schließlich gab es nur zwei Männer, mit denen sie jemals geschlafen hatte, und beide hatten sich als absolute Flops herausgestellt. Daher war es auch kein Wunder, dass Amy für sich entschieden hatte, erst wieder einen Mann in ihr Leben zu lassen, wenn sie sich verliebte.

Momentan sah es jedoch nicht so aus, als würde das in nächster Zeit passieren, was Amy nicht unbedingt schlaflose Nächte bereitet hätte. Sie war nun einmal keine Partymaus und ging abends eher selten aus. Zwar hätte sie sich selbst nicht als Einsiedler bezeichnet, aber sie musste auch nicht ständig unter Menschen sein, schließlich war sie das in ihren Jobs zur Genüge. Da Amy im Gegensatz zu anderen Frauen ihres Alters nicht täglich auf die Piste ging, lernte sie auch nicht sehr oft Männer kennen, die sie interessiert hätten.

Unglücklicherweise waren die Männer aus ihrem Bekanntenkreis ebenfalls Künstler, was in ihrem Fall hieß, dass sie nichts anbrennen ließen. Sosehr Amy auch deren Kunstwerke schätzte, wäre sie niemals auf den Gedanken gekommen, mit ihnen etwas anzufangen.

Dafür war sie sich definitiv zu schade.

Um nicht länger über die brütende Hitze, ihre Geldknappheit oder die deprimierende Aussicht in Sachen vernünftiger Männer nachdenken zu müssen, schnappte sie sich ihren Rucksack, setzte sich ihre Sonnenbrille auf und machte sich auf den Weg zu ihrem Lieblingsort. Für heute musste sie weder Touristen zum Pantheon führen noch Tickets verkaufen oder mit einem Tablett in den Händen durch ein Café rennen. Daher konnte sie das gute Wetter ausnutzen und sich in den Orangengarten der Kirche Santa Sabina setzen, um dort ein Buch zu lesen. Zwar befand sich in ihrem Rucksack seit jeher auch ein Zeichenblock, doch da sie momentan keine Lust hatte, auch nur einen Strich zu zeichnen, ging Amy davon aus, dass sie mit dem Buch bessere Chancen haben würde.

Auf dem Weg zur anderen Tiberseite hätte sie beinahe wieder kehrtgemacht, da alle Gassen und Bürgersteige geradezu vollgestopft mit Touristen waren, die alle drei Meter stehen blieben, um Fotos von alten Gebäuden zu machen. Eigentlich war Amy ein unglaublich geduldiger Mensch, doch heute konnte sie der Faszination der internationalen Touristen nicht mit einem verständnisvollen Lächeln begegnen. Dafür war ihr eigener Frust zu groß.

Als sie endlich den friedlichen und abgelegenen Garten erreichte, der als Geheimtipp gehandelt wurde und dementsprechend ausgestorben war, atmete sie erleichtert auf, schloss die Augen und sog den würzigen Geruch der Orangenbäume in sich auf. Zwar flimmerte auch hier die Augusthitze durch die Luft, doch da der Garten auf dem Aventinhügel lag, wehte ein angenehmer Wind, der etwas Abkühlung versprach.

Amy lächelte angesichts der friedlichen Ruhe, die man in Rom so selten fand, schlüpfte aus ihren Sandalen und lief über den Rasen zu einem der Bäume, um sich in dessen Schatten zu setzen und sich gegen den uralten Baumstamm zu lehnen.

Einige Augenblicke blieb sie einfach dort sitzen, genoss das Zwitschern der Vögel und streckte die Beine von sich. Gerade als sie ihren Rucksack greifen und das Buch herausholen wollte, fiel ihr Blick auf einen Mann, der mit dem Profil zu ihr auf einer Parkbank saß und den Ausblick über Rom zu genießen schien.

Augenblicklich setzte ihr Herz einen Schlag aus, was äußerst merkwürdig war, da sie den Mann niemals zuvor gesehen hatte. Vielleicht lag ihr Erschrecken daran, dass sie sich allein im Orangengarten gewähnt hatte. Vielleicht polterte ihr Herz plötzlich so unregelmäßig, weil er die klassischsten Gesichtszüge besaß, die sie jemals gesehen hatte. Oder vielleicht konnte sie gar nicht anders, als ihn atemlos zu betrachten, weil sie niemals zuvor einem so gut aussehenden Mann begegnet war. Hoch aufgerichtet und lässig zugleich lehnte er mit dem Rücken gegen die Parkbank, hatte seine langen Beine von sich gestreckt und wirkte beinahe so, als wäre er hier zu Hause.

Die selbstbewusste Haltung hätte bei anderen Menschen wie Arroganz wirken können, doch bei ihm tat es das komischerweise nicht.

Langsam glitt Amys Blick zu seinem Gesicht, das völlig entspannt erschien. Sie konnte ein kräftiges Kinn, hagere Wangen, eine gerade Nase und dunkle Augenbrauen erkennen. In Verbindung mit dem kohlrabenschwarzen Haar und den breiten Schultern unter einem blauen Poloshirt zog sein Gesicht ihre Blicke wie magisch auf sich.

Bevor sie wusste, was sie tat, holte Amy vorsichtig ihr Skizzenbuch heraus und begann damit, ihn zu zeichnen. In ihren Fingerspitzen kribbelte es, während sie mit geübten Strichen sein Profil aufs Papier brachte, immer wieder aufsah, um sich seine Gesichtsmerkmale einzuprägen, und anschließend konzentriert den Mund spitzte und geradezu eilig an der Zeichnung weiterarbeitete. Obwohl sie in letzter Zeit keine große

Lust gehabt hatte, ihrer Leidenschaft nachzukommen, drängte jetzt etwas danach, ihn zu zeichnen. Sie hatte das Gefühl, in tausend Einzelteile zu zerspringen, wenn sie diesem Drang nicht nachgegeben hätte.

Als sie gerade die Kontur seiner Stirn korrigierte, fiel ein Schatten über ihren Zeichenblock.

Erschrocken zuckte sie zusammen und riss den Kopf hoch, um einem Paar hellgrüner Augen zu begegnen, das sie interessiert musterte. Errötend stellte sie fest, dass ihr Modell bemerkt haben musste, dass sie ihn malte.

„Das ist eine ziemlich schmeichelhafte Zeichnung“, erklärte der schwarzhaarige Mann mit belustigter Stimme. „Sind Sie sicher, dass Sie mich zeichnen wollten?“

Neben dem heftigen Erröten spürte Amy, dass ihr Herz wie wild zu poltern begann, als sie in das Gesicht des Mannes starrte, der nicht nur die Zeichnung interessiert betrachtete, sondern auch sie neugierig ansah.

Stotternd suchte sie nach den passenden Worten. „Es ... es tut mir leid. Ich wollte nur ...“

„Schon gut.“ Er machte eine lapidare Handbewegung und begann breit zu grinsen. „Ehrlich gesagt ist es das erste Mal, dass ich eine Zeichnung von mir sehe.“

Amy starrte ihn wortlos an und merkte, dass ihr die Zunge am Gaumen klebte, während er weiterhin seine Augen zwischen ihr und der Zeichnung hin und her wandern ließ.

Er senkte den Kopf. „Entschuldigen Sie meine Neugier. Ich war gespannt darauf, was Sie so konzentriert zeichneten. Ganz sicher wollte ich Sie nicht stören.“

„Das haben Sie nicht“, erwiderte sie mit einem nervösen Lächeln und starrte ihm weiterhin in das gut geschnittene Gesicht.

So nah konnte sie sich nicht nur davon überzeugen, dass er tatsächlich so gut aussah, wie sie angenommen hatte, sondern dass seine hellgrünen Augen von dichten Wimpernkränzen umgeben waren. Jede Frau hätte für solche Wimpern einen Mord begangen.

„Patrick“, stellte er sich vor und hielt ihr die Hand hin.

Amy schluckte verlegen, lächelte zögernd und gab ihm die Hand. „Amy.“

Als er ihre Hand drückte, machte sich eine plötzliche Hitze in ihr breit, die sie noch stärker erröten ließ. Es war ihr ausgesprochen peinlich, wie heftig sie auf den winzigen Hautkontakt und das einnehmende Lächeln dieses fremden Mannes reagierte, der keine Anstalten machte, wieder zu gehen. Stattdessen ließ er langsam ihre Hand los und vergrub die Hände in den Taschen seiner Jeans.

Seine Lippen kräuselten sich amüsiert, als er erklärte: „Eigentlich bin ich davon ausgegangen, der einzige Amerikaner hier zu sein. Mir wurde gesagt, dass dieser Ort ein absoluter Insider sei.“

Verwirrt blinzelte sie. „Woher ... woher wissen Sie, dass ich Amerikanerin bin?“

„Abgesehen von Ihrem Akzent fiel mir der Button auf Ihrem Rucksack auf.“ Er deutete auf das Emblem ihrer Universität, das sich seit Ewigkeiten dort befand.

„Oh.“ Sie lächelte unsicher zu ihm hoch. „Erwischt.“

Lachend trat er auf das andere Bein. „Bei meinen Spionagefähigkeiten hätte ich zur CIA wechseln sollen."

„Pst." Sie hob einen Finger an den Mund und flüsterte gespielt ernst: „Wäre das wirklich Ihre Absicht, sollten Sie das nicht so laut herumposaunen."

„Erwischt", wiederholte er ihren Satz und hob fragend beide Augenbrauen in die Höhe. „Von Landsmann zu Landsfrau gefragt, Amy: Waren Sie auch so verrückt, ausgerechnet zur heißesten Zeit des Jahres nach Rom zu kommen?"

Mit einem aufgeregten Pochen in der Kehle strich sich Amy eine verirrte Strähne ihrer blonden Locken aus der Stirn und fuhr sich kurz über die Lippen, bevor sie vergnügt erwiderte: „Eigentlich bin ich seit fast einem Jahr in Rom, aber da ich erst gestern eine zwanzigköpfige Touristengruppe aus den USA über das Forum Romanum geführt habe, würde ich sagen, dass einige unserer Landsleute so verrückt sind, ausgerechnet im August nach Rom zu kommen."

„Wow." Amüsiert zwinkerte er ihr zu. „Das waren ziemlich viele Informationen auf einmal."

Errötend zupfte sie ein Grasbüschel aus der Wiese und verzog den Mund. „Also, ich ..."

Belustigt winkte er ab. „Nehmen Sie es mir nicht krumm. Ich leide noch unter einem Jetlag und erzähle nur Unsinn. Also, Amy. Was tun Sie in Rom?"

Sein Interesse an ihr verwirrte sie, daher stotterte sie mehr schlecht als recht: „Ich ... ich bin Künstlerin."

„Aha. Das heißt, dass Sie nach Rom gekommen sind, um arglose Touristen in Orangengärten zu zeichnen?"

„So ungefähr", antwortete sie mit einem leisen Lächeln, bevor sie schelmisch erklärte: „Am Pantheon und der Piazza Navona gibt es genügend Straßenkünstler, die arglose Touristen dazu nötigen, sich von ihnen zeichnen zu lassen. Ich dachte, dass ich hier bessere Chancen hätte."

„Ha", schmunzelte er erfreut. „Da scheine ich Ihnen direkt in die Falle gegangen zu sein."

Amy konnte nicht anders und lächelte zu ihm hoch. Sein Lachen und die vergnüglich blitzenden Augen waren zu ansteckend, als dass sie kühl und beherrscht hätte bleiben können. „Normalerweise verirren sich lediglich Priester hierher, daher scheint meine Falle nicht wirklich zu funktionieren."

„Interessant", beschied er. „Eine Amerikanerin in Rom, die nicht nur arglose Touristen zeichnet, sondern auch noch Priestern auflauert. Irgendetwas sagt mir, dass ich ganz schnell das Weite suchen sollte."

Kichernd schüttelte sie den Kopf. „Ich bin harmlos! Warten Sie ab, bis Sie alle drei Meter gefragt werden, ob Sie eine Selfie-Stange oder ein Taschenimitat kaufen wollen. *Dann* wissen Sie, was Aufdringlichkeit bedeutet."

„Danke für den Tipp." Der dunkelhaarige Mann mit den erstaunlich grünen Augen runzelte die Stirn. „Obwohl ich mich frage, warum mir jemand nachgemachte Taschen andrehen sollte."

Sie zuckte mit der Schulter und lehnte sich ein Stück zurück, um bequemer zu ihm aufschauen zu können. „Man könnte bereits zehn Selfie-Stangen in den Händen halten, und dennoch würde man ununterbrochen gefragt werden, ob man noch eine kaufen will."

„Sie machen mir Mut“, schnaubte er trocken. „Irgendwie werde ich das Gefühl nicht los, dass das Sightseeing zu einer Verkaufsshow mutieren wird.“

„Sie gewöhnen sich schon dran.“ Mit einem trockenen Lachen vertraute sie ihm an: „Tatsächlich erzählte mir erst vor Kurzem ein Tourist, dass er einem dieser Händler eine Selfie-Stange abgekauft hätte, um ihn damit zu verprügeln, nachdem er es leid war. Zwar weiß ich nicht, ob er mich nicht auf den Arm nehmen wollte, aber nachvollziehen könnte ich es.“

„Gute Idee!“

Zu ihrer eigenen Verwunderung fragte Amy ihn plötzlich: „Und was machen Sie in Rom, Patrick?“

„Abgesehen davon, dass ich mich in verlassene Gärten schleiche und hoffe, von blondhaarigen Künstlerinnen gezeichnet zu werden?“ Er grinste breit. „Ich dachte, dass ich etwas Urlaub bräuchte und dass es in Rom großartige Pizzen gäbe. Also bin ich hier.“

Schalkhaft wollte sie wissen: „Gibt es dort, wo Sie wohnen, etwa keine Pizzen?“

Mit einem nicht ernst gemeinten Stöhnen erklärte er: „Ich komme aus Connecticut und arbeite in New York, was bedeutet, dass es dort zwar Pizzen im Überfluss gibt, sie aber nicht unbedingt so gut schmecken wie hier.“

„Oje“, lachte sie. „Vor einer Woche bestand meine Gruppe aus New Yorkern. Für das, was Sie gerade gesagt haben, wären Sie von ihnen gelyncht worden!“

„Das Risiko muss ich eingehen.“ Neugierig legte er den Kopf schief. „Führen Sie tatsächlich Touristen durch Rom?“

Amy zuckte mit der Schulter. „Mehrmals in der Woche. Wenn es nicht gerade brüllend heiß ist, macht es großen Spaß."

Seine grünen Augen funkelten, als er zufrieden nickte. „Dann weiß ich ja, an wen ich mich wenden muss, wenn ich eine Stadtführung machen möchte."

Ein wenig sprachlos sah sie ihn an und erwiderte seinen offenen Blick mit Verwunderung. Wenn sie sich nicht völlig täuschte, flirtete er mit ihr. Diese Erkenntnis brachte sie dazu, mit einem Kribbeln im Magen den Kopf zu senken.

Er fuhr sich mit einer Hand durch sein Haar und drehte den Kopf zur Seite, um den Garten zu mustern. Dies verschaffte ihr die Möglichkeit, ihn verstohlen zu betrachten. Während ihr Herz noch immer einen wilden Galopp vollführte, breiteten sich in ihrem Magen Schmetterlinge aus, obwohl Amy keine Ahnung hatte, woher diese kamen. Sie war nicht der Typ, der sich Hals über Kopf in einen Mann verliebte, den sie vor nicht einmal zehn Minuten kennengelernt hatte. Außerdem gehörte sie nicht den naiven kleinen Mädchen an, die auf schmeichelnde Worte hereinfielen und zu kichern begannen, wenn ein Mann ihnen Komplimente machte.

Warum also verhielt sie sich in seiner Gegenwart so?

„Da Sie sich in Rom auskennen und sogar Touristen durch die Stadt führen, werden Sie doch bestimmt ein nettes Café in der Nähe kennen, oder?"

„Natürlich", erklärte sie zuvorkommend. „Sie müssen lediglich links abbiegen, wenn Sie den Garten verlassen, und der Straße folgen. Wenn ich mich recht erinnere, brauchen Sie ungefähr zehn Minuten und ..."

Sein heiseres Lachen unterbrach ihre Ausführungen. „Würden Sie mich dorthin begleiten, Amy?“

Überrascht hob sie den Kopf. „Bitte?“

„Würden Sie mich begleiten?“, wiederholte er fröhlich. „Alleine in einem Café zu sitzen ist noch deprimierender, als seine Zeit alleine in einem Orangengarten zu verbringen.“

2. Kapitel

Patrick Ashcroft stand auf dem Balkon seines Hotelzimmers und blickte auf das geschäftige Treiben in den Gassen unter seinen Füßen. Angesichts der drückenden Hitze war er regelrecht fasziniert, wie viele Touristen es sich nicht nehmen ließen, stundenlang durch Rom zu marschieren und dabei einen Hitzschlag zu riskieren.

Grinsend beugte er sich vor und nahm eine Gruppe typisch amerikanischer Touristen ins Auge, die wie im Gänsemarsch einem Fremdenführer folgten, der einen Stock in der Hand hielt, um ihnen den Weg zu zeigen. Es war fast egal, zu welcher Sehenswürdigkeit man ging, die stocktragenden Fremdenführer waren überall. Tatsächlich schien es kein Entrinnen vor ihnen zu geben. Genauso wenig wie vor den fliegenden Händlern, die illegale Taschenimitate oder Selfie-Stangen an den Mann bringen wollten.

Apropos Selfie-Stangen ... Als er gestern mit seiner zauberhaften Begleitung an der Seite einen Spaziergang zum Pantheon unternommen hatte, nachdem sie beide geschlagene vier Stunden in einem Café gesessen hatten, war ihnen mehr als einmal eine solche Selfie-Stange angeboten worden. Amy und er hatten mitgezählt. Dreiundzwanzig Mal innerhalb weniger Minuten waren ihnen die billig verarbeiteten Dinger ins Gesicht gehalten worden. Wenn er sich dank der jungen Frau an seiner Seite nicht so köstlich darüber amüsiert hätte, wäre ihm das penetrante Verhalten ziemlich schnell auf den Sack gefallen.

Komischerweise hatten ihn gestern weder die schwüle Hitze, noch die Selfie-Stangen-Händler oder sein Jetlag genervt. Dafür hatte er viel zu viel Spaß gehabt und gar nicht darauf geachtet, dass die Zeit wie im Flug vergangen war. Dies hatte vor allem an der blondhaarigen Frau gelegen, deren blaue Augen ihn vom ersten Blick fasziniert hatten. Nach seiner letzten Erfahrung mit dem anderen Geschlecht war er zu einem zynischen Mistkerl mutiert, der hinter jedem Lächeln einer Frau gleich irgendeine Absicht vermutete, die damit endete, ihm das Geld aus den Taschen zu ziehen, doch gestern hatte er intuitiv gewusst, dass das bezaubernde Lächeln ihm gegolten hatte – und nicht seinem Bankkonto.

Er konnte gar nicht sagen, wie entspannend es gewesen war, jemanden kennenzulernen, der nicht wusste, aus welcher Familie er stammte und wie groß das Vermögen war, das er geerbt hatte, als sein Vater vor einem Jahr gestorben war. In Connecticut und New York waren die Ashcrofts bekannt wie ein bunter Hund. Leider wirkte sich dies auch auf seine Dates aus, denn viel Geld zog nun einmal viele ambitionierte Frauen an, die sich mit ihm in der Hoffnung verabredeten, ein Stück vom Kuchen abzubekommen. Nachdem er sich von seiner letzten Freundin getrennt hatte, weil er genug davon hatte, sich wie eine Weihnachtsgans ausnehmen zu lassen, war er zu der deprimierenden Einsicht gekommen, dass er sein Augenmerk auf die Arbeit richten sollte.

Er hatte diesen Urlaub wirklich bitter nötig gehabt, denn die vergangenen Monate waren nicht nur stressig, sondern auch nervenaufreibend gewesen. Seit dem Tod seines Vaters hatte sich sein Leben komplett geändert.

Er war nicht länger ein *Angestellter* seines Vaters, sondern hatte die Verantwortung über das Familienunternehmen übernehmen und darum kämpfen müssen, seinen Posten vor dem Aufsichtsrat zu festigen. Mit achtundzwanzig Jahren war er einerseits wie ein Auszubildender behandelt worden, aber andererseits war die Verantwortung, ein riesiges Wirtschaftsunternehmen zu führen und hunderten Angestellten verpflichtet zu sein, fast schon erdrückend gewesen.

Zwar war Patrick in die Firma hineingeboren worden und hatte sich seit dem College gewissenhaft darauf vorbereitet, irgendwann den Posten seines Vaters zu übernehmen, aber niemals hatte er damit gerechnet, dass sein Vater mit nicht einmal sechzig Jahren einen Herzinfarkt bekommen und auf dem Weg ins Krankenhaus sterben würde. Nicht nur in der Firma war nach seinem Tod das totale Chaos ausgebrochen, sondern auch in der Familie hatte alles kopfgestanden. Seine Mutter war über den Tod ihres Mannes untröstlich gewesen, während seine beiden jüngeren Geschwister ihm das Leben zur Hölle gemacht hatten.

Barbara, seine um ein Jahr jüngere Schwester, hatte ihm ständig einreden wollen, dass ihre Mom eine Trauertherapie machen sollte, und war tagtäglich vorbeigekommen – immer mit seinen beiden Neffen im Schlepptau. Und sein zweiundzwanzigjähriger Bruder Stuart hatte den Tod seines Dads zum Anlass genommen, beinahe vom College zu fliegen und stattdessen einen Segeltörn durch die Karibik zu veranstalten.

Glücklicherweise hatte sich das Klima daheim wieder etwas beruhigt.

Barbara konzentrierte sich darauf, das neue Haus zu dekorieren, das ihr Mann vor wenigen Wochen gekauft hatte, und stürzte sich in diverse Wohltätigkeitsvereine, Stuart hatte sich endlich dazu entschieden, Jura zu studieren und nicht länger seine Kurse zu schwänzen, und seine Mom war nach Südafrika geflogen, um eine Freundin zu besuchen. Für Patrick war es der perfekte Zeitpunkt gewesen, seine Koffer zu packen und selbst einmal auszuspannen. Er wollte weder die besorgten Anrufe seiner Schwester annehmen, noch bis weit nach Mitternacht im Büro sitzen und sogar nachts von seinem besten Freund und Mitarbeiter aus dem Schlaf geweckt werden, weil es irgendwo ein Problem gab, und er wollte nicht Interesse heucheln, wenn ihm eine junge Frau vorgestellt wurde, die diesen unsäglichen Artikel gelesen hatte, in dem sein ungefähres Vermögen angegeben worden war.

Seitdem er sich von seiner Freundin getrennt hatte, hatte Patrick einen großen Bogen um Frauen aus seinem Bekanntenkreis gemacht, denn die Erfahrung mit der verwöhnten und verhätschelten Cynthia hatte ihm gereicht. Resigniert hatte er sich eingestanden, dass alle seine bisherigen Freundinnen vermutlich mit ihm zusammen gewesen waren, weil er nun einmal Patrick Ashcroft war. Keine seiner Exfreundinnen hatte sich damit beschäftigt, einen Job zu bekommen und ein selbstständiges Leben zu führen, sondern sie waren alle darin aufgegangen, die verwöhnten Töchter aus reichem Haus zu spielen und einen Mann zu finden, der ihnen den bereits anerzogenen Lebensstil ermöglichen konnte.

Doch Patrick wollte nicht mit einer Frau zusammen sein, die lediglich von ihm verlangte, ihr Leben zu finanzieren.

Es mochte idiotisch klingen, aber ein einziges Mal wollte er das Gefühl haben, von einer Frau gemocht zu werden, weil er nett war, sie zum Lachen brachte oder über ihre Scherze lachte. Zu Hause in New York oder Connecticut war es jedoch nicht besonders leicht, so jemanden zu finden.

Naserümpfend verließ er den Balkon und schloss die Doppelflügeltüren hinter sich, um sein Hotelzimmer zu betreten und nach der Fernbedienung zu greifen. Während er nach einem Sender suchte, warf er sich aufs Bett, stopfte ein Kissen hinter seinen Kopf und dachte darüber nach, dass er gestern zum ersten Mal seit langer Zeit mit einer Frau gelacht und gescherzt hatte und dabei nicht daran denken musste, ob sie sich seinetwegen verstellte, weil sie ihm gefallen wollte.

Außerdem war er bezaubert gewesen.

Er war davon bezaubert gewesen, wie angenehm es gewesen war, mit Amy seine Zeit zu verbringen, wie einfach es sich angefühlt hatte, mit ihr zu reden, und wie er lächeln musste, wenn sie lächelte. Eigentlich hätte er sich niemals für einen Mann gehalten, der mit einem breiten Grinsen auf einem Bett liegen und dabei an eine Frau denken könnte. Er war kein Romantiker – jedenfalls hatte er sich niemals für einen gehalten.

Dennoch konnte er nicht anders, als über den gestrigen Tag nachzudenken und ihn Revue passieren zu lassen.

Als er die junge Frau entdeckt hatte, die unter einem Baum gesessen und etwas auf einen Zeichenblock gekritzelt hatte, während sie völlig vertieft gewesen war, war es für ihn selbstverständlich gewesen, seinen angenehmen Platz auf einer Parkbank zu verlassen und zu ihr zu schlendern. Vermutlich war es weniger das Interesse an der Zeichnung gewesen, das ihn dazu veranlasst hatte, zu ihr zu gehen, sondern das Interesse an der hübschen Frau mit den blonden Haaren und dem liebreizenden Puppengesicht selbst. Er mochte keine überkandidelten Frauen, doch leider lernte er in seinem Bekanntenkreis selten jemanden kennen, der nicht mit einer ganzen Wagenladung Make-up im Gesicht das Haus verließ.

Die junge Frau dagegen hatte barfuß, mit einem Pferdeschwanz, kurzen Shorts und einer weißen Bluse bekleidet auf dem Rasen des Kirchengartens gesessen und keine einzige Spur von Make-up getragen. Ihm hatte es gefallen.

Dass sie ihn gezeichnet hatte, hatte ihm sogar noch mehr gefallen, denn das Erröten in ihrem Gesicht, als er dies bemerkt hatte, war ihm durch und durch gegangen.

Bei ihrem anschließenden Café-Besuch war es oft dazu gekommen, dass sie vor Verlegenheit errötet war, und jedes Mal war er bezaubert gewesen. Auch als sie sich zusammen das Pantheon angeschaut hatten und sie sich in begeisterten Ausführungen darüber ausgelassen hatte, mit welcher Baukunst die Römer bereits vor über zweitausend Jahren gearbeitet hatten, war Patrick nichts übrig geblieben, nicht das antike Gemäuer zu betrachten, sondern sie anzustarren und ihr förmlich an den Lippen zu hängen.

Wenn er es nicht besser wüsste, würde er vermuten, dass er sich verknallt hatte.

Jedoch gehörte er nicht zu der Sorte Männer, die sich Hals über Kopf in eine Frau verknallten und nicht aufhören konnten, über sie zu schwärmen. Er war ein sehr rationaler Mensch, der das Für und Wider gegeneinander abwog und es gewohnt war, einen kühlen Kopf zu behalten.

Warum also konnte er es gar nicht abwarten, sie heute wiederzusehen?

Und warum begann sein Herz wie verrückt zu rasen, als er darüber nachdachte, ob sie ihn wieder mit diesem weichen Lächeln anschauen würde?

„Oh mein Gott!“ Patrick konnte nicht aufhören, vor lauter Verzückung laut zu stöhnen, und es war ihm sogar egal, wer ihn dabei hören konnte.

„Habe ich zu viel versprochen?“, stöhnte Amy an seiner Seite und stieß einen Laut des Wohlbehagens aus. „Oh Gott.“

„Himmel.“ Er schloss die Augen. „Niemals zuvor ... ich schwöre dir, *niemals* zuvor habe ich so etwas erlebt!“

„Ich weiß, wie du dich fühlst“, seufzte sie. „Mir ging es beim ersten Mal auch so.“

„Hier.“ Großzügig hielt er ihr seine Eiswaffel hin und forderte sie mit funkelnden Augen auf: „Versuche das Champagnersorbet. Es ist ... *wow*!“

„Danke“, lachte sie übermütig und versenkte den winzigen Eislöffel in der cremigen Kugel, bevor sie ihm ihre Waffel hinhielt.

„Dafür musst du mein Blutorange-Eis kosten!“

Das tat er und ließ das Eis mit der leichten Säure auf seiner Zunge zergehen. Tatsächlich hatte er niemals zuvor ein so gutes Eis gegessen.

Während er beobachtete, wie Amy sein Eis probierte und dabei ekstatisch seufzend den Mund verzog, begann sich eine Gänsehaut über seinen ganzen Körper zu ziehen. Vielleicht war es doch keine so gute Idee von ihr gewesen, den berühmten Laden Giolitti aufzusuchen, um sich dort ein Eis zu kaufen. Angesichts ihres Seufzen und der verzückten Miene musste er nämlich gewaltig schlucken.

Bereits den ganzen Abend konnte er schon seine Augen nicht von ihr lassen, denn in dem luftigen Sommerkleid, das nicht nur ihre schlanken Beine entblößte, sondern auch einen winzigen Blick auf ihr Dekolleté erlaubte, gefiel sie ihm besonders gut.

„Ich habe dir doch gesagt, dass es sich lohnen wird, so lange anzustehen“, riss sie ihn fröhlich aus seinen Gedanken heraus, während sie beide in einer nur schummrig beleuchteten Gasse ganz in der Nähe des Geschäfts standen.

„Gut, dass ich auf dich gehört habe.“ Er leckte sich etwas Eis von der Zunge und erwiderte ihren fröhlichen Augenaufschlag. „Obwohl ich zugeben muss, dass das Chaos an der Eistheke mich einen kurzen Moment überfordert hat.“

„Keine Sorge“, lachte sie. „Meistens ist es noch viel schlimmer.“

„Aha.“

Mit dem Kopf deutete sie nach rechts. „Sollen wir ein paar Schritte gehen?“

„Gerne.“ Neben ihr herzugehen, brachte ihn in Erinnerung, dass ihr Kopf nur bis zu seiner Schulter reichte. Amy war von der elfenhaften Sorte und erweckte den Eindruck, dass sie ein zartes Wesen war. Doch nach allem, was er bereits von ihr erfahren hatte, täuschte dieser Eindruck. Eigentlich war es nämlich so, dass Patrick es ziemlich bewundernswert fand, wie mutig sie ihren Weg ging, auch wenn dieser nicht besonders leicht zu sein schien.

Räuspernd fragte er sie, während sie langsam über das unebene Kopfsteinpflaster liefen: „Wann zeigst du mir deine Bilder?“

Anscheinend verschluckte sie sich mit einem fröhlichen Lachen an ihrem Eis. Überrascht blinzelte sie zu ihm hoch und wischte sich einen Tropfen des geschmolzenen Eises von ihrem Mundwinkel. „Was?“

Achtlos zuckte er mit der Schulter und aß weiter an seiner eigenen Portion, während er ihr ins Gesicht sah. „Deine Bilder. Ich würde sie gerne sehen.“

„Sie sind nichts Besonderes“, erklärte sie bescheiden. „Außerdem befolge ich gar keine richtige Stilrichtung.“

„Sondern?“ Interessiert legte er den Kopf schief.

„Nun ja.“ Wieder errötete sie zart. „Ich habe noch nicht *den* einen Stil gefunden, an den ich mein Herz hänge. Einerseits liebe ich den Impressionismus, aber abstrakte Kunst gefällt mir auch sehr. Ebenso wie die alten Meister. Und antike Kunst ...“ Sie lachte leise auf und deutete salopp in die Luft. „Wenn ich die Antike nicht schätzen würde, wäre ich nicht hier.“

Patrick biss in seine Waffel, kaute kurz und fragte neugierig: „Für mich klingt es umso faszinierender, dass du nicht nur eine Stilrichtung befolgst, sondern dich in mehreren versuchst.“

Nun zuckte sie mit der Schulter. „Vielleicht, aber meine Professoren sagten immer, dass große Maler nur einem Stil treu waren – nämlich ihrem eigenen. Manchmal komme ich mir wie eine Plagiatorin vor, die bei anderen abkupfert, aber keine eigenen Ideen hat. Schlimm, oder?“ Zwar sollte ihr schiefes Lächeln anscheinend ihre Worte mildern, aber Patrick verstand, was sie ihm damit sagen wollte.

Verständnisvoll zwinkerte er. „Du wirst noch *den* einen Stil finden, der dir liegt. Da bin ich mir sicher. Und bis dahin würde ich trotzdem gerne alle deine Bilder sehen. Egal ob abstrakt oder antik.“

„Ha.“ Sie lachte. „Jetzt bin ich überhaupt nicht nervös.“

„Musst du nicht, schließlich bin ich sehr begeisterungsfähig und werde mit Sicherheit alles ganz toll finden.“

„Warten wir es ab.“

Mit einem letzten Biss war die Waffel verputzt. Gut gelaunt hob er seine Hände. „Langsam weiß ich es zu schätzen, dass ich mich anstatt mit Fragen um Stilrichtungen nur mit Zahlenkolonnen beschäftige.“

„Ich war grauenvoll in Mathe“, kicherte sie. „Meistens saß ich im Unterricht und wusste nicht einmal, auf welcher Seite wir überhaupt waren.“

„Bestimmt lag es am Lehrer.“

„Von wegen!“ Sie schüttelte den Kopf und löste dadurch eine blonde Strähne aus ihrer Frisur, die sich in ihren Wimpern verfing.

Patrick musste das Bedürfnis unterdrücken, die Strähne beiseite zu streichen, und beobachtete stattdessen fasziniert, wie sie diese wegpustete, um gleich darauf zu grinsen.

„Glaub mir, ich hätte den besten Lehrer der Welt haben können, es hätte nichts genützt. Mathe und ich wären niemals Freunde geworden." Auch sie biss von ihrer Waffel ab und fragte kurze Zeit später: „Wo arbeitest du denn, wenn du dich mit Zahlenkolonnen beschäftigen musst?"

Obwohl er sie nicht anlügen wollte, hielt er es für ratsamer, seinen Job ein wenig zu beschönigen, daher meinte er achtlos: „Ich arbeite für ein Wirtschaftsunternehmen, das in mehrere Sparten expandiert und marode Firmen saniert, um sie entweder als Tochtergesellschaft zu integrieren oder aber wieder abzustoßen. Wir erstellen Statistiken über die Wirtschaftlichkeit von Firmen und berechnen Börsengänge, Profitspannen und so weiter, um Übernahmen anderer Unternehmen vorzubereiten."

Als er ihre großen Augen sah, fügte er rasch hinzu: „Wie gesagt, ich bin Angestellter und beschäftige mich mit ... äh ... mit Buchhaltung."

„Okay", flüsterte sie beeindruckt. „Ich habe zwar kaum ein Wort verstanden, aber es klingt ... kompliziert."

„Es ist sehr ... weit verzweigt, aber ich arbeite ja lediglich für einen Bereich."

„Und du beschäftigst dich den ganzen Tag mit Zahlen?"

„Mehr oder weniger, aber es ist okay. Also ... es ist ziemlich interessant."

Da Patrick nicht wusste, was er noch hätte sagen sollen, ohne sie weiter anzulügen, wechselte er lieber das Thema. „Wie oft gönnst du dir dieses Eis? Wenn ich hier leben würde, wäre ich vermutlich täglich dort."

„Da ich auf der anderen Tiberseite wohne, hält es sich glücklicherweise in Grenzen“, erwiderte sie fröhlich. „Trotzdem fällt es gerade hier in Rom sehr schwer, nicht jeden Tag Massen an Pizza, Pasta und Eis zu essen. An jeder Ecke werden so unglaublich gute Dinge angeboten!“

„Oh ja.“ Er nickte. „Das glaube ich dir aufs Wort. Pizza, Pasta und Eis gehören zu Rom wie antike Gemäuer und ...“ Er deutete auf mehr als zwei Dutzend Motorroller, die neben dem Bürgersteig parkten. „... Motorroller.“

„Stimmt! Motorroller sind überall.“

Als bräuchte es noch einen Beweis, dass die Stadt von den motorisierten Zweirädern bevölkert wurde, brausten plötzlich drei von ihnen kamikazemäßig und unter Nichtbeachtung aller Verkehrsregeln über die holprige Straße neben dem Bürgersteig.

„Himmel“, seufzte Patrick, um Amy einen fragenden Blick zu schenken. „Fährst du auch so ein Teufelsding?“

Das schwache Lächeln fiel etwas zurückhaltend aus, als sie erklärte: „Ich bin ein Angsthase, was diese Dinger betrifft. Man ist ja völlig ungeschützt und kann sehr schnell verletzt werden, zumal der römische Verkehr kein Pappenstiel ist.“

„Da hast du recht. Aber Spaß würde es sicherlich machen.“

„Vielleicht.“ Sie warf den Rest ihrer Waffel in einen Abfalleimer und hob kurz eine Hand. „Meine Mom ist bei einem Autounfall gestorben, als ich sechs war, deshalb ...“ Sie brach ab.

Betroffen senkte er den Kopf und atmete leise aus. „Das tut mir leid.“

„Mir auch." Ihr kleines Lächeln erwärmte sein Herz.

Patrick schluckte kurz. „Ich kann mir nicht vorstellen, wie hart das für dich gewesen sein muss."

„Schon okay", murmelte sie. „Das ist immerhin ein paar Jahre her."

Seufzend offenbarte er: „Mein Dad ist vor einem Jahr gestorben. An einem Herzinfarkt. Zwar bin ich schon erwachsen, aber dennoch ist es ein Scheißgefühl."

„Entschuldige, Patrick", flüsterte sie zerknirscht. „Ich hätte nicht davon anfangen sollen."

„Kein Problem." Auch er lächelte schwach und gab dem Drang nach, ihre zarte Wange mit seinem Daumen zu berühren. Der plötzliche Hautkontakt ließ ihn erzittern. Zufrieden stellte er fest, dass es ihr nicht anders ging, da sich ihre Pupillen weiteten und ein Beben durch ihren Körper fuhr.

„Ich würde dich gerne wiedersehen, Amy", murmelte er.

Sie lächelte errötend. „Ich dich auch."

3. Kapitel

„Hat Cäsar die Löwen selbst gefüttert?“

„Nein, Schätzchen“, erwiderte Amy dem ungefähr siebenjährigen Jungen geduldig, dessen Gesicht über und über mit Schokoladeneis beschmiert war. „Cäsar hat das Kolosseum niemals gesehen, weil es erst gebaut wurde, nachdem er gestorben war.“

„Aha.“ Der Kleine runzelte die Stirn. „Wer hat denn dann die Löwen gefüttert?“

Bevor Amy antworten konnte, erscholl die schmatzende Stimme des Vaters des wissbegierigen Kindes, dessen Gesicht nicht weniger verschmiert war als das seines Sohnes. Neben dieser Ähnlichkeit trugen Vater und Sohn auch noch das gleiche Outfit, das aus Sandalen nebst weißen Tennissocken, hawaiianisch gemusterten Shorts, T-Shirts im Tarnmotiv und Baseballkappen bestand, auf denen abgedruckt war: *Don't mess with Tex*. „Stimmt es, dass den Christen die Köpfe abgehackt wurden? Und durften die Zuschauer die Köpfe mit nach Hause nehmen? Als Souvenir?“

Angesichts der blutrünstigen Frage warf Amy einen nervösen Blick auf das siebenjährige Kind, das jedoch weder einen Schreikrampf bekam noch zu weinen begann. Stattdessen starrte es Amy an, als wäre es das Normalste der Welt, an einem warmen Augustmorgen im antiken Kolosseum zu stehen und über abgehackte Christenköpfe zu sprechen.

„Äh ... ich wüsste nicht, dass es überliefert wäre, dass Zuschauer ... äh ... irgendwelche Körperteile ... als Souvenir mit nach Hause nehmen durften. Aber das ist eine interessante Frage“, fügte sie diplomatisch hinzu und deutete rasch auf die Bögen über ihnen. „Das Kolosseum besteht insgesamt aus drei Ebenen. Wir können sehr schön erkennen, dass jeweils achtzig Bögen ..."

„Aber was passierte dann mit den Köpfen? Durften die Löwen die Köpfe fressen?", unterbrach der kleine Junge sie mit neugierigen Augen. „Mein Hund Milo hat mal einen Kopf von einer Ratte gefressen. Danach wurde ihm so schlecht, dass wir mit ihm zum Tierarzt fahren mussten."

Amüsiertes Gekicher war in Amys Touristengruppe zu hören. Zwar war der kleine Texaner ein putziges Bürschchen, aber nach Amys Meinung schien er sich ein wenig zu begeistert auf abgehackte Köpfe zu konzentrieren.

„Also ... ich weiß nicht, Schätzchen." Fast schon hilflos blickte sie zum Vater des Jungen, der jedoch damit beschäftigt war, voller Hingabe das Eis zu essen.

Begeistert erklärte der Junge: „Milo bekam eine Spritze und hat den ganzen Rattenkopf wieder ausgekotzt. Haben die Löwen auch wieder die Köpfe ausgekotzt?"

Das plötzliche Gefühl, gleich würgen zu müssen, empfand anscheinend nicht nur Amy, da einige ihrer Gruppenmitglieder plötzlich grün anliefen.

Abrupt tätschelte sie den Kopf des Jungen, atmete durch die Nase ein und meinte mit aller Autorität, zu der sie fähig war: „Wir reden gleich darüber, wenn ich dir zeige, wo die Löwen untergebracht wurden, okay?"

„Cool!"

Hastig verdrängte sie das mulmige Gefühl und schaute zurück zu ihrer Gruppe. „Wir stehen im mittleren Stockwerk. Das bedeutet, dass die Säulen, die

Sie hier sehen, ionisch sind. Im Erdgeschoss haben sie eine dorische Form und im obersten Stockwerk finden wir korinthische Säulen."

„Entschuldigung? Ich hätte eine Frage."

In der Befürchtung, ein weiteres Mal mit abgehackten Christenköpfen oder ausgekotzten Rattenköpfen konfrontiert zu werden, sah Amy gequält auf und stellte mit Verwunderung fest, dass sich Patrick inmitten ihrer Gruppe befand und sie breit angrinste.

„Könnten Sie mir erklären, was der Unterschied zwischen ionischen, korinthischen und dorischen Säulen ist?"

„Aber gerne", entgegnete sie gespielt ernst. „Dorische Säulen wirken ein wenig gedrungen und schlicht. Meistens haben sie nur einige wenige Längsrillen, wohingegen die korinthischen und ionischen Säulen schlanker und höher sind. Außerdem sind sie sehr viel kunstvoller gestaltet. Insbesondere die korinthischen Säulen haben einen wunderschön verzierten Deckel – das Kapitell."

„Vielen Dank", erwiderte Patrick mit ebensolcher Ernsthaftigkeit und brachte Amy damit beinahe zum Lachen.

Anscheinend hatte er sich vorgenommen, sich unter ihre Gruppe zu schmuggeln, da er in den nächsten anderthalb Stunden nicht von ihrer Seite wich. Während Amy alles Wissenswerte über die Gladiatorenkämpfe, die Architektur des Amphitheaters und auch über blutrünstige Löwen dozierte, blieb Patrick bei der Gruppe, sah sich ebenso interessiert wie der kleine Texaner die frei liegende Unterkellerung an und war der Einzige, der Fragen stellte. Glücklicherweise brachte sie ihre Führung ohne große Unterbrechung zu einem Ende, entließ die Touristen in die Mittagshitze und fand sich mit Patrick bald darauf auf einer Parkbank wieder, während sie beide Sandwiches verdrückten und kalte Cola tranken.

„Zucker“, sabberte sie voller Genugtuung und nahm einen großen Schluck. „Das habe ich jetzt gebraucht!“

Gutmütig stieß Patrick sie an und hob seine Coladose in die Höhe. „Hat dir das Gerede über Rattenköpfe und den armen Milo etwa Übelkeit bereitet?“

„Und wie!“ Sie schauerte übertrieben. „Ich hatte schon die Befürchtung, dass ich mich vor allen Augen übergeben müsste.“

„Da ging es nicht nur dir so“, lachte er amüsiert. „Eine Frau wurde total bleich um die Nasenspitze und verabschiedete sich mit ihrem Mann für ein paar Minuten.“

Amy seufzte. „Die Hitze und *das* Gesprächsthema waren wirklich keine gute Kombination.“

„Na ja, die Hauptsache war, dass der Kleine seinen Spaß hatte.“

„Lass uns lieber das Thema wechseln, denn wenn ich mir vorstelle, wie es bei denen daheim zugehen muss, bekomme ich noch Albträume.“

Patrick lachte dröhnend. „Hast du ihre Baseballkappen gesehen? Und dann dieser Partnerlook!“

Obwohl ihr tatsächlich noch ein kleines bisschen übel war, musste sie angesichts seines Lachens selbst lächeln und musterte ihn verstohlen von der Seite. Sein Anblick in Kombination mit dem tiefen, humorvollen

Lachen brachte es fertig, dass ihr extrem warm wurde und sich Schmetterlinge in ihrem Bauch breitmachten.

Außerdem rätselte sie darüber, wie ein Mann wie Patrick sich anscheinend in den Kopf gesetzt hatte, seine Zeit mit ihr zu verbringen, immerhin war er ein hinreißender Anblick. Größer als die meisten Männer, mit breiten Schultern und langen Beinen gesegnet, sorgte er überall für Furore. Erst gestern war ihr aufgefallen, wie viele Touristinnen ihm nachgestarrt hatten, als sie abends durch Rom geschlendert waren. Im Eiscafé war es besonders schlimm gewesen, denn er hatte den ganzen Verkehr aufgehalten, als die Kassiererin sich ständig vertippt und ihn mit einem hochroten Kopf gemustert hatte.

Amy konnte es ihr gut nachempfinden, denn auch sie musste sich ständig zusammenreißen, ihm nicht wie paralysiert ins Gesicht zu starren. Dafür war er einfach zu gut aussehend. Auch jetzt verfiel sie fast in Schnappatmung, als sie sein schwarzes Haar anschaute, das so wunderbar weich und unordentlich wirkte, als sie sein gebräuntes Gesicht mit den auffälligen Augen, den schmalen Wangen und den maskulinen Zügen betrachtete und als sie ihre Augen über seine Gestalt wandern ließ, die in einem weißen T-Shirt und halblangen Cargohosen steckte. Bevor er sie dabei ertappen konnte, wie sie seine nackten Waden betrachtete, stierte sie lieber auf ihr Sandwich, das sie, in eine Serviette gewickelt, auf ihrem Schoß platziert hatte, und trank einen weiteren Schluck Cola.

„Das ist also dein Job? Du lernst jeden Tag ... äh ... interessante Gestalten kennen."

„So könnte man es nennen." Amy stellte die Coladose neben sich ab und wickelte das Sandwich aus der Verpackung. „Aber es ist ja nicht mein einziger Job."

„Ist es nicht?", wollte er überrascht wissen und versenkte seine Zähne in seinem Sandwich.

Amy nahm ebenfalls einen Bissen, kaute bedächtig und schüttelte währenddessen den Kopf. „Diese Führungen bringen nicht so viel Geld ein, dass ich davon alle Rechnungen bezahlen könnte."

„Was machst du denn noch?"

Sie zuckte mit der Schulter. „Ich kellnere und verkaufe Museumstickets."

„Das Kellnern klingt nach harter Arbeit."

Mit einem weiteren Schulterzucken tat sie seine Bemerkung ab und scherzte: „Man braucht einfach nur bequeme Schuhe."

Seufzend streckte er seine langen Beine von sich. „Ehrlich gesagt klingt es, als hättest du nicht nur einen Vollzeitjob, sondern gleich mehrere. Kommst du überhaupt noch zum Malen?"

„Wenn ich nicht unter einer akuten Malflaute leiden würde", witzelte sie. „Nein, im Ernst. Ich kellnere ja nicht jeden Tag und führe auch nicht täglich Touristengruppen durchs Kolosseum. Es bleibt noch genügend Zeit, um zu malen. An manchen Tagen habe ich zwei Jobs oder sogar drei, aber manchmal arbeite ich nur vormittags oder gar nicht. Es verteilt sich ganz gut." In dem Bedürfnis, ihm nah zu sein, stupste sie ihn an. „Hast du denn eine normale Fünf-Tage-Woche?"

Er gab sich kryptisch und lächelte sie über seinem Sandwich an. „Mehr oder weniger. Es kommt darauf an, wie stressig es in der Arbeit ist. Manchmal muss ich auch am Wochenende ran."

„Ist dies also dein wohlverdienter Urlaub?"

Patrick gab ein bestätigendes Ächzen von sich. „Du hast ja keine Ahnung!“

Dies ließ sie kichern, bevor beide in ein Schweigen verfielen und in angenehmer Ruhe ihre Sandwiches verdrückten. Nicht einmal die Selfie-Stangen-Verkäufer, die auffällig zahlreich um sie herumschlichen, störten bei diesem Festmahl.

„Wenn du nicht als Ticketverkäuferin, Kellnerin, Touristenführerin oder Malerin arbeitest, würde ich gerne wissen, ob du abends auch mal ins Freilichtkino gehst.“

Verwundert schluckte sie den letzten Bissen ihres Sandwiches hinunter. „Hm? Was meinst du?“

Er lachte forsch. „Ich habe für heute Abend zwei Tickets fürs Freilichtkino der Villa Borghese bekommen. Leider werde ich vermutlich kein Wort verstehen, da der Film in italienischer Sprache gezeigt wird, aber vielleicht wird es ja doch ganz nett, wenn du mitkommst.“

Sie brauchte nicht zu fragen, ob dies ein Date war, denn ganz beschränkt war sie nun auch wieder nicht. Geschmeichelt und gleichzeitig ziemlich aufgeregt murmelte sie: „Villa Borghese klingt klasse.“

Nun stupste er sie leicht in die Seite. „Sollte es uns nicht gefallen, können wir immer noch ein Eis essen gehen.“

Das brachte sie wieder zum Lachen.

4. Kapitel

Ihre Malflaute schien vorbei zu sein, überlegte Amy aufgedreht, immerhin hatte sie den ganzen Nachmittag gemalt und erst ziemlich spät bemerkt, dass sie bald zu einem Date aufbrechen musste. So schnell war sie niemals umgezogen gewesen, da sie Patrick nicht warten lassen wollte. Irgendwie war heute ein perfekter Tag, wenn man davon absah, dass das Rattenkopfthema sie morgens noch ein wenig mitgenommen hatte.

Außerdem hatte die Bank es endlich geschafft, ihr Geld zu überweisen, sodass sie sich keine Sorgen machen musste, wie sie am Ende der Woche ihre Miete bezahlen sollte.

Doch das war noch längst nicht alles gewesen, denn der Abend im Freilichtkino entwickelte sich großartig.

Sie saß unter einem klaren Nachthimmel auf einer Decke, schaute sich einen wunderschönen Schwarz-Weiß-Film mit Sophia Loren an, von dem sie nicht einmal die Hälfte verstand, war wie gebannt von der erhabenen Atmosphäre der Villa Borghese um sich herum und spürte den Mann neben sich, der nicht nur wunderbar gut duftete, sondern ihr Herz schneller schlagen ließ.

Wenn sie bedachte, wie niedergeschlagen sie noch vor drei Tagen gewesen war, konnte sie jetzt nur darüber lachen.

Als sie unwillkürlich erschauerte, da kühler Wind durch den Schlosspark wehte, legte ihr Date einen Arm um sie und zog sie langsam an sich. Amy glaubte jeden Moment in Ohnmacht zu fallen und sog den würzigen

Geruch ein, den Patrick verströmte, während sie heimlich lächelte.

„Kalt?“

„Ein wenig“, flüsterte sie zurück und hätte vor Wohlbehagen fast nach Luft geschnappt, als seine große Hand über ihren nackten Oberarm strich, um sie zu wärmen. Jetzt stand sie einer Ohnmacht tatsächlich sehr nah gegenüber.

Niemals zuvor hatte sie sich von einem Mann derart angezogen gefühlt. Und niemals zuvor hatte sie mit dem Bedürfnis gekämpft, sich schamlos an einen Mann zu schmiegen und sich sehnlichst zu wünschen, dass er sie küssen möge. Es war wie verhext, denn seit sie hier saßen, konnte sie an nichts anderes denken, als dass sie zu gerne wissen wollte, wie sich seine Lippen an ihren anfühlen mochten. Nur der dringende Wunsch, sich vor ihm nicht zu blamieren, hatte sie bisher davon abgehalten, ihn wie ein verliebtes Hündchen anzustarren.

„Ich verstehe kein Wort“, flüsterte Patrick ihr zu und hörte glücklicherweise nicht auf, mit seiner Hand über ihren Oberarm zu streicheln. „Ist Sophia Loren jetzt die verschwundene Prinzessin oder nicht?“

Da Amy seit gut einer halben Stunde für alles um sie herum blind und taub war und sich lediglich auf den Mann neben sich konzentrierte, konnte sie ihm leider keine Antwort geben.

„Ich habe keine Ahnung“, flüsterte sie zurück und schluckte, als er ihr sein amüsiertes Gesicht zuwandte.

„Die Idee mit dem Freiluftkino war ein Reinfall, oder?“

„Überhaupt nicht“, erwiderte sie ehrlich.

Seine Mundwinkel hoben sich. „Obwohl wir nicht wissen, worum es in dem Film geht?“

„Ach“, entgegnete sie schwach, weil sein Anblick sie innerlich schmelzen ließ. „Die Bilder von Sophia Loren allein machen alles wieder wett.“

„Wenn dir zu kalt ist, können wir auch wieder gehen.“

„Nein“, protestierte Amy sofort und fügte hinzu: „Es ist so schön hier. Meinetwegen könnte der Film auch auf Koreanisch sein, das wäre völlig egal.“

Sein Kopf senkte sich ein Stück. Mit lachendem Unterton raunte er: „Du bist so süß.“

Beinahe hätte ihr Herz ausgesetzt. Leider war ihr Verstand wie weggewischt, daher murmelte sie lediglich: „Wirklich?“

„Mhm, und wie.“ Aus dem kräftigen Streicheln seiner Hand wurden zarte Streicheleinheiten. „Darf ich ehrlich sein?“

„Natürlich“, murmelte sie und hoffte, dass er niemals aufhörte, so dicht neben ihr zu sitzen und sie zu berühren. Während heiße Aufregung durch ihre Adern pulsierte, dass er sie gleich küssen würde, machte sich zeitgleich ein unbeschreibliches Sehnen in ihr breit.

„Meinetwegen könnte der Film sogar auf Klingonisch sein.“

Trotz ihrer kribbelnden Anspannung gelang ihr ein leises Lachen. „Klingonisch? Bist du etwa Star-Trek-Fan?“

„Schon lange nicht mehr“, gab er zu. „Aber als Jugendlicher war ich Ehrenabsolvent der Sternenflottenakademie.“

Das ließ sie schmunzeln. „Ich war mehr auf der Seite der Star-Wars-Fraktion.“

„Du tust es schon wieder", hielt er ihr leise vor.

Fragend sah sie in seine grünen Augen und wisperte verlegen: „Was denn?"

„Schon wieder bist du so süß."

Bei seinen Worten war es kein Wunder, dass sie wie auf Kommando errötete. „Was mache ich denn?"

„Ich weiß es auch nicht." Er zog sie näher an sich, atmete schwer aus und glitt mit seiner Hand bis zu ihrem Ellenbogen, den er zart umfasste. „Vielleicht liegt es an deinem Puppengesicht und deinen blauen Augen. Wenn ich dich sehe, muss ich ständig lächeln."

Wollte er sie absichtlich in den Wahnsinn treiben?

Amy wusste nicht, was sie darauf hätte antworten sollen, und schaute ihn daher scheu an, was ihn in keiner Weise zu verunsichern schien.

„Puppengesicht?"

Er nickte bekräftigend und ließ ihr Herz noch ein paar Schläge schneller hüpfen, als er sein Gesicht so tief senkte, dass seine Nase ihre berührte.

Atemlos ließ sie die Berührung zu. „Du findest, dass ich ein Puppengesicht habe?"

„Du hast ein extrem schönes Puppengesicht. Und die blausten Augen, die ich jemals gesehen habe."

Wortlos schluckte sie und konnte sich nicht entscheiden, ob die Berührung seiner Hand auf ihrem Ellenbogen oder sein warmer Atem auf ihrer Wange köstlicher war. Vielleicht war es auch sein starker Körper, der sich eng gegen ihren presste, der sie schwindelig machte.

Bevor sie weiter über ihr angebliches Puppengesicht sprechen konnten, tat er es endlich.

Mit einer Berührung, die so zart wie der Flügelschlag eines Schmetterlings war, berührte er mit seinen Lippen ihre. Ein Stromschlag hätte sie nicht mehr elektrisieren können, entschied Amy, als sie unweigerlich die Augen schloss, sich gegen ihn lehnte und den zarten Kuss mit süßer Hingabe erwiderte.

Nur ein Kuss.

Nur ein Kuss war nötig, um ihr zu sagen, dass sich dies richtig anfühlte. Niemals zuvor hatte es sich so angefühlt.

Noch immer lagen seine Lippen auf ihren, als er wisperte: „Darf ich dich morgen besuchen und mir deine Bilder ansehen?“

Sie brauchte weniger als eine Sekunde, um zustimmend zu nicken.

5. Kapitel

„Mir gefällt deine Wohnung."

Patrick nahm dankbar das Glas Limonade entgegen, das Amy ihm reichte, und sah sich dabei in der kleinen Wohnung um, die sie als Untermieterin bewohnte. Die Wohnung war zwar klein, lag dafür jedoch in einer angenehmen Gegend und besaß eine Dachterrasse. Außerdem musste er zugeben, dass sie absolut gemütlich wirkte. Tatsächlich hätte er sich am liebsten Amy geschnappt und sich auf die Dachterrasse begeben, um dort den wunderschönen Morgen zu beobachten – mit der errötenden Blondine an seiner Seite, die sich anscheinend nicht anmerken lassen wollte, dass seine Gegenwart in ihrer Wohnung sie nervös machte.

Belustigt hob er das Glas an die Lippen und trat gleichzeitig in das an die Küche angeschlossene Zimmer, das Amy zu einem Atelier umfunktioniert haben musste, da er Staffeleien, unzählige Leinwände und Farbtöpfe erblickte. Außerdem sah er einen wackeligen Holztisch mit drei Stühlen, eine alte Couch mit bunten Kissen darauf, einen ramponierten Schrank und einen kleinen altmodischen Fernseher, der auf einem Hocker stand. Die zusammengewürfelte Einrichtung übte einen gewissen Charme aus und passte zu Amy, die ihm zögerlich ins Zimmer gefolgt war, ein Fenster öffnete und ihn dabei anlächelte.

„Danke." Unbeholfen hob sie die Hände. „Ich bin sehr froh, dass ich die Wohnung bekommen habe. Die Nichte des Vermieters wohnt eigentlich hier, aber sie musste wegen des Jobs umziehen und ..." Peinlich berührt zuckte sie mit der Schulter und wurde rot. „Ich plappere. Entschuldige."

„Meinetwegen könntest du den ganzen Tag plappern", erwiderte er lächelnd, was sie noch stärker erröten ließ.

Er konnte sich denken, warum sie so nervös war, ihn in ihrer Wohnung zu haben, und spürte, wie sein Puls in die Höhe schnellte. Obwohl Amy in einem fremden Land lebte, eigenständig ihr Leben bestritt und sich für einen Weg entschieden hatte, der alles andere als leicht war, wirkte sie in manchen Bereichen dennoch etwas unerfahren. Dass sie ihn beispielsweise mit in ihre Wohnung genommen hatte, war nicht aus purer Berechnung geschehen, um mit ihm zu schlafen, sondern weil sie ihm tatsächlich ihre Bilder zeigen wollte. Für Patrick, der seit seiner Teenagerzeit an einige berechnende Frauen geraten war, die sich ihm an den Hals geworfen hatten, weil sie sich davon irgendwelche Vorteile versprochen hatten, war Amys scheue Zurückhaltung und ihre jugendliche Frische entzückend. Sie flirtete nicht mit ihm, weil sie ihn scharfmachen wollte, sondern lächelte ihn an, weil sie ihn wirklich zu mögen schien.

Räuspernd nickte er einem Bild zu, das auf einer Staffelei stand und das Chaos eines römischen Marktes zeigte. Es war erstaunlich, wie lebensnah Amy die Menschen und das hektische Treiben eines Markttages eingefangen hatte. Staunend betrachtete er das Bild, war entzückt über die Detailgenauigkeit und spürte, wie seine Hochachtung für die blondhaarige Frau mit den blauen Augen und dem warmen Lächeln zunahm. Die bunte Komposition gefiel ihm außerordentlich gut und erinnerte ihn an impressionistische Gemälde, die auch seine Mutter sehr bewunderte. „Das Bild ist der Wahnsinn."

„Danke." Wie nicht anders zu erwarten gewesen war, errötete sie prompt und legte unschlüssig den Kopf schief. „Eigentlich bin ich nicht wirklich zufrieden. Der Aufbau lässt zu wünschen übrig und die Farben sind teilweise ..."

„Amy", unterbrach er sie fest. „Das Bild ist wunderschön. Ich hätte es sofort für einen Monet gehalten, wenn ich nicht gewusst hätte, dass du es gemalt hast."

Dies ließ sie für einen Moment verstummen. Überrascht schaute sie ihn an und öffnete den Mund, bevor sie verwundert wissen wollte: „Du weißt, wer Monet war?"

„Natürlich." Patrick trat näher an das Bild heran und erklärte mit einem schiefen Lächeln: „Meine Mutter liebt die Kunst und schwärmt für die Impressionisten. Schon als ich klein war, schleppte sie mich in jedes Museum, das sie finden konnte."

Dass er bereits als Zehnjähriger alle bedeutenden Museen dieser Welt besucht und daheim nicht nur einen Monet, Degas, Gainsborough und einen Renoir hängen hatte, erwähnte er nicht. Es klang albern, aber er wollte ihr nicht auf die Nase binden, dass seine Familie Geld besaß. Zum ersten Mal in seinem Leben wollte er es vermeiden, dass die Frau, die für die Schmetterlinge in seinem Bauch verantwortlich war, erfuhr, dass er nicht der kleine Angestellte einer Firma war. Patrick wollte, dass Amy ihn seinetwegen mochte – und nicht wegen seines schönen Hauses oder des Geldes auf seinem Konto.

„Meine Mutter liebte auch Monet“, riss sie ihn aus seinen Gedanken. „Ich kann mich noch daran erinnern, wie sie mit mir in einem Museum war und mir ein Bild von ihm gezeigt hatte. Seither liebe ich die Impressionisten.“

Da ihre Stimme nach einem Hauch Wehmut klang, schaute er ihr eindringlich in die Augen.

„Du vermisst deine Mutter, nicht wahr?“

Ihr Lächeln war schwach und gab ihm das Gefühl, sie beschützen zu müssen. „Um ehrlich zu sein, kann ich mich kaum an sie erinnern. Vermutlich vermisse ich es, eine Mutter zu haben.“ Verständnisvoll sah sie ihn an. „Vermisst du deinen Dad?“

Patrick zuckte mit der Schulter und erwiderte ehrlich: „Wir hatten kein konfliktfreies Verhältnis. Natürlich bin ich traurig, dass er gestorben ist, doch da wir uns selten miteinander unterhalten konnten, ohne dass es zu Streit kam ...“ Er ließ den Satz unvollendet.

Amy überraschte ihn, indem sie zu ihm trat, mit ernsten Augen sein Gesicht erforschte und tröstend eine Hand auf seine Wange legte. „Das tut mir leid.“

„Muss es nicht“, murmelte er und senkte den Kopf, während ihre Hand an seiner Wange elektrische Schläge durch seinen ganzen Körper sandte.

Ihr süßer Duft stieg ihm in die Nase. Gleichzeitig stand sie so nah bei ihm, dass er sie problemlos an sich hätte ziehen können. Da seine Hände zitterten, legte er sie bedächtig auf ihre Hüften und wagte kaum zu atmen.

„Patrick“, seufzte sie leise und schien unbewusst über seine Wange zu streicheln. Geradezu vorsichtig beugte sie sich vor und legte ihre Lippen zu einem süßen Kuss auf seine. Ihm fuhr der sanfte Kuss in alle

Glieder. Am liebsten hätte er sie gepackt und grob an sich gezogen. Stattdessen erwiderte er den Kuss mit aller Zurückhaltung, die er besaß, und genoss die winzigen Laute aus ihrem Mund.

Zärtlich ließ er seine Hände über ihren Rücken gleiten und umfasste mit sanftem Griff ihre Schultern, um gleich darauf mit seinen Fingerspitzen über ihr Schlüsselbein zu streicheln. Als sein Daumen über die empfindliche Mulde an ihrem Hals fuhr, entschlüpfte ihr ein lustvoller Seufzer, der Patrick ein Lächeln entlockte.

Noch immer zurückhaltend küsste er sie und stellte zufrieden fest, dass ihr wundervoll geschwungener Mund sich nun stärker gegen seinen presste und nach mehr verlangte. Fasziniert erwiderte er den Druck ihrer Lippen und stieß seine Zunge in ihren Mund. Ein weiteres Seufzen war seine Bestätigung, dass ihr der Kuss gefiel. Mit zitternden Händen streichelte er ihren Hals und glitt anschließend zu ihren Oberarmen, die er umfasste. Dann zog er sie eng an sich.

„Amy“, erklärte er mit erschreckend heiserer Stimme und hob den Kopf, um ihr ins Gesicht sehen zu können. Der Anblick ihrer verschleierten Augen und der geschwollenen Lippen sandte einen heißen Schauer über seine Haut.

Als sie sich über die Lippen fuhr, zuckte er zusammen und stöhnte beinahe schroff: „Mach das nicht.“

„Was?“, flüsterte sie ahnungslos.

„Du machst mich wahnsinnig an“, erklärte er heiser und beugte den Kopf wieder hinab, um sie ein weiteres Mal zu küssen.

Obwohl er nicht in der Absicht in diese Wohnung gekommen war, mit Amy zu schlafen und über sie herzufallen, konnte er sich kaum beherrschen, als sie stöhnend die Arme um seinen Nacken schlang und seinen Kuss mit Inbrunst erwiderte. Automatisch fuhren seine Hände tiefer und legten sich auf ihren Po, während er die weichsten Lippen küsste, die er jemals gespürt hatte. Leidenschaftlich traf seine Zunge auf ihre, geradezu übermütig presste er seine Hände in ihren festen Po und begeistert stellte er fest, dass sie sich auf die Zehenspitzen stellte, um ihm noch näher zu sein.

Von einem leichten Schwindelgefühl übermannt schnappte er nach Luft und unterbrach den Kuss nur für wenige Sekunden.

„Amy, willst du wirklich ...?“

„Ja“, unterbrach sie seine gestammelte Frage, löste ihren Mund von seinem und zog schüchtern an seinem Shirt.

Mit einem heiseren Lachen trat er einen Schritt zurück und zog sich das Shirt über den Kopf. Angesichts ihres Errötens, als sie seinen nackten Oberkörper betrachtete, konnte er nicht anders, als sie mit einem Funkeln in den Augen anzuschauen.

Wortlos trat er wieder näher und legte eine Hand gegen ihre brennende Wange.

Sehr schlicht erklärte er: „Ich will dich, Amy.“

Obwohl ihr Gesicht feuerrot war, antwortete sie heiser: „Ich will dich auch.“

Patrick schnappte nach Luft, als sie in aller Unschuld beide Hände über seinen Oberkörper fahren ließ und so nah an ihn herantrat, dass er ihren heißen Atem auf seiner nackten Haut spüren konnte. Er drängte sich gegen sie, küsste sie und begann damit, die Verschlüsse ihrer Latzhose zu öffnen. Eigentlich hatte er das kurze Kleidungsstück bereits bei ihrer ersten Begegnung gerne an ihr gesehen, weil es einen Großteil ihrer schlanken Beine zeigte, doch jetzt merkte er, wie kompliziert es war, Amy davon zu befreien.

Als die Hose endlich zu Boden fiel, griff Patrick nach dem winzigen T-Shirt und zog es ihr über den Kopf. Da er spürte, dass sie sich genierte, nur noch in Unterwäsche vor ihm zu stehen, zog er sie wieder an sich und küsste sie sanft.

Sein Mund wanderte von ihren Lippen zu ihrer Wange, hinterließ eine feuchte Spur und nagte anschließend zärtlich an ihrem Ohrläppchen, bevor er seinen Kopf senkte und ihren Hals küsste. Ihr Kopf fiel nach hinten, während sie sich an ihn klammerte und lustvoll stöhnte. Patrick schlang einen Arm um ihre Taille. Gleichzeitig ging seine andere Hand auf Wanderung und umfasste ihre Brust mit zartem Griff.

Amy hätte am liebsten aufgeschrien, als sein Mund ihren Hals bedeckte und küsste, während sein Daumen ihre empfindliche Brustwarze fand und durch den Stoff ihres BHs erkundete. Ein brennendes Prickeln machte sich auf ihrer Haut breit. Gleichzeitig blieb ihr die Luft weg. Atemlos wand sie sich unter seinen Küssen und konnte keinen klaren Gedanken fassen. Sie griff in sein Haar, stieß einen spitzen Schrei aus und bemerkte, dass plötzlich ihr BH zu Boden segelte. Mit einem heftigen Zittern nahm sie seinen herben Geruch wahr und ließ sein Haar los.

Ihre Hände fuhren über seinen Nacken, zu seinen breiten Schultern und legten sich auf seine kräftige Brust. Unter ihren Handflächen spürte sie sein Herz schlagen und schloss die Augen, während sich prickelnde Hitze zwischen ihren Schenkeln sammelte.

„Es fühlt sich so gut an, wenn du mich anfasst", flüsterte er heiser und betrachtete sie mit glühenden Augen.

Mit trockener Kehle erwiderte sie seinen Blick und gestand leise: „Du fühlst dich auch sehr gut an."

Seine Lippen verzogen sich zu einem breiten Lächeln, während seine Hände sich gleichzeitig auf ihre Brüste legten und zärtlich über ihre Haut streichelten. Dass er sie dabei unentwegt ansah, löste in Amy den Wunsch aus, sich eine Decke über den Kopf zu ziehen. Fast nackt vor einem Mann zu stehen und ihm in die Augen zu sehen, während seine Hände über ihren Körper wanderten, war zu ungewohnt für sie, als dass sie sich hätte fallen lassen können.

Zögernd gestand sie: „Patrick, ich ... ich bin nicht sehr gut in so etwas."

„In so etwas?"

Amy nickte und bemerkte nicht einmal, dass ihre Hände weiterhin seine Brust streichelten. „Natürlich hatte ich schon Sex, aber ..."

Er unterbrach sie mit einem sanften Lachen und drückte ihr einen Kuss auf die Nase. Gleichzeitig legte er seine Arme um sie. „Okay. Wie sollen wir also vorgehen?"

„Könntest du mich vielleicht noch einmal küssen?" Sie legte den Kopf schräg und starrte ihn fasziniert an. Eine schwarze Locke war ihm in die Stirn gefallen, die sie zärtlich zur Seite strich.

Als er aufstöhnte und sich zu ihr hinunterbeugte, um sie zu küssen, stellte Amy fest, dass seine Hände zitterten. Ihr gefiel es, dass er anscheinend genauso erregt war wie sie. In seinem Kuss hätte sie sich verlieren können und merkte am Rande einer Ohnmacht, dass sich alles in ihrem Körper nur auf den Mann konzentrierte, der sie im Arm hielt und küsste, als hinge sein Leben davon ab.

„Besser?“, fragte er, indem er seinen Mund wenige Millimeter von ihrem löste.

Amy gab ein zustimmendes Murmeln von sich und wurde anschließend langsam in Richtung Schlafzimmer geschoben, bis er sie einfach in die Höhe stemmte und die letzten Meter in den kleinen Raum trug, in dem absolute Ruhe herrschte und keine alltäglichen Geräusche von der Straße zu hören waren. Vor dem Bett angekommen zog er sie wieder an sich und küsste sie ohne Unterlass. Atemlos spürte sie, dass seine Hände wieder zu ihren Brüsten glitten.

Stöhnend drängte sie sich an ihn und ließ ihre Hände zum Bund seiner Jeans gleiten. Ungeschickt nestelte sie an seinem Gürtel herum und öffnete seine Hose, was er mit einem heiseren Lachen quittierte. Nach einigem Gerangel fielen sowohl die Hose als auch die Boxershorts hinunter. Beides trat er beiseite, bevor er ihr Höschen hinunterzog.

Mit rasendem Herzen und rasselndem Atem ließ sich Amy von ihm auf das Bett legen und beobachtete unter halb geöffneten Lidern, wie er sich über sie legte. Seine großen Hände fuhren über ihren nackten Körper, der zu glühen schien. Sein Mund folgte seinen Händen und hinterließ eine feuchte Spur auf ihrer Haut. Amy stöhnte, als er abwechselnd ihre Brustwarzen in seinen heißen Mund nahm und sich seine harte Erektion gegen ihren Oberschenkel presste. Das Gefühl, den Verstand zu verlieren, wurde immer größer, als eine Hand über ihren Rippenbogen fuhr, ihren Bauch berührte und sich schließlich zwischen ihre Schenkel schob.

Sie rang nach Luft und vergrub eine Hand in seinem Haar, während sie mit der anderen die Fingernägel in seine Schulter stieß.

Die Berührungen seiner Finger zwischen ihren Schenkeln und das sanfte Saugen an ihrer Brustwarze ließen sie keuchen. Zu gerne hätte sie seinen Körper erforscht, wäre am liebsten mit ihren Händen über seine Brust und seinen Bauch gefahren, um die fordernde Härte zu berühren, die sich unnachgiebig gegen ihren Oberschenkel drängte, doch Patrick schien keine Anstalten zu machen, von seinen quälenden Liebkosungen abzulassen.

Flehentlich rief sie seinen Namen, als sein Daumen träge über den empfindlichsten Punkt zwischen ihren Schenkeln glitt.

Augenblicklich hob er den Kopf, stieß einen triumphierenden Laut aus und glitt über sie.

Amy umfasste seine hageren Wangen mit beiden Händen und küsste ihn. Sein kräftiger und vor Hitze dampfender Körper machte sie beinahe wahnsinnig.

„Gott ... Amy“, raunte er heiser und presste sie in die Matratze. „Sag mir bitte, dass du Kondome im Haus hast.“

Erschrocken weiteten sich ihre Augen. Obwohl es fast unmöglich war, sich auf etwas anderes als auf seinen Geruch, das Gefühl seiner nackten Haut auf ihrer oder auf seinen keuchenden Atem zu konzentrieren, schüttelte sie den Kopf.

„Nein ...“

Er stieß ein verzweifeltes Lachen aus und presste seinen Mund gegen ihre Schläfe, während sein Körper bebte. „Scheiße“, erwiderte er geradezu belustigt.

Sie schluckte und legte eine Hand auf seine raue Wange, um zittrig zu flüstern: „Aber ich nehme die Pille und bin gesund.“

Stöhnend suchte sein Blick ihren. Sein Gesicht wirkte geradezu hart und angespannt vor Lust, als er trübe erklärte: „Ich bin es auch, aber ich will dich nicht zum Sex drängen, wenn du nicht sicher bist, dass mit mir alles okay ist.“

Amy musterte seine grünen Augen und lächelte vorsichtig. „Aber das bin ich, Patrick.“

Es dauerte einige Momente, bis er den Kopf senkte und sie wortlos küsste. Was danach passierte, war mehr, als Amy ertragen konnte.

Mit einem quälend langsamen Stoß drang er tief in sie ein, presste seinen Bauch gegen ihren und stöhnte laut gegen ihren Mund.

Beinahe hätte sie ihm in die Lippe gebissen, als die köstliche Reibung in ihrem Inneren durch ihren ganzen Körper fuhr. Sie streckte sich ihm entgegen, umklammerte mit beiden Beinen seine Hüften und schlang ihm die Arme um den Nacken. Fast schon verzweifelt erwiderte sie jeden seiner Stöße, konnte nicht entscheiden, ob es ihr wild schlagendes Herz war, das sie an ihrer Brust fühlte, oder seines und spürte eine bislang unbekannte Wärme in ihr aufsteigen, als er stöhnend ihren Namen flüsterte.

Ein eigenartiges Sehnen breitete sich in ihrem Unterleib aus. Hitze floss zwischen ihren Schenkeln zusammen und ihre Haut war so empfindlich wie niemals zuvor.

Bebend packte sie ihn, schrie laut auf und hatte das Gefühl zu zerbersten, als auch Patrick mit einem tiefen Stöhnen zuckte und sich eng an sie presste. Dicht an ihn geschmiegt und noch immer mit ihm verbunden hielt sie ihn weiterhin mit Armen und Beinen umklammert, spürte seinen keuchenden Atem und fühlte sich so schwindelig, friedlich und aufgeregt wie niemals zuvor. Eigentlich glaubte sie, für alles um sie herum blind und taub zu sein, als sich Patrick vorsichtig auf die Seite rollte und sie mit sich zog. Der vorsichtige Kuss, den er ihr auf den Mund gab, und sein zufriedenes Murmeln, während er über ihren Rücken strich, ließen sie sich glücklich lächelnd an ihn kuscheln.

Amy beobachtete den nackten Mann, der zusammen mit ihr im Bett lag und schlief. Es war kurz nach zwei Uhr nachmittags, und es war erschreckend heiß geworden, weshalb sie aus ihrem Schlummer erwacht war. Im ersten Moment hatte sie gar nicht begriffen, was der nackte Mann neben ihr im Bett machte, bis ihr schlagartig eingefallen war, dass sie Patrick mit in ihre Wohnung genommen hatte.

Sie schlief nicht einfach mit fast völlig fremden Männern, die sie kaum kannte. Eigentlich schlief sie gar nicht mit Männern, jedenfalls nicht in letzter Zeit.

Nachdenklich biss sie sich auf die Unterlippe und grübelte darüber nach, was Patrick von ihr halten musste, wenn sie nur wenige Tage nach ihrem Kennenlernen mit ihm ins Bett ging.

Als er sich plötzlich im Schlaf regte und ein Grummeln ausstieß, hielt Amy den Atem an. Seine Hand legte sich im Schlaf auf ihren Bauch, was dazu führte, dass sie mit trockenem Mund Patrick betrachtete, der seelenruhig und völlig unbekümmert in ihrem Bett lag und schlief. Er beanspruchte einen großen Teil des Bettes und lag bequem auf den Laken, eine Hand auf seiner Brust, die andere auf ihrem Bauch und seine langen muskulösen Beine weit ausgestreckt.

Atemlos ließ sie ihre Augen über seinen nackten Körper wandern und entschied, dass es kein besseres Nacktmodell geben könnte. Automatisch rückte sie etwas näher, um ihn besser beobachten zu können. Mit leichter Hand berührte sie seine schwarzen Haare, die sich im Nacken lockten und herrlich zerzaust waren. Im Schlaf waren seine Gesichtszüge weich und entspannt, sodass er fast etwas Knabenhaftes an sich hatte.

Lächelnd biss sie sich auf die Unterlippe und strich ihm abschließend eine Locke aus der Stirn, bevor sie die Hand federleicht auf seine breite Brust legte, unter der sie ein kräftig schlagendes Herz spürte. Während ihr eigenes Herz bei seinem Anblick ins Stolpern geriet, kam Amy nicht umhin, unwillkürlich mit den Fingern über seine Brust zu streicheln und mit den Augen das dunkle Haar zu verfolgen, das sich über seinen flachen Bauch hinweg verjüngte.

Vorsichtig hob sie den Kopf, um ihren Blick tiefer gleiten zu lassen, als er ein winziges Schnaufen ausstieß.

„Mhh ...“ Er runzelte im Schlaf die Stirn und bewegte sich langsam neben ihr hin und her, bis er herzhaft gähnte und die Augen aufschlug.

Amy hielt den Atem an und sah, dass er den Kopf zu ihr drehte. Mit klopfendem Herzen erwiderte sie den Blick und wäre am liebsten geflohen. Sie lagen zusammen nackt in ihrem Bett und hatten den halben Morgen lang wahnsinnig ausdauernden, fantastischen und markerschütternden Sex gehabt. Woher sollte sie wissen, wie sie sich jetzt verhalten sollte?

„Mhh." Er lächelte verschlafen und rückte nah an sich. Seine Hand begann ihren Bauch zu streicheln. „Hi."

„Hi", erwiderte sie wenig geistreich und schluckte verunsichert, als er ihr ein umwerfendes Lächeln schenkte und sich langsam zu ihr beugte, um sie sanft zu küssen.

Amy schloss die Augen und legte ihre Hand in seinen Nacken, als er ihr einen Kuss gab, der sie alle Gedanken augenblicklich vergessen ließ.

„Hast du etwas geschlafen?" Seine Stimme war rau vom Schlaf und löste in ihr ein Kribbeln in allen Körperteilen aus.

„Mhh", erklärte sie murmelnd und schmiegte ihr Gesicht gegen seins, während es in ihrem Magen zu flattern begann.

„Es ist heiß hier drin", seufzte er auf, machte jedoch keine Anstalten, den Körperkontakt zu ihr zu unterbrechen.

„Soll ich den Ventilator anschalten?"

Augenblicklich zog er sie dicht an seinen warmen Körper und vergrub den Mund an ihrer Kehle. „Nein …"

„Patrick", wollte sie amüsiert einlenken, als er eine Hand auf ihrem Po platzierte und sie an seinen erregten Körper zog.

„Bleib hier“, nuschelte er noch immer verschlafen. „Geh nicht weg.“

Irritiert und überrascht zugleich lächelte sie und gab dem Drang nach, sich an ihn zu kuscheln, obwohl es brütend heiß im Zimmer war.

„Okay“, flüsterte sie mit einem geheimen Lächeln, während er die Arme um sie schlang.

„Ich dachte schon, du wolltest mich rauswerfen“, murmelte er träge.

Amy schüttelte sanft den Kopf und erklärte scherzhaft: „Eigentlich wollte ich nur den Ventilator anschalten, damit dir nicht heiß wird.“

„Damit mir nicht heiß wird.“ Er prustete vergnügt. „Ich könnte jetzt einen sehr abgedroschenen Spruch bringen, aber das lasse ich lieber.“

„Besser so“, erwiderte Amy und stach ihm zur Rache einen Finger zwischen die Rippen, was den Mann in ihrem Bett schreckhaft auflachen ließ.

Augenblicklich verfrachtete er sie auf seinen starken Körper und hielt sie bewegungslos im Klammergriff, während seine Augen vor Lachen funkelten. „Tu das nie wieder! Ich bin schrecklich kitzlig!“

„Gut zu wissen.“ Die Intimität, im hellen Sonnenschein mit ihm nackt im Bett zu liegen und so dicht an ihn gepresst zu werden, dass nicht einmal ein Blatt Papier zwischen sie gepasst hätte, ließ sie unruhig werden. Zumal seine grünen Augen sie mit einer Mischung aus Vergnügen und Ernsthaftigkeit ansahen, dass ihr die Luft wegblieb.

„Gott, du bist so schön“, murmelte er und beugte den Kopf nach oben, um ihr einen heißen Kuss auf die Lippen zu drücken. Gleichzeitig merkte Amy, wie kribbelnde Hitze in ihrer Mitte zusammenfloss. „Darf ich heute Nacht bei dir bleiben?“

Mit trockener Kehle flüsterte sie gespielt amüsiert gegen seine Lippen. „Es ist erst früher Nachmittag.“

„Und den gedenke ich, mit dir im Bett zu verbringen.“

„Patrick“, murmelte sie atemlos und wusste nicht, wie sie mit seinem leidenschaftlichen Verhalten umgehen sollte.

Seine Arme lockerten sich ein wenig, hielten sie jedoch weiterhin an seinen Körper gepresst. Mit federleichten Berührungen fuhren seine Finger über ihren nackten Rücken.

„Was ist los, Amy? Willst du mich vielleicht doch lieber loswerden?“

Sie schüttelte den Kopf und begegnete seinem fragenden Blick mit einem kleinen Lächeln.

„Natürlich nicht.“ Nervös fuhr sie sich mit der Zunge über ihre Lippen und fixierte seine Nasenspitze, da sie befürchtete, dass ihr Blick in seine Augen alle Geheimnisse offenbart hätte. „ Es ist nur so, dass ich ... ich so etwas vorher noch nie gemacht habe.“

„So etwas?“

Amy schluckte und nickte, bevor sie seufzend gestand. „Ich meine, dass ich vorher noch nie einen fast Fremden mit zu mir in die Wohnung genommen habe, um dort mit ihm zu schlafen.“

„Das habe ich auch nicht von dir gedacht.“

Angesichts seines ernsten Tonfalls hob sie nun doch den Blick. „Und was hast du gedacht?“

Er schenkte ihr ein schelmisches Lächeln. „Um ehrlich zu sein, habe ich nicht besonders viel gedacht.“

Sie verdrehte die Augen. „Sehr komisch.“

„Himmel, Amy“, raunte er prustend und brachte sein Gesicht nah an ihres. „Du musst dir keine Sorgen machen, dass ich schlecht von dir denke. Im Gegenteil. Ich mag dich. Ich mag dich sogar sehr.“

Augenblicklich begann ihr Herz wie wild zu schlagen und sie blickte in seine grünen Augen, unfähig, den Blick abzuwenden.

„Oh.“

Während sich seine Lippen zu einem hinreißenden Lächeln verzogen, fuhr seine Hand durch ihr Haar. „Wenn es dein Gewissen beruhigt, können wir uns ja darauf einigen, dass ich dich so scharfgemacht habe, dass du mir nicht mehr widerstehen konntest.“

Amy konnte nicht anders, als fröhlich aufzulachen.

„Wir liegen nackt in einem Bett“, grummelte er. „Und du lachst?“

„Habe ich dein Ego verletzt?“

„Ein bisschen.“

Mit einem aufgeregten Flattern in der Brust beugte sie sich vor und flüsterte gegen seine Lippen: „Das war nicht meine Absicht. Wie kann ich es wiedergutmachen?“

„Ein Tag im Bett klingt nicht schlecht“, antwortete er leise und zog ihren Kopf zu sich.

Als er sie langsam und zärtlich streichelte, schmolz Amy dahin und legte beide Handflächen auf seine Brust. Seufzend streckte sie ihm das Gesicht entgegen, als er begann, über ihren Rücken zu streicheln. Plötzlich überraschte er sie, indem er sie an den Hüften packte und auf den Rücken beförderte. Amy blickte zu ihm hoch, während er ihr Gesicht in beide Hände nahm, um sie zu küssen.

Er drängte sich zwischen ihre Beine und küsste sie stürmisch. Keuchend klammerte sie sich an seinen Schultern fest und stieß einen kleinen Schrei aus, als er seinen Mund von ihrem löste, um stattdessen an ihrem Hals zu saugen.

Sein Atem klang schwer, als er ihr flüsternd gestand: „Ich kann nichts dafür, Amy. Verzeih mir."

Amy stöhnte auf und blinzelte zu ihm auf. Beinahe verzweifelt sah er sie an.

„Was soll ich dir verzeihen?"

„Das hier." Seine Augen schienen sich in ihre zu bohren, während er langsam in sie eindrang. „Verzeih mir, dass ... dass ich nicht aufhören kann."

6. Kapitel

„Seit Tagen schon versuche ich dich zu erreichen, Patrick.“ Die männliche Stimme am anderen Ende der Telefonleitung klang entschieden gereizt und genervt.

Patrick stand in seinem Hotelzimmer, hielt den Hörer zwischen Ohr und Schulter geklemmt und verdrehte genervt die Augen. Es hatte seinen Grund, weshalb er sein Handy in den letzten Tagen ausgeschaltet hatte, schließlich hatte er Zeit mit Amy verbringen und nicht ständig mit Telefonanrufen abgelenkt werden wollen. Vermutlich war es Karma, dass Peter ihn ausgerechnet dann an die Strippe bekam, wenn er sein Hotelzimmer räumte und auschecken wollte. Da er in den vergangenen fünf Tagen sowieso bei Amy geschlafen hatte und nur ins Hotel gekommen war, um frische Kleidung zu holen, konnte er genauso gut das Zimmer abbestellen und bei ihr bleiben.

Es war nicht etwa so, dass es sein Vorschlag gewesen wäre.

Nein, Amy hatte ihm heute Morgen beim Frühstück geradezu schüchtern den Vorschlag gemacht, zu ihr zu ziehen, während er in Rom war. Mit der Begründung, dass er nicht so viel Geld für ein Hotelzimmer ausgeben sollte, das er eh nicht brauchte, hatte sie ihn errötend angelächelt, während sich Patrick schrecklich schäbig vorgekommen war. Eigentlich hätte er ihr längst sagen sollen, dass ihn der Aufenthalt in einem Hotel nicht arm machen würde. Und eigentlich hätte er längst richtigstellen müssen, dass er kein kleiner Angestellter war, der geradezu verzweifelt auf eine Gehaltserhöhung hoffte, sondern dass seine Familie zum Geldadel der Ostküste gehörte.

Erst gestern Abend waren sie zusammen zum Einkaufen gegangen, was damit geendet hatte, dass sie ihm einen Blick geschenkt hatte, als ob er größenwahnsinnig sei, weil er eine Flasche Rotwein für umgerechnet zwanzig Dollar in den Einkaufskorb gelegt hatte. Da Patrick sich noch nie in seinem Leben Gedanken darum gemacht hatte, wie teuer etwas war und ob er sich eine Flasche Wein für zwanzig Dollar leisten konnte, erlebte er nun hautnah mit, wie es war, wenn jemand mit einem festen Einkommen haushalten musste.

Er gab es nicht gerne zu, aber er begann sich dafür zu schämen, dass er Geld besaß.

Wenn er Amy beobachtete, die drei Nebenjobs hatte und gerade einmal so über die Runden kam, bekam er ein schlechtes Gewissen. Zwar war er nicht der weltfremde Einfaltspinsel, der den Wert von Geld nicht kannte, aber hautnah mitzuerleben, wie seine Freundin mit einem amüsierten Lachen die Weinflasche zurück ins Regal stellte und stattdessen nach einem Tetrapak Sangria griff, machte ihn doch nachdenklich.

„Könntest du mir vielleicht sagen, warum ich dich nicht erreichen konnte?“

Während er ein Paar Schuhe in seinen Koffer warf, erklärte er leichthin: „Peter, darf ich dich daran erinnern, dass ich im Urlaub bin?“

„Und darf ich dich daran erinnern, dass du hier dennoch ab und zu gebraucht wirst? Auch wenn du Urlaub hast, Patrick, bedeutet das nicht, dass du wie vom Erdboden verschluckt sein darfst. Dein Mobiltelefon ist seit Tagen ausgeschaltet!“

„Gott, Peter ...“

„Hier ist die Hölle los“, polterte sein bester Freund und Abteilungsleiter los. „Es gibt Probleme bei der Übernahme des Hanson-Unternehmens. Sie wollen sich nicht auf die ausgemachten Konditionen einlassen, sondern bestehen darauf, dass wir die Tarifverträge der Angestellten übernehmen, obwohl wir das von vornherein zur Bedingung gemacht haben.“

Patrick schlich in das Badezimmer des Hotelzimmers und schielte auf die Digitaluhr, da er Amy heute von der Arbeit abholen und mit ihr in eine lauschige Trattoria gehen wollte. Wenn seine Kochkünste besser gewesen wären, hätte er selbst gekocht, doch das wollte er ihr lieber nicht zumuten.

„Patrick“, quakte Peter aufgebracht in den Hörer. „Bist du noch dran?“

„Ja doch“, seufzte er genervt. „Wo ist das Problem?“

„Das Problem?“ Peter klang fassungslos. „Hast du mir überhaupt zugehört? Dieses Geschäft ist total sinnlos, wenn wir die Tarifverträge übernehmen, Patrick! Es verursacht lediglich Kosten, die wir nicht kalkuliert haben. Du musst zurückkommen und dich mit Hanson auseinandersetzen. Er kann jetzt nicht einfach andere Bedingungen fordern.“

„Peter“, unterbrach Patrick das entsetzte Gestammel seines Freundes. „Ich bin gerade einmal seit einigen Tagen weg und werde jetzt sicher nicht nach Hause kommen, weil ihr nicht in der Lage seid, ein bereits abgeschlossenes Geschäft durchzuziehen. Wozu haben wir eigentlich eine Rechtsabteilung?“

„Aber es ist immerhin dein Geschäftsabschluss. Deshalb wirst du Hanson auch klarmachen müssen, dass er nicht in der Lage ist, Bedingungen zu stellen. Der Mann ist über beide Ohren verschuldet und kann seine Hypotheken nicht zurückzahlen. Wenn er nicht verkauft, sitzt er innerhalb eines Monats auf der Straße.“

„Exakt“, fuhr Patrick ihn beinahe schroff an. „Das weißt du, das weiß ich und das weiß auch Hanson. Momentan versucht er, so viel wie möglich aus diesem Vertrag herauszubekommen, aber es wird ihm nicht nützen, weil wir am längeren Hebel sitzen. Er blufft doch nur.“

„Woher willst du das wissen, Patrick? Es steht hier viel auf dem Spiel. Wenn der Aufsichtsrat ...“

„Peter“, unterbrach er ihn mit gefährlich ruhiger Stimme, während er mit den Zähnen knirschte. Ein Jahr lang hatte er sich vor dem vermaledeiten Aufsichtsrat wegen jeder noch so kleinen Entscheidung rechtfertigen müssen, aber dies war nun vorbei. Er nahm es seinem Vater noch immer krumm, dass er es zur Bedingung seines Testaments gemacht hatte, dass Patrick als sein Nachfolger ein Jahr lang dem Aufsichtsrat unterstellt worden war. Obwohl er mit achtundzwanzig Jahren kein Frischling mehr war und das Unternehmen besser kannte als irgendjemand, hatte er sich wie ein Auszubildender in der Probezeit verhalten müssen. Mittlerweile war er nicht nur der Vorsitzende des Unternehmensvorstandes und der Präsident von Ashcroft Enterprises, dennoch hatte es einen schalen Beigeschmack, dass er ein Jahr lang darauf hatte warten müssen, den Posten seines Vaters übernehmen zu können.

Zwar hatte ihn seine Mutter stets beruhigt und ihm begütigend zu erklären versucht, dass diese Wartezeit nur eine Formsache sei, die sein Vater angeblich aus dem Wunsch heraus, Patrick nicht gleich unter Druck zu setzen, in sein Testament aufgenommen hatte, doch Patrick wusste es besser. Sein Vater hatte ihn sogar noch dann kontrollieren wollen, wenn er längst gestorben war.

Für ihn hatte dies einen sehr bitteren Nachgeschmack.

Aus diesem Grund missfiel es ihm auch, ständig von Peter und dessen paranoiden Vorstellungen bezüglich des Aufsichtsrates genervt zu werden.

„Und was passiert, wenn das Geschäft in die Hose geht?“

Während er seine Zahnbürste und seinen Rasierer in den Kulturbeutel warf, erwiderte er fest: „ Hanson blufft. Vertrau mir.“

Sein Freund schwieg einen Moment, bevor er widerstrebend in den Hörer knurrte: „In Ordnung, ich werde mit ihm sprechen.“

„Danke.“ Patrick wechselte den Hörer in die andere Hand. „Gibt es sonst Neuigkeiten? Irgendeine Katastrophe, von der ich wissen sollte?“

„Nein.“ Peter seufzte schwer. „Sonst läuft alles ganz glatt. Du könntest mir dennoch den Gefallen tun und ab und zu dein Handy anschalten, um zu sehen, ob dich jemand angerufen hat. Ich freu mich ja wirklich für dich, dass du so viel Spaß in deinem Urlaub hast“, schnaubte er sarkastisch. „Aber vergiss darüber nicht, dass du eine Firma zu leiten hast.“

Patrick verzog das Gesicht. „Du klingst wie meine Mom.“

„Da deine Mom die cleverste Frau ist, die ich kenne, solltest du auf mich hören.“

Während Patrick in den Badezimmerspiegel schaute, grinste er breit. „Meine Mom hat mir zu diesem Urlaub geraten.“

Darauf ging sein Kumpel nicht ein, sondern wollte bedeutungsschwer wissen: „Wie lange willst du eigentlich noch bleiben?“

„Ich bin doch grad erst hier angekommen.“ Er verdrehte die Augen, sah sich kurz im Badezimmer um und lief anschließend zurück ins Schlafzimmer. „Dir würde etwas Urlaub auch nicht schaden.“

Sein Freund lachte spöttisch. „Aber sicher! Willst du, dass hier alles den Bach hinuntergeht?“

Patricks Meinung nach übertrieb Peter gewaltig, aber da er wusste, wie wichtig dieser Job seinem Kumpel war, hielt er die Klappe. Die beiden kannten sich seit dem Kindergarten, waren zusammen zur Schule gegangen, hatten in einem Polo-Team gespielt und sogar das gleiche College besucht. Doch im Gegensatz zu Patrick hatte Peter nicht in das Familienunternehmen seines Vaters einsteigen können, da sein Vater vor knapp drei Jahren Konkurs angemeldet hatte. Von jetzt auf gleich war das ganze Vermögen futsch gewesen. Daher bedeutete der Job bei Ashcroft Enterprises seinem Freund alles.

Im hänselnden Ton, den er Peter gegenüber seit über zwanzig Jahren anschlug, erwiderte er milde: „Und du, mein Freund, überschätzt deine Fähigkeiten.“

„Von wegen“, schnaubte Peter. „Ich habe eine Ahnung, was hinter deiner ständigen Abwesenheit am Telefon steckt.“

Patrick lachte herzhaft auf. „Tatsächlich?“

„Natürlich. Ist sie sehr hübsch?“

„Bildhübsch.“

„Aha.“ Peter seufzte in den Hörer. „Hattest du mir nicht nach deiner Trennung von Cynthia gesagt, dass du die Finger von Frauen lassen willst?“

„Kann ein Mann nicht seine Meinung ändern?“, fragte Patrick mit lahmer Stimme.

Er hatte keine Lust, Peter von Amy zu erzählen, da er ziemlich genau wusste, welche Ratschläge er von seinem besten Freund hören würde. Leider war Peter ein paranoider Pessimist, was Beziehungen betraf, und hätte augenblicklich davon angefangen, dass Patrick schon oft Gefahr gelaufen war, auf Erbschleicherinnen hereinzufallen. Außerdem war die Sache mit Amy derart neu und aufregend, dass Patrick sie allein genießen wollte, ohne sich etwas verderben zu lassen.

„Du bist erwachsen und kannst tun, was du willst.“

„Vielen Dank“, ächzte er und setzte ironisch nach: „*Dad*.“

„Ich weiß, dass du es nicht hören willst, aber denk …“

„Mein Akku ist gleich leer“, unterbrach Patrick ihn gereizt.

„Die Botschaft ist angekommen.“ Peter schnaubte in den Hörer. „Sarah hat nach dir gefragt.“

„Wie geht es deiner Schwester?“ Er wechselte das Telefon und warf ein Buch in seinen Koffer.

„Sie hat den Mietvertrag für die Wohnung unterschrieben und plant eine Einweihungsfeier.“ Ganz der besorgte große Bruder stieß er einen Seufzer aus. „Sie würde sich sicherlich freuen, wenn du auch kommst.“

„Aber klar“, antwortete er abwesend, als sein Blick auf seine Armbanduhr fiel. „Ich muss jetzt Schluss machen, Peter. Grüß deine Eltern von mir.“

„Patrick ...“

„Tschüss.“ Ohne großes Federlesen beendete er den Anruf und warf das Handy anschließend aufs Bett.

Patrick atmete kurz durch und war verdammt froh, Peter abgewürgt zu haben. In den vergangenen Tagen hatte er eine derart schöne Zeit gehabt, dass er nun das Gefühl hatte, um Atemluft ringen zu müssen. Kaum wurde er an seine Pflichten daheim in New York erinnert, verschwand das entspannte Gefühl der letzten Tage.

Mit Amy hatte er nicht nur Spaß, sondern konnte endlich einmal abschalten. Er erlebte, was Spontaneität wirklich bedeutete, wenn er mit ihr zusammen war. Und es gefiel ihm über alle Maßen. Gestern Nacht war es so heiß gewesen, dass sie beide ständig aufgestanden waren, um kalte Tücher zu holen und diese über den Ventilator zu hängen. Leider hatte dies nicht viel gebracht. Der Gedanke, Amy mit in sein klimatisiertes Hotelzimmer zu nehmen, war ihm verdammt verlockend erschienen, doch sie hatte ihn damit überrascht, ihn um drei Uhr in der Nacht auf die Straße zu zerren und mit ihr spazieren zu gehen. Patrick war perplex gewesen, als sie von ihm verlangte, aufzustehen und sich anzuziehen. Eigentlich hatte er weiter gemütlich im Bett liegen wollen, doch sie war unnachgiebig gewesen. Hand in Hand waren sie ausgestorbene Gassen entlang geschlendert, bis sie zu einem verlassenen Brunnen gekommen waren, der geradezu verlockend geplätschert hatte.

Während er noch darüber nachgedacht hatte, wie gerne er einfach in das kühle Nass gesprungen wäre, hatte sie sich schon auf den marmornen Rand gesetzt, die Schuhe abgestreift und ihre Beine ins Wasser getaucht.

„Ist das nicht verboten?“, hatte er misstrauisch geraunt und ein fröhliches Lachen geerntet.

„Glaubst du, dass um drei Uhr nachts die Brunnenpolizei um die Ecke kommt?“

„Sehr komisch.“

„Also ich werde dich sicherlich nicht verpetzen. Setz dich zu mir!“

Immer noch misstrauisch hatte er sich zu ihr gesellt, die nackten Füße ebenfalls in den Brunnen getaucht und gemurmelt: *„In meinem Reiseführer steht, dass mit der Polizei nicht zu spaßen ist, wenn es um römische Brunnen geht.“*

„Soll ich Schmiere stehen?“ Zärtlich hatte sie ihren Kopf gegen seinen Oberarm gelehnt und ihre Finger mit seinen verknotet. Warum ihm plötzlich die Kehle eng geworden war, wusste er nicht.

„Es reicht, wenn du mir eine Pfeile in den Kuchen backst, sollte ich verhaftet werden“, hatte er zur Antwort gemurmelt und sein Kinn auf ihren Kopf gebettet.

Obwohl Patrick befürchtet hatte, dass er dank des Brunnenwassers einen üblen Hautausschlag bekommen würde, hatte er eine bis dahin unbekannte Zufriedenheit gespürt, mit Amy dort zu sitzen, zu schweigen und dem Plätschern des Brunnens zuzuhören.

Für ihn war es eine völlig neue Erfahrung, mit einer Frau zusammen zu sein, die dermaßen unkompliziert, lebensbejahend und liebevoll war. Von Tag zu Tag bezauberte sie ihn mehr und mehr mit ihrer Natürlichkeit und löste in ihm den Wunsch aus, sie die ganze Zeit bei sich zu haben. Wie ein verliebter Trottel gestand er sich ein, dass sie ihn fasziniert hatte und er es nicht abwarten konnte, sie noch besser kennenzulernen.

Patrick lag dösend in der Sonne und ignorierte das Buch, das einsam neben der Liege lag. Mit einem herzhaften Gähnen blinzelte er gegen das Sonnenlicht an und drehte anschließend den Kopf zur Seite, um Amy zu beobachten, die mit einem übergroßen T-Shirt bekleidet vor ihrer Staffelei stand und konzentriert die Leinwand betrachtete.

Lächelnd legte er sich auf die Seite und ließ seine Augen über ihre nackten Beine aufwärts wandern, während sie nicht zu bemerken schien, dass er sie beobachtete, wie sie mit einem Pinsel in der Hand auf ihrer Dachterrasse stand und seit nunmehr zehn Minuten das halb fertige Bild anstarrte. In den vergangenen Tagen hatte er ihr oft zugeschaut, wie sie gemalt hatte, und wurde auch jetzt nicht müde, sie bei ihrem Bemühen, das Bild fertigzustellen, zu beobachten.

Sein Herz schlug augenblicklich schneller, als sie den Kopf nach hinten drehte und seinen Blick suchte.

„Alles okay?“

„Nein“, erwiderte sie niedergeschlagen, legte den Pinsel beiseite und verzog den Mund. „Ich komme einfach nicht weiter.“

Sie zuckte mit der Schulter, seufzte und kam auf ihn zu. Heute hatte sie ihre blonden Locken unter einem wild gemusterten Tuch versteckt und sah mit ihren nackten Füßen und dem ausgeblichenen T-Shirt wie ein Straßenkind aus. Dank der nackten Beine und dem Hervorblitzen ihres Höschens hatte er es nicht geschafft, auch nur eine Seite zu lesen. Doch wer war er schon, dass er sich darüber beschwert hätte?

„So schlimm?" Amüsiert betrachtete er ihre wilde Frisur und rutschte automatisch ein Stück zur Seite, als sie sich zu ihm setzte.

„Das nennt man wohl eine Malblockade", murmelte sie unglücklich, schenkte ihm jedoch ein dankbares Lächeln, als er seine Hand auf ihren Nacken legte, um sie mit zarten Fingern zu massieren.

„Also mir gefällt es", erklärte er ehrlich und warf einen kurzen Blick auf die riesige Leinwand, die nur ungefähr zur Hälfte bemalt war.

„Das sagst du zu jedem meiner Bilder", klagte sie belustigt.

„Weil sie mir alle gefallen." Patrick musste unweigerlich lächeln, als er ihr ins Gesicht sah, da sie über und über mit Farbtupfern bedeckt war und es nicht einmal zu bemerken schien. Er hatte sie schon oft in diesem Zustand erlebt, wenn sie vor lauter Konzentration nicht bemerkt hatte, dass sie sich selbst mit Farbe bemalte.

„Du bist voreingenommen", warf sie ihm im Scherz vor. „Würdest du mir sagen, dass sie dir nicht gefallen, könntest du immerhin Gefahr laufen, mich nicht mehr nackt zu sehen."

„Erwischt", murmelte er grinsend und legte eine Hand auf ihr nacktes Knie. „Denkst du wirklich, dass ich dieses Risiko eingehen würde?"

„Patrick“, jammerte sie strafend. „Ich werde dieses Bild niemals beenden. Am besten wäre es, wenn ich es im Tiber versenke.“

Da sie mit großer Inbrunst gesprochen hatte, schnalzte er tadelnd mit der Zunge. „Auf gar keinen Fall! Stelle es einfach zur Seite und warte darauf, dass dir eine Idee kommt.“

„Wenn das so leicht wäre“, nuschelte sie, blickte ihn von der Seite an und grinste verschlagen. „Seit meinem Studium habe ich keinen Akt mehr gemalt. Würdest du dich zur Verfügung stellen?“

„Für einen Akt?“ Er drehte sich auf den Rücken, schob einen seiner Arme unter seinen Kopf und grinste großspurig. „Bekomme ich dafür eine Gegenleistung?“

Ihre blauen Augen lächelten sanft. „Ich könnte dir einen Kaffee machen.“

„Einen Kaffee?“ Gespielt enttäuscht rümpfte er die Nase. „Das Bild könnte irgendwann in einem Museum ausgestellt werden. Jeder Besucher könnte mich nackt sehen. Daher solltest du dir etwas Besseres als einen Kaffee ausdenken.“

Mit zarten Fingern fuhr sie über den Bartschatten auf seiner Wange. „Wie wäre es mit einer Rasur?“

„Das klingt schon besser.“ Sehr ernst schaute er sie an und ignorierte das Flattern in seiner Brust, als ihr lächelnder Blick ihn traf. „Du verstehst sicherlich, dass ich daran denken muss, was meine Mom dazu sagen könnte, wenn sie mich auf einem Aktgemälde sieht.“

„Unbedingt“, antwortete sie heiter. „Das wäre für dich bestimmt nur schwer zu verkraften.“

„Ich denke eher daran, was meine Mom ihrer Frauengruppe sagen würde.“ Er verdrehte die Augen.

„Du kennst meine Mom nicht. Sie würde ein Foto davon machen und es all ihren Freundinnen zeigen.“

Amy prustete vergnügt. „Tatsächlich?“

„Oh ja“, seufzte er mit Inbrunst. „Es wäre ihr eine Freude, mich vor allen zu blamieren. Normalerweise zeigt sie ihren Besuchern immer Kinderfotos, auf denen ich ein pummeliger Junge mit Zahnlücke war. Als ich meine Collegefreundin meinen Eltern vorstellte, kramte sie diese hochnotpeinlichen Fotos heraus und machte aus mir eine Witzfigur.“

Anstatt Verständnis zu zeigen, lachte sie herzhaft.

„Hey, das ist nicht komisch“, beschwerte er sich.

„Doch“, widersprach sie vergnügt. „Deine Mom gefällt mir.“

„Das war mir klar.“ Patrick begann damit, ihr Knie zu streicheln. „Solidarität unter Frauen?“

Sie nickte und musterte ihn neugierig. „Es klingt, als hättest du ein gutes Verhältnis zu deiner Mom.“

„Ein sehr gutes“, bestätigte er und verspürte das Bedürfnis, ihr alles zu erzählen, was ihn beschäftigte. Daher drückte er ihr Knie, lächelte schwach und meinte leichthin: „Unsere Mom hat schon immer versucht, die Abwesenheit unseres Vaters bei meinen Geschwistern und mir zu kompensieren. Während er ständig gearbeitet und die Familie vernachlässigt hat, war unsere Mom immer da. Daher haben wir ein sehr viel innigeres Verhältnis zu ihr, als wir es zu unserem Vater hatten.“

Tröstend strich sie ihm über die Wange. „Ich wusste gar nicht, dass du Geschwister hast.“

„Barbara und Stuart“, entgegnete er ruhig. „Barbara ist ein Jahr jünger, verheiratet und hat zwei

Kinder – meine Neffen. Stuart ist erst zweiundzwanzig und geht noch aufs College."

„Versteht ihr euch gut?"

„Ja, das tun wir. Barbara ist manchmal etwas zu snobistisch und ihr Mann kann nüchterner als ein Buchhalter sein, aber wir verstehen uns sehr gut."

Amy legte den Kopf schief. „Das klingt, als würdet ihr euch mögen."

Überrascht sah er auf. „Natürlich tun wir das, schließlich sind wir eine Familie."

Ein Hauch von Bedauern flog über ihr Gesicht, was ihn dazu veranlasste, rasch weiterzureden. „Stuart geht mir manchmal auf den Keks. Leider kann er sich nur selten aus Ärger heraushalten. Im ersten Jahr stand er kurz davor, vom College zu fliegen ..."

„Ganz der große Bruder?", neckte sie ihn fragend.

„Absolut." Mit einem breiten Grinsen zog er sie auf seinen Schoß und an seine Brust. „Was denkst du denn, von wem er das hat?"

„Aha", schnaufte sie und lehnte den Kopf gegen seine Schulter, um mit leiser Stimme nachzuhaken: „Wie geht es deiner Mom nach dem Tod deines Dads?"

„Ganz gut", erwiderte er leise. „Es ist so, dass ..." Er stockte.

Leise fragte sie nach: „Dass?"

Patrick gab ein Stöhnen von sich. „Es hört sich schlimm an, aber mein Dad hat meine Mom nicht verdient. Sie hat sich immer sehr viel mehr um ihn gekümmert als er sich um sie. Ich glaube, dass es ihm sogar egal war, dass er sie ständig vernachlässigte."

„Das tut mir leid", flüsterte sie gegen seinen Hals und löste damit den unangenehmen Knoten, der sich bei dem Gedanken an seine Eltern dort gebildet hatte.

„Muss es nicht“, entgegnete er gespielt leichthin. „Meine Mom trauert noch immer, aber ich denke, dass sie damit klarkommen wird.“

Es dauerte eine Weile, bis sie wieder sprach. Angesichts ihrer heiseren Stimme schloss er sie fester in die Arme. „Mein Dad hat sich nie davon erholt, dass meine Mom gestorben ist. Kurz nach ihrem Tod begann er zu trinken.“

Da sie niedergeschlagen klang, konnte er gar nicht anders, als sein Gesicht an ihres zu schmiegen. „Das tut mir leid.“

„Danke“, erklärte sie rau. „Ich weiß noch, dass wir eine glückliche Familie waren. Dann gab es diesen Unfall. Anschließend war nichts mehr wie früher. Vor ein paar Jahren erfuhr ich, dass mein Dad gestorben ist. Es war ein eigenartiges Gefühl, weil ich hätte trauern müssen. Stattdessen ...“ Sie zuckte scheu die Schultern.

„Ich verstehe das“, flüsterte er leise. „Wirklich, Amy. Ich verstehe das.“

Sie lachte nervös. „Oje, ich habe die Stimmung zerstört.“

„Überhaupt nicht.“ Patrick schluckte und atmete tief aus.

„Wer will denn schon meine traurige Geschichte hören?“, fragte sie wie im Scherz, doch er vermutete eine große Verletzlichkeit dahinter.

Daher murmelte er: „Ich will sie hören.“

Langsam legte sie den Kopf zurück und forschte nachdenklich in seinen Augen.

„Ehrlich?“

„Ehrlich.“

Sie lächelte zittrig. „Stehst du mir trotzdem nackt Modell?“

Patrick stöhnte, als würde es ihn entsetzliche Überwindung kosten, ihrem Wunsch nachzukommen. „Gut! Wenn es unbedingt sein muss ...“

„Danke“, gluckste sie.

„Wenn ich dir nackt Modell stehe, möchte ich mich aber nicht im Freien entblättern“, schränkte er ein.

„Aber hier ist das Licht am besten“, scherzte Amy und lehnte sich vor, um ihn zu küssen.

7. Kapitel

Es war später Nachmittag und Amy lag in der Badewanne, um sich im kühlen Wasser zu entspannen. Beinahe zwei Stunden lang hatte Patrick sie im Bett auf Trab gehalten, was hieß, dass sie sich jetzt zwar befriedigt und glücklich, jedoch auch wohlig betäubt und am Ende ihrer Kräfte fühlte. Schwer lehnte ihr Kopf am Badewannenrand, während eine Hand beinahe verträumt durch den Schaum glitt und sie zwischen halb geschlossenen Lidern beobachtete, wie Patrick nackt neben der Wanne stand und sich rasierte.

Er schien völlig konzentriert zu sein, sodass Amy die perfekte Gelegenheit hatte, ihn ausgiebig zu beobachten und darüber nachzudenken, weshalb sie in seiner Gegenwart wie ein Stück Butter in der Sonne dahinschmolz. Es mochte grauenvoll kitschig klingen, aber sobald er sie anlächelte, machte sich ein Schwarm Schmetterlinge in ihr bemerkbar und ihr Herz begann unregelmäßig zu schlagen. Niemals zuvor hatte sie so gefühlt. Amy befürchtete, dass sie auf dem besten Weg war, sich hoffnungslos in den dunkelhaarigen Mann mit dem breiten Lächeln zu verlieben, der so aufmerksam war, einkaufen zu gehen, wenn sie bis abends arbeiten musste.

Sein fröhliches Pfeifen lenkte sie von ihren Gedanken ab und ließ sie sich wieder auf den nackten Adonis konzentrieren, der ihr seine Kehrseite zugewandt hatte. Im Gegensatz zu ihr schien er ganz und gar nicht erschöpft zu sein, da er fröhlich vor sich her summte und absolut gut gelaunt war.

Amy beneidete ihn um seinen Elan, denn sie wollte nach dem ausufernden Sex am liebsten schlafen und nicht dieses Konzert besuchen, auf das er sich seit Tagen freute. Da er jedoch von nichts anderem sprach und ihr vorgestern stolz die Karten präsentiert hatte, für die er frühmorgens losgezogen war, hielt sie lieber die Klappe und begann, nicht darüber zu jammern, wie anstrengend ihr heutiger Arbeitstag gewesen war. Tatsächlich hätte sie heute am liebsten alles hingeworfen und gekündigt. Sosehr es ihr auch Spaß machte, Touristen durch Rom zu führen, gefiel es ihr gar nicht, dass ihr Chef anscheinend begann, mit unlauteren Methoden zu arbeiten. Dass sie den unbedarften Touristen nun auch noch Souvenirs verkaufen sollte, hatte sie schlichtweg abgelehnt. Nach einer beinahe halbstündigen Debatte mit ihrem Chef war Amy kurz davor gewesen, einfach zu kündigen.

Dies war auch der Grund dafür, dass sie heute lieber einen gemütlichen Abend mit Patrick verbracht hätte, als in einem stickigen Club Rockmusik zu lauschen. Ein Blick in sein strahlendes Gesicht reichte jedoch aus, um diesen Wunsch aus ihrem Kopf zu verbannen. Sie liebte es, ihre Zeit mit ihm zu verbringen, und sie wollte ihm zeigen, wie gerne sie mit ihm zusammen war.

Dreist glitten ihre Augen über seinen herrlichen Rücken, dessen Muskelspiel sie unter seiner glatten Haut erkennen konnte, als er sich beim Rasieren bewegte. Ihr Mund wurde trocken, als sie die kleinen halbmondförmigen Male erkannte, die ihre Fingernägel auf seiner Schulter hinterlassen hatten und die noch nicht verblasst waren. Gemächlich wanderte ihr Blick tiefer über seine schmalen Hüften und verweilte anschließend auf seinem perfekt geformten Hintern. Grinsend legte sie den Kopf ein wenig schief, während sie überlegte, dass es wirklich nicht fair war, dass ein einziger Mann so gut aussehen konnte.

Patrick war nicht nur ein gut aussehender Mann, der sich darauf verstand, sie im Bett vollkommen zu erschöpfen und glücklich zu machen, sondern er war auch ein fantastischer Freund, bei dem sie sich wohlfühlen konnte und sie selbst sein durfte. Bei keinem anderen Menschen hatte sie bislang das Gefühl gehabt, ihm alles anvertrauen zu können, was sie beschäftigte. Doch bei ihm hatte sie keine Scheu, ihm alles über sich zu erzählen.

„Willst du nicht langsam aus der Wanne kommen?“ Patrick warf ihr durch den Spiegel einen fragenden Blick zu.

Amy grinste ihn an und schüttelte wortlos den Kopf.

„Deine Haut verschrumpelt noch“, hielt er ihr lachend vor und wischte sich den restlichen Rasierschaum von seinem Gesicht.

„Und wenn schon“, erklärte sie entspannt, rekelte sich und ließ provokativ die Augen über seinen nackten Körper wandern. Mit verführerischer Stimme murmelte sie: „Eigentlich gefällt es mir ziemlich gut, hier zu liegen.“

„Aha.“ Er drehte sich zu ihr um, verschränkte die kräftigen Arme vor der Brust und ließ seine Augen nun über ihren nackten Körper wandern. „Wenn du nicht aus der Wanne rauskommen willst, muss ich anscheinend zu dir kommen.“

„Wenn du das versuchst, steht das Zimmer unter Wasser“, drohte sie mit einem nicht zu überhörenden Lachen in der Stimme.

„Das käme auf einen Versuch an“, erwiderte er nachdenklich und spitzte die Lippen.

„Lieber nicht“, stöhnte Amy und blinzelte ihm vorwurfsvoll entgegen. „Dank dir und der letzten zwei Stunden werde ich morgen sicherlich einen schlimmen Muskelkater haben.“

Er stieß einen mitleidigen Laut aus. „Mein armer Schatz.“

Die Liebkosung sandte einen Hitzschlag durch ihren ganzen Körper. In dem Bemühen, ihm nicht zu zeigen, wie überrascht sie davon war, nickte sie gespielt empört. „Kaum kam ich zur Tür hinein, bist du über mich hergefallen.“

„Das würde ich nie tun“, widersprach er heiser. „Du hattest mir nur entsetzlich gefehlt.“

Wieder klopfte ihr Herz zum Zerspringen. Atemlos beobachtete sie, wie er neben der Wanne in die Hocke ging und sehr entschlossen wirkte.

Patrick nahm ihre Hand in seine und hob sie an seine Lippen, um zärtlich an ihren Fingerspitzen zu knabbern. Seine grünen Augen glühten auf, und ein schelmisches Lächeln erschien auf seinem Gesicht, als seine andere Hand durch das Wasser fuhr und sich auf ihren Bauch legte.

„Wie kann ich das bloß wieder gutmachen?“

„Du bist wahnsinnig, Patrick“, raunte sie belustigt und strich ihm eine schwarze Strähne aus der Stirn.

„Wahnsinnig?“

„Oh ja“, bekräftigte sie.

Seine Finger glitten zwischen ihre Oberschenkel und berührten sanft ihr geschwollenes Fleisch. Währenddessen küsste er ihre Fingerspitzen und sah ihr begierig in die Augen.

„Ich bin vielleicht wahnsinnig scharf", gab er zu, „aber das ist sowieso nur deine Schuld."

„Meine Schuld?" Amy schluckte und presste sich automatisch der Hand entgegen, die sie unter Wasser liebkoste.

„Aber natürlich", erklärte Patrick freundlich. „Während du unterwegs warst, habe ich ständig an dich denken müssen. Deshalb konnte ich nicht warten, als du endlich nach Hause gekommen bist."

Amy erhob sich und setzte sich in der Wanne auf. Sie drehte sich zu ihm und schlang Patrick die Arme um den Hals, damit sie ihn küssen konnte.

An seine Lippen flüsterte sie: „Irgendwie höre ich es gerne, dass du mich so sehr vermisst zu haben scheinst."

Mit sanftem Griff zog er sie hoch und hob sie aus der Wanne. Nach einem langen Kuss erklärte er heiser: „Das freut mich."

Als Amy zusammen mit Patrick die düstere Spelunke betrat, in der das Konzert der ausländischen Rockband stattfand, auf das er sich so gefreut hatte, presste sie sich eher unabsichtlich an ihn. Unzählige Betrunkene torkelten laut grölend durch den diesigen Raum und schienen sich prächtig zu amüsieren. Auch der Mann neben ihr, den sie eigentlich für ziemlich gemäßigt gehalten hatte, hatte innerhalb weniger Minuten ein riesiges Bierglas in der Hand, reichte ihr ein ebenso großes Exemplar, drängte sich mit ihr mitten in das Gedränge und schien einen Mordsspaß zu haben.

Es war eng und verraucht, auf einer kleinen Bühne spielten und sangen Musiker, die schon einiges getrunken zu haben schienen, während eine Menschenmenge wild ausgelassen tanzte. Überall roch es nach abgestandenem Bier, Stühle wurden im Eifer des Gefechts umgeworfen, Kellnerinnen trugen voll beladene Tabletts durch den Raum und die Musik dröhnte laut vor sich hin.

Trotz ihrer vorherigen Müdigkeit und Erschöpfung ließ sich Amy von der guten Stimmung mitreißen, trank ihr Bierglas in wenigen Schlucken leer und tanzte mit Patrick ausgelassen zur dröhnenden Musik. In Jeans und ausgefranstem T-Shirt und mit einem fetten Grinsen auf dem Gesicht grölte er und sang den ihr völlig unbekannten Song mit. Auch er hatte sein Glas schnell geleert und besorgte ihnen beiden rasch Nachschub.

Als die Band eine Pause einlegte und sich Amy keuchend an Patrick klammerte, während der applaudierte und begeistert pfiff, merkte sie, dass sie bereits einen Schwips hatte. Dies hielt sie jedoch nicht davon ab, nach einem weiteren Bier zu verlangen und mit Patrick in Richtung Bar zu torkeln. Dort angekommen ließ sie sich auf einen wackligen Barhocker fallen und schnappte nach Luft, da es erschreckend heiß im Club geworden war.

Patrick bestellte für sie beide eine weitere Runde Bier und legte einen Arm um sie. Sobald der Barkeeper ihnen die Biergläser auf die Theke stellte, musste Amy mit beiden Händen danach greifen, da sich ihr Blickfeld erheblich verkleinert hatte.

Sein heiseres Lachen ließ sie aufblicken, nachdem sie einen großen Schluck genommen hatte.

„Was?“

Patrick stellte sein Bier beiseite und raunte ihr ins Ohr: „Du hast einen Schwips, Baby.“

Schon wieder eine Liebkosung.

Glücklich legte sie den Kopf schief. „Unsinn. Ich habe ganz sicher keinen Schwips.“

„Doch.“ Seine Hand verfing sich in ihrem Haar. „Werde ich dich später die drei Stockwerke nach oben tragen müssen?“

„Bestimmt“, antwortete sie schelmisch und griff ein weiteres Mal nach ihrem Glas, um es zur Hälfte zu leeren.

Sie hatte das Glas gerade erst wieder abgestellt, als sie eine Frauenstimme hinter sich hörte.

„Amy? Was tust du denn hier?“

Neugierig drehte sie den Kopf zur Seite und entdeckte ihre Arbeitskollegin Katey, die sie dank ihres Schwipses nur mühsam fixieren konnte.

„Katey“, erwiderte sie und hörte selbst, dass sie lallte. „Hi.“

„Hi.“ Die kurzhaarige Geschichtsstudentin, die genau wie Amy Touristengruppen durch die antiken Stätten der Stadt führte, kicherte. „Dich hätte ich hier als Letztes vermutet.“

„Wieso?“ Verwundert blinzelte sie. „Wie kommst du denn darauf?“

„Vielleicht weil das hier ein Grunge-Club ist und du nicht den Eindruck erweckst, Rockmusik zu hören?“

Empört verzog sie das Gesicht. „Also wirklich! Ich ... liebe Grunge, auch wenn ich vorher gar nicht wusste, was das ist.“

Anscheinend hatte sie etwas gesagt, was nicht nur Katey, sondern auch Patrick tierisch zu amüsieren schien. Amy konnte nicht genau sagen, was es war, da es bereits schwierig genug war, auf dem Barhocker sitzen zu bleiben und nicht hinzufallen. Gleichgültig zuckte sie mit der Schulter und wollte wieder nach ihrem Glas greifen, als Patrick es aus ihrer Reichweite schaffte.

„Hey“, protestierte sie und wollte danach grabschen, als er den Kopf schüttelte.

„Du hattest erst einmal genug, schließlich lallst du. Sollen wir dir eine Cola bestellen, Baby?“

Zwar fand sie es ausgesprochen süß, dass er sie vor Katey Baby nannte, dennoch runzelte sie erbost die Stirn, weil er ihr das Bier weggenommen hatte.

„Patrick ...“

Auf ihren Protest ging er nicht ein, sondern streckte Katey die Hand hin. „Hi, ich bin Patrick – Amys Freund.“

Amys Freund.

Sie konnte sehen, dass Katey nicht weniger überrascht war als sie selbst. Amy öffnete den Mund, verzog die Lippen zu einem törichten Lächeln und schenkte Patrick einen Blick, von dem sie fürchtete, dass er hoffnungslos verliebt aussehen musste.

„Äh ... hallo. Ich bin Katey. Amys Arbeitskollegin“, erklärte sie fröhlich.

„Schön, dich kennenzulernen. Übertreibt es meine kleine Schnapsdrossel öfter mit dem Trinken?“, wollte er gutmütig wissen, was Amy nach Luft schnappen ließ.

„Schnapsdrossel? Ich höre ganz ausgezeichnet, auch wenn ich lalle."

„Nun", fragte er an Katey gewandt und blinzelte, was Amy von der Seite sehen konnte. „Muss ich mir Sorgen machen?"

„Ich denke nicht." Katey, deren Nase zweifach gepierct war, grinste breit. „Bist du dafür verantwortlich, dass sie plötzlich Interesse an Rockmusik zeigt?"

Patrick hob eine Hand. „Schuldig."

Amy erklärte angeheitert: „Patrick will mir Modell stehen. Nackt. Und obwohl ich erst ein halbes Bier getrunken habe, behauptet er, dass ich einen Schwips habe."

„Keine Ahnung, wie ich darauf gekommen bin", witzelte er an ihrer Seite mit einem deutlich ironischen Unterton. „Beim nächsten Mal weiß ich Bescheid, dass ich dir keinen Alkohol geben darf. Du verträgst ja überhaupt nichts."

„Unsinn." Sie rückte ein Stück von ihm ab, streckte einen Arm aus, machte ein konzentriertes Gesicht und berührte anschließend mit ihrem Finger ihre Nase. „Ha", rief sie triumphierend. „Ich käme damit durch jede Polizeikontrolle."

„Das vielleicht", schränkte Patrick skeptisch ein. „Aber die drei Stockwerke hinauf zur Wohnung wirst du bestimmt nicht alleine meistern können."

„Abwarten." Amy schwenkte den Kopf zurück zu Katey, prustete und fragte mit schwerer Zunge: „Und was treibt dich heute her?"

Ihre Arbeitskollegin deutete auf die Bühne, lehnte sich gleichzeitig gegen die Bar und zuckte mit der Schulter. „Meine Mitbewohnerin arbeitet hier und hat

Freitickets bekommen. Nachdem ich heute gekündigt habe, dachte ich mir, dass ich zum Ausgleich ausgehen und Spaß haben sollte.“

Verwirrt blinzelte Amy und war froh, dass Patrick dicht hinter ihr stand, weil sie zu ihrer Schande tatsächlich schwankte und ohne ihn vermutlich vom Barhocker gefallen wäre. „Wieso hast du denn gekündigt?“

Die kurzhaarige Katey zuckte mit der Schulter und gab dem Barkeeper ein Zeichen, bevor sie fast kriegerisch erklärte: „Es wird mir zu doof, dort zu arbeiten. Eigentlich wollte ich neben dem Studium praktische Erfahrungen sammeln und anderen Menschen römische Geschichte zeigen, aber der Job verkommt mehr und mehr dazu, eine Schlepperbande zu werden. Lustlose Touristen durch die Vatikanischen Museen zu führen, ist okay, auch wenn sie sich nicht die Bohne für Raffaels Stanzen interessieren, sondern nur die Sixtinische Kapelle sehen wollen, weil dort ein Film mit Tom Hanks gedreht wurde. Aber ich werde ihnen keinen Schrott verkaufen und vormachen, dass dieser antik ist.“

Ratlos holte Amy Luft. „Mir gegenüber hat er behauptet, dass ich nichts verkaufen muss, wenn ich das ablehne.“

„Das klang vor ein paar Stunden noch ganz anders.“ Katey verdrehte die Augen und nahm ein Bier sowie ein Schnapsglas entgegen. „Warte ab, spätestens in ein paar Tagen kommt diese Forderung wieder auf den Tisch. Aber ohne mich!“ Sie nickte ihnen zu, lächelte schwach und deutete nach rechts. „Ich begrüße ein paar Kumpels. Bis später.“

„Bis später“, murmelte Amy verzagt und sah der ausgeflippten Katey nach, die beschwingt in der Menge verschwand.

„Schlepperbande?“ Plötzlich stand Patrick vor ihr und legte seine Hände auf ihre Knie. „Ich dachte, du würdest Touristen durchs Kolosseum führen.“

„Das dachte ich auch.“ Sie seufzte, spitzte nachdenklich den Mund und runzelte die Stirn. „Wie es aussieht, brauche ich bald einen neuen Job.“

„Du hast doch schon zwei“, murmelte er und streichelte beruhigend über ihre Knie.

„Leider reichen sie nicht.“ Amy lehnte sich vor und presste ihren Kopf gegen seine Brust. „Oh Mann ...“

„Ich weiß, dass dir das kein Trost ist, aber ich finde es gut, dass du dort aufhören willst, wenn dein Chef so etwas von euch verlangt.“

Humorvoll ächzte sie: „Rom braucht bestimmt noch eine engagierte Selfie-Stangen-Verkäuferin, oder?“

„Unbedingt.“ Er räusperte sich. „Amy, wenn ...“

„Was soll's“, unterbrach sie ihn, setzte sich aufrecht hin und lachte unbekümmert. „Davon werden wir uns die Stimmung nicht verderben lassen.“

Patrick zog eine Augenbraue in die Höhe. „Sicher?“

„Sicher.“ Sie lehnte sich vor und küsste ihn auf den Mund. „Ich bin angeheitert genug, um noch einmal mit dir auf die Tanzfläche zu gehen.“

„Na dann!“

8. Kapitel

„Guten Morgen, meine süße Schnapsdrossel."

Patrick betrat fröhlich das Schlafzimmer und trug ein Frühstückstablett in seinen Händen, als er sah, dass Amy ihm einen gequälten Blick schenkte und sich anschließend die Bettdecke über den Kopf zog.

„Geh weg", dröhnte es leidend unter der Decke. „Ich will einfach nur sterben."

„Erst wird gefrühstückt. Danach kannst du immer noch sterben", antwortete Patrick gutmütig und stellte das Tablett auf einem Hocker ab, bevor er sich auf die Bettkante setzte und halb mitfühlend, halb belustigt das stöhnende Etwas unter der Bettdecke betrachtete.

Er konnte sich gut vorstellen, wie es ihr gehen musste, nachdem sie in der vergangenen Nacht bereits alles von sich gegeben hatte, was sie zu sich genommen hatte. Dabei verstand er nicht, wie sie überhaupt derart betrunken hatte sein können, immerhin waren es nicht einmal drei Bier gewesen, die sie getrunken hatte. Bevor er gewusst hatte, wie ihm geschah, hatte er eine hoffnungslos betrunkene und lallende Frau in seiner Begleitung gehabt, die er nur unter Mühen aus dem Club hatte schleifen können. Unglücklicherweise hatten sie kein Taxi ergattern können, was den Heimweg zu einer nie enden wollenden Odyssee gemacht hatte. Die letzten Meter hatte Patrick sie Huckepack tragen müssen. Und wie er es geschafft hatte, Amy in den dritten Stock zu befördern, wusste er immer noch nicht.

Doch damit hatte jene Horrornacht noch nicht geendet. Unter Schwierigkeiten war es ihm gelungen, sie von ihrer Kleidung zu befreien und ins Bett zu bringen, als sie nur wenige Minuten später stöhnend wieder aufgestanden und ins Badezimmer gekrochen war. Von da an hatte er neben ihr gekniet, die Haare gehalten und war nicht von ihrer Seite gewichen, als sie sich pausenlos hatte übergeben müssen. Seither fungierte er als Krankenschwester und überhörte ihr Gejammer, dass sie sterben wolle.

„Ich will nicht frühstücken“, erklang ein Schniefen. „Bitte, lass mich allein.“

Patrick konnte in letzter Sekunde ein entzücktes Lachen unterdrücken und zog ihr stattdessen vorsichtig die Bettdecke beiseite.

„So schlimm?“, wollte er wissen und musterte ihr bleiches Gesicht mitfühlend.

Amy nickte und wich seinem Blick aus. „Ich habe nicht nur einen Kater, sondern weiß zu allem Überfluss, dass du mich gesehen hast, als ich mich übergeben musste. Himmel, ist das peinlich!“

„Vor mir muss dir das doch nicht peinlich sein.“

„Gerade vor dir“, klagte sie mit einem Schniefen. „Gerade du sollst mich nicht so sehen.“

„Armer Liebling.“ Bedauernd streckte er die Hand aus und umfasste damit ihre, um sie tröstlich zu drücken. „Kann ich was für dich tun?“

„Ja.“ Sie rümpfte die Nase und schloss die Augen. „Erschieß mich!“

Patrick lachte leise und schüttelte den Kopf. „Warum nimmst du nicht lieber zwei Kopfschmerztabletten und schläfst ein wenig?“

„Ich bin gar nicht müde“, nuschelte sie.

„Dann solltest du etwas essen“, schlug er pragmatisch vor.

Augenblicklich riss sie die Augen auf und rümpfte ihre winzige Nase. „Sehr komisch! Du warst doch dabei, als ich mich übergeben musste. Oder hast du das etwa vergessen?“

Sehr trocken entgegnete er: „Wie soll ich das vergessen? Immerhin habe ich dir das Haar gehalten.“

Wieder stöhnte sie auf und schloss die Augen.

Ihre sichtbare Scham ignorierend bekräftigte er: „Wenn du etwas gegessen hast, wirst du dich besser fühlen.“

„Ich würde mich nur dann besser fühlen, wenn du heute Nacht nicht gesehen hättest, wie ich auf dem Badezimmerboden lag!“

Sein Daumen strich über ihre Wange, während er flüsterte: „Wenn es dir nicht so mies gegangen wäre, hätte ich es sehr süß finden können.“

Das sicherte ihm ihre volle Aufmerksamkeit.

Zweifelnd starrte sie ihn an und runzelte die Stirn. „Süß?“

„Oh ja!“ Er schob sie ein Stück zur Seite und legte sich neben sie. „Du warst total betrunken, hast nur noch gelallt und warst extrem anhänglich. Außerdem hast du ständig davon gesprochen, dass ich dir nackt Modell stehen soll.“

„Was?!“ Voller Entsetzen rundeten sich ihre blauen Augen, bevor sie nachdrücklich den Kopf schüttelte. „Das habe ich niemals gesagt!“

„Frag deine Arbeitskollegin“, forderte er sie gut gelaunt auf. „Dank dir weiß der ganze Club, dass ich dir nackt Modell stehen werde.“

„Oh nein“, stöhnte sie, bevor sie ihn reuevoll anblickte. „Entschuldige! Das tut mir so leid.“

„Warum?“ Er drängte sich an sie und zupfte die Bettdecke beiseite, um einen Arm um ihre Taille schlingen zu können. „Ein besseres Kompliment gibt es nicht, als dass eine schöne Frau hemmungslos offen herumerzählt, dass sie dich nackt malen wollte.“

Endlich bekam sie ein wenig Farbe in die Wangen. Patrick vermutete, dass es daher kam, dass er sie schön genannt hatte. Wenn Amy etwas war, dann war es bescheiden. Komplimente wies sie schüchtern zurück und schien nicht zu wissen, wie hingerissen er von ihr war.

„Patrick?“

„Mhh?“

Zögernd sah sie ihn an. „Hast ... hast du Katey gestern tatsächlich gesagt, dass du mein Freund bist?“

Seine Augenbrauen fuhren überrascht hoch. „Hätte ich das nicht sagen sollen?“

„Nein … ja … ich meine nur“ Sie unterbrach sich selbst mit einem tiefen Seufzer. „Bin ich denn deine Freundin?“

„Hätte ich dir dann die Haare gehalten, als du dich übergeben musstest?“

„Patrick ...“ Amy schüttelte den Kopf, bevor sie leise bat: „Bitte, sei ernst.“

„Das bin ich.“

An ihrer Kehle konnte er sehen, dass sie schluckte. Anscheinend rang sie nach Worten. „Es ist doch so: Wir beide ... was ist das für dich? Ein Urlaubsflirt?“

Patrick schob seinen Arm unter ihren Nacken. „Denkst du das tatsächlich?“

Sehr offen und verletzlich sah sie ihn an. „Ich denke, dass du bald zurück in die Staaten fliegst.“

Er schwieg und schaute sie unergründlich an.

„Wir haben viel Spaß miteinander“, flüsterte sie und wirkte gar nicht überzeugt, sondern schien eher davonlaufen zu wollen.

„Und das ist schlecht?“

„Nein“, erwiderte sie niedergeschlagen. „Aber mich als deine Freundin zu bezeichnen, wenn wir beide wissen, dass du bald wieder weg bist ...“

„Amy.“

Sie stieß den Atem aus. „Wenn es nur ein Flirt ist, kannst du mir das sagen, Patrick. Ich wäre dir nicht böse.“

„Ich befürchte, dass du mich völlig falsch einschätzt.“

„Und ich befürchte, dass ich auf dem besten Weg bin, mich hoffnungslos in dich zu verlieben, wenn du noch länger bei mir bleibst.“

Ahnungslos, wie er darauf reagieren sollte, und aufgeschreckt durch ihr Geständnis, sich in ihn zu verlieben, suchte er nach den passenden Worten, um gleich darauf mit dumpfer Stimme zu fragen: „Willst du, dass ich gehe?“

„Nein“, entgegnete sie prompt und fest. „Ich will nicht, dass du gehst.“

„Aber?“

„Aber ...“ Sie brach ab und sah ihn flehend an. „Ich weiß nicht, wie ich das erklären soll, und ganz sicher will ich dich nicht wütend machen.“

„Ich bin nicht wütend.“

„Patrick“, murmelte sie weich. „Ich möchte, dass du mein Freund bist, und ich möchte nicht ohne dich sein, aber ich weiß, dass du irgendwann auch wieder nach Hause fliegen wirst. Für dich mag das hier nichts

Besonderes sein, aber für mich ..." Sie ließ den Satz unvollendet.

Mit all der Offenheit, die sie ihm geschenkt hatte, erklärte er nun ebenso offen: „Für mich ist es auch etwas Besonderes."

„Oh."

„Amy." Patrick blickte sie nachdenklich an. „Was hast du gedacht, worum es hier geht?"

Hilflos holte sie Luft. „Sex?"

Er verdrehte die Augen. „Wie bereits gesagt: Dann wäre ich vermutlich nicht bei dir geblieben, als es dir heute Nacht so mies ging."

Sie biss sich auf die Unterlippe und meinte scherzhaft: „Das klingt nach der romantischsten Liebeserklärung aller Zeiten."

Patrick schluckte und raunte heiser, ohne auf ihren Scherz einzugehen: „Ich bin nicht sehr gut, was diese Dinge betrifft."

„Diese *Dinge*?"

Ohne es zu wollen, nickte er beinahe grob. „Ich bin einfach kein Romantiker."

Amy lächelte leicht und fixierte seinen Mund. „Bist du nicht? Dabei finde ich dich absolut romantisch."

Schnaubend verzog er den Mund. „Aber sicher!"

„Wirklich", protestierte sie weich. „Du bist so süß zu mir, kaufst ein, kochst, lässt dich von mir malen, hältst meine Haare, wenn ich mich übergeben muss, und du machst mir Frühstück, das du sogar ans Bett bringst."

„Wenn du das romantisch findest, dann ..."

„Ja, das tue ich", unterbrach sie ihn leise und legte eine Hand auf die Stelle, an der sein Herz schlug.

„Außerdem nennst du mich *Baby*, *Schatz* und *Liebling*. Bisher hat das niemand getan."

Er merkte, wie viel Macht diese Frau über ihn hatte, als sein Herz wie rasend zu schlagen begann und er bei dem Gedanken, dass niemand vor ihm sie jemals mit Liebkosungen bedacht hatte, sowohl unglücklich als auch zufrieden war. Unglücklich, weil Amy es verdiente, dass sie geliebt wurde, und zufrieden, weil vor ihm kein anderer Mann sie seinen Schatz genannt hatte.

Mit ebendiesem zufriedenen Gefühl zog er ihr Gesicht an seine Kehle. „Gut, dann bin ich ein Romantiker und du bist eine Schnapsdrossel."

„Das klingt fair", murmelte sie.

„Eigentlich hätte ich mich dazu nicht überreden lassen dürfen."

Sehr zufrieden grinste Patrick vor sich hin und schaute in den Rückspiegel. „Eigentlich hätte die Autovermietung mir keinen Schuhkarton andrehen dürfen. Jeder hat sein Päckchen zu tragen, Baby."

Die Frau an seiner Seite kicherte los. „Man merkt, dass du Amerikaner bist, Patrick!"

„Hey", beschwerte er sich und rutschte auf seinem Sitz hin und her, wobei er sich vorkam, als würde er Autoscooter fahren. „Du bist auch Amerikanerin, wenn mich nicht alles täuscht."

„Stimmt, aber ich jammere nicht herum, wenn ich in einem Kleinwagen sitze." Sie zog ein Bein an ihren Körper und hätte ihm einen fantastischen Blick auf ihre nackten Beine geboten, wenn er sich nicht auf die Fahrbahn hätte konzentrieren müssen. „Gehörst du etwa zu den Männern, die viele PS unter der Haube brauchen?“

Da er in einem winzigen Fiat 500 saß und nicht wusste, wohin mit seinen Beinen, während er fürchtete, bei der nächsten Bodenwelle mit seinem Kopf gegen das Autodach zu knallen, rümpfte er die Nase. „PS werden überschätzt, aber ein wenig mehr Beinfreiheit wäre klasse. Wenn wir endlich ankommen, werden meine Beine dermaßen verkrampft sein, dass ich einen Rollstuhl brauche.“

„Hast du dich einmal umgesehen? Ich glaube, dass es in ganz Italien kein Auto gibt, das größer als dieses ist.“ Sie räusperte sich. „Wohin fahren wir überhaupt?“

„Geheimsache.“

„Patrick“, stöhnte sie frustriert. „Das sagst du jetzt seit heute Morgen!“

Anstatt auf ihr Seufzen einzugehen, lenkte er den Kleinwagen weiterhin über die italienische Autobahn, die in den Norden führte, und war mit sich und der Welt sehr zufrieden.

Da Amy dank ihrer Kündigung drei Tage am Stück nicht arbeiten gehen musste, hatte er in aller Herrgottsfrühe ein Auto gemietet und sie aus dem Bett geworfen, weil er sie mit einem Trip an die toskanische Küste überraschen wollte. Bis jetzt wusste sie noch nichts davon, dass sie auf dem Weg zu einem der schönsten Naturstrände Italiens waren und erst übermorgen wieder zurück nach Rom fahren würden. Angesichts ihrer Niedergeschlagenheit, die sie vor ihm tapfer zu verbergen versuchte, war in ihm der Wunsch aufgekommen, ihr eine Atempause zu verschaffen. Sie sollte sich ablenken und sich nicht ständig Sorgen darüber machen, wo sie das Geld für die nächste Miete herbekam.

Außerdem wollte er ihr etwas Gutes tun, da sein schlechtes Gewissen rapide wuchs.

Im Gegensatz zu ihr kannte er keine Geldsorgen und begann langsam schätzen zu lernen, dass er sich in seinem bisherigen Leben niemals den Kopf hatte zerbrechen müssen, ob er genügend Geld verdiente, um seine Miete zu bezahlen und den Kühlschrank zu füllen. Zwar hatte er niemals auf der faulen Haut gelegen und immer hart gearbeitet, dennoch kannte er das Gefühl nicht, existenzielle Geldsorgen zu haben.

Als Amy gestern nach Hause gekommen war und damit begonnen hatte, im Internet nach Stellenangeboten zu suchen, war sein erster Impuls gewesen, ihr Geld zu geben, damit sie ihre Rechnungen bezahlen konnte. Für ihn wäre es kein Problem gewesen, ihr Geld zu überweisen, aber zwei Gedanken hatten ihn davon abgehalten.

Erstens war ihm klar gewesen, dass sie sein Angebot sofort ausgeschlagen hätte, weil sie viel zu selbstständig war, um sein Geld anzunehmen.

Und zweitens hätte er ihr erklären müssen, woher er das Geld hatte. Weil er sie nicht anlügen wollte, hätte er ihr erzählen müssen, dass er kein einfacher Angestellter war. Doch wie hätte sie darauf reagiert? Vermutlich wäre sie wütend geworden, weil er sich in den vergangenen drei Wochen als jemand ausgegeben hatte, der er gar nicht war.

Patrick wollte nicht riskieren, sie vor den Kopf zu stoßen.

Gleichzeitig sah er ein, dass sie umso verletzter sein würde, je länger er nun wartete.

Wie er aus dieser Zwickmühle herauskommen sollte, bereitete ihm gerade die meisten Sorgen.

„Was auch immer du vorhast“, unterbrach Amy seine wirren Gedanken, als sie sich zu ihm beugte und ihm einen raschen Kuss auf die Wange drückte. „Ich weiß es sehr zu schätzen, dass du mir eine Freude machen willst.“

Er lachte trocken, schaltete einen Gang höher und blinzelte ihr kurz zu. „Kommt jetzt wieder ein Spruch, dass ich ein Romantiker bin?“

„So ungefähr.“ Ihre blauen Augen tanzten vor Vergnügen. „Außerdem siehst du hinter dem Steuer eines Fiats ziemlich komisch aus.“

„Komisch?“

„Mhh. Wie ein zu groß geratenes Kind in einem Bobbycar.“

„Na warte“, schnaufte er und setzte den Blinker, als er gerade rechtzeitig bemerkte, dass er die nächste Ausfahrt nehmen musste. „Das wirst du zurückbekommen!“

Ihr Kichern klang in keiner Weise eingeschüchtert und erwärmte sein Herz. „Oh Gott, ich sterbe vor Angst!“

„Irgendwie habe ich das Gefühl, von dir nicht ernst genommen zu werden.“

„Ach.“ Seufzend rekelte sie sich, gähnte anschließend und machte es sich auf ihrem Sitz bequem. „Ich nehme dich sehr ernst“, widersprach sie und klang extrem glücklich. „Aber Angst hätte ich niemals vor dir, schließlich bist du ein Romantiker.“

„Du weißt ja nicht, was du meinem Ruf damit antust.“

Darauf sagte sie nichts, sondern legte eine Hand auf seinen Oberschenkel und küsste ihn auf den Oberarm, bevor sie sich an ihn schmiegte und schwieg.

So verbrachten sie weitere zwanzig Minuten, in denen Patrick über uralte Landstraßen tuckerte und den Anblick der vorüberziehenden Landschaft genoss. Blühende Bäume, weite Felder und ein strahlend blauer Himmel waren bereits ein großartiger Anblick, aber als sie sich der Küste näherten und sich plötzlich auf einer nur halb befestigten Straße befanden, die parallel zu einem ausgestorbenen Strand mit weißem Sand lief, hielt er für einen Moment die Luft an. Amy neben ihm schnappte nach Luft, setzte sich auf und flüsterte seinen Namen.

„Patrick ...“ Aufgeregt beugte sie sich vor und starrte aus dem Fenster. „Wir fahren zum Strand?“

Angesichts ihrer unverhohlenen Freude erklärte er zärtlich: „Ich war der Meinung, dass du ein bisschen Entspannung verdient hast, Baby.“

„Das ... das ist so lieb“, erwiderte sie gerührt. „Wirklich! Ich weiß gar nicht, was ich sagen soll.“

Mit weicher Stimme forderte er sie auf: „Du musst gar nichts sagen. Freu dich einfach. Wir haben ein kleines Haus direkt am Strand und können den ganzen Tag am Meer gammeln, wenn du möchtest. Außerdem habe ich deinen Zeichenblock in meinen Koffer geschmuggelt, falls du Lust hast, ein wenig zu zeichnen.“

Nach einigen schweigsamen Momenten holte sie Luft und flüsterte zögerlich: „Patrick, das wird doch eine Menge kosten. Ich möchte nicht, dass du so viel Geld ausgibst."

Darauf ging er gar nicht ein, sondern streckte den Zeigefinger aus und deutete auf ein Straßenschild. „Nur noch drei Kilometer! Wenn wir Glück haben, werden wir auf unserem Strandabschnitt ganz allein sein. Du weißt, was das heißt." Bedeutungsvoll wackelte er mit den Augenbrauen und schaute in ihr besorgtes Gesicht. „Nacktbaden!"

Glücklicherweise lenkte sie das ab, da sie in prustendes Gelächter ausbrach.

Damit sie nicht wieder mit diesem Thema anfing, machte Patrick sie in den nächsten fünf Minuten auf die Wellen, den Strand, angespültes Treibgut und besonders schöne Dünen aufmerksam, bevor er vor der Mietshausverwaltung anhielt und sich den Schlüssel für ihr kleines Strandhaus geben ließ, das er auf die Schnelle im Internet gebucht hatte.

Nur wenige Minuten später parkte er den winzigen Fiat neben einem kleinen Haus, das von außen wie eine Fischerhütte aussah, hörte Amys begeistertes Quietschen, mit dem sie aus dem Auto sprang, und verfolgte entzückt, wie sie aufgeregt um das Auto herumlief und darauf wartete, dass er ebenfalls ausstieg. An ihrer Hand ließ er sich von ihr zum Haus ziehen und hätte beinahe gelacht, als sie neben ihm auf und ab sprang und darum bat, dass er sich mit dem Aufschließen der Tür beeilen sollte.

„Gefällt's dir?"

„Oh mein Gott, Patrick! Und wie", rief sie euphorisch. „Schau dir nur den Strand an! Und dann erst dieses süße Häuschen!"

Niemals zuvor hatte er erlebt, dass jemand dermaßen begeistert war, einen Strand zu sehen, oder dass jemand die winzige Strandhütte ohne Klimaanlage und mit den leicht muffeligen Möbeln wie einen hochherrschaftlichen Palast betrachtete. Amy jedoch strahlte vor Vergnügen, als sie auf der Veranda stand, das Meer in Augenschein nahm und anschließend die Küche und das daran angeschlossene Schlafzimmer betrat.

„Ist das gemütlich", schwärmte sie, drehte sich einmal um die eigene Achse und schlang ihm anschließend mit einem entzückten Laut die Arme um den Hals. „Niemals zuvor hat jemand so etwas Nettes für mich gemacht. Danke."

Er betrachtete ihre rosa angelaufenen Wangen und ihre blauen Augen, in denen Tränen glitzerten, während ihm die Kehle eng wurde.

„Dann wurde es aber Zeit", murmelte er und rieb seine Nase an ihrer. „Lust auf eine Runde schwimmen?"

Amüsiert protestierte sie: „Ich habe gar keinen Bikini dabei."

„Das war mein Plan", erwiderte er zufrieden.

9. Kapitel

Amy wollte es Patrick nicht schon wieder vorhalten, aber er war vermutlich der romantischste Mann auf Erden, auch wenn er dies vehement abgestritten hätte.

Welcher Mann überraschte seine Freundin denn mit einem Trip ans Meer, entführte sie an einen einsamen Strand und machte abends ein Lagerfeuer, zu dem er außerdem eine riesige Auswahl an Antipasti besorgt hatte?

Satt, erschöpft und so glücklich wie nie zuvor schaute Amy in die züngelnden Flammen, lehnte sich mit dem Rücken gegen seine Brust und senkte den Kopf, damit er ihr zufriedenes Lächeln nicht sah.

Nach einer fast dreistündigen Autofahrt, einem langen Tag am Meer und einem ausgedehnten Sonnenbad war sie völlig geschafft und musste sich davon abhalten, nicht an Ort und Stelle einzuschlafen. Da sie jedoch voll von Oliven, Mozzarella, Garnelen, Schinken und knusprigem Brot war und sich zudem so beschützt wie niemals zuvor fühlte, war es gar nicht so einfach, dem Drang nicht doch nachzugeben und die Augen zu schließen.

Träge murmelte sie daher: „Erzähl mir etwas."

„Was denn?", erklang seine belustigte Stimme, während sie spürte, wie er seinen Mund gegen ihr Haar presste.

„Irgendetwas." Selig kuschelte sie sich an ihn. „Ich will nur deine Stimme hören."

„Aha", gluckste der Mann hinter ihr fröhlich. „Bin ich jetzt für die Gutenachtgeschichten zuständig?"

Müde schüttelte sie den Kopf und gestand offen: „Ich höre dir so gerne zu."

„Was?"

Auf sein überraschtes Lachen ging Amy nicht ein. „Meinetwegen könntest du sogar das Telefonbuch vorlesen, wenn ich nur deine Stimme hören kann." Eigentlich hätte sie ihm dies gar nicht verraten dürfen, tat es jedoch trotzdem. „Deine Stimme zu hören, macht mich glücklich."

Obwohl er nicht antwortete, machte sich Amy nichts daraus, sondern ergriff stattdessen seine Hand und hob sie an ihren Mund, um ihm einen Kuss auf die Handfläche zu pressen.

Dass er tief seufzte und sie noch näher an sich zog, wertete sie als gutes Zeichen.

„Habe ich dir jemals erzählt, dass ich auf der Highschool in der Marschkapelle gespielt habe?"

Das weckte nicht nur ihre Neugierde, sondern ließ sie augenblicklich alle Müdigkeit vergessen.

„Du hast in einer Marschkapelle gespielt?"

„Ja", erklärte er gespielt stolz. „Ich schlug die große Trommel, obwohl ich am liebsten Drum Major geworden wäre. Leider fehlte mir dafür die Disziplin."

Amy konnte nicht anders und lachte los. „Hilfe! Mein Freund hat in einer Marschkapelle gespielt!"

„Hey", protestierte er. „Wir waren richtig gut und wurden in den Staatsmeisterschaften sogar Dritter."

Diese Aussage animierte sie dazu, nur noch lauter zu lachen. „Gratulation!"

Er prustete gegen ihr Ohr. „Wieso lachst du so? In meiner Uniform sah ich ziemlich sexy aus."

„Das kann ich mir denken!"

„Ja", raunte er leise. „Du hättest den schicken Hut mal sehen sollen, den ich tragen musste."

„Hör auf, Patrick", flehte sie. „Ich mache mir sonst gleich noch in die Hosen."

„Na ja, so witzig ist das nun auch wieder nicht!"

„Und ob." Amy legte den Kopf zurück und schaute zu ihm auf. Selbst wenn sie auf seine Kosten lachte, was das Zeug hielt, kam sie nicht umhin, den Sternenhimmel hinter seinem Gesicht zu bemerken und festzustellen, dass es wohl keine romantischere Atmosphäre gab als diese. „Niemals wäre ich auf den Gedanken gekommen, dass du auf der Highschool in einer Marschkapelle gespielt haben könntest."

„Hältst du mich etwa für unmusikalisch?", wollte er mit milder Neugierde wissen.

„Ach was", wischte sie seine Bemerkung beiseite. „Das ist es nicht unbedingt. Eigentlich hätte ich vermutet, dass du im Basketballteam gewesen wärst."

„Basketball?", grummelte er.

„Hast du etwas gegen Basketball, Patrick?"

„Ich schaue es mir gerne an, aber es selbst zu spielen ..." Er schnalzte mit der Zunge. „Das ist nicht mein Ding."

„Unsportlich?"

„Von wegen!" Wieder prustete er gegen ihr Ohr. „Schließlich war ich im Schwimmteam. Sogar auf dem College habe ich noch an Wettkämpfen teilgenommen."

Mit gespielter Bewunderung hauchte Amy: „Wow! Die Marschkapelle und das Schwimmteam! Du bist ein Mann mit vielen Talenten."

„Lach du nur", forderte er sie gutmütig auf. „Sogar die Abschlussrede durfte ich auf der Highschool halten."

„Angeber“, warf sie ihm vor. „Und jetzt willst du mir womöglich noch erzählen, dass du in Harvard studiert hast, richtig?“

„Nein“, widersprach er trocken und erklärte: „Ich war in Stanford.“

Verdutzt öffnete sie den Mund und stieß voller Bewunderung hervor: „Stanford? Da musst du aber ein saumäßig gutes Stipendium bekommen haben! Ich wusste ja gar nicht, dass man es als Trommler einer Marschkapelle bis nach Stanford schaffen kann.“

Eigentlich erwartete Amy eine scherzhafte Bemerkung aus seinem Mund, doch stattdessen gab er ein undefinierbares Grummeln von sich, seufzte und meinte unerwartet ernst: „Ich hatte Glück.“

„Ein Stipendium zu bekommen, hat meistens nichts mit Glück zu tun.“ Amy lächelte leicht und erklärte ohne jeden Groll: „Stell dein Licht nicht unter den Scheffel. Ich habe mich damals für ein Kunststipendium beworben, doch bei der Vielzahl an Bewerbern hatte ich keine Chance.“

Nachdem er sich geräuspert hatte, wollte er mit rauer Stimme wissen: „Ein Kunststipendium?“

„Ja“, entgegnete sie mit einem träumerischen Seufzen. „Es wäre ein Traum gewesen, an die Calart nach Los Angeles zu gehen, weil sie die mit Abstand beste Fakultät für bildende Künste ist.“ Mit einem scherzhaften Blick zuckte sie mit der Schulter. „Es wurde dann ein kleines College in Oregon, das ich mit dem Geld bezahlen konnte, das ich von meiner Mom geerbt hatte.“

„Das klingt hart.“

„Ach“, wiegelte sie gut gelaunt ab. „Alles halb so wild. Selbst wenn ich in Los Angeles studiert hätte, wäre ich höchstwahrscheinlich noch immer keine berühmte Malerin, die große Einzelausstellungen in renommierten Galerien veranstalten darf."

„Wie kommst du darauf?"

Wieder zuckte sie mit der Schulter. „Dazu braucht man vor allem eins."

„Und was?"

„Vitamin B", lautete ihre einfache Antwort. „Wenn du nicht jemanden kennst, der jemanden kennt, der einen Galeristen kennt, hast du sowieso keine Chance. Da ich aus einer winzigen Stadt in North Carolina komme und weder einen Galeristen noch den Bekannten eines Galeristen kenne, wird es eine tolle Ausstellung wohl kaum in näherer Zukunft geben. Aber das ist okay", schloss sie zufrieden.

Seine Stimme klang heiser, als er erwiderte: „Vielleicht solltest du nach New York gehen. Dort wimmelt es vor Galerien."

„Außerdem wimmelt es dort vor anderen Künstlern", schränkte sie belustigt ein. „Ehrlich gesagt bin ich ganz zufrieden, wie es momentan ist."

Patrick stieß ein kleines Grummeln aus. „Wärst du nicht zufriedener, wenn du weniger arbeiten und stattdessen mehr malen könntest?"

„Sicher." Sie legte den Kopf schief und rümpfte die Nase. „Es wäre der Wahnsinn, wenn ich mich nur auf meine Malerei konzentrieren könnte, aber das wird wohl niemals geschehen. Ich breche mir keinen Zacken aus der Krone, wenn ich Geld verdiene, indem ich kellnere oder Museumtickets verkaufe. So ist das Leben nun einmal."

Ganz plötzlich und völlig unvermittelt presste er seine Arme enger um sie und flüsterte ihr ins Ohr: „Ich bewundere das."

Sprachlos brauchte sie einen Moment, um zu fragen: „Was bewunderst du?"

„Deine Lebenseinstellung", erklärte Patrick völlig ernst. „Du nimmst dein Leben selbst in die Hand, ohne etwas zu bedauern, das du nicht ändern kannst."

„Nun ja", erklärte sie weich. „Das würde mir auch nichts bringen, oder?"

„Weißt du, wie viele andere Menschen nicht längst die Flinte ins Korn geworfen und beteuert hätten, wie unfair das Leben sei, wenn sie an deiner Stelle wären?" Patrick stieß seinen Atem aus. „Ich glaube, dass nur wenige Menschen so mutig sind wie du."

„Mutig?" Beinahe hätte sie gelacht, obwohl seine Worte ihr nicht nur schmeichelten, sondern ein warmes Gefühl in ihrem Inneren auslösten. „Du hältst mich für mutig? Dann solltest du sehen, wie ich auf Spinnen reagiere!"

„Du *bist* mutig", beteuerte er nachdrücklich. „Ich hätte vermutlich nicht den Schneid gehabt, alleine nach Rom zu fliegen, um dort zu leben, obwohl ich keine Sicherheiten im Rücken habe."

„Wenn ich dich so reden höre, bekomme ich im Nachhinein Angst", murmelte Amy.

Er schwieg einige Zeit, bevor er mit angespannter Tonlage raunte: „Niemals habe ich jemanden kennengelernt, der lebensfroher, liebenswerter und couragierter ist als du. Oder jemanden, mit dem ich lieber meine Zeit verbringen möchte."

Amy schniefte und spürte, wie ihr die Tränen kamen.

Anscheinend hatte er es gehört. „Ich wollte dich nicht zum Weinen bringen, Liebling."

„Aber das tust du", flüsterte sie in dem Bedürfnis, ihm nah zu sein und ihn nicht mehr loszulassen. Daher drehte sie sich näher zu ihm, schlang einen Arm um seine Mitte und schmiegte ihre Wange gegen seine Schulter. „Du darfst so etwas doch nicht sagen, wenn du mich nicht zum Weinen bringen willst", warf sie ihm schniefend vor.

„Nicht nur eine Schnapsdrossel, sondern auch eine Heulboje?"

Sie nickte und nahm das aufgeregte Kribbeln in ihrem ganzen Körper wahr, als sie murmelte: „Es ist deine Schuld."

„Was ist meine Schuld? Dass ich dich zum Weinen bringe?"

„Das auch, aber eigentlich meinte ich, dass es deine Schuld ist, dass ich dich liebe. Du kannst so ein Romantiker sein!"

Wenn sie erwartet hatte, dass er nach diesem Geständnis Reißaus nehmen könnte, hatte sie sich geschnitten. Tatsächlich waren ein verlassener Strand im Mondschein und ein kuscheliges Lagerfeuer das absolute Klischee, um eine Liebeserklärung zu erhalten, aber Patrick schien sich gar nicht bewusst zu sein, dass er seinem Ruf als Romantiker gerecht wurde, als er ihr das Haar beiseite strich und sie aufs Ohr küsste.

„Weißt du was? Das Risiko gehe ich ein." Sein Mund verharrte an ihrem Ohr. „Und fürs Protokoll: Ich liebe dich auch."

Amy sah sich in der gemütlichen Hütte um, die sie in der nächsten Stunde verlassen würde, und verspürte nicht nur einen Hauch Wehmut, sondern konnte das deprimierende Gefühl nicht unterdrücken, das in ihr bei dem Gedanken aufstieg, heute Abend wieder in Rom zu sein.

Sosehr sie die italienische Hauptstadt auch mochte und das Leben dort trotz aller Schwierigkeiten schätzte, war es ihr unerträglich, diesen friedlichen Flecken Erde zu verlassen. Vorgestern hatte sie den schönsten Abend ihres Lebens verbracht, mit Patrick am Lagerfeuer gesessen und von ihm das gehört, wonach sie sich gesehnt hatte. Als er ihr gestanden hatte, sie zu lieben, hatte sie gedacht, gleich in tausend Einzelteile zu zerspringen. Niemals zuvor hatte sie ein solches Gefühl verspürt. Dass sie sich unter einem Sternenhimmel geliebt hatten und am Strand aneinandergeschmiegt eingeschlafen waren, würde sie bis ans Ende ihres Lebens nicht vergessen.

Nach dieser aufregenden Nacht hatten sie gestern den Tag ganz gemütlich am Strand verbracht, waren schwimmen gegangen, hatten faul im Sand gelegen und waren später in das kleine Städtchen spaziert, in dem die Zeit anscheinend still gestanden war. Durch alte Gassen, ausgestorbene Straßen und über einen baufälligen Marktplatz waren sie gewandert, hatten sich winzige Geschäfte angeschaut und anschließend in einer rustikalen Trattoria gegessen. Auf dem Rückweg zum Strand hatte Patrick trotz ihrer Proteste ein Paar Schuhe gekauft, die Amy zuvor in einem kleinen Schaufenster bewundert hatte.

Sie hatte ihn verrückt genannt, denn die italienischen Schuhe mit dem hohen Absatz und dem schwarzen Leder hatten fast zweihundert Euro gekostet. Das schlechte Gewissen, das sie überkommen hatte, als Patrick sein Portemonnaie gezückt hatte, war nicht einmal dann versiegt, als er ihr ein aufmunterndes Lächeln geschenkt hatte. Er sollte nicht so viel Geld für sie ausgeben, und das hatte sie ihm auch gesagt. Obwohl sie nie darüber gesprochen hatten, ging Amy davon aus, dass Patrick nicht gerade so viel verdiente wie Donald Trump, immerhin war er sofort aus seinem Hotel ausgezogen, als sie ihm angeboten hatte, bei ihr zu wohnen. Rom war nun einmal teuer und die Hotels standen dem in nichts nach.

Ihr kam es nicht recht vor, dass er ihr dermaßen teure Schuhe kaufte, die sie im Grunde nicht brauchte. Außerdem bezahlte er bereits diesen Trip, der bestimmt ebenfalls einiges gekostet haben musste. Auch wenn sie es außerordentlich süß und lieb von ihm fand, dass er so aufmerksam war und ihr eine Freude machen wollte, dachte Amy daran, dass sie nicht schuld daran sein wollte, wenn sein Bankkonto plötzlich leer war.

Mit einem Seufzer schüttelte sie die Gedanken ans Geld ab und glättete die gehäkelte Tischdecke auf dem zugegebenermaßen wackeligen Tisch, an dem sie sowieso nie gesessen hatten. Gestern Morgen hatten sie auf der Veranda gefrühstückt und auch heute Morgen hatten sie das Essen mit nach draußen genommen, um am Strand zu frühstücken. Ein bisschen wie die Hippies hatten sie sich benommen, da Patrick sie nicht nur zum Nacktbaden überredet hatte, sondern weil auch sie ihn davon überzeugt hatte, sich nackt am Strand zu präsentieren, als sie ihn hatte zeichnen wollen. Dies war erst einige Stunden her, und Amy musste immer noch lachen, wenn sie daran dachte, wie Patrick ins Haus gestürmt war, als plötzlich jemand Fremdes am Strand aufgetaucht war.

Nun standen ihre Taschen gepackt auf der Veranda, und Amy wartete nur darauf, dass Patrick vom Tanken zurückkam, damit sie aufbrechen konnten. In ungefähr drei Stunden wären sie wieder in Rom, was bedeutete, dass sie sich nicht nur langsam Gedanken darüber machen sollte, sich so schnell wie möglich einen neuen Job zu suchen, sondern dass Patrick mit ziemlich großer Sicherheit bald zurück in die Staaten fliegen würde.

Wie sie das aushalten sollte, war ihr ein Rätsel.

Tatsächlich quälte sie weniger der Gedanke, den hübschen Strand zu verlassen, als die Sorge, dass Patrick nach diesem Trip auf Nimmerwiedersehen verschwinden würde. Bereits seit drei Wochen war er in Rom, was eine schrecklich kurze Zeit war, um jemanden kennenzulernen und sich in ihn zu verlieben. Andererseits machten die wenigsten Amerikaner selten länger Urlaub als ein paar Tage. Drei Wochen dagegen waren fast schon obszön lange. Amy musste der Wahrheit ins Gesicht sehen. Es war nur eine Frage der Zeit, wann Patrick aus ihrem Leben verschwinden würde. Und was dann? Die Vorstellung, bald wieder alleine in Rom zu leben, von einem Job zum anderen zu gondeln und niemanden zu haben, der zu Hause auf sie wartete oder ihr das Haar hielt, wenn sie sich übergeben musste, war grauenvoll trostlos. Die schönste Stadt der Welt hätte bei solch einem Ausblick deprimierend gewirkt.

Noch vor einem Monat hätte sie gelacht, wenn ihr jemand prophezeit hätte, dass sie sich innerhalb weniger Wochen so sehr in einen Mann verlieben würde, von dem sie kaum etwas wusste, und dass sie den Gedanken unerträglich fand, von ihm getrennt zu werden. Aus dem vermeintlichen Urlaubsflirt hatte sich etwas entwickelt, das Amy nicht missen wollte.

Doch leider war es nicht zu ändern.

Das erste Mal in ihrem Leben, dass sie sich verliebt hatte, würde zwangsläufig mit einem gebrochenen Herzen enden.

Um sich ein wenig abzulenken, schnappte sie sich eine kleine Flasche Wasser, schloss die Tür der Strandhütte hinter sich und setzte sich auf die Veranda, um einen letzten Blick auf das Meer zu genießen. Kaum hatte sie die Beine von sich gestreckt, hörte sie Motorengeräusche, die gleich darauf verklangen.

Wenige Sekunden später stapfte Patrick auf die Veranda.

Lächelnd legte sie den Kopf zurück. Ihre Augenbrauen zuckten in die Höhe, als sie sein ernstes Gesicht bemerkte und beobachtete, wie er sich neben sie auf einen Stuhl fallen ließ.

„Ist etwas passiert?“ Amy drehte sich zu ihm und setzte sich aufrecht hin. „Du siehst so besorgt aus. Hattest du einen Unfall?“

Mit einem schweren Seufzen schüttelte er den Kopf. „Nein, ich hatte keinen Unfall.“

„Sondern?“

Als er nicht sofort antwortete, erklärte sie in der Hoffnung, ihn aufzumuntern: „Ich war schon in Sorge, dass du einen Feldhasen überfahren haben könntest. Gut zu wissen, dass sie es geschafft haben.“

Patrick schnaubte.

„Was ist denn passiert?“

„Ein Telefonanruf", gestand er widerstrebend. „Als ich an der Tankstelle war, habe ich mein Handy angeschaltet. Meine Mailbox war voll."

„Oje." Amy schluckte und streckte die Hand aus, um seinen Unterarm zu drücken. „Ist etwas passiert? Deine Familie ..."

„Denen geht es gut", beruhigte er sie mit einem schwachen Lächeln. „Es war die Arbeit."

Obwohl Amy keine Ahnung hatte, weshalb ihn seine Arbeitsstelle im Urlaub anrief, bohrte sie nicht weiter, schließlich wirkte seine Miene besorgt genug. Stattdessen schluckte sie das bittere Gefühl in ihrer Kehle hinunter.

Bei seinen nächsten Worten kam dieses Gefühl jedoch sofort wieder und wurde von einem Knoten begleitet, der ihr fast die Luft abschnürte. Gleichzeitig sackte ihr der Magen zwischen die Kniekehlen.

„Amy ... ich muss wieder zurück nach New York."

„Oh."

Er drehte sich zu ihr, runzelte die Stirn und sah genauso niedergeschlagen aus, wie sie sich plötzlich fühlte. „Bitte, sag etwas."

Dumpf ließ sie seinen Arm los, lehnte sich zurück und befahl sich, nicht in Tränen auszubrechen. Gerade noch hatte sie an solch ein Szenario gedacht, war jedoch davon ausgegangen, dass sie in Ruhe nach Rom fahren und vielleicht noch zwei oder drei entspannte Tage miteinander verbringen könnten.

Gequält verzog sie den Mund und meinte mit krächzender Stimme: „Patrick, was ... was soll ich dazu sagen? Mir war klar, dass du ..." Sie stockte und sprach nicht weiter, weil sie befürchten musste, dass ihr jeden Moment die Sprache versagen würde.

„Scheiße, Amy“, erklärte er rau und beugte sich vor, während er ihre Hände in seine nahm. „Ich kann das nicht.“

Mit niedergeschlagenen und feuchten Augen flüsterte sie: „Was?“

„Ich kann nicht gehen und dich zurücklassen.“ Seine Hände drückten vehement ihre. Gleichzeitig war seiner Stimme anzuhören, dass er unter enormer Anspannung litt. „Wie soll das funktionieren? Du hier in Italien und ich in den Staaten? Wann würden wir uns sehen?“

Obwohl der Kloß in ihrem Hals immer größer wurde, schaffte sie es zu krächzen: „Gar nicht.“

„Das will ich nicht.“ Auch sein Atem klang schwer. „Und du willst es doch auch nicht, oder?“

„Patrick“, murmelte sie und drückte ebenfalls seine Hände. „Natürlich will ich das nicht, aber was bleibt uns denn sonst übrig?“

Als er nichts sagte, schaute sie zögernd auf und erschrak beinahe angesichts seiner finsteren Miene. Ihre Mundwinkel zitterten, als sie ein Lächeln versuchte. „Seien wir doch ... doch ehrlich. Es war ein ... ein Urlaubsflirt und ...“

„Nein“, unterbrach er sie und rückte so nah an sie heran, dass er mit seinen Knien ihre umklammerte. „Anfangs hat es vielleicht als Flirt begonnen, aber jetzt ...“ Er beendete den Satz nicht, sondern schüttelte abwehrend den Kopf.

Amy holte tief Luft und erinnerte ihn ruhig: „Patrick, wir kennen uns erst seit drei Wochen.“

„Das mag schon stimmen, aber ich weiß dennoch, dass ich keinen Tag mehr ohne dich sein will.“

„Ich dachte, du bist kein Romantiker.“ Zu ihrer Schande schniefte sie und konnte fast nichts mehr sehen, weil sie kurz vor einem Tränenausbruch stand.

„Amy?“, fragte er nachdrücklich und ging auf ihren letzten Satz nicht ein. „Weißt du, was passiert, wenn ich abreise? Wir werden uns vermutlich nicht wiedersehen.“

„Das musst du mir nicht sagen.“ Am liebsten hätte sie ihm die Hände entzogen, aber das ließ er nicht zu. „Patrick, das weiß ich selbst.“

„Dann ...“

„Was *dann*?“ Sie schnappte nach Luft. „Ich will das ebenso wenig wie du, aber ich habe keine Lösung für das Problem! Du lebst in New York und ich lebe in Rom. Natürlich will ich nicht, dass du gehst! Sag mir doch, was ich tun soll? Dich an einen Stuhl fesseln?“

Sie hatte sich so in Rage geredet, dass sie kaum noch Luft bekam, und drehte den Kopf zur Seite, damit er nicht sehen konnte, dass ihr die ersten Tränen über die Wangen liefen.

Leider war er so aufmerksam, dass ihm sofort auffiel, dass sie weinte, da er ihr Kinn mit einer Hand umfasste und vorsichtig zu sich drehte.

„Du könntest mit mir nach New York kommen“, entgegnete er mit ruhiger und gefasster Stimme.

Im ersten Moment war sie so geschockt, dass sie ihn einfach nur sprachlos ansah. Während ihr Mund aufklappte und sie nach Luft rang, rundeten sich gleichzeitig ihre Augen und starrten ihn fassungslos an.

„Amy ...“

„Was?“, flüsterte sie verwirrt. „Was hast du gesagt?“

An seinem kräftigen Hals konnte sie sehen, dass er schluckte. „Du könntest mit mir nach New York kommen und bei mir wohnen."

„Ist das ein Scherz?", krächzte sie noch verwirrter als zuvor.

„Nein, das ist kein Scherz." Er holte tief Luft. „Ich möchte, dass du mit mir kommst, Amy."

„Aber ... aber das kann ich nicht!" Ihr Kopf zuckte zurück. „Patrick, ich kann doch nicht alles stehen und liegen lassen und mit dir nach New York fliegen. Wir kennen ... kennen uns seit drei Wochen!"

„Hast du mir nicht gesagt, dass du mich liebst?", wollte er sanft wissen und schaute sie verständnisvoll an.

„Ja, aber ..." Amy stockte und setzte anschließend nach: „Ich liebe dich. Wirklich. Aber das ist eine Entscheidung, die ich nicht spontan fällen kann."

Er seufzte schwer. „Wie viel Zeit bräuchtest du denn?"

Das Gefühl, gleich ohnmächtig zu werden, wurde von Sekunde zu Sekunde stärker. „Du klingst nicht gerade, als würdest du auch nur einen einzigen Zweifel an dieser Idee hegen", murmelte sie nachdenklich.

Patrick schenkte ihr ein schwaches Lächeln. „Auf dem Weg von der Tankstelle zum Strand hatte ich ein bisschen Zeit, um darüber nachzudenken."

Obwohl sie es versuchte, konnte sie das Lächeln nicht erwidern. „Patrick, das ist ernst."

„Das weiß ich."

Zögernd legte sie den Kopf schief. „Schau einmal ... ich weiß doch fast nichts von dir ..."

„Aber das stimmt doch nicht."

Sie nagte auf ihrer Unterlippe herum und stieß anschließend vor: „Wenn ich mit dir nach New York komme, mache ich mich von dir abhängig. Ich kenne dort außer dir niemanden ...“

„In Rom kanntest du auch niemanden, als du dorthin gezogen bist.“

„Das war etwas anderes“, wehrte sie augenblicklich ab und errötete.

„Inwiefern?“

Ein weiteres Mal schluckte sie schwer, drückte seine Hand und zwang sich dazu, ihm fest in die Augen zu schauen. „Patrick, ich wäre zwar mit dir zusammen, wenn ich dich nach New York begleite, aber was soll ich dort sonst tun?“

Seine schwarzen Augenbrauen zogen sich zusammen. „Hast du mir nicht gesagt, dass es in New York eine fabelhafte Kunstszene gibt?“

Amy verzog das Gesicht. „Nein, das warst du.“

„Es wäre eine neue Möglichkeit.“

Mit einem schweren Seufzen gestand sie: „Es wäre vor allem ein Risiko.“

Auf seinen fragenden Blick erklärte sie zurückhaltend: „Versetz dich doch einmal in meine Lage. Ich käme mit dir nach New York, ohne dass ich außer dir dort jemanden kenne. Zuerst einmal habe ich dort keinen Job. Außerdem habe ich dort keine eigene Wohnung. Wenn ich zu dir ziehe, bin ich von dir abhängig – ganz ohne Geld. Und wer sagt mir, dass wir uns nicht im nächsten Monat trennen? Was mache ich dann?“

An seiner Miene konnte sie nicht ablesen, was er dachte, aber Amy vermutete, dass er sich seine eigenen Gedanken über ihre Argumente machte und zu der gleichen Schlussfolgerung kommen würde wie sie – so schmerzlich sie auch war.

Aber dann passierte etwas, womit sie niemals gerechnet hätte.

10. Kapitel

Amy stand völlig neben sich, als sie durch die Passkontrolle am *John F. Kennedy*-Flughafen ging und sich wie eine Schwindlerin fühlte. Schuld daran war nicht die absolute Erschöpfung, die daher rührte, dass sie seit drei Tagen kaum ein Auge zugetan hatte, sondern die Tatsache, dass sie laut ihrem Pass zwar Amy Spencer hieß, doch seit gestern Mittag einen anderen Nachnamen trug. Nämlich Ashcroft.

Ihr frischgebackener Ehemann nahm ihr gerade den Rucksack ab, legte einen Arm um ihre Schulter und drückte ihr einen aufmunternden Kuss auf den Kopf.

Sie war froh, dass sie sich an ihn lehnen konnte, denn die Aufregung, der Stress und die Ungewissheit, was sie in den kommenden Tagen erwarten würde, zerrten an ihren Nerven. Allein die Tatsache, dass sie niemals zuvor in New York gewesen war und von nun an hier leben würde, machte sie nervös. Natürlich wusste sie, dass sie nicht direkt in New York, sondern im Süden von Connecticut wohnen würde, doch keine Ahnung zu haben, wo genau sie wohnen würde und wie Patricks Heim aussah, ließ ihre Handflächen schwitzen. Sie hatte nicht nur einen Mann geheiratet, den sie erst seit drei Wochen kannte, sondern ließ sich zudem auf eine absolut ungewisse Zukunft ein.

Es war nicht so, dass sie nicht glücklich gewesen wäre!

Tatsächlich hätte sie vor lauter Glück platzen können, seit Patrick ihr gestern einen Ring über den Finger gestreift und sie vor einem Standesbeamten geheiratet hatte. Eigentlich schwebte sie seit ganz genau dem Zeitpunkt auf Wolken, als er sich auf einer baufälligen Veranda an der toskanischen Küste vor sie gekniet und sie gefragt hatte, ob sie seine Frau werden wolle. Anfangs hatte sie es für einen Scherz gehalten, doch beim Anblick seiner ernsten grünen Augen war Amy bewusst geworden, dass er nicht spaßte. Wie hätte sie seinen Antrag ablehnen sollen? Jede Vernunft war wie ausgelöscht gewesen, als sie genickt und geflüstert hatte, dass sie ihn heiraten wolle.

Was dann gefolgt war, glaubte sie selbst heute noch nicht. Innerhalb weniger Stunden hatte er es geschafft, nicht nur alle notwendigen Papiere zu besorgen, worunter ihre internationalen Ehefähigkeitszeugnisse gefallen waren, die eigentlich in den USA ausgestellt wurden, sondern auch einen Termin für den kommenden Tag bei einem Standesamt zu bekommen. Außerdem war es ihm gelungen, die Trauung nicht im Standesamt stattfinden zu lassen, sondern in dem Orangengarten, in dem sie sich kennengelernt hatten.

Sollte er noch ein einziges Mal behaupten, kein Romantiker zu sein, hatte sie den ultimativen Beweis, dass er log.

Zwar hatte es kein richtiges Brautkleid, keine Torte, keine Kutsche und auch keine Hochzeitsparty gegeben, aber Amy wusste, dass keine andere Braut eine dermaßen schöne Trauung erlebt haben konnte. Es war einfach perfekt gewesen.

Nach der kurzen Zeremonie hatten sie gerade noch zwei Stunden Zeit gehabt, um Amys restliche Besitztümer in Kisten zu packen, bevor sie zum Flughafen gefahren waren. Eine von Patrick beauftragte Firma würde alles, was sich nicht in ihren beiden

Koffern befand, nach Connecticut schicken. Ehrlicherweise glaubte Amy nicht daran, ihre Sachen jemals wiederzusehen, und bereitete sich daher bereits mental darauf vor, Abschied von ihren Bildern zu nehmen. Beim Anblick der beiden Koffer, die Patrick in den Kofferraum eines Taxis gewuchtet hatte, war ihr ganz anders geworden. In den beiden Koffern befand sich der Großteil ihrer Sachen, wenn sie von ihren Bildern und ein paar wenigen Einrichtungsgegenständen einmal absah. Mit fünfundzwanzig Jahren konnte sie lediglich zwei Koffer vorweisen. Wenn Patrick nicht bei ihr gewesen wäre, hätte sie sich wie der einsamste Mensch der Welt gefühlt.

„Du hast während des Flugs nicht ein einziges Auge zugemacht, oder?"

Patricks Stimme riss sie aus ihren Gedanken heraus, während sie beide in Richtung der Gepäckbänder liefen. Dass er noch immer seinen Arm um ihre Schulter geschlungen hatte, half ihr ein wenig dabei, sich zu beruhigen.

Mit einem schwachen Lächeln schaute sie ihn an. „Nenn mich ruhig einen Angsthasen, aber ich bin nervös."

„Nervös?" Seine grünen Augen blinzelten fragend. „Wieso solltest du nervös sein, Liebling?"

Amy atmete tief ein, ergriff die Hand, die über ihrer Schulter baumelte, und neckte: „Och, ich weiß nicht. Vielleicht bin ich ein wenig nervös, weil wir gestern geheiratet haben, weil ich gleich mein zukünftiges Zuhause betreten werde und weil du mir bald deine Familie vorstellen wirst. Für einen Tag ist das ziemlich viel."

„Alles wird gut“, murmelte er und drückte aufmunternd ihre Hand. „Außerdem musst du keine Angst haben, dass dich gleich die ganze Familie überfällt. Meine Mom ist momentan im Urlaub, Stuart ist auf dem College und Barbara hat bestimmt genug zu tun.“

Um sich ein wenig abzulenken und um ihre Neugierde zu stillen, fragte sie nach: „Arbeitet Barbara? Mit zwei kleinen Kindern?“

Sehr trocken erwiderte er: „Wenn man sie reden hört, würde man denken, dass sie den stressigsten Job der Welt hat, doch eigentlich kümmert sie sich um die Ausrichtung von irgendwelchen Wohltätigkeitspartys.“

„Aha“, raunte Amy abgelenkt, da sie das Gepäckband entdeckt hatte, an dem ihr Flug angeschlagen war. Noch rollte es nicht einmal, was bedeutete, dass sie noch ein wenig warten mussten. Für ihre Nervosität und Erschöpfung war das keine erfreuliche Aussicht.

Obwohl sie kein Genie war, was Geografie betraf, befürchtete sie, in den nächsten Stunden unterwegs zu sein, um mit Bus und Bahn nach Connecticut zu kommen. Am liebsten hätte sie sich auf das Gepäckband gelegt und geschlafen. Es mochte albern klingen, aber Patricks Worte hatten sie tatsächlich ein wenig beruhigt, denn in ihrem momentanen Zustand wollte sie seinen Verwandten nicht begegnen. Wenn sie wenigstens seine Familie bereits gekannt hätte, würde sie jetzt nicht dermaßen ausflippen. Ängstlich fragte sie sich nämlich, was Patricks Mutter und seine Geschwister dazu sagten, dass er nach drei Wochen eine völlig fremde Frau geheiratet hatte.

Weder über seine Mom noch über seinen Bruder oder seine Schwester wusste sie wirklich viel. Was sie beispielsweise bislang von seiner Schwester Barbara gehört hatte, war sehr sympathisch gewesen, doch waren Frauen, die sich in Wohltätigkeitsvereinen engagierten, nicht schrecklich snobistisch?

Während sie darüber nachdachte, runzelte sie automatisch die Stirn.

Wohltätigkeitsvereine?

„Endlich“, stieß ihr Mann laut aus, als sich das Gepäckband zu bewegen begann. „Ich kann es nicht erwarten, nach Hause zu kommen, eine heiße Dusche zu nehmen und zu schlafen.“

„Geht mir auch so“, erwiderte Amy mit dem Anflug eines Gähnens. „Bitte sag mir, dass wir nicht stundenlang in einem Zug sitzen müssen, bis wir bei dir sind.“

„Keine Sorge.“ Patrick schüttelte den Kopf. „Ich habe einen Wagen bestellt. Warte kurz hier, ich hole einen Caddy.“

Verwirrt legte sie den Kopf zurück und öffnete schon den Mund, als er ihre Hand losließ, den Arm von ihrer Schulter zog und beschwingt von dannen zog. Nachdenklich schlang sie die Arme um ihre Mitte und beobachtete, wie er gleich zwei Caddys holte und mit ihnen wieder zu ihr stieß.

Während er konzentriert das Gepäckband studierte, schluckte Amy und fragte interessiert: „Patrick, was soll das heißen? Hast du etwa einen Shuttle-Service gebucht?“

„Nein.“

Seine einsilbige Antwort machte sie noch stutziger, und plötzlich hatte sie die Befürchtung, dass er irgendetwas vor ihr verheimlichte.

„Ein Taxi?“

Selbst in ihren Ohren klang die Frage komisch. Wer reservierte an einem Flughafen schon ein Taxi? Die gab es dort doch eh in Hülle und Fülle.

Stöhnend hob er beide Hände und drehte sich zu ihr. „Liebling, da gibt es eine Kleinigkeit, die ich bisher nicht erzählt habe, und ich möchte nicht, dass du eine große Sache daraus machst.“

„Okay“, flüsterte sie maßlos verwirrt und ein wenig ängstlich. Da seine Miene aussah, als müsste er ihr etwas extrem Unangenehmes sagen, machte sich ihr Magen bemerkbar.

Er trat nah an sie heran, verzog nachdenklich den Mund und erklärte gerade so laut, dass sie ihn verstehen konnte: „Es ist so ... meine Familie ist nicht unbedingt arm.“

Amy hatte keine Ahnung, was das zu bedeuten hatte, und runzelte daher die Stirn. „Patrick, ich weiß nicht, was du mir sagen willst.“

Seine Augenbrauen zogen sich zusammen, als er anscheinend widerstrebend murrte: „Tatsächlich gehören wir zu den zehn vermögendsten Familien der Ostküste.“

Sie schnappte nach Luft. „Was?“

„Und ich bin auch kein Angestellter einer Firma, sondern bin der Vorstandsvorsitzende unseres Familienunternehmens.“

Mit dem Gefühl, dass ihr gerade der Boden unter den Füßen weggezogen wurde, starrte sie ihn an und brachte nur hervor: „Du machst dich über mich lustig, oder?“

„Nein, Amy.“ Er schüttelte den Kopf, seufzte und legte ihr die Hände auf die Schultern, die sich so schwer wie ein Sack Zement anfühlten. „Ich mache mich nicht über dich lustig.“

„Willst ... willst du mir damit sagen, dass ... was?“ Sie schluckte schwer. „Aber du hast mir erzählt, dass du ein Angestellter bist, der in der Buchhaltung arbeitet!“

„Na ja, ich bin ja auch ein Angestellter ... irgendwie“, wiegelte er mit einem schiefen Lächeln ab, das sie jedoch nicht erwidern konnte. „Und Buchhaltung gehört gewissermaßen auch zu meinem Job.“

Zittrig holte sie Luft. „Wieso hast du mich angelogen?“

„Ich habe dich nicht angelogen, Amy.“ Seine raue Stimme klang beinahe flehend.

„Wir haben gestern geheiratet“, flüsterte sie verletzt. „Du hast mit keinem Sterbenswörtchen erwähnt, dass du kein kleiner Angestellter bist.“

„Ist das denn so wichtig?“

„Natürlich nicht“, beschied sie aufgebracht. „Mir ist ganz egal, ob du reich oder arm bist, aber ich verstehe nicht, dass du mir das nicht erzählt hast, wenn es nicht wichtig ist.“

Während ihre Gedanken kopfstanden, wurde seine Miene immer finsterer. Mit einem bitteren Unterton führte er aus: „Mein ganzes Leben lang wusste jeder Mensch, den ich kennenlernte, dass ich aus einer reichen Familie komme, Amy. Früher oder später gab es immer einen Kommilitonen, der sich plötzlich an meine Fersen heftete und mein bester Freund sein wollte, bevor er mir erzählte, dass er kein Geld hätte, um sein Auto reparieren zu lassen. Oder es gab eine Frau, die sich mir an den Hals warf und in einem Atemzug davon sprach, wie gerne sie doch einmal nach Hawaii fliegen wollte.“

Erschrocken holte sie Luft. „Und du dachtest, dass ich so wäre?“

„Nein!“ Er schüttelte heftig den Kopf. „Das habe ich ganz und gar nicht gedacht!“

Ihr wurde übel. „Aber warum hast du mir dann nicht die Wahrheit erzählt? Spätestens gestern hättest du etwas sagen müssen, Patrick.“

„Es ist doch nicht wichtig.“

Wenn sie jetzt nicht aufpasste, würde sie vor lauter Erschöpfung, Verwirrung und Kränkung zu weinen beginnen. Dass ihre Ehe so beginnen könnte, hätte sie nie gedacht.

Hinter verschwommenen Augen sah sie, dass die ersten Gepäckstücke auf dem Band erschienen. Abwesend nickte sie in jene Richtung und murmelte: „Die Koffer kommen.“

„Amy ...“

Sie schlüpfte aus seinem Griff und stellte sich an das Band, während ihre Arme sich noch fester um ihre Mitte schlangen. Als sie spürte, dass er dicht neben sie trat, starrte sie weiterhin verschlossen auf das Band und schimpfte sich selbst eine Idiotin, als die erste Träne über ihre Wange lief.

„Amy“, erklang seine eindringliche Stimme. „Bitte, Liebling. Ich habe dich nicht verletzen wollen.“

„Aber das hast du“, raunte sie ihm zu. „Wie konntest du denken, dass ich an deinem Geld interessiert sein könnte?“

Stöhnend trat er auf das andere Bein. „Aber das habe ich nie gedacht.“

„Dann begreife ich nicht, warum du mir nicht die Wahrheit erzählt hast.“

„Die Wahrheit ist, dass ich es leid war, nicht zu wissen, ob mich jemand meinetwegen oder meines Geldes wegen mag.“ Er klang geradezu resigniert. „Und gestern ... ich habe nichts gesagt, weil es *mir* nicht wichtig ist, Amy. Wir haben geheiratet. Denkst du, dass ich an irgendetwas anderes denken konnte als an unsere Hochzeit? Oder daran, wie glücklich ich war, dich bei mir zu haben?“

Langsam drehte sie den Kopf nach rechts und schaute in sein Gesicht, das nicht weniger verletzt aussah als ihres. Sie schluckte. „Mir ist Geld egal, Patrick.“

„Das weiß ich.“ Er schien die Kiefer aufeinanderzupressen und schob das Kinn nach vorne. „Ich kenne niemanden, der sich weniger aus Geld macht als du, Amy.“

„Hast du mich deshalb geheiratet?“, flüsterte sie furchtsam.

Seine Augen weiteten sich fassungslos, bevor er ihr Gesicht mit beiden Händen umfasste. „Du hast keine Ahnung, wie schön die letzten drei Wochen für mich waren. Falls du es noch nicht bemerkt hast, Liebling, aber ich bin dir mit Haut und Haaren verfallen. Und das hat sicherlich nichts damit zu tun, dass dir Geld egal ist.“

Aus dem Augenwinkel konnte sie die neugierigen Blicke einiger Passagiere sehen und merkte, wie sie knallrot wurde. „Ich möchte dir nicht böse sein ..."

„Dann tu es auch nicht", schlug er mit dem Anflug eines Lächelns vor.

Seufzend nagte sie auf ihrer Unterlippe herum. „Worauf muss ich mich denn sonst gefasst machen? Du bist nicht zufällig der nächste Anwärter für das Präsidentenamt, oder?"

„Nicht dass ich wüsste."

Noch immer unter Schock, jedoch halb besänftigt löste sie die Arme um ihre Mitte und rang die Hände. Dabei erinnerte sie sich an den Ring, den er ihr gestern über den Finger geschoben hatte. Amy stutzte und bohrte nach: „Mein Ring, Patrick."

„Was soll mit ihm sein?"

Ernst fixierte sie seine Augen. „Ich hatte dir gesagt, dass du mir keinen Ring mit viel Schnickschnack besorgen und nicht viel Geld für ihn ausgeben solltest, als du losgezogen bist."

„Und?"

Sie erinnerte sich daran, wie groß ihre Augen geworden waren, als sie den dicken Klunker entdeckt hatte, der die hübsche Fassung zierte. Da sie keine Ahnung von Schmuck oder Edelsteinen hatte, war sie davon ausgegangen, dass es ein Kristall gewesen sein musste. Aber jetzt ...

„Gib es zu", würgte sie hervor. „Der Ring war teuer, nicht wahr?"

Als er nicht antwortete, sondern schwach lächelte, rümpfte sie tadelnd die Nase. „Du sollst doch nicht so viel Geld für mich ausgeben."

„Und du solltest daraus keine große Sache machen“, murmelte er amüsiert.

„Patrick ...“

„Ah, unsere Koffer“, unterbrach er ihre Schelte und ließ sie los, um ihr Gepäck vom Band zu heben.

Amy blieb stehen, wo sie war, streckte die Hand aus und betrachtete den Ring, der im Licht der Halogenleuchten funkelte. Sie hatte ihn wunderschön gefunden, weil Patrick ihn ausgesucht und ihn ihr mit leuchtenden Augen über den Finger geschoben hatte. Jetzt sah sie ihn jedoch an und meinte wahrzunehmen, dass er plötzlich tonnenschwer war.

Obwohl Amy noch am Nachmittag geschworen hatte, hundemüde zu sein, lag sie um zwei Uhr nachts in einem riesigen Bett, starrte in der Dunkelheit an die Zimmerdecke und konnte an ihrer Schlaflosigkeit nicht einmal dem Jetlag die Schuld geben.

Patrick dagegen schlief wie ein Baby neben ihr und schien keine Sorgen zu haben.

Normalerweise hatte Amy kein Problem damit, an fremden Orten zu schlafen, und war meistens schon eingedöst, sobald ihr Kopf das Kissen berührte, doch nun lag sie seit mehreren Stunden hellwach in Patricks Schlafzimmer und schaffte es nicht, ihre Gedanken zu ordnen. Eigentlich war es kein Wunder, dass sie viel zu aufgeregt war, um sich auszuruhen. Nach Patricks Eröffnung am Flughafen war es knüppeldick gekommen. Sie waren nicht nur in einer Limousine vom Flughafen abgeholt worden, sondern hatten nach einer ungefähr einstündigen Fahrt sein *Haus* erreicht.

Sein Haus!

Amy hätte darüber lachen können, wenn sie nicht vor Ehrfurcht erzittert wäre, als sie vor diesem palastartigen Anwesen angehalten hatten. Schon der Weg von der Straße durch ein schmiedeeisernes Tor und durch eine scheinbar unendliche Allee von alten Bäumen hatte sie befürchten lassen, dass Patrick weder eine Zweizimmerwohnung sein Heim nannte noch ein schnuckeliges Haus mit Garten und Veranda. Stattdessen wohnte er in einem einhundert Jahre alten Prachtbau, der aus drei Etagen, einem Hauptgebäude mit zwei Flügeln und drei Nebengebäuden bestand. Wie in Trance hatte Amy die edle Fassade aus Bruchstein, den riesigen Brunnen in der Mitte der Auffahrt, die breite Freitreppe und die unzähligen Fenster betrachtet und war zu dem Schluss gekommen, dass sich jemand mit ihr einen Scherz erlaubte.

Welcher Mensch nannte solch ein Anwesen sein Heim? Dank der gepflegten Gartenanlagen rund um das Anwesen, des weißen Kieses der Auffahrt und der uralten Bäume war das *Haus* um einiges imposanter als das Weiße Haus in Washington, das Amy während eines Schulausfluges vor ewigen Zeiten besichtigt hatte.

Während sie noch voller Staunen die Fassade angestarrt hatte, war es für Patrick jedoch das Normalste auf der Welt gewesen, die Haushälterin zu begrüßen und sich Amys Hand zu schnappen, um sie in das Innere zu führen. Nur noch verschwommen erinnerte sie sich an den kurzen Rundgang durch ein paar Zimmer, den Patrick mit ihr unternommen hatte, um ihr sein Heim zu zeigen. Alles, was sie wahrgenommen hatte, waren Kronleuchter, wertvolle Teppiche, wunderschöne Möbel und elegante Räume gewesen. Als sie dann auch noch einen Renoir über einem Kamin entdeckt hatte, wäre sie beinahe ohnmächtig geworden.

Amy befürchtete, dass sie sich niemals in den unzähligen Räumen und Etagen zurechtfinden würde. Selbst Patricks Räume in der ersten Etage würde sie vermutlich nicht wiederfinden, wenn man sie irgendwo im Haus aussetzen würde. Eigentlich war sie nicht feige, aber insgeheim befürchtete sie, dass sie ohne ihn nicht aus seinen Zimmern kommen würde. Dazu bestand nicht einmal eine Veranlassung, schließlich hatte er nicht nur ein riesiges Schlafzimmer, ein Ankleidezimmer, ein Bad und einen Arbeitsraum, sondern ein eigenes Wohnzimmer, an das ein Balkon angeschlossen war, der einen Blick auf die Gartenanlage und eine riesige Terrasse ermöglichte.

Wie ein Stein lag ihr der Gedanke im Magen, dass sie bald seine Familie kennenlernen würde, schließlich wohnte seine Mom ebenfalls hier – wenn auch in einem anderen Flügel. Was mochte die Frau von einer mittellosen Künstlerin ohne Job und ohne Familie halten, die nach drei Wochen einen Mann geheiratet hatte, dem anscheinend halb Connecticut gehörte? Der Gedanke, dass seine Familie sie für eine Erbschleicherin halten könnte, ließ sie nicht los.

Ein plötzliches Rumpeln vor der Schlafzimmertür schreckte sie auf.

Amy stieß einen winzigen Schrei aus, als gleich darauf die Schlafzimmertür aufgerissen wurde und grelles Licht über ihnen aufflackerte.

Ein blondhaariger Mann taumelte ins Zimmer, riss begeistert die Hände in die Höhe und rief lallend: „Alter! Bist du wieder da?“

Auch Patrick war durch den nächtlichen Besuch wach geworden, setzte sich stöhnend neben Amy auf und fasste sich ins Gesicht, bevor er dröhnte: „Stuart! Hast du den Verstand verloren?“

„Begrüßt man etwa so sein Brüderchen?“ Der junge Mann lachte laut auf, warf die Tür hinter sich zu und drehte sich dabei fast um seine eigene Achse. Dass er betrunken war, konnte man nicht nur riechen oder an seiner schleppenden Stimme erkennen, sondern sah es ihm auch an, da der elegante Anzug hoffnungslos zerknittert war.

Augenblicklich begann Amys Herz zu rasen, während sie die Bettdecke bis ans Kinn nach oben zog und den Mann beobachtete, der ihr Schwager war und sich mit einem fröhlichen Seufzen auf das Fußende des Bettes sinken ließ.

„Du hast den mit Abstand interessantesten Sommer verpasst“, lallte der junge Mann und schien noch nicht bemerkt zu haben, dass sein Bruder nicht allein in seinem Bett lag. „Erstens hatte Daniel Rutledge auf Senator Hastings Party sein Coming-out – ungeplant wohl bemerkt – und dann wurden einige von uns Zeugen, wie sich der alte Willoby mit seiner fünfzig Jahre jüngeren Frau auf der Wochenendparty bei den Mitchells in den Hamptons zoffte, weil sie ihn beim Fremdgehen erwischt hatte. Oh Mann!“ Stuart Ashcroft schien sich kaum mehr beruhigen zu können. „Ich hätte mich totlachen können! Seine Frau, dieses Busenwunder aus Las Vegas, hat Sandra Mitchells Eisskulpturen als Wurfgeschosse benutzt und den alten

Willoby damit attackiert. Halb New York rätselt, welche Abfindung sie bei einer Scheidung herausschlagen kann."

„Stuart", unterbrach Patrick seinen Bruder ungehalten. „Hast du mal auf die Uhr geschaut?"

Der junge Mann zuckte nachlässig mit der Schulter, lehnte sich zurück und kratzte sich an seinem Hals. „J.T. ist in der Stadt und wir waren unterwegs."

Sein älterer Bruder schien fuchsteufelswild zu werden. „Bist du etwa vom College geflogen? Verdammt noch mal, Stuart!"

„Reg dich ab! Ich habe Semesterferien ..."

„Nein, du hast Sommerkurse", beschied Patrick so autoritär, wie Amy ihn niemals zuvor erlebt hatte.

Keinesfalls eingeschüchtert grinste sein jüngerer Bruder großspurig. „Der Dozent ist erkrankt. Für mich hieß das: zurück nach New York und J.T. anrufen!"

Genervt polterte Patrick los: „Wunderbar. Unser nicht minder großkotzige Cousin und du zusammen in New York. Ein absolutes Traumpaar."

„Hey", lachte Stuart. „Wir haben vorgestern ein Polo-Turnier gewonnen und wollten das heute feiern!"

„Wie schön", ächzte Patrick ironisch. „Aber wir haben schon geschlafen, falls dir das entgangen ist!"

„Wir?" Der blondhaarige Mann blinzelte und drehte augenblicklich den Kopf in Amys Richtung.

„Ja, wir", bekräftigte Patrick und rutschte dicht neben Amy. „Amy, das ist mein Bruder Stuart. Stuart, das ist Amy. Meine Frau."

„Deine *was*?" Stuart schien vor Schrecken fast vom Bett zu fallen. Das breite Grinsen war sofort erloschen.

„Meine Frau", erwiderte Patrick ungerührt und so lässig, als würde er ihm von seinem Urlaub berichten.

„Wir haben uns in Rom kennengelernt und dort geheiratet.“

Der junge Mann schüttelte fassungslos den Kopf. „Aber du warst doch nur drei Wochen weg!“

Auf der Stelle versteifte sich Amy und umklammerte umso fester die Bettdecke in ihren Händen. Genau davor hatte sie sich gefürchtet.

„Ich bin begeistert, dass der Alkohol es noch nicht geschafft hat, dauerhaften Schaden an deinem Gehirn anzurichten, und dass du noch immer zählen kannst“, fuhr Patrick ihn an und legte Amy eine Hand auf den Rücken. „Könntest du jetzt endlich abhauen?“

Obwohl dies nicht als Frage gemeint war, schüttelte Stuart den Kopf und musterte Amy entgeistert.

Mit zerzaustem Haar, Augenringen und einem Unterhemd bekleidet den Schwager kennenzulernen, dem deutlich anzusehen war, dass er über den Grund nachgrübelte, weshalb sein Bruder sie geheiratet haben mochte, gehörte nicht zu den Szenarien, die Amy freiwillig durchleben wollte. Wie angewurzelt blieb sie sitzen, wo sie war, und starrte zurück in ein Paar hellbrauner Augen.

Sie schluckte und versuchte ein zittriges Lächeln. „Hi.“

„Hi“, entgegnete er und erwiderte das Lächeln schwach, bevor er den Blick seines Bruders suchte. „Weiß Mom Bescheid?“

„Stuart, geh in dein Zimmer und schlaf deinen Rausch aus.“

„Plötzlich bin ich stocknüchtern.“

Aufgebracht beugte sich Patrick vor und deutete zur Tür. „Aber ich muss in wenigen Stunden ins Büro fahren, also hau bitte ab! Wenn du morgen wieder halbwegs zurechnungsfähig bist, kannst du Amy zeigen, dass du kein solcher Idiot bist, wie du gerade vorgibst zu sein."

Sehr zögernd und äußerst nachdenklich zuckte der junge Mann anschließend mit der Schulter, erhob sich und verließ wortlos den Raum. Amy kämpfte mit ihrer Haltung und schluckte die beißenden Tränen hinunter, die mit aller Macht in ihr aufstiegen.

„Er ist betrunken", entschuldigte Patrick mit liebevoller Stimme seinen Bruder und fuhr damit fort, über ihren Rücken zu streicheln. „Außerdem ist er ein zweiundzwanzigjähriges Arschloch, das sich für den König der Welt hält."

„Er kann mich nicht leiden", flüsterte sie dumpf.

Seufzend senkte er den Kopf. „Er kennt dich nicht. Eigentlich ist er sehr umgänglich und witzig. Ich bin mir sicher, dass er sich morgen bei dir entschuldigen wird."

Da der betrunkene Stuart das Licht nicht ausgeschaltet hatte, konnte sie Patrick ins Gesicht sehen und jede kleine Regung in seinem Mienenspiel erkennen. „Dein Bruder denkt, dass ich dich des Geldes wegen geheiratet habe. Alle werden das denken."

„Niemand denkt so etwas", wischte er ihren Protest nachdrücklich fort.

Ihr fielen seine Worte wieder ein, die er heute zu ihr am Flughafen gesagt hatte. „Aber du hast gesagt, dass du es leid warst, Frauen kennenzulernen, die es auf dein Geld abgesehen hatten. Was hält deine Familie und deine Freunde davon ab, das Gleiche von mir zu denken?"

„Himmel, Amy“, seufzte er und fuhr sich müde über das Gesicht. „Könntest du bitte aus deinem Gedächtnis streichen, dass ich das jemals gesagt habe?“

„Nein“, entgegnete sie schwach und krächzte: „Ich will nicht wie eine Erbschleicherin aussehen oder wie ... wie dieses Busenwunder wirken, von dem dein Bruder erzählt hat! Du weißt schon“, stotterte sie. „Die junge Frau, die diesen alten Mann geheiratet hat und jetzt auf eine Abfindung hofft.“

„Schatz“, erwiderte er mit verschlafener Stimme. „Bitte, es ist mitten in der Nacht, und du machst dir um etwas Gedanken, das nicht passieren wird.“

„Aber ...“

„Jeder, der dich nur fünf Minuten erlebt, weiß, wie du tickst.“ Er rieb seine Nase an ihrer Schläfe und gähnte ihr ans Ohr. „Außerdem ist es unmöglich, nicht zu wissen, was du denkst, wenn man dir ins Gesicht sieht. Können wir diese Unterhaltung bitte beenden und wieder schlafen?“

Obwohl sie noch einiges zu diesem Thema zu sagen gehabt hätte, schwieg sie und beobachtete, wie er das Licht ausschaltete, bevor er ihr einen Kuss auf den Mund drückte und sich zurück auf die Matratze legte, um in weniger als einer Minute wieder eingeschlafen zu sein.

Amy dagegen fand auch in den nächsten Stunden kaum Ruhe.

11. Kapitel

Normalerweise ließ sich Patrick zur Arbeit fahren, da er die morgendlichen Verkehrsstaus lieber auf der Rückbank ausstand und dabei bereits arbeiten konnte, anstatt selbst hinter dem Steuer zu sitzen. Heute hatte er sich jedoch ein Auto geschnappt und war selbst gefahren, damit Amy den Wagen samt Fahrer zur Verfügung hatte, wenn sie irgendwohin fahren wollte. Er hatte sie heute Morgen nur widerstrebend verlassen. Eigentlich wollte er noch viel Zeit allein und insbesondere ungestört mit ihr verbringen, denn sie waren erst seit wenigen Tagen verheiratet und Patrick verspürte den Drang, seiner frischgebackenen Ehefrau nicht von der Seite zu weichen. Leider war ihm nichts anderes übrig geblieben, als sich aufzuraffen und nach Manhattan zu fahren, um das Chaos zu beseitigen, das dort in den vergangenen drei Wochen angeblich ausgebrochen war.

Das schlechte Gewissen, dass er sie einen Tag nach ihrer Ankunft in New York allein ließ, um zur Arbeit zu fahren, ignorierte er, als er in der Tiefgarage seines Arbeitsplatzes ausstieg und die Tür hinter sich zuwarf.

„Hey, der verlorene Sohn ist ja wieder da."

Die leicht ironische Stimme gehörte seinem Freund Peter, der anscheinend ebenfalls gerade in der Tiefgarage des Bürohauses geparkt hatte und nun auf ihn zu schlenderte. Im Gegensatz zu Patrick hatte er helles Haar und dunkle Augen, die sich momentan zu Schlitzen gezogen hatten.

Auf die schlechte Stimmung seines Kumpels ging Patrick nicht ein, sondern meinte betont fröhlich: „Guten Morgen, Peter."

Peter räusperte sich und ignorierte die freundliche Begrüßung. „Vor vier Tagen habe ich dich angerufen! Wie lange braucht man, um von Rom nach New York zu fliegen?"

Da sich Patrick nicht an seinem ersten Arbeitstag nach gut drei Wochen aus der Ruhe bringen lassen wollte, erklärte er lässig: „Mit einem Direktflug normalerweise 9 Stunden, aber der Flieger hat einen Zwischenstopp in Amsterdam eingelegt. Daher wurden es 14 Stunden."

„Sehr komisch", schnaubte sein Freund. „Der Hanson-Deal steht kurz davor zu platzen! Anscheinend hat er einen anderen Geldgeber akquiriert, der bereit ist, die Tarifverträge zu übernehmen. Aber das habe ich dir auch schon am Telefon gesagt. Vor vier Tagen!"

Als Patrick nichts sagte, rief Peter aufgebracht: „Verdammt, hörst du mir eigentlich zu?"

„Natürlich!" Stirnrunzelnd schenkte er ihm einen Blick von der Seite. „Jetzt komm erst einmal runter. Ich regele das."

„Da bin ich gespannt, wie du das regeln willst!"

Patrick wollte sich von Peters grauenvoller Hektik nicht anstecken lassen und lief kommentarlos auf den Aufzug zu, während Peter sich neben ihn in Horrorvisionen verlor.

„Der Aufsichtsrat spielt verrückt und alle zehn Minuten klingelt mein Telefon."

Mehr als genervt drückte Patrick auf den Knopf des Aufzuges. „Peter, könntest du mich vielleicht so lange in Ruhe lassen, bis ich an meinem Schreibtisch sitze? Ich habe noch nicht einmal gefrühstückt."

„Entschuldige", schnaubte sein Freund sarkastisch auf und stellte sich direkt neben ihn. „Ich habe dich drei Wochen lang in Ruhe gelassen, während mich der Aufsichtsrat an den Rand des Wahnsinns getrieben hat und du dich in Europa verlustiert hast."

Patrick schnitt eine Grimasse und betrat den Lift, nachdem der mit einem leisen Gong seine Türen geöffnet hatte. „Urlaub hätte dir auch mal gutgetan, Peter."

„Ich dachte, wir hätten darüber schon einmal diskutiert", widersprach Peter ungehalten und betrat gleich hinter ihm den Aufzug.

Während er den Knopf seiner Etage drückte, bemühte sich Patrick, ihn zu beruhigen. „Bevor du einen Herzinfarkt bekommst, solltest du runterkommen. Ich bin wieder da und werde mit Hanson sprechen."

„Aber ..."

„Hanson und ich kennen uns", unterbrach er ihn ruhig. „Er hat bereits eine Absichtserklärung unterschrieben und wird nicht so dumm sein, das Geschäft platzen zu lassen."

„Wie kannst du nur so ruhig sein?"

„Und wie kannst du mit achtundzwanzig so nervös sein?"

„Weißt du nicht, was auf dem Spiel steht?", empörte sich Peter ein weiteres Mal.

Da Patrick der Meinung war, dass sein Kumpel langsam die Luft anhalten sollte, schenkte er ihm einen bedeutungsvollen Blick. „Peter, belehre mich nicht."

Dies schien sofort Wirkung zu zeigen, da sein Kumpel erbleichte und glücklicherweise die Klappe hielt.

Patrick atmete tief durch, um freundschaftlich zu erklären: „Ich hatte drei großartige Wochen in Rom. Jetzt bin ich wieder da, und du kannst aufhören, an einem Magengeschwür zu arbeiten."

„Gut", grummelte Peter und zog an seiner Krawatte. „Bevor du das nächste Mal einfach in den Urlaub verschwindest, sag mir rechtzeitig Bescheid. Ich werde dann nämlich auch außer Landes sein."

„Meine Rede", entgegnete Patrick zufrieden.

Leider konnte Peter es nicht lassen, frustriert zu seufzen: „Bist du etwa wegen einer Affäre drei Wochen wie vom Erdboden verschluckt gewesen?"

„So ungefähr", schnalzte Patrick mit der Zunge und hielt seinem besten Freund den Ehering entgegen, den er an dem linken Ringfinger trug.

Wieder gab der Aufzug einen leisen Gong von sich, während sich die Türen öffneten.

Patrick ignorierte den fassungslosen Blick seines Freundes, verließ gut gelaunt den Aufzug und betrat das Büro, in dem rege Betriebsamkeit herrschte.

Natürlich war Peters Sprachlosigkeit nur von kurzer Dauer, da er wenige Augenblicke später wieder an seine Seite stürzte und fassungslos rief: „Was?! Willst du mich auf den Arm nehmen?"

Anstatt ihn zu bemerken, nickte er der Empfangsdame zu, die augenblicklich aufstand und ihm fast schon ehrerbietig einen guten Morgen wünschte. „Mr. Ashcroft, wie schön, dass Sie wieder da sind."

Freundlich nickte er und rief ein kurzes: „Vielen Dank, Miss Pierce."

„Patrick.“ Peter neben ihm versuchte seine Aufmerksamkeit auf sich zu lenken, während immer mehr Angestellte die Köpfe hoben, um Patrick zu begrüßen, ihm einen guten Morgen zu wünschen und ihm zuzunicken. Angespannt raunte er leise: „Du willst mir doch nicht im Ernst sagen, dass du geheiratet hast!“

Patrick nickte einem seiner Assistenten fröhlich zu und entgegnete seinem Kumpel: „Doch. Genau das wollte ich dir sagen.“

„Du machst Witze!“

„Keineswegs. Wir haben vorgestern geheiratet.“ Räuspernd sah er ihn nun an und öffnete eine Glastür, auf dem das Logo seiner Firma prangte. „Du solltest sie kennenlernen.“

Peter trat hinter Patrick durch eine Glastür. „Das ist das Einzige, was du mir sagst? Dass ich sie kennenlernen soll?“

„Was soll ich dir denn sonst sagen?“

„Warum du auf die Idee gekommen bist, eine Frau zu heiraten, die du wie lange kennst? Zwei Wochen?“

Da Peter sein Freund war und Patrick heute zu gutmütig war, um ihn anzufahren, dass weder Amy noch seine eilige Hochzeit ihn einen Scheiß anging, erklärte er schlicht: „Drei Wochen.“

„Aber ...“

„Peter, du bist nicht mein Vater.“ Patrick ging weiter und betrat den Vorraum seines Büros. Peter folgte ihm auf dem Fuße, ohne dass Patrick ihn beachtet hätte.

Mrs. McDough, die grauhaarige Sekretärin, die schon für Patricks Vater gearbeitet hatte, erhob sich überrascht, als Patrick den Raum betrat.

„Mr. Ashcroft! Seit wann sind Sie wieder zurück?“

Patrick kam lachend näher und nahm ihre Hände in seine. Er kannte Maggie McDough, seit er ein kleiner Junge gewesen war, und hatte früher von ihr immer Bonbons zugesteckt bekommen, wenn er im Büro seines Vaters gewesen war.

„Seit gestern“, erklärte er und grinste schief. „Haben Sie mich vermisst?“

Die ältere Dame zwinkerte ihm durch die winzige Brille mit der silbernen Fassung zu und fragte statt einer Antwort: „Hatten Sie denn einen schönen Urlaub?“

„Absolut“, gestand er zufrieden. „Ich habe geheiratet, Mrs. McDough.“

Überrascht sah sie ihn an und erklärte einen winzigen Augenblick später in voller Ehrlichkeit: „ Herzlichen Glückwunsch, Mr. Ashcroft. Das freut mich sehr für Sie.“

Er beugte sich hinab und küsste sie zart auf die Wange. „Vielen Dank.“

Peters bedeutungsschweres Seufzen nahm er mit einem trockenen Lachen zur Kenntnis. „Ich schätze, das ist mein Stichwort.“

Mrs. McDough trat lächelnd zurück. „Ich bringe Ihnen später die aktuellen Akten hinein, wenn es Ihnen recht ist.“

„Gerne.“ Er drehte sich zu Peter um, der ihm stumm folgte, als Patrick sein Büro betrat und die Tür hinter seinem Freund schloss. Patrick inspizierte sein Büro und legte seine Aktentasche auf den Schreibtisch, während sich Peter theatralisch in den Besuchersessel warf.

„Du hast recht, Patrick. Ich bin nicht dein Vater, aber ich bin dein bester Freund. Deshalb mache ich mir Sorgen um dich."

Patrick lehnte sich gegen seinen Schreibtisch und knöpfte sich die Anzugjacke auf, bevor er die Arme vor der Brust verschränkte und leichthin erklärte: „Das weiß ich zu schätzen, aber es ist unnötig, Peter."

„Meinst du?"

Er seufzte frustriert. „Peter, könntest du bitte aufhören?"

„Aber was weißt du denn über sie?"

„Ich weiß alles, was ich wissen muss. Glaub mir, ich habe mir das gut überlegt. Ich bin in Amy vernarrt, ich liebe sie und eine Heirat war die einzig richtige Entscheidung."

Anscheinend überraschte seine Offenheit den perplexen Mann, da sich Peter mit einem lang gezogenen Atemzug zurücklehnte. „In Ordnung. Was ist aber, wenn diese Vernarrtheit verschwindet? Meinst du nicht, dass eine Hochzeit nach so kurzer Zeit zu überstürzt ist?"

Langsam wurde er es leid, sich vor Peter rechtfertigen zu müssen, und meinte daher recht grob: „Du hast mir nicht zugehört. Ich bin nicht verknallt, ich liebe sie. War es das? Angeblich habe ich doch so viel zu tun. Oder warum hast du mir voller Panik die Mailbox vollgequatscht?" Patrick griff demonstrativ nach seinem Telefonhörer.

„Hast du wenigstens einen Ehevertrag gemacht?"

Aufgebracht knallte er den Hörer zurück auf die Telefonstation und starrte Peter wutentbrannt an. „Scheiße! Hörst du dir eigentlich zu?"

„Ich will doch nur vermeiden ..."

„Jetzt hör auf, dich in meine Entscheidungen einmischen zu wollen!“ Zornig lockerte er seine Krawatte und öffnete den ersten Knopf seines Hemdkragens. „Du redest mit mir wie mit einem minderbemittelten Idioten, der nicht in der Lage ist, sich die Schnürsenkel zu binden!“

„Gerade du solltest doch wissen, wie unerlässlich bindende Verträge heutzutage sind.“

„Verträge?“, fuhr er ihn an. „Du sprichst von meiner Ehe und nicht von einem Vertrag.“

Peter beugte sich vor und starrte ihn eindringlich an. „Hast du eine Ahnung, was deine Frau bei einer Scheidung für eine Abfindung kassieren kann, wenn du keinen Ehevertrag hast? Wir reden hier nicht von Peanuts.“

Kurz davor, an die Decke zu gehen, ballte Patrick beide Hände zu Fäusten. „Nur um eins klarzustellen, Peter, aber Amy hatte bis gestern Nachmittag keine Ahnung, dass ich Geld habe. Du weißt nicht, wie sie ist. Wenn du sie kennen würdest, wäre dir klar, dass es niemanden gibt, der so wenig Wert auf Geld legt wie sie.“

Peter gab einen verächtlichen Laut von sich. „Auch wenn sie es vor eurer Hochzeit nicht wusste, kann sich das bei einer Scheidung schnell ändern. Denk nur an Harris Thompson!“

„Wer spricht hier von einer Scheidung!“ Abwehrend schüttelte er den Kopf. „Schluss jetzt! Ich will nichts mehr davon hören!“

Wie ein Pitbull schien sich Peter in das Thema verbeißen zu wollen. „Lass mich kurz in der Rechtsabteilung anrufen, damit deine Frau heute Abend ...“

„Nein, das wirst du nicht tun“, widersprach Patrick ihm autoritär.

„Bei einer Scheidung könnte sie die Hälfte deines Vermögens bekommen, weißt du, was das bedeutet?“ Peter starrte ihn fassungslos an.

„Entweder hältst du jetzt deine Klappe oder ich werfe dich aus meinem Büro“, beschied Patrick mit geradezu gefährlicher Stimme.

Verdrossen verzog sein Freund das Gesicht und deutete auf den Telefonhörer. „Mach dich an deine Arbeit. Der Honeymoon kann warten.“

„Ist sie schwanger? Ganz bestimmt ist sie schwanger, oder?“

„Barbara“, fuhr Patrick seine Schwester an und vergrub genervt das Gesicht in seinen Händen, während er hinter seinem wuchtigen Schreibtisch saß. „Amy ist *nicht* schwanger.“

Es war nicht einmal zwölf Uhr mittags, doch bereits jetzt war Patrick fix und fertig, sehnte sich nach der Ruhe und dem Frieden der verlassenen Ferienhütte am Strand und hatte sich längst die Hemdsärmel aufgerollt. Nach dem aufreibenden Gespräch mit Peter hatte er ein katastrophales Meeting mit den Abteilungsleitern gehabt, die für das Chaos bei der Hanson-Übernahme verantwortlich waren, war in den Genuss gekommen, mit einem Mitglied des Aufsichtsrates zu telefonieren, der ihm einen grauenvollen Vortrag über die Verantwortungslosigkeit der jüngeren Generationen gehalten hatte, bis Patrick einfach aufgelegt hatte, und außerdem hatte er bereits unzählige Kaffeetassen in sich hineingeschüttet.

Nun hatte er zu allem Überfluss die Ehre, mit seiner Schwester zu telefonieren, die ausgerechnet dann anrief, wenn er einen Biss – seinen ersten – von einem Sandwich nehmen wollte. Mittlerweile machte sich sein Magen unangenehm bemerkbar, da er außer Kaffee noch nichts zu sich genommen hatte.

„Wenn sie nicht schwanger ist, musst du mir erklären, warum du sie geheiratet hast."

„Mach mal einen Punkt", fuhr er seine Schwester gereizt an und erinnerte sich an die Zeiten, als er einen Frosch in ihr Barbie-Prinzessinnenhaus geschmuggelt hatte, um sich daran zu rächen, dass sie eine seiner Actionfiguren kaputt gemacht hatte. Auch jetzt stieg das Bedürfnis in ihm auf, irgendetwas zu tun, um ihr zu zeigen, wie sehr sie ihm auf den Zeiger ging. „Habe ich dich etwa gefragt, warum du James geheiratet hast?!"

„Das ist doch etwas völlig anderes", quakte sie empört durch den Hörer. „James und ich haben uns auf dem College kennengelernt und waren jahrelang ein Paar, bevor er mir einen Antrag gemacht hat."

„Barbara ..." Er seufzte schwer, bevor er sarkastisch erklärte: „Entschuldige, dass ich es gewagt habe, deine perfekte Ehe ins Spiel zu bringen, aber mein Nervenkostüm liegt heute ein wenig blank. Könnten wir uns die Tage noch einmal sprechen?"

„Weiß Mom es schon?"

„Du klingst wie Stuart", warf er ihr vor und lehnte sich abrupt zurück in seinen Sessel. „Ich kann es nicht mehr hören! Mom ist in Südafrika, und ich will nicht, dass sie meint, ihren Urlaub abbrechen zu müssen, weil ich geheiratet habe. Endlich ist sie auf dem Weg, wieder die Alte zu werden, also belästige sie nicht ...“

„Ich soll sie belästigen?“, empörte sich Barbara schrill durch das Telefon. „Patrick, unsere Mom wird wissen wollen, dass du geheiratet hast.“

Er stöhnte schwer. „Jetzt lass ihr doch ein wenig Ruhe. Sobald sie zurück zu Hause ist, wird sie Amy kennenlernen. Warum soll sie jetzt ihren Aufenthalt abbrechen, der ihr anscheinend so guttut.“

Barbara sagte erst einmal nichts, bevor sie provozierend fragte: „Hast du etwa Angst, ihr von deiner Heirat zu erzählen?“

Stirnrunzelnd drehte er den Sessel zur rechten Seite, um einen Blick über die Skyline von Manhattan zu werfen, die an diesem klaren Tag bis ins kleinste Detail zu erkennen war. „Mom wird Amy mögen, Barbara, und sich für uns freuen – im Gegensatz zum Rest meiner Familie“, fügte er bitter hinzu. „Wieso sollte ich also Angst haben, ihr von uns zu erzählen?“

„Jetzt stellst du Stuart und mich wie egozentrische Idioten dar“, schmollte sie leise. „Wir wollen doch nur dein Bestes.“

„Vielen Dank“, erwiderte er sarkastisch. „Vor allem die Besorgnis aus dem Munde meines zweiundzwanzigjährigen Bruders, der fast von der Highschool geflogen wäre, weil er nackt und betrunken durch die Mädchenumkleidekabinen gerannt ist, und der es schafft, dass wir seinem College ein Planetarium stiften müssen, damit sie ihn dort behalten, leuchtet mir absolut ein.“

„Sei nicht so sarkastisch.“ Sie stöhnte. „Stuart macht sich Sorgen. Deshalb hat er mich heute Morgen angerufen.“

„Er hätte lieber seinen Kater pflegen und sich nicht in meine Angelegenheiten einmischen sollen."

„Patrick", seufzte sie weich. „Wir sind deine Familie."

Er verzog den Mund, starrte vor sich hin und fragte mit leicht bissigem Ton: „Warum hast du dich dann noch nicht nach meiner Frau erkundigt? Interessiert es dich nicht, wie sie ist? Oder geht es dir nur darum, mich am Telefon herunterzuputzen?"

„Du tust mir unrecht", beschwerte sie sich leise.

„Anstatt mich wie ein Berserker zu überfallen, hättest du mich fragen können, wie es mir geht und ob ich glücklich bin, Barbara. Das hätte ich sehr viel mehr zu schätzen gewusst als dieses Geschrei gleich zu Anfang." Obwohl er wusste, dass er sich seiner Schwester sozusagen ans Messer lieferte und er ihr noch mehr Zündstoff gab, beschwerte er sich: „Peter ist mir heute Morgen schon aufs Dach gestiegen, als er von meiner Heirat erfahren hat. Beinahe hätte ich ihn aus meinem Büro werfen müssen, weil er nicht aufhörte, mich zu einem Ehevertrag zu drängen."

Als sie nichts sagte, sondern nur zu hören war, wie sie zögernd Luft holte, zischte Patrick: „Wage es nicht, Barbara. Fang du nicht auch damit an!"

„Okay", erklärte sie tonlos. „Aber von Schwester zu Bruder und unter allen rationalen Gesichtspunkten, Patrick, frage ich ganz ruhig und in keiner Weise bestimmend oder überheblich: Wäre es nicht vernünftig, einen Ehevertrag miteinander auszuhandeln? Selbst James und ich haben einen."

Er knirschte mit den Zähnen. „Danke, ich habe deinen Einwand zur Kenntnis genommen."

„Und?"

Patrick wechselte abrupt das Thema. „Wie geht es meinen Neffen?“

„Patrick!“

Ohne sich durch den Protest seiner Schwester stören zu lassen, fragte er ungezwungen: „Wird Hamilton im Kindergarten noch immer von diesem Mädchen gebissen? Und was macht Baby Scott?“

„In Ordnung“, erwiderte sie übertrieben fröhlich. „Reden wir über meine Kinder! Nein, Hamilton wird im Kindergarten nicht mehr gebissen, weil der seit einer Woche wegen eines Läusebefalls geschlossen ist. Scott dagegen zahnt und ist sehr unleidlich.“

Oha.

Patrick konnte sich plötzlich denken, woher die Biestigkeit seiner Schwester kam. Einen aufmüpfigen Dreijährigen nicht mehr in den Kindergarten stecken zu können und ihn stattdessen daheim zu betreuen, während der sieben Monate alte Scott seinen ersten Zahn bekam, klang nach Stress. Irgendwie tat ihm Barbara schon wieder leid.

„James geht es auch gut. Mir geht es gut. Und jetzt würde ich gerne wissen, wer die Frau ist, die du zu meiner Schwägerin gemacht hast, obwohl du sie gerade erst kennengelernt hast.“

Unterschwellig hörte er den Tadel seiner Schwester, redete sich jedoch selbst gut zu, dass ihr überheblicher Tonfall lediglich Folge ihres etwaigen Schlafentzuges war. „Deine Schwägerin heißt Amy“, begann er daher im Plauderton. „Sie ist fünfundzwanzig Jahre alt und ist in North Carolina aufgewachsen. In Oregon hat sie Kunst studiert, lebte seit einem Jahr in Rom und hat neben der Malerei Touristengruppen die antiken Stätten gezeigt.“ Um es auf die Spitze zu treiben, fuhr er mit übertrieben lieblicher Stimme fort: „Außerdem hat sie blondes Haar, blaue Augen, ist ungefähr eins fünfundsechzig groß ...“

„Jetzt übertreib nicht“, murmelte sie. „Ich habe es schon verstanden.“

„Gut.“

„Sie klingt ... nett.“

Beinahe hätte er gelacht, weil Barbara derart widerstrebend klang. „Amy *ist* nett, Barbara. Sie ist großartig und so ungefähr der anständigste Mensch, den ich kenne. Sonst hätte ich sie nicht geheiratet.“

„Und das nach drei Wochen.“

„Genau“, erwiderte er abschließend und signalisierte seiner Schwester, dass er zu dem Thema nichts mehr sagen würde, als er ruhig meinte: „Sie ist meine Frau. Ich liebe sie sehr und möchte nicht, dass man ihr mit Zweifeln begegnet. Ihr müsst mir genug Verstand zugestehen, dass ich die richtige Entscheidung getroffen habe, als ich sie bat, meine Frau zu werden.“

Barbara schwieg und lachte anschließend unsicher. „Bist du etwa zu einem Romantiker mutiert? Ausgerechnet du?“

„Weshalb klingst du so zweifelnd?“, fragte er milde nach. Mit seiner Schwester über sein Liebesleben zu sprechen, gehörte nicht zu seinen liebsten Freizeitbeschäftigungen, zumal es schon wieder auf seiner Telefonanlage wie wild blinkte. Kurz schloss er die Augen und massierte die Stelle zwischen seinen Augenbrauen.

„Nun hör mal“, antwortete die Frauenstimme mit hörbarer Belustigung. „Du hast bisher niemals Anstalten gemacht, dir eine Frau zu suchen und sie zu heiraten.“

„Es war ja auch nicht meine Absicht, nach Rom zu fliegen und mit einer Ehefrau zurückzukommen“, gab er unumwunden zu. „Aber dann traf ich Amy ...“

„Wenn Mom erfährt, wie romantisch du klingst ...“

„Ja, ja“, unterbrach er sie, weil er erstens keine Lust hatte, sich Witze auf seine Kosten anhören zu müssen, und weil er zweitens einen Berg an Arbeit vor sich hatte. „Hör zu, Barbara. Wieso kommst du heute Abend nicht zum Essen und lernst Amy kennen? Und bring James mit!“

„James ist auf Geschäftsreise“, entgegnete sie genervt. „Und er lässt mich mit zwei Kleinkindern alleine zurück. Gut, Patrick. Wenn ich einen Babysitter bekomme, schaue ich abends vorbei.“

„Nimm die Kinder doch mit“, forderte er sie auf. „Stuart sieht die beiden kaum ...“

„Himmel, Patrick.“ Sie klang entsetzt. „Gönn mir doch wenigstens zwei Stunden Ruhe. Ich liebe sie, aber wenn ich Amy kennenlerne, möchte ich keinen schreienden Säugling auf dem Arm und keinen protestierenden Dreijährigen an der Hand haben.“

„Schön“, entgegnete er und nickte Mrs. McDough zu, als sie den Kopf zur Tür hineinsteckte und eine Akte in die Höhe hielt. „Wir sehen uns dann heute Abend, Barbara.“

Als er auflegte, griff er rasch nach seinem Sandwich, biss hinein und musste drei Sekunden später wieder einen Anruf entgegennehmen.

12. Kapitel

Patrick in einem Anzug zu sehen, war für Amy ein ungewohntes Bild.

Als er nach Hause kam und sie auf der Couch im privaten Wohnzimmer saß, um fernzusehen, erschrak sie im ersten Moment und glaubte, dass jemand Fremdes plötzlich im Raum stand. Erst dann erkannte sie ihren Mann, der furchtbar geschafft wirkte.

Der schwarze Anzug und die förmliche Krawatte sowie die eleganten Schuhe machten aus ihm einen richtigen Geschäftsmann. Da er ansonsten lediglich in Jeans, T-Shirts und Turnschuhen herumgelaufen war und damit wie ein junger Student gewirkt hatte, schaffte es seine jetzige Kleidung, dass Amy bewusst wurde, dass Patrick tatsächlich *erwachsen* war. Es klang albern, aber in dieser Aufmachung sah sie den erfolgreichen Unternehmer in ihm, was bislang nur schwer vorstellbar gewesen war.

Er ließ seine Aktentasche fallen, küsste sie überschwänglich und lamentierte anschließend darüber, dass er kaum etwas hatte essen können, weil das Telefon ihn beinahe wahnsinnig gemacht hatte. Amy lauschte ihm lächelnd und beobachtete ihn währenddessen, wie er seine Klamotten von sich warf.

Nachdem sie in der vergangenen Nacht keinen Schlaf gefunden hatte, war sie in den frühen Morgenstunden eingeschlafen und nicht wach geworden, als er morgens zur Arbeit aufgebrochen war. Den ganzen Tag über hatte er ihr gefehlt, auch weil sie allein in diesem riesigen Haus gewesen war und nicht gewusst hatte, wie sie sich verhalten sollte.

Seine Räume zu verlassen und in die unterste Etage zu gehen, hatte sie enorme Überwindung gekostet. Glücklicherweise waren die Hausangestellten, die ihr begegnet waren, allesamt absolut nett und liebenswürdig gewesen. In einer riesigen Küche war sie auf eine herzliche Köchin gestoßen, die ihr ein opulentes Frühstück gezaubert hatte, obwohl Amy vor lauter Anspannung sowieso nicht hungrig gewesen war. Als dann ihr verkaterter Schwager auch noch aufgetaucht war und ihr einen forschenden Blick zugeworfen hatte, war jeglicher Appetit verschwunden. Allein dem erwartungsvollen Blick der gutmütigen Köchin zuliebe, die Amys Schwager auf die Finger geklopft und *Master Stuart* genannt hatte, als sich dieser etwas aus dem Kühlschrank holen wollte, war es zuzuschreiben, dass sie einen halben Pancake verdrückt und den frisch gepressten O-Saft getrunken hatte. Mit Stuart hatte sie kaum ein Wort gewechselt, was vielleicht auch daran gelegen hatte, dass sie sich nach ihrem Frühstück wieder rasch nach oben verkrümelt hatte.

Ihr Einstand in ihrem neuen Zuhause hätte wirklich besser sein können.

„Was hast du heute gemacht, Liebling?"

Amy hob den Blick und schaltete gleichzeitig den Fernseher aus, um Patrick zu betrachten, wie er die Krawatte löste und gleich darauf aus seinem Sakko schlüpfte, bevor er das Hemd aufknöpfte. „Ach ... ich habe viel geschlafen und ferngesehen. Du weißt ja: Jetlag."

„Davon kann ich ein Lied singen." Ungeniert gähnte er. „Am liebsten hätte ich heute im Büro einen kleinen Mittagsschlaf gemacht, aber ich wollte Mrs.

McDough keinen Grund geben, mich in den kommenden Jahren damit aufzuziehen."

„Mrs. McDough?", fragte sie neugierig und geradezu entzückt, etwas von seinem Tag zu erfahren. Leider war sie nicht dafür gemacht, den ganzen Tag vor dem Fernseher zu sitzen und sich zu langweilen.

„Meine Sekretärin", erläuterte er und ließ sein Hemd auf einen Sessel fallen. „Sie hat bereits für meinen Dad gearbeitet, als ich noch im Kindergarten war. Eigentlich hatte ich die Befürchtung, dass es komisch werden könnte, wenn sie nun für mich arbeitet, aber im vergangenen Jahr hätte es mit uns nicht besser laufen können."

„Wie süß das klingt", murmelte sie fröhlich und ließ ihre Augen über seinen nackten Oberkörper wandern.

Mit einem wölfischen Grinsen öffnete er seinen Gürtel und danach seine Hose. „Kommst du mit unter die Dusche? Ich könnte ein wenig Gesellschaft gebrauchen, und ein paar Kuscheleinheiten wären auch nicht schlecht, bevor wir zum Abendessen runtergehen."

Bevor er seine Hose fallen ließ, verzog Amy den Mund. „Gerne, aber ich sollte dich warnen, was das Abendessen betrifft. Ich befürchte, dass es eine ... schweigsame Angelegenheit werden könnte." Errötet lächelte sie entschuldigend.

Während seine Hose tief auf seinen Hüften hing, verschränkte er die Arme vor der Brust und machte ein finsteres Gesicht. „Was hat Stuart getan?"

Rasch wiegelte sie ab. „Oh, Patrick. So war das nicht gemeint! Ich wollte deinen Bruder nicht anschwärzen oder schlecht machen, aber ... aber wir liefen uns heute kurz über den Weg. Er machte nicht den Eindruck, dass er besonders froh war, mich zu sehen."

Seine Mundwinkel fielen hinab.

„Komm mal her", flüsterte er anschließend und zog sie sanft in seine Arme.

Sich an ihn zu schmiegen und das Gesicht gegen seine nackte Schulter zu pressen, während er begütigend ihren Rücken streichelte, half dabei, dass sie sich besser fühlte. Wenn Patrick bei ihr war, glaubte sie, alles ertragen zu können. Sogar einen missmutigen Schwager, der keine besonders hohe Meinung von ihr zu haben schien.

„Du hast mir heute gefehlt", murmelte er.

„Du mir auch", erwiderte sie mit einem versteckten Lächeln und scherzte: „Wenn ich deine Nummer gehabt hätte, hätte ich dich vermutlich ständig mit Anrufen genervt, weil ich deine Stimme hören wollte."

Er lachte rau. „Du würdest mich niemals nerven, wenn du mich anrufst, Baby. Vielleicht nehme ich dich morgen mit zur Arbeit, dann käme mir der Tag nicht so unendlich lang vor."

Obwohl er diesen Vorschlag nicht ernst meinte, schmolz Amy dahin und spürte, wie es ihr gleich besser ging. Dass sie ihm ebenso fehlte wie er ihr, verursachte ein warmes Glücksgefühl in ihrem Inneren.

„Falls du irgendetwas brauchst, irgendwohin möchtest oder dir irgendetwas besorgen willst, kannst du jederzeit unsere Haushälterin oder den Fahrer ansprechen. Ich möchte nicht, dass du dich hier nicht wohlfühlst, schließlich ist das auch dein Zuhause."

Mit bewegter Miene stieß sie leise den Atem aus. „Ich bin wunschlos glücklich."

„Du musst aber nicht hier oben bleiben", raunte er, als hätte er gewusst, wie sie den heutigen Tag verbracht hatte. „Tu, was dir gefällt. Sobald deine Staffeleien und Bilder ankommen, können wir dir ein Atelier einrichten. Der Wintergarten sollte dafür perfekt sein."

Angesichts seiner Besorgnis und dieses Vorschlags wäre sie beinahe in Tränen ausgebrochen. Mit großen Augen sah sie ihm wieder ins Gesicht und fragte mit zittriger Stimme: „Du lässt mich euren Wintergarten als Atelier benutzen?"

„Er gehört dir." Seine große Hand fuhr ihr ins Haar und umfasste kurz darauf ihren Hinterkopf. „Sobald meine Mom aus Südafrika zurück ist, wirst du keine ruhige Minute haben, Amy. Sie ist ganz versessen, was Kunst betrifft, und wird dich in jedes Museum und jede Galerie schleppen. Außerdem wird sie nicht eher ruhen, bis du ihr jedes deiner Bilder gezeigt hast."

Sie konnte nicht ausdrücken, was seine Worte ihr bedeuteten, und fragte stattdessen verschmitzt: „Auch deine Nacktbilder?"

„Lieber nicht." Er schnitt eine Grimasse. „Die würde sie nämlich ihren Besuchern zeigen, so wie ich sie kenne."

Nach einem kleinen Lachen fragte sie besorgt nach: „Glaubst du, dass mich deine Mom mögen wird?"

„Und ob", entgegnete er im Brustton der Überzeugung. „Sie wird schrecklich vernarrt in dich sein, Baby. Was Stuart betrifft, solltest du dir keine Sorgen machen. Der Idiot ist etwas schwer von Begriff."

Amy lächelte gequält. „Das hoffe ich."

„Früher oder später wird er ein toller Schwager sein. Glaub mir, Schatz." Er küsste sie rasch und entlockte ihr ein winziges Stöhnen. „Bevor wir noch länger über meinen idiotischen Bruder reden, würde ich gerne mit dir unter die Dusche springen. Schließlich sind wir offiziell noch immer im Honeymoon."

Amüsiert lehnte sich Amy in seinen Armen zurück und konnte nicht widerstehen, mit ihren Fingern über seine nackte Brust zu fahren. „Honeymoon? Da musst du dich geirrt haben."

„Von wegen!" Seine Augen zogen sich zu Schlitzen zusammen, während er sich nah an sie drängte. „Ich bin mir ziemlich sicher, dass wir im Honeymoon sind. Das bedeutet Sex, Baby. Sehr viel Sex."

Obwohl sie wohlig erschauerte, gab sie frech zu bedenken: „Du arbeitest, Liebling. Der Honeymoon ist vorbei."

Patrick fixierte ihren Mund und versprach heiser: „Sobald die Gefahr nicht mehr besteht, dass irgendein Abteilungsleiter wieder Mist baut, machen wir eine Hochzeitsreise. Versprochen!"

„Oha!" Sie lachte, weil seine Hände ihren Hintern umfassten.

„Wie wäre es mit Honolulu? Oder mit Mexiko?"

Amy legte ihre Hände gegen seine Brust und schüttelte den Kopf, bevor sie flüsterte: „Eine Hütte am Strand ohne Klimaanlage, aber dafür mit einer baufälligen Veranda wäre mir viel lieber, Patrick."

Sein Gesicht entspannte sich, während er weich zugab: „Weißt du was? Mir auch."

„Patrick, hat mir erzählt, dass du aus North Carolina kommst, Amy."

Amy schaute von ihrem Teller auf und begegnete den fragenden Augen ihrer Schwägerin, die ihr am penibel gedeckten Esstisch gegenübersaß und sich im Gegensatz zu Stuart, der neben Barbara auf seinem Stuhl lümmelte, kerzengerade hielt. Selten hatte Amy eine so schöne Frau gesehen, die in ihrer jetzigen Aufmachung ohne Weiteres bei einer hochherrschaftlichen Audienz hätte teilnehmen können. Im Vergleich zu ihr kam sich Amy wie ein Bauerntrampel vor, denn Barbara trug nicht nur ein faltenfreies Kostüm über einer wunderschönen Schluppenbluse und hatte ihr dunkelbraunes Haar zu einer perfekten Frisur arrangiert, bei der nicht eine einzige Strähne falsch lag, sondern glänzte durch perfekte Tischmanieren und eine wohldurchdachte Ausdrucksweise. Amy dagegen hatte Mühe, sich aufrecht zu halten, wusste nicht, welche Gabel sie für welches Gericht benutzen sollte, hatte mit einer Todesverachtung die hochgelobten Escargots heruntergeschluckt, obwohl sie bei dem Gedanken, Schnecken zu essen, beinahe gewürgt hätte, und saß in einem schnörkellosen Jeanskleid am Tisch, das sie bislang eigentlich immer als sehr hübsch empfunden hatte.

Nun musste sie jedoch zugeben, dass weder ihr Kleid noch sie selbst an ihre stilvolle Schwägerin heranreichte. Barbara hatte Klasse. Sie dagegen kam sich wie in einer fremden Rolle vor.

Noch immer bestach Stuart dadurch, nicht viele Worte zu verlieren, obwohl sie nicht glaubte, dass der junge Mann normalerweise jemand war, der einen Hang zur Schweigsamkeit hatte. Barbara dagegen hatte sie freundlich, jedoch mit einem winzigen Hauch Zurückhaltung begrüßt und schien sich nun darum zu bemühen, sie in ein Gespräch zu verwickeln.

Daher vergaß Amy für einen Moment das zarte Rinderfilet auf ihrem Teller und erklärte betont ruhig, um ihre Nervosität zu kaschieren: „Eigentlich bin ich in Indiana geboren und habe dort gelebt, bevor ich mit sechs Jahren nach North Carolina zog.“

Barbara sah sie weiterhin mit freundlicher Neugierde an. „Und wo genau hast du gelebt? In Charlotte?“

Sie schüttelte den Kopf und erklärte leichthin: „Nein, es war eine winzige Gemeinde in der Nähe von Raleigh. Ziemlich ländlich.“

„Ich mag es ländlich.“ Barbara lächelte ihr zu. „Wir sind hier aufgewachsen, daher weiß ich es zu schätzen, die Ruhe zu genießen. Das Stadtleben wäre nichts für mich.“

Stuart schnaubte laut auf, warf seiner Schwester einen schiefen Seitenblick zu, schob sich eine halbe Kartoffel in den Mund und erklärte anschließend kauend: „Das Stadtleben ist nichts für dich? Dafür bist du aber ziemlich oft in New York, um die Fifth Avenue zu besuchen und deine Kreditkarte glühen zu lassen.“

„Man spricht nicht mit vollem Mund“, wies seine Schwester ihn indigniert hin und nickte ihm auffordernd zu. „Sogar Hamilton hat bessere Tischmanieren als du, dabei ist er erst drei.“

„Mein Neffe hat auch nicht all die Tüten schleppen müssen, als du meintest, halb Bendel leer zu kaufen und anschließend auch noch Bloomingdale’s zu beehren“, schmatzte Stuart und blinzelte Amy zu. „Jemand, der das Landleben angeblich so liebt, kauft sich keine Schuhe mit Absätzen, die jeder verdammte Cop locker als Mordinstrument durchgehen lassen würde."

Amy erwiderte das Blinzeln mit einem kleinen Lächeln und fand sowohl das Schmatzen als auch seine Ausdrucksweise mit einem Mal extrem sympathisch.

„Damals war ich schwanger, also war es sicherlich nicht zu viel verlangt, dass du meine Taschen tragen solltest, Stuart", wies ihn seine ältere Schwester zurecht, strich die Tischdecke glatt und rümpfte die Nase.

„Welche schwangere Frau braucht High Heels?", wollte der blondhaarige Stuart wissen.

„Jede Frau braucht High Heels", erklärte Barbara würdevoll, bevor sie sich wieder an Amy wandte und entschuldigend die Hand hob. „Glücklicherweise wird Stuart sehr bald wieder zurück aufs College gehen und du wirst von seiner Anwesenheit erlöst sein."

Bevor Amy gezwungen war, darauf zu antworten, räusperte sich Patrick und legte ihr eine Hand auf den Oberschenkel. „Apropos, Stuart. Wann fängt das College wieder an? Meinem Wissen nach sollten die Semesterferien bald zu Ende sein, oder?"

„Hey." Sein jüngerer Bruder runzelte entrüstet die Stirn und deutete auf Amy. „Wenn mich nicht alles täuscht, reden wir heute nicht über mich, sondern über deine Frau. Ich fände es ziemlich unfair, die Aufmerksamkeit der Familie auf mich zu lenken, während Amy zum ersten Mal bei uns am Tisch sitzt."

„Wie gütig von dir", murmelte Patrick und drückte beruhigend ihren Oberschenkel.

Ihm so nah zu sein und die Berührung seiner Hand auf ihrem Schenkel zu fühlen, führte dazu, dass sie sich schlagartig daran erinnerte, dass sie vor nicht einmal zwei Stunden heißen Sex unter seiner riesigen Dusche gehabt hatten. Augenblicklich wurde ihr warm und sie befürchtete, dass jeder der Anwesenden ihr ansehen konnte, woran sie dachte, schließlich brannten ihre Wangen wie Feuer.

„Du weißt, was du Mom wegen des Colleges versprochen hast", mahnte Patrick seinen Bruder.

„Ja, ja", stöhnte Stuart genervt und schob die Erbsen auf seinem Teller hin und her, bevor er mit einem übertriebenen Ächzen aufzählte: „Kein Schwänzen, keine Alkoholexzesse, keine kindischen Streiche gegenüber meinen Professoren und weniger Dates."

„Weniger *Dates*?" Barbara spitzte geradezu majestätisch die Lippen. „Ich denke, Mom meinte eigentlich etwas anderes, mein Lieber. Du sollst keine *Tänzerinnen* mehr mit in dein Wohnheim nehmen und sie dort übernachten lassen. Gegen Dates wird Mom wohl kaum etwas haben."

Stuart verdrehte die Augen, sah Amy an und erklärte mit einem schiefen Grinsen: „Wenn Barbara *Tänzerinnen* sagt, meint sie eigentlich *Stripperinnen*, aber das Wort würde sie nie in den Mund nehmen."

Jetzt war eigentlich alles klar. Ihr Schwager hatte es faustdick hinter den Ohren.

„Du willst uns heute in Verlegenheit bringen, oder?" Barbara errötete vor Empörung.

Lächelnd warf Amy ein: „Ach, ich finde das nicht peinlich. Ehrlich gesagt finde ich diese Geschwistersituation gerade sehr schön."

„Dann warte ab, bis Stuart zu Weihnachten über den Eierpunsch herfällt, Schatz", erklärte Patrick gut gelaunt. „Letztes Jahr hätte er fast den Weihnachtsbaum in Brand gesteckt.“

Mit einer plötzlichen Sehnsucht konnte sie es kaum abwarten, Weihnachten im Kreis von Patricks Familie zu feiern. Nur mühsam schaffte sie es, Haltung zu bewahren und vor Rührung nicht in Tränen auszubrechen. Nur verschwommen erinnerte sie sich an Weihnachten als Kleinkind mit ihren Eltern. Amy wusste noch, dass das ganze Haus geschmückt war, dass viel gelacht wurde und dass sie voller Ehrfurcht stundenlang die bunten Kugeln und die vielen Lichter an ihrem Tannenbaum beobachtet hatte. Nach dem Tod ihrer Mom jedoch waren die Feiertage bei ihrer Großtante stets ganz anders verlaufen. Es hatte weder bunte Lichter noch weihnachtliche Dekoration oder besonders viel Lachen gegeben. Stattdessen waren sie in die Kirche gegangen, denn für Hazel war Weihnachten nicht das Fest der Liebe, sondern ein ernst zu nehmender religiöser Feiertag gewesen, der weder mit *Schnickschnack* noch mit *überkandidelten Geschenken* begangen werden sollte.

„Dabei hatte ich gedacht, dass es eher Hamilton sein könnte, der den Baum beschädigen würde. Doch wie es scheint, hatte ich mich getäuscht“, riss Patrick sie mit seiner lachenden Stimme aus ihren Gedanken.

„Geschwister können eine Plage sein“, murrte Stuart. „Und plötzlich freue ich mich wieder aufs College!“

„Oh ja, wir auch“, bestätigte Patrick und nickte ihm großspurig zu.

Barbara dagegen seufzte schwer und fragte Amy mit einem Augenverdrehen: „Hast du auch Geschwister, Amy?“

Sie schüttelte bedauernd den Kopf. „Nein, leider nicht."

„Sei froh", hielt Stuart ihr vor. „Geschwister können eine Strafe Gottes sein!"

„Still, du Frechdachs", beschied Barbara, um bei ihrer Schwägerin nachzuhaken: „Wissen deine Eltern schon, dass ihr beide geheiratet habt? Patrick wird sie sicherlich bald kennenlernen wollen."

Amy schluckte schwer und klärte ihre Schwägerin mit einem verkrampften Blick auf: „Meine Eltern sind leider schon tot."

„Oh." Betroffen zuckte Barbara zurück und schüttelte bedauernd den Kopf. „Das tut mir entsetzlich leid. Ich wollte nicht ..."

„Schon gut", unterbrach Amy sie gespielt leichthin und spielte eher unbeabsichtigt an dem Saum der Tischdecke herum, während Patrick tröstend nach ihrer freien Hand griff. „Meine Mutter ist schon sehr lange tot. Sie starb bei einem Autounfall, als ich sechs war. Anschließend bin ich bei meiner Großtante aufgewachsen." Auch wenn es ihr unangenehm war, erklärte sie mit einem zittrigen Blinzeln: „Mein Vater hat den Tod meiner Mutter nie verkraftet und konnte sich nicht mehr um mich kümmern. Er ist ein paar Jahre später gestorben."

Da plötzlich Stille am Tisch herrschte, fügte sie rasch hinzu: „Aber meine Großtante wird Patrick sicherlich gerne kennenlernen wollen. Dabei fällt mir ein, dass ich sie anrufen und ihr von unserer Heirat erzählen sollte."

„Unbedingt", bekräftigte Patrick, hob ihre Hand und drückte ihr einen Kuss auf den Handrücken. „Wir können sie gerne zu uns einladen, wenn du möchtest."

Großtante Hazel in diesem Haus? Amy konnte sich bildlich vorstellen, wie ihre strenge Großtante auf all den Reichtum reagiert hätte. Doch um nicht von ihrer verschrobenen Verwandten berichten zu müssen, nickte sie und war dankbar, als Patrick das Thema wechselte und über irgendeinen Bekannten sprach.

Amy folgte der Unterhaltung nur mit einem Ohr. Trotz ihrer Befürchtungen hatte sich das Familienessen als ziemlich angenehm herausgestellt, wenn man von Stuarts anfänglichem Schweigen und der peinlichen Stille absah, die aufgetreten war, als Amy erklärt hatte, dass ihre Eltern gestorben waren. Langsam machte sich die Hoffnung in ihr breit, dass Patricks Familie sie nicht als berechnende Frau ansah, die sich ihn geangelt hatte, weil sie versorgt sein wollte.

Kaum hatte sie den Gedanken beendet, wandte sich Barbara wieder an sie und faltete die Hände über dem Tisch, während sie aufmunternd erklärte: „Ich habe eine fantastische Idee, Amy. Mein Frauenverein veranstaltet in Kürze ein Charity-Golfturnier. Du solltest mich begleiten und ein paar unserer Freunde und Bekannten kennenlernen."

Rasch wiegelte sie ab: „Oh ... das ist nichts für mich, fürchte ich. Ich spiele gar kein Golf."

Barbara kicherte fröhlich: „Wir werden auch kein Golf spielen, sondern nur zuschauen. Das Turnier ist jedes Jahr ein großer Spaß."

Als Amy noch damit beschäftigt war, ihr Erschrecken zu verbergen, da sie plötzlich den Film *Pretty Woman* vor Augen hatte, in dem Julia Roberts völlig deplatziert auf einem erlesenen Polo-Turnier gewirkt hatte, stöhnte Stuart auf.

„Wenn dieses Charity-Golfturnier ein großer Spaß sein soll, Schwesterherz, dann hattest du niemals *wirklich* Spaß“, betonte er ächzend. „Hochnäsige Frauen in Chanel-Kostümen mit abartig geformten Hüten auf den Köpfen, die Spinaträllchen essen, sich gegenseitig ihren Schmuck vorführen und Champagner trinken, während abgehalfterte Ex-Profis mit grauenvollen Handicaps auf dem Rasen stehen, klingen nicht nach Spaß, sondern nach einer Bestrafung.“

Das fand Amy auch. Allein die Vorstellung, dass sie inmitten einer solchen Charity-Veranstaltung auftauchen sollte, ließ sie in Schweiß ausbrechen. Sie hätte nicht einmal gewusst, was sie dazu anziehen sollte, denn sie besaß weder ein Chanel-Kostüm noch einen *abartig geformten Hut.* Zwar klangen Spinatröllchen nicht schlecht, aber auch Champagner hatte sie nie zuvor getrunken. Da sie ihre Schwägerin jedoch nicht vor den Kopf stoßen wollte, wenn diese sich anscheinend mit ihr anfreunden wollte, würde sie leider Gottes daran teilnehmen müssen.

Zum Glück schien Patrick zu ahnen, dass ihr der Sinn nicht nach einem Golf-Turnier stand, da er gutmütig erklärte: „Lass Amy erst einmal ankommen, Barbara. Bald kommen ihre restlichen Sachen an und sie wird genug zu tun haben. Außerdem gehen wir in der nächsten Woche zu Sarahs Einweihungsparty und da wird sie sicherlich ein paar unserer Bekannten bereits kennenlernen.“

Barbara schien nicht eingeschnappt zu sein, wie Amy mit Erleichterung feststellte, da sie elegant mit der Schulter zuckte. „Gut. Aber falls du deine Meinung änderst, Amy, würde ich mich sehr freuen.“

Während sie ihrer Schwägerin zunickte, drückte sie gleichzeitig dankbar Patricks Hand.

13. Kapitel

„Hier, mein Schatz. Ich habe dir etwas mitgebracht." Patrick beugte sich zu Amy hinunter, die im Schneidersitz im Wintergarten saß und damit beschäftigt gewesen war, eine Kiste auszupacken, in der sich anscheinend ein paar Farben und Pinsel befunden hatten, und legte ihr einen Umschlag auf den Schoß. Erst gestern waren ihre restlichen Kisten aus Rom angekommen, die sie mit Spannung erwartet hatte.

„Hi", murmelte sie erfreut und hob ihm das Gesicht entgegen, damit er sie küssen konnte.

Nach einem langen Tag im Büro nach Hause zu kommen und dort von seiner Frau erwartet zu werden, die als Erstes einen Kuss von ihm verlangte, fühlte sich ziemlich gut an. Ziemlich gut fühlte sich auch an, dass sie sich im Wintergarten einzurichten begann. Ihr dabei zuzuschauen, wie sie Tag für Tag offener wurde und nicht mehr nur durchs Haus schlich, als wäre sie zu Besuch, fühlte sich sogar großartig an.

Patrick war nicht doof und verstand, dass es für sie eine ziemliche Veränderung war, von heute auf morgen Italien zu verlassen und mit ihm nach Connecticut zu ziehen. Natürlich brauchte sie eine Eingewöhnungszeit, um sich auch hier wie zu Hause zu fühlen. Ihn machte es glücklich, dass sie sich in seinem Haus ein Nest baute. Als er sich umsah und feststellte, dass sie ihre Bilder ausgepackt und gegen diverse Wände, Möbel oder Fenster gelehnt hatte, atmete er merkwürdigerweise erleichtert auf. Nichts hätte sich grässlicher angefühlt, als dass Amy sich bei ihm nicht wohlfühlte.

Langsam entzog er ihr den Mund und kniete sich neben sie. „Das nimmt hier schon richtige Formen an. Bald wird es wie ein Atelier aussehen."

„Und du bist wirklich sicher, dass deine Mutter nichts dagegen haben wird?"

„Sie wird dich hier öfter besuchen, als dir lieb ist", prophezeite er amüsiert und warf einen Blick auf seine Armbanduhr. Er stöhnte frustriert. „Scheiße, wir sollten uns in spätestens einer Stunde auf den Weg in die Stadt machen."

Augenblicklich bemerkte er, wie sie unsicher seinem Blick auswich, bevor sie auf dem Steinboden herumrutschte und sich ins Haar fasste.

„Du hättest ruhig auch ohne mich dorthin gehen können, Patrick. Ich ... ich meine, ich kenne nicht einmal die Gastgeberin."

Um erst gar keine Bedenken bei ihr aufkommen zu lassen, entgegnete er achtlos: „Damit du dich allein zu Hause zu Tode langweilst? Kommt gar nicht infrage."

„Aber du hättest dann nicht diesen Umweg machen müssen", protestierte sie schwach. „Jetzt musstest du von Manhattan nach Hause rasen und gleich wieder nach Manhattan fahren. Würde ich nicht mitkommen, hättest du dir die langen Autofahrten ersparen können."

Er konnte ihr an der Nasenspitze ansehen, dass sie sich lediglich vor Sarahs Einweihungsparty drücken wollte. Irgendwie fand er das süß, weil Amys Unsicherheit allzu deutlich war.

„Hast du schon einmal daran gedacht, dass ich dich dabeihaben will?", fragte er sanft und zupfte an einer ihrer blonden Haarsträhnen herum.

„Patrick ..."

„Ganz ehrlich, Baby“, unterbrach er ihren genuschelten Protest. „Es wird Zeit, dass ich mit dir angebe.“

„Ha.“ Zweifelnd runzelte sie ihre Stirn. „Schau mich an. Ich habe nichts zum Anziehen und werde dich tierisch blamieren.“

„Ha“, wiederholte er ihren Ausruf. „Das ist total albern. Inwiefern solltest du mich blamieren?“

Sie zuckte mit der Schulter und seufzte schwer.

Vorsichtig strich er mit dem Daumen über die zarte Linie ihres Nackens. „Wir haben uns den ganzen Tag nicht gesehen“, murmelte er weich. „Lass uns doch ein wenig Zeit miteinander verbringen. Außerdem musst du dir keine Sorgen machen, dass du dich auf einer von Barbaras albernen Charity-Veranstaltungen wiederfinden könntest. Es ist doch nur eine Einweihungsparty und Sarah ist sehr nett. Außerdem ist sie in deinem Alter.“

Ihre blauen Augen forschten in seinen, als sie gestand: „Es ist so ... ich mag deine Schwester ... wirklich.“

Angesichts ihres zögernden Tons musste er grinsen. „Aha. Das hört sie sicherlich gerne.“

An ihrer Kehle konnte er sehen, wie sie schluckte. „Ja, ich mag Barbara gerne. Gestern rief sie an und wollte wissen, ob ich morgen mit ihr nach Manhattan fahren möchte, weil sie mir die Stadt zeigen will.“

Einen Moment lang empfand er ein schlechtes Gewissen, weil er sich in der vergangenen Woche längst die Zeit hätte nehmen müssen, um mit ihr nach Manhattan zu fahren, doch dann spürte er die Erleichterung darüber, dass Barbara sich große Mühe zu geben schien, Amy in der Familie willkommen zu heißen. „Das ist eine schöne Idee“, erwiderte er daher ehrlich.

„Ich weiß und ich freue mich auch darüber.“

„Aber?“

„Aber ...“ Wieder stieß sie ein tiefes Seufzen aus und nagte kurz auf ihrer Unterlippe herum. „Barbara ist so ... mondän.“

„Mondän?“ Überrascht fuhren seine Augenbrauen in die Höhe.

„Ja“, bekräftigte sie nachdrücklich. „Sie ist total stilvoll, weiß sich perfekt auszudrücken und kleidet sich so elegant. Neben ihr fühle ich mich wie ein Amish-Mädchen vom Land, das noch nie ein Auto gesehen hat!“

Patrick konnte nicht anders und fiel in ein volltönendes Lachen ein, das nicht einmal dann unterbrochen wurde, als sie ihm empört einen Klaps gegen den Oberarm gab.

„Hör auf zu lachen, Patrick! Ich meine es ernst.“

Er wischte sich eine Lachträne aus dem Augenwinkel und grinste von einem Ohr zum anderen, als er ihre mürrische Miene bemerkte. „Das ist großer Quatsch.“

„Ist es nicht!“ Hoheitsvoll hob sie das Kinn. „Als deine Schwester beim Abendessen von ihren Wohltätigkeitsvereinen sprach und Stuart erzählte, welche Frauen dort unterwegs sind, musste ich daran denken, dass ich so nicht bin.“

„Zum Glück!“ Geradezu erschrocken von dieser Horrorvision hob er beide Hände. „So sollst du auch nicht sein! Die meisten dieser Frauen kenne ich und würde mir einen Strick nehmen, wenn du dich in eine versnobte High-Society-Zicke verwandeln würdest, die Perlenketten und alberne Hüte trägt."

Unsicher huschten ihre Augen umher. „Aber ... aber deine Schwester und deine Mutter ..."

„Meine Mutter ist ganz anders", beruhigte er sie amüsiert. „Und Barbara mag zwar wie Jackie Kennedy persönlich durch die Gegend rennen, aber von den grauenvoll verwöhnten Damen unterscheidet sie sich wie die Nacht vom Tag. Wie kommst du darauf, dass du mich blamieren könntest, wenn du so bist, wie du bist?"

„Alle werden sofort merken, dass ich anders bin."

„Anders? Das musst du mir erklären, Amy."

Geradezu gequält fuchtelte sie mit einer Hand umher. „Ich spiele kein Golf und kein Polo, außerdem war ich auf keiner Eliteuniversität und weiß nicht, welche Gabel ich zu welchem Gang benutzen soll. Alle deine Freunde werden denken, dass ich dich geheiratet habe, um versorgt zu sein."

Innerlich zuckte er zusammen. „Ich hätte das niemals erwähnen sollen. Jetzt ist es eine fixe Idee von dir, dass meine Freunde – meine wirklichen Freunde – so etwas über dich denken könnten." Er holte Luft und beteuerte: „Amy, erstens blamierst du mich nicht. Im Gegenteil, denn du bist nicht nur wunderschön, sondern extrem klug, liebenswert und charmant."

„Das sagst du jetzt nur", jammerte sie hochrot im Gesicht.

„Natürlich", schnaufte er ironisch. „Wieso hätte ich dich denn sonst heiraten sollen?"

„Aber ..."

„Und zweitens", nahm er seinen vorherigen Satz auf. „Meinetwegen könntest du auch mit den Fingern essen und das Besteck ganz weglassen."

„Es geht doch nicht nur um das Besteck." Peinlich berührt senkte sie den Kopf. „Vorgestern gab es abends überbackene Austern und letzte Woche Schnecken. Es klingt albern, aber ... ich habe sie fast nicht hinunterbekommen."

Patrick wusste nicht, ob er lachen oder weinen sollte, stattdessen schüttelte er kurz den Kopf und fragte mit einem Anflug von Belustigung nach: „Willst du mir sagen, dass du das Zeug gegessen hast, obwohl du es nicht magst?"

Ihr Blick sagte alles.

„Oh Mann ... Schatz." Ihm blieb nichts anderes übrig, als leise zu kichern. „Denkst du wirklich, dass ... nein, vergiss es. Mein Dad hat Schnecken gehasst! Und meine Mom rührt weder Muscheln noch Austern an, wenn dir das ein Trost ist."

Fast schon flehend sah sie ihm ins Gesicht. „Ich weiß nicht, was als Nächstes kommt. Froschschenkel?"

„Froschschenkel schmecken wie Hühnchen", zog er sie auf.

„Mit einem Sandwich wäre ich schon zufrieden", entgegnete sie ernst.

„Gut, dann werde ich es Hatty sagen", witzelte er.

„Bitte nicht", bat sie ihn. „Hatty ist sehr lieb und ich will sie nicht kränken."

Grinsend drückte er ihr einen Kuss auf die Nase. „Du bist so süß. Tatsächlich denke ich, dass Hatty diesen ganzen Zauber nur deinetwegen veranstaltet."

„Meinetwegen?"

Patrick nickte nachdrücklich. „Ich kann mich nicht erinnern, wann wir abends in den letzten Jahren überbackene Austern oder Schnecken zu essen bekommen haben. Ganz sicher fährt sie täglich so hochherrschaftlich auf, weil sie dich beeindrucken will.“ Aufmunternd fügte er hinzu: „Wir kochen doch auch nur mit Wasser.“

Sie stieß ein zurückhaltendes Lachen aus. „Ich bin so schlimm, oder?“

„Bist du nicht“, widersprach er. „Aber wir beide sind spät dran. Komm schon, Schnapsdrossel. Kopf hoch!“

„Wehe, du nennst mich heute Abend so“, drohte sie ihm und ließ sich von ihm hochziehen.

Reuelos grinste er, während sich Amy bückte und den Umschlag aufhob, der von ihrem Schoß geplumpst war.

„Was ist das?“

„Einige Papiere.“ Patrick zuckte nachlässig mit der Schulter. „Du musst nur ein paar Formulare unterschreiben.“

„Formulare?“ Augenblicklich öffnete sie den Umschlag und linste hinein. „Was denn für Formulare?“

Während Patrick überlegte, ob er noch kurz unter die Dusche springen und sich umziehen sollte, gähnte er zurückhaltend und erwiderte abwesend: „Nichts Besonderes. Ein Antrag für die Krankenversicherung, damit du bei mir versichert wirst, und gefühlte hundert Bankformulare.“

„Bankformulare?“, fragte sie irritiert.

„Mhh.“ Geistesabwesend trat er an eines von Amys Bildern heran und lächelte angesichts des farbenfrohen

Gemäldes. Insgeheim entschied er, dieses Gemälde rahmen zu lassen und in seinem Büro aufzuhängen, bevor es seine Mom in die Finger bekam, die seit Wochen davon sprach, dass sie für die Eingangshalle ein neues Bild suchte. Da wollte er es sich lieber vorher unter die Nägel krallen, damit er während seiner Arbeit immer draufschauen konnte.

„Was denn für Bankformulare, Patrick?"

Überrascht warf er einen Blick über seine Schulter und konnte sehen, dass sie den Wulst Papiere in den Händen hielt und ihn nachdenklich musterte.

Gutmütig zuckte er mit der Schulter. „Alles Mögliche, denke ich. Ein Kreditkartenantrag, dann Unterschriftsberechtigungen für meine Konten ..."

„Was?" Abwehrend schüttelte sie den Kopf. „Nein, ich will keine Kreditkarte haben, Patrick, und ich muss auch nicht unterschriftsberechtigt sein."

Wie vor den Kopf gestoßen drehte er sich zu ihr um und verschränkte die Arme vor der Brust. „Hör mal, Amy, wir sind verheiratet ..."

„Aber das heißt nicht, dass ich Zugriff auf dein Geld haben möchte." Nachdrücklich schüttelte sie den Kopf. „Deshalb habe ich dich nicht geheiratet."

Langsam glaubte er, dass er noch verrückt würde. Er ließ die Schultern fallen und erklärte mit aller Vernunft, zu der er fähig war: „Liebling, wir sind verheiratet. Was meins ist, ist auch deins."

Brüsk schüttelte sie den Kopf, kam auf ihn zu und gab ihm die Papiere zurück. „Nein."

Wunderbar, dachte sich Patrick stöhnend, als sie festen Schrittes den Wintergarten verließ, der restliche Abend würde sicherlich ein Kinderspiel werden.

Champagner schmeckte ziemlich gut, stellte Amy fest, während sie an ihrem zweiten Glas nippte. Nach der schrecklichen Episode in jenem römischen Club hatte sie sich zwar vorgenommen, nicht einen einzigen Tropfen Alkohol in nächster Zeit zu trinken, aber allein die Geste, sich an einem Glas festhalten zu können, während sie auf einer Party war, auf der sie zwar niemanden kannte, aber anscheinend alle Anwesenden wussten, wer sie war, hatte etwas Beruhigendes.

Ein extravagantes Loft mitten in Manhattan, ein hippes Büfett aus diversen Sushi-Variationen und Gäste in teuren Anzügen oder mit anscheinend sauteuren Taschen gaben genau das Bild ab, das sich Amy immer von der New Yorker Upperclass gemacht hatte. Sie stand mittendrin und lauschte Gesprächen über Börsengänge, Botoxbehandlungen und Bootstouren in der Karibik.

Sie war sowieso nicht wirklich gut gelaunt, da Patrick sie beinahe auf die Palme gebracht hätte, als er ihr Papiere in die Hand gedrückt hatte, mit denen sie Zugriff auf sein Geld bekommen hätte. Als wenn sie dies zulassen würde!

Ein winziger Teil in ihrem Kopf sagte ihr, dass sie sich nicht anstellen sollte, weil es im Grunde normal war, als Ehepaar gemeinsame Kasse zu machen. Auch ihre Mutter hatte von dem Geld ihres Vaters gelebt. Sie war daheim geblieben, während er als Anwalt in einer winzigen Kleinstadtkanzlei das Geld verdient hatte. Aber wie sollte sie guten Gewissens Patricks Geld annehmen, wenn sie im Hinterkopf hatte, was man über sie munkelte?

Niemals würde sie wollen, dass Patrick sie tatsächlich für eine Erbschleicherin hielt. Bevor das geschah, würde sie lieber putzen gehen.

Außerdem war es nicht so, dass sie momentan Geld benötigt hätte, schließlich musste sie weder Miete bezahlen noch Essen einkaufen gehen oder eine Versicherung bezahlen. Nein, ganz entschieden lehnte sie es ab, dass er ihr eine Kreditkarte besorgen wollte. Sie hatte auch ihren Stolz.

Dass er den ganzen Abend an ihrer Seite klebte und ihr entweder eine Hand auf die Hüfte legte, seinen Arm um ihre Mitte schlang oder ihn lässig über ihrer Schulter baumeln ließ, nahm sie jedoch dankbar zur Kenntnis. Ohne ihn hätte sie sich entsetzlich unwohl gefühlt. Insbesondere wegen der unverhohlen neugierigen Blicke, die vor allem die weiblichen Gäste in ihre Richtung abgaben. Angesichts der schicken Klamotten, die all diese Frauen trugen, kam sich Amy in ihrem schlichten weißen Top, der eng geschnittenen schwarzen Hose und der hohen Schuhe, die Patrick für sie in Italien gekauft hatte, unscheinbar und sogar ein wenig unzulänglich vor.

Als sie sich vor ungefähr drei Stunden fertig gemacht hatte, war sie stolz über ihre Aufmachung gewesen, da sie sie als ausgesprochen gelungen empfunden hatte. Ihre blonden Haare hatte sie lediglich trocken geföhnt und trug nun ihre Naturlocken offen, während ihr Gesicht dezent geschminkt war. Dank der italienischen Sonne der letzten Monate hatte sie einen gesunden Teint mit einem hauchzarten Schimmer, den sie nicht überdecken wollte. Zusammen mit der einfachen, aber sehr geschmackvollen Kleidung und den hohen Schuhen war Amy äußerst zufrieden gewesen.

Doch kaum hatte sie die Wohnung betreten, war ihr Blick auf ein paar Frauen gefallen, die traumhaft schöne Kleider mit tiefen Ausschnitten, kurzen Röcken und extravaganten Schnitten trugen, aufwendige Accessoires dazu gewählt hatten und geradezu hochmütig gelächelt hatten, als sie Amy in Augenschein genommen hatten.

Plötzlich hatte sie sich wie ein Mauerblümchen gefühlt.

Eine dieser Frauen stand ihr gegenüber, als Patrick und sie zu einer kleinen Gruppe gestoßen waren, die sich gerade über den Wahlkampf eines befreundeten Politikers unterhalten hatte. Wie auf ein Kommando wechselte die Gruppe jedoch das Thema und begann sie beide darüber auszuquetschen, wie sie sich kennengelernt hatten. Während Patrick gutmütig und lässig Auskunft gab, bemühte sich Amy darum, den neugierigen Blick der rothaarigen Frau zu ignorieren, die ein süßliches und vor allen Dingen falsches Lächeln aufgesetzt hatte.

„Was hast du in Rom gemacht, Amy?“, fragte die Gastgeberin sie freundlich, die völlig normal wirkte und sehr glücklich über ihre gelungene Einweihungsparty zu sein schien.

„Amy ist Malerin“, antwortete Patrick an ihrer Stelle und drückte ihr vor allen Augen einen Kuss auf die Schläfe. „Sie ist begnadet.“

Peinlich berührt errötete sie und relativierte hastig: „Patrick übertreibt.“

„Das tue ich nicht.“ In seiner Stimme war das Grinsen, das er zur Schau trug, eindeutig zu hören.

„Sicherlich wird es in näherer Zukunft eine grandiose Ausstellung ihrer Bilder geben."

Ein etwas beleibter Mann mit einem Scotchglas in der Hand lachte und schlug Patrick auf die Schulter. „Das glaube ich auch, wenn ich bedenke, dass deine Mutter jeden renommierten Galeristen der Stadt kennt." Er prostete Amy zu und zwinkerte ihr übertrieben vertraulich zu. „Keine Sorge, Eleanore macht das schon."

Augenblicklich versteifte sie sich und hätte vermutlich vor Empörung nach Luft geschnappt, wenn Patrick nicht mit fester Stimme erklärt hätte: „Amy wird keinen Fürsprecher brauchen, Dylan. Das wird sie auch alleine schaffen."

Trotz Patricks Klarstellung sträubte sich ihr das Nackenfell.

Anscheinend hatten die anderen begriffen, dass sie das Thema wechseln sollten, da Sarah geradezu träumerisch seufzte. „Und jetzt erzählt von eurer Hochzeit! Ich bin so neidisch, schließlich war ich noch nie in Rom."

„Oh ja", säuselte die Rothaarige mit den riesigen Klunkern an ihren Ohrringen. „Über diese Blitz-Hochzeit möchte ich auch unbedingt alles wissen."

Da alle Augen auf ihr ruhten, fühlte sich Amy bemüßigt, bescheiden zu erklären: „Es war eine sehr kleine Zeremonie im Orangengarten einer alten Kirche. Auf dem Aventinhügel in Rom."

Sarah seufzte ein weiteres Mal träumerisch auf. „Das klingt so romantisch!"

„Es klingt nach Mücken", widersprach die Rothaarige zynisch, bevor sie gespielt amüsiert den

Kopf zur Seite legte. „Nichts für ungut. Die Trauung war sicher wundervoll."

Der Mann namens Dylan verzog kritisch den Mund. „Rom ist eine interessante Stadt. Keine Frage, aber diese Horden an Touristen können einem den Spaß verderben. Dabei fällt mir ein, Patrick, habt ihr dem Restaurant *La Pergola* einen Besuch abgestattet? Es hat drei Michelin-Sterne und bietet den besten Trüffel, den ich in ganz Europa gegessen habe. Das Essen dort ist eine Offenbarung."

Amy hatte ein Jahr lang in Rom gelebt und würde von sich behaupten, so ziemlich jede Ecke dort zu kennen, aber von diesem Restaurant hatte sie noch nie etwas gehört – vielleicht auch aus dem Grund, weil sie niemals auf die Idee gekommen wäre, ein solches Lokal auch nur zu betreten.

Bevor Patrick überhaupt in der Lage war, etwas darauf zu sagen, mischte sich die Rothaarige wieder ein und stöhnte gequält auf. „Von den Touristen kann ich auch ein Lied singen. Im letzten Jahr bin ich nach Europa geflogen und habe einen kurzen Abstecher nach Rom gemacht. Dort wollte ich mir bei Bottega Veneta eine Tasche kaufen, auf die ich schon lange ein Auge geworfen hatte, doch kaum betrat ich den Laden, musste ich mit ansehen, wie Horden von Touristinnen mit Rucksäcken und Baseballmützen sich in dem Geschäft die Nasen an den Vitrinen plattdrückten. Vielen Dank, aber dann verzichte ich doch lieber!"

Angesichts dieser versnobten Ziege wäre Amy fast die Kinnlade hinuntergefallen, und sie begann Patrick für seine absolute Lässigkeit zu bewundern, als er schlicht und ergreifend entgegnete: „Da Amy nicht nur italienisch spricht, sondern sich dort perfekt auskennt, waren wir eigentlich immer an den Orten, an denen man von Touristenhorden verschont bleiben konnte. Sie kennt in Rom alle Geheimtipps."

Amy lächelte breit und sah ihn prüfend an. „Du Schmeichler."

Vor den Augen der anderen Anwesenden senkte er seine Lippen an ihr Ohr und flüsterte mit einem heiseren Lachen: „Du Schnapsdrossel."

Plötzlich konnte sie ihm nicht mehr böse sein, sondern hätte sich glücklich an ihn gelehnt, wenn sie nicht immer noch im Zentrum der allgemeinen Aufmerksamkeit gestanden hätten. Auch Patrick grinste, um gleich darauf zu erstarren, nachdem er kurz den Kopf gehoben hatte. Zu gerne hätte sie gewusst, auf was oder auf wen er dermaßen frostig reagiert hatte, wurde jedoch von Sarah abgelenkt, die ihr unzählige Fragen zu den Vatikanischen Museen stellte.

Nicht einmal zehn Minuten später räusperte sich Patrick plötzlich und sah Sarah bedauernd an. „Es ist eine schöne Party, Sarah, aber ich fürchte, dass wir uns auf den Weg machen müssen. Morgen früh habe ich ..."

„Ja, ja", unterbrach die Gastgeberin ihn amüsiert. „Du hast ein Meeting. Schon klar." Freundschaftlich küsste sie ihn auf die Wange. „Soll ich eure Jacken holen?"

„Nein, das mache ich schon." Patrick reichte Amy sein Glas, küsste sie auf den Mund und lächelte schräg. „Bin gleich zurück."

„Okay." Verwirrt über seine Hektik blieb sie stehen, wo sie war, schaute sich nach einem Tisch um, auf den sie ihre beiden Gläser hätte abstellen können, und entschied sich, diese gleich in die Küche zu bringen, damit ihre Gastgeberin nicht allzu viel Arbeit haben würde.

Sie hatte die Gläser gerade an die Spüle gestellt, als sich jemand hinter ihr mit einem Räuspern bemerkbar machte. Es war Peter, Sarahs Bruder und Patricks Freund, den sie am Beginn der Party kennengelernt hatte.

„Ich wollte Sarah ein wenig Arbeit abnehmen“, fühlte sie sich gezwungen zu sagen und lächelte scheu, da Peter den Eindruck machte, zu den verschlossenen Exemplaren der männlichen Gattung zu gehören.

„Das ist lieb“, antwortete er und lehnte sich gegen einen Küchenschrank, um sie zu mustern und aus einer Bierflasche zu trinken. Das Lächeln, das er ihr anschließend schenkte, kaufte sie ihm nicht wirklich ab.

„Äh ... ich glaube, dass Patrick schon auf mich wartet.“

„Klar.“ Er zuckte mit der Schulter und zog ein Bein an, das er kurz zuvor von sich gestreckt hatte. „Ach, Amy?“

„Ja?“ Fragend blieb sie stehen und verschränkte die Arme unsicher vor ihrer Brust.

„Hat Patrick dir schon die Papiere gegeben?“

„Papiere?“ Irritiert runzelte sie die Stirn, bevor ihr siedend heiß einfiel, von welchen Papieren er wohl sprechen mochte. Automatisch holte sie Luft. „Peter, ich ... ich möchte nicht unhöflich sein, aber ich glaube, dass das eine Angelegenheit zwischen Patrick und mir ist.“

„Klar.“ Er hob beide Hände abwehrend in die Luft. „Entschuldige bitte. Ich möchte mich auch nicht einmischen, aber die Rechtsabteilung hat mich heute schon wieder angerufen.“

Nun war sie völlig durcheinander. „Rechtsabteilung? Was hat denn die Rechtsabteilung mit Patricks Konten oder seiner Krankenversicherung zu tun?“

Er setzte eine zerknirschte Miene auf. „Scheiße ... mein Fehler. Vergiss es einfach!“

„Nein.“ Sie schüttelte den Kopf. „Worum geht es?“

Der Mann mit dem dunkelblauen Sakko stöhnte. „Es ist nicht wichtig. Wenn Patrick dir den Vertrag nicht geben will, ist das seine Sache. Ich mische mich nicht ein.“

„Was denn für ein Vertrag?“ Langsam verstand sie gar nichts mehr.

„Ein Ehevertrag.“ Entschuldigend verzog er den Mund. „Nimm es nicht persönlich. Das hat nichts mit dir zu tun, sondern ist Standard – vor allem bei Familien wie den Ashcrofts.“

Sie war wie vor den Kopf gestoßen und spürte einen riesigen Knoten in ihrem Magen. Wieso sprach Patricks Freund und Arbeitskollege sie auf einen Ehevertrag an, während ihr Mann kein Sterbenswörtchen dazu gesagt hatte? Natürlich würde sie einen Ehevertrag unterschreiben, wenn dieser notwendig sein sollte, auch wenn der Gedanke an ein schriftliches Stück Papier, das sich mit dem Fall einer Scheidung auseinandersetzte, einen üblen Nachgeschmack hatte. Verletzend war nur die Tatsache, dass nicht Patrick sie darauf angesprochen hatte, sondern ein fast fremder Mensch, den sie heute zum ersten Mal in ihrem Leben gesehen hatte.

Um sich vor Peter keine Blöße zu geben, schluckte sie ihre Kränkung hinunter und lächelte zittrig. „Ich ...

ich werde Patrick sagen, dass ich einen Ehevertrag unterschreibe."

Mürrisch verdrehte er die Augen. „Hätte ich meine Klappe gehalten! Jetzt wird er mich einen Kopf kürzer machen. Ganz bestimmt ..."

„Schon gut, Peter", unterbrach sie ihn. „Ich kläre das mit ihm."

Da sie keine Sekunde länger in der Küche bei Peter stehen bleiben wollte, verließ sie den Raum und lief in den kleinen Flur, der zum Schlafzimmer führte, in dem Sarah die Jacken ihrer Gäste deponiert hatte.

Noch bevor sie an der Schlafzimmertür war, hörte sie plötzlich Patricks Stimme, die alles andere als ruhig oder gelassen klang.

„Verdammt noch mal, Cynthia, was tust du auf Sarahs Party? Ich bin mir ziemlich sicher, dass sie dich nicht eingeladen hat!"

„Ich bin Owens Begleitung, immerhin wollte ich sehen, wer meinen Platz eingenommen hat. Was willst du bloß von so einer Landpomeranze, mein Lieber? Ist sie schwanger?"

Erschrocken zuckte Amy zusammen und stand wie vom Blitz getroffen neben der Tür. Eigentlich hätte sie schleunigst das Weite suchen sollen, weil sie sicher war, etwas zu hören, was ihr nicht gefallen würde, doch leider bewegten sich ihre Beine nicht.

Patrick dagegen klang wutentbrannt. „Ich rate dir, deinen Mund zu halten."

Die Frau lachte rau auf. „Das ist doch nicht dein Stil, Patrick. Wo hast du sie bloß aufgegabelt? Bei der Caritas?"

„Wenn du Amy noch ein einziges Mal beleidigst, dann ..."

„Was ist nur in dich gefahren, so jemanden zu heiraten?“

„Das geht dich einen Dreck an! Lass meine Frau und mich in Ruhe, hast du verstanden?“

Ein heiseres Lachen war zu hören, bevor die Frauenstimme hinterhältig schnarrte: „Mit ihr wirst du dich lächerlich machen.“

„Die einzige Person, die sich mit ihrer perfiden Eifersucht lächerlich macht, bist du, Cynthia. Außerdem benimmst du dich wie ein verwöhntes Miststück. Aber das ist ja nichts Neues.“

Ein böses Zischen war zu hören. „Ich wünsche dir viel Spaß mit deiner unkultivierten Landpomeranze …“ Sie stieß einen leisen Schrei aus, um gleich darauf zu jammern: „Lass meinen Arm los, Patrick! Du tust mir weh!“

Mit klopfendem Herzen lauschte Amy, wie Patrick gefährlich knurrte: „Sollte mir jemals zu Ohren kommen, dass du schlecht über meine Frau redest, wirst du gewaltigen Ärger bekommen.“

„Du drohst mir?“

„Sieh es, wie du willst.“

Bevor sich Amy rühren konnte, stand Patrick vor ihr und hielt ihre beiden Jacken in den Händen. Bei ihrem Anblick erblasste er und seufzte schwer.

„Amy ...“

Zitternd und mehr als verletzt sah sie ihn an. „Können wir bitte gehen? Jetzt?“

14. Kapitel

Patrick umklammerte das Lenkrad des Wagens fester, knirschte mit seinen Zähnen und polterte los: „Er hat *was* getan?"

„Warum hast du mir nicht von diesem Ehevertrag erzählt?" Amys Stimme klang so, als stünde sie vor einem Tränenausbruch. „Denkst du, dass ich es nicht verstanden hätte? Warum muss mich dein Freund auf einer Party darauf ansprechen?"

„Ich werde Peter umbringen", schwor er aufgebracht und spannte seinen ganzen Körper an. „Wie kommt er dazu, dich auf einen Ehevertrag anzusprechen?"

„Das frage ich ja dich!"

„Verdammt, Amy!" Er musste sich beherrschen, nicht loszubrüllen, und atmete stattdessen langsam ein und aus. „Ich will keinen Ehevertrag! Das habe ich auch Peter gesagt, als er immer wieder davon anfing."

„Aber er hat mir gesagt, dass so etwas Standard ist."

„Er hat überhaupt nichts zu melden, was unsere Ehe betrifft!" Langsam begann er vor lauter Wut zu schwitzen und stellte die Klimaanlage seines Wagens an, um sich ein wenig Abkühlung zu verschaffen.

Dass Peter die Dreistigkeit besessen hatte, Amy auf Sarahs Party abzufangen und ihr etwas von einem notwendigen Ehevertrag vorzujammern, ließ ihn nicht nur rot sehen, sondern dunkelrot. Was sich sein Freund auch immer dabei gedacht hatte, war eine Frechheit, schließlich hatte Patrick ihm wiederholt gesagt, dass er sich einen Ehevertrag sonst wo hinschieben könnte. Das war seine Angelegenheit und niemand hatte sich in diese einzumischen! Dass Amy jetzt auch noch davon ausging, dass sie beide einen solchen Ehevertrag brauchten, und nicht aufhörte, auf dem Thema herumzureiten, löste in ihm einen Anflug von Kopfweh aus.

Den Tag konnte er einfach nur abhaken.

Erst hatte er ein unbefriedigendes Telefonat mit Hanson geführt und dabei erfahren, dass er tatsächlich einen anderen Geldgeber gefunden hatte, was wiederum bedeutete, dass Patrick in der Scheiße saß und sich eine prompte Lösung suchen musste, um den Deal dennoch unter Dach und Fach zu bekommen. Dann hatte ihn seine Mom erreicht, die durch eine Bekannte erfahren hatte, dass er geheiratet hatte, und war nur sehr schwer zu besänftigen und davon abzuhalten gewesen, nicht in den nächsten Flieger zu steigen, um auf der Stelle ihre Schwiegertochter kennenzulernen. Anschließend hatte er in stundenlangen Meetings gesessen und war auf der Fahrt nach Hause in einen schrecklichen Stau geraten. Daheim angekommen hatte er Amy klarmachen müssen, dass all ihre Sorgen unbegründet waren, bevor sie sich wegen einer lausigen Kreditkarte gestritten hatten. Und zu allem Überfluss war seine Ex Cynthia auf Sarahs Party erschienen und hatte für Aufruhr gesorgt, den auch noch Amy mitbekommen hatte. Zusammen mit Peters dreistem Vorgehen war dies der krönende Abschluss eines beschissenen Tages gewesen.

Nun saß er mit seiner unglücklichen Frau im Auto, konnte sich kaum auf den trägen Verkehr auf der Landstraße in Richtung Stamford konzentrieren und stellte fest, dass er so wütend wie schon lange nicht mehr war.

„Ich möchte diesen Ehevertrag", schniefte sie aufgebracht. „Du weißt, dass ich nicht dein Geld will, Patrick."

„Natürlich weiß ich das!" Wütend trat er aufs Gaspedal, um eine Sekunde später wieder zur Vernunft zu kommen. Sein BMW schoss zwar davon, fuhr jedoch gleich darauf wieder im gemäßigten Tempo über die Straße. Seine Frau schien nichts davon bemerkt zu haben. Nach einem kurzen Seitenblick nach rechts wurde er noch wütender auf seinen besten Freund, da Amy ihm das Gesicht abgewandt hatte und aus dem rechten Fenster sah, während sie die Arme um sich geschlungen hatte.

Verdammt, verdammt, verdammt! Am liebsten hätte er auf das unschuldige Lenkrad eingedroschen.

Als sie zu Sarah aufgebrochen waren, hatte er sie angesehen und sich einen Glückspilz genannt, weil sie ihm überirdisch schön vorgekommen war. Doch wenige Stunden später stand sie kurz vor einem Tränenausbruch, hatte sich durch Peter und sein Gefasel über einen Ehevertrag verunsichern lassen und dann auch noch den beleidigenden Worten einer hochnäsigen Flachzange gelauscht, deren Nase operiert war und deren Gehirn unter zu vielen Haarspraydämpfen gelitten haben musste. Er wollte nicht, dass seine Frau unglücklich war. Und er wollte nicht, dass sie an ihrer Ehe zu zweifeln begann.

„Liebling." Voll vibrierender Anspannung im ganzen Körper erklärte er so gefasst wie möglich: „Wir lieben uns und brauchen keinen Ehevertrag."

„Aber ..."

„Amy", unterbrach er sie fest und mit dem Vorläufer eines Magengeschwürs, als er ihr aufgelöstes

Gesicht sowie die glasigen Augen bemerkte. „Indem wir auf einen Ehevertrag verzichten, möchte ich dir zeigen, dass ich dir vertraue."

„Und was ist mit deiner Familie und deinen Freunden und Bekannten? Was werden sie denken, wenn wir keinen Ehevertrag haben? Sie werden denken, dass ich dich aus purer Berechnung geheiratet habe!"

Ihr Schluchzen war zu viel für ihn, daher meinte er lauter als beabsichtigt: „Das geht niemanden außer uns beiden etwas an!"

„Ich möchte, dass mich deine Familie und deine Freunde mögen." Nun weinte sie wirklich, und Patrick hatte keine Ahnung, was er tun sollte. Er konnte schlecht rechts ranfahren, da hinter ihm ein Truck tingelte und es keinen Standstreifen gab. Nervös schaute er immer wieder zu ihr, stellte panisch fest, dass ihre Schultern bebten, und verfluchte sich selbst, dass er ihr am New Yorker Flughafen diesen Floh ins Ohr gesetzt hatte.

„Himmel, Amy! Bitte hör auf zu weinen, Baby. Das macht mich völlig fertig."

„Ich ... ich kann nicht", schluchzte sie aufgelöst. „Die Frau ... was sie über mich gesagt hat ..."

Nun verfluchte er auch Cynthia, die er momentan mit größtem Vergnügen erdrosselt hätte, wenn sie ihm über den Weg gelaufen wäre.

„Nimm dir das bitte nicht zu Herzen, Schatz. Das war die pure Eifersucht ..."

„Du warst mit ihr zusammen!"

Er flehte den Himmel an, dass ihm eine solche Szene erspart bliebe, rechnete jedoch mit dem Schlimmsten. Betont ruhig erwiderte er: „Sie hat mir nichts bedeutet. Wir hatten lediglich einige Dates, bis ich Schluss machte, Amy. Wie du selbst gesehen hast, kann sie ein Scheusal sein."

„Ein Scheusal, das mich beleidigt hat", warf sie zitternd ein.

„Ein dummes Scheusal", präzisierte er.

„Sie ... sie hat dich gefragt, ob ich schwanger sei!"

Einen winzigen Moment schloss er die Augen, bevor er sich wieder auf die Fahrbahn konzentrierte. „Cynthia ist ein habgieriger und sehr eifersüchtiger Mensch. Was sie gesagt hat, hat sie doch nur dazu benutzt, um jemandem wehzutun, und es tut mir entsetzlich leid, dass ausgerechnet du diese infamen Beleidigungen mit anhören musstest. Lass ihre Worte bitte an dir abprallen, auch wenn das nicht leicht ist."

„Habe ich dir nicht gesagt, dass ich wie ein Bauerntrampel wirke?" Amy schien sich kaum beruhigen zu können.

Patrick knirschte mit den Zähnen. „Du sahst *nicht* wie ein Bauerntrampel aus, verdammt!"

„Die ... die Leute denken, dass ich schwanger sein muss, weil du mich geheiratet hast. Sie halten mich für ... für eine stillose Landpomeranze und ... und fragen sich, was du an mir findest!"

„Von welchen Leuten sprichst du bitte?" Langsam verlor er die Geduld, was kein gutes Zeichen war. Er wollte sie nicht weinen sehen, aber da er nicht mehr wusste, was er noch zu ihr sagen sollte, damit sie sich beruhigte und diese fixe Idee endlich vergaß, wer was über sie denken könnte, wurde er ungehalten. „Bisher kennst du lediglich Barbara, Stuart und nun ein paar meiner Freunde. Bis auf dieses Biest Cynthia hat niemand auch nur ein Wort gesagt, Amy."

Natürlich verschwieg er ihr das Telefonat mit seiner Schwester, als sie ihn ähnlich wie Cynthia darauf angesprochen hatte, ob Amy schwanger von ihm sei. Er hatte aus seinem Fehler gelernt und würde seiner Frau davon nicht einmal unter Folter berichten.

„Hast du die Blicke heute Abend nicht gesehen?“, klagte sie.

„Welche Blicke? Natürlich waren die Gäste neugierig, aber das wären sie bei jeder Person gewesen, die sie nicht gekannt hätten.“

Seine Frau schüttelte abgehackt den Kopf und flüsterte gebrochen: „Das war keine Neugier. Ich habe genau gemerkt, was sie gedacht haben mussten, als sie mich neben dir sahen.“

Obwohl Amy extrem vernünftig war, was alle möglichen Lebenslagen betraf, hatte Patrick momentan das Gefühl, dass sie sich in etwas hineinsteigerte, was gar nicht existierte. Es sah ihr nicht ähnlich, wegen einer solchen Lappalie derart durchzudrehen.

Vorsichtig, aber gleichzeitig ziemlich eindringlich fragte er nach: „Meinst du nicht, dass du dich in etwas verrannt hast?“

„Was?“

„Ja, mein Schatz“, seufzte er schwer. „Ein wenig kommt es mir vor, dass du dich in diese Sache hineinsteigerst.“

„Patrick“, entgegnete sie mit bebender Stimme. „Ich kam mir wie eine unzulängliche Außenseiterin vor, die nicht an die anderen Frauen herankommt und die mit überheblichen Blicken bedacht wird.“

Er setzte den Blinker und fuhr durch das sich öffnende Tor auf das Anwesen seiner Familie, während er sich darum bemühte, Amys Ausführungen zu lauschen.

„Dann sag mir doch, was ich sagen oder tun kann, damit du dich nicht so fühlst."

Flüsternd bat sie: „Lass uns diesen Ehevertrag unterschreiben ..."

„Kommt nicht infrage", unterbrach er sie unwirsch und bretterte über den Privatweg, der direkt zum Haus führte. „Nur weil Peter dir diesen Floh ins Ohr gesetzt hat und Cynthia eine intrigante Kuh ist, werden wir keinen Ehevertrag aufsetzen!"

Wieder brach sie in Tränen aus. „Aber ich will nicht, dass du schlecht von mir denkst!"

Ihre Logik war so verquer, dass er langsam begriff, was sein Dad damit gemeint hatte, wenn er über die *weibliche Hysterie* gesprochen hatte. Nichtsdestotrotz wollte er der verständnisvolle Ehemann sein, der die Sorgen seiner Frau ernst nahm. Daher parkte er direkt vor dem Hauseingang, zog die Handbremse und stellte den Motor ab, bevor er sich zu ihr beugte und sie an sich zog. Dank der idiotischen Mittelkonsole des Autos war diese Position zwar alles andere als gemütlich, dennoch hielt er sie fest, murmelte ihr beruhigende Worte zu und raunte anschließend: „Niemals würde ich schlecht von dir denken, Amy. Vor allem käme ich nie auf die Idee, dir irgendwelche Hintergedanken zu unterstellen. Können wir bitte dieses leidige Thema vergessen?"

Mit einer Stimme, die er kaum verstand, wisperte sie: „Du weißt ... weißt nicht, wie sehr ich möchte, dass ... dass deine Familie mich mag. Sie ... sie sollen nicht schlecht von dir denken."

„Das tun sie nicht.“ Er atmete tief durch. „Und Menschen wie Cynthia können uns gestohlen bleiben.“

„Das, was ... was sie gesagt hat, das hat mich ... mich verletzt“, gestand sie stockend.

„Das verstehe ich sehr gut, aber es *war* nun einmal böse Absicht. Deshalb darfst du es nicht ernst nehmen.“

„Mhh.“

Langsam zogen sich seine Mundwinkel nach oben. „Und weißt du, wie wir es Cynthia und den anderen Hexen am besten zeigen?“

Sie hickste. „Wie?“

„Indem wir einfach glücklich sind. Das würde sie nämlich wahnsinnig machen.“

15. Kapitel

Amy lag bereits im Bett, als Patrick nach Hause kam.

Sie rührte sich nicht, während er ins Zimmer schlich und im Dunkeln das Rascheln seiner Kleidung zu hören war. Anscheinend ging er davon aus, dass sie tief und fest schlief, und machte deshalb weder Licht noch verursachte er irgendwelche Geräusche, um sie nicht zu wecken. Das war sehr rücksichtsvoll, wie sie bemerkte, doch gleichzeitig war sie noch immer deprimiert darüber, dass er sie heute Abend versetzt hatte.

Ausgerechnet heute.

Vor genau einem Monat hatten sie in Rom geheiratet. Für sie war das der Anlass gewesen, ihn mit einem selbst zubereiteten Essen zu überraschen und mit ihm einen romantischen Abend bei Kerzenschein zu verbringen. Den ganzen Tag hatte sie in der Küche gestanden und unter den verzückten Augen der Köchin ein typisch italienisches Menü gekocht, von dem sie gewusst hatte, dass Patrick es lieben würde. Sogar die Pasta hatte sie frisch zubereitet. Doch jetzt lag alles im Müll, weil er nicht wie versprochen um acht Uhr zu Hause und auch nicht zu erreichen gewesen war. Als die Kerzen bereits zur Hälfte hinuntergebrannt gewesen waren, hatte sie eine kurze Textnachricht von ihm erhalten, dass er eine Telefonkonferenz mit Japan habe und erst später komme.

Aus später war zwei Uhr morgens geworden.

Amy wollte nicht nörgeln, denn sie wusste, dass er hart arbeitete. Außerdem wusste sie, dass eines seiner wichtigsten Geschäfte geplatzt war, während er sich bei ihr in Rom aufgehalten hatte. Indirekt daran schuld zu sein, dass jenes Geschäft in die Hose gegangen war, trug nicht zu ihrem Seelenfrieden bei.

Um den Verlust dieses Deals zu kompensieren, setzte Patrick momentan alles daran, neue Partner an Land zu ziehen. Deshalb schuftete er wie ein Tier, arbeitete an den Wochenenden und kam oft erst sehr spät nach Hause.

Eines hatte sich Amy in den vergangenen Wochen geschworen: Sie wollte auf keinen Fall zu diesen jammernden Ehefrauen gehören, die ihren Männern ständig ein schlechtes Gewissen machten, weil diese hart und viel arbeiteten. Ihr war klar, dass Erfolg nicht von allein kam. Patrick sollte so viel arbeiten, wie er wollte, und sie würde ihm den Rücken stärken.

Außerdem betonte er selbst, dass dies nur eine kurze Phase sei, bis sich alles in der Firma wieder halbwegs beruhigt hatte. Bald hätte er wieder mehr Zeit und würde nicht das Büro zu seinem zweiten Zuhause machen. Dessen war sie sich sicher. In jedem Job gab es schließlich Zeiten, in denen es stressiger war. In anderen Monaten würde es bestimmt wieder anders aussehen. Patrick konnte schließlich nicht permanent so ausdauernd arbeiten.

Mit dem Gedanken, dass diese sogenannte Phase früher oder später vorbei wäre und Patrick wieder mehr Zeit für sie haben würde, tröstete sie sich und blieb optimistisch. Auch wenn es nach einer herben Enttäuschung wie heute sehr schwer war.

Trotzdem drehte sie sich auf den Rücken und schaute ihm ins erschöpfte Gesicht, als er fast lautlos neben sie ins Bett glitt.

„Hi."

„Hi“, erwiderte er zerknirscht. „Entschuldige. Es tut mir so leid ...“

„Sch“, unterbrach sie ihn mit einem aufgesetzten Lächeln und hob die Hand, um diese an seine stoppelige Wange zu legen. „Du siehst furchtbar aus.“

„So fühle ich mich auch.“

Amy rutschte ein Stück nach oben und setzte sich halb auf, um sich gegen ihr Kissen zu lehnen. „Soll ich dir etwas zu essen holen, Liebling? Du musst schrecklich hungrig sein.“

„Alles okay“, flüsterte er mit einer Stimme, die so rau wie Schmirgelpapier war. „Wir hatten gegen Mitternacht Burger mit Fritten, die mir jetzt wie ein Stein im Magen liegen.“

Sie stieß einen mitfühlenden Laut aus und legte eine Hand auf seine Schulter, als er es sich auf der Matratze gemütlich machte und die Decke hochzog.

„Gott, ich könnte eine ganze Woche lang durchschlafen.“

„Das verstehe ich“, flüsterte sie und lächelte angesichts seiner dunklen Haare, die in alle Himmelsrichtungen abstanden. „Verdient hättest du es.“

„Mhh“, nuschelte er schläfrig.

Seufzend rutschte sie wieder etwas tiefer, lag nun direkt neben ihm und legte ihre Hand über seinen Kopf, um zärtlich durch sein Haar zu fahren. Noch immer klopfte ihr Herz zum Zerspringen, wenn sie ihn ansah, ihn berührte oder einfach nur neben ihm liegen konnte. Sie liebte Patrick aus ganzem Herzen und war sich sicher, dass dieses Gefühl niemals verschwinden würde. Angesichts seiner dunklen Augenringe fuhr sie sich besorgt über die Lippen und hatte das Bedürfnis, ihn ein wenig zu hegen und aufzupäppeln, denn sie wollte nun einmal, dass es ihm gut ging.

„Patrick?“

Er schnaufte und schien fast schon eingedöst zu sein, fragte dann jedoch krächzend: „Ja?“

Mit einem heimlichen Lächeln fragte sie: „Weißt du, welcher Tag heute ist?“

„Dienstag ... nein.“ Er gähnte laut. „Mittlerweile ist es schon Mittwoch. Scheiße, ich muss um sechs wieder aufstehen.“

Enttäuscht, dass er nicht selbst darauf kam, dass sie vor genau einem Monat geheiratet hatten, senkte sie ein wenig den Kopf, hörte jedoch nicht auf, sein Haar zu streicheln.

„Wieso fährst du morgen nicht etwas später ins Büro, Liebling? Du solltest genug schlafen, damit du fit bleibst.“

„Ich weiß“, stöhnte er. „Leider ist das momentan nicht möglich.“

„Aber ...“

„Amy“, unterbrach er sie flehend. „Ich bin wirklich hundemüde, Schatz, und würde so gerne schlafen.“

„Okay“, antwortete sie und hoffte, dass er ihre Niedergeschlagenheit nicht bemerkte.

Dazu bestand jedoch keine Sorge, da Patrick eingeschlafen war, bevor sie noch einen Ton hätte sagen können.

Dabei hätte sie ihm so gerne davon erzählt, dass sie mit ihrer Großtante telefoniert hatte und dass sie beide eine Einladung zu Hazels Geburtstag im kommenden Monat erhalten hatten, weil ihre Tante Patrick kennenlernen wollte. Außerdem hätte sie ihm gerne von dem Bild berichtet, das sie fertiggestellt hatte. Und sie hätte gerne von ihm erfahren, was er von ihrer Idee hielt, sich einen kleinen Job zu suchen, da ihr zunehmend langweilig wurde und sie nicht wusste, was sie mit all ihrer Zeit hätte anfangen können. Obwohl sie so viel malte wie lange nicht mehr, wäre eine weitere Beschäftigung großartig gewesen, immerhin musste sie weder kochen noch aufräumen noch putzen oder die Wäsche waschen. Dies wurde vom Hauspersonal erledigt, sodass Amy nichts zu tun hatte.

Doch da Patrick zu erledigt war, um mit ihr reden zu können, und er beileibe andere Sorgen hatte, würde sie dies mit sich allein ausmachen müssen.

Was sie noch mit sich allein würde ausmachen müssen, war das Gefühl der Zurückweisung, das sie empfand, sobald sie in seinem Büro anrief und von Mrs. McDough vertröstet wurde. Ihr war es schon peinlich, dass die liebenswerte Sekretärin ständig zerknirscht und mitleidig davon sprach, dass Patrick gerade unabkömmlich war und sie so schnell wie möglich zurückrufen würde. Sie hatte seine Sekretärin momentan öfter an der Strippe als ihn. Wie sie sich dabei fühlte, sagte sie lieber nicht. Trotzdem wollte sie nicht unfair sein, schließlich war sein Job nicht einfach, sondern extrem hart.

Es war nur eine Phase, sagte sie sich tapfer und streichelte unablässig sein Haar, während sie in die Dunkelheit starrte und seinen Atemzügen lauschte.

Es war einfach nur eine Phase.

Teil 2

1. Kapitel

„Was bedeutet das? Transplantation?“

Verstört blickte Amy den blutjungen Arzt an, der sich müde über das Gesicht fuhr und den Eindruck machte, gerade erst die Highschool beendet zu haben. Während sie darüber nachdachte, dass ein Arzt, der so jung wie Justin Bieber wirkte, ganz unmöglich die nötigen Kompetenzen besitzen konnte, um ihre Tochter zu versorgen, bildete sich ein grauenvoller Knoten in ihrem Magen. Durch ein winziges Fenster konnte sie nämlich beobachten, wie ihre Tochter auf einem Krankenhausbett lag. Das kleine Mädchen sah so schrecklich angegriffen aus, so verwundbar und so krank, dass es Amy das Herz zerbrach. Schläuche ragten aus ihrem Mund, Maschinen waren an sie angeschlossen und ihr Gesicht war so bleich wie niemals zuvor.

Eine Krankenschwester trat neben das Bett der Kleinen, hantierte an einer der Maschinen herum und schrieb etwas in die Krankenakte, bevor sie eine neue Infusion anschloss. Amy verschränkte die Arme vor der Brust und holte zittrig Luft, während ihr Blick auf

Audrey fiel. Die Kleine regte sich nicht, sondern sah aus wie ein Gespenst.

Niemals zuvor hatte ihre Tochter dermaßen krank ausgesehen.

Audrey war ein robustes, kräftiges und kerngesundes Kind. Im Gegensatz zu anderen Kindern war sie selten krank aus dem Kindergarten nach Hause gekommen und hatte sich immer bester Gesundheit erfreut. Dass sie nun wegen eines Autounfalls reglos und schwer verletzt auf einer Intensivstation lag und operiert werden musste, ging über Amys Fassungsvermögen hinaus. Am liebsten wäre sie in das Zimmer gestürmt und hätte ihre Tochter geschnappt, um sie so schnell wie möglich nach Hause zu bringen. Sie wollte Audrey in Sicherheit wissen, sie an sich drücken und niemals wieder loslassen.

Nichts wollte sie so sehr, wie ihre Nase in dem süß duftenden Nacken ihrer Tochter zu vergraben und das liebliche Kinderstimmchen zu hören, das normalerweise von morgens bis abends durch ihre Zweizimmerwohnung klang und Amy jedes Mal ein Lächeln auf die Lippen zauberte. Das herzerwärmende Stimmchen ihrer Tochter, dem sie verzückt lauschte, seit Audrey ihr erstes Wort gesprochen hatte.

Außerdem wollte Amy die Zeit um einen Tag zurückdrehen, damit sie diesen schrecklichen Unfall hätte verhindern können.

Wenn sie Audrey nicht versprochen hätte, mit ihr nach der Vorschule ein Eis essen zu gehen, wäre ihnen niemals dieser betrunkene Fahrer in den Wagen gefahren. Anstatt auf dem Weg ins Einkaufzentrum in einen Unfall verwickelt worden zu sein, hätten sie gleich nach Hause fahren können. Dann würde Audrey jetzt nicht hier liegen. Und dann würde ein Arzt mit Pubertätspickeln Amy nicht eine solche Todesangst einjagen, indem er davon sprach, dass die Leber ihrer Tochter verletzt war.

Auch wenn sich Amy sagte, dass sie sich beruhigen musste, schaffte sie es kaum, sich auf den Beinen zu halten. Ein Trommelfeuer von unterschiedlichen Gefühlen jagte durch ihren Körper. Am liebsten hätte sie geschrien, geweint, getobt und gegen etwas geschlagen. Außerdem war ihr furchtbar schwindelig und speiübel. Wenn es nach ihr gegangen wäre, würde sie nun dort liegen und nicht ihre fünfjährige Tochter, die noch das ganze Leben vor sich hatte. Wie konnte es sein, dass sie selbst nur ein paar Kratzer, Prellungen und eine Gehirnerschütterung abbekommen hatte, während Audrey ins künstliche Koma versetzt worden war?

Am Rande eines Nervenzusammenbruchs konnte sie ein Schluchzen gerade noch unterdrücken. Diese Hilflosigkeit machte sie wahnsinnig. Allein der Gedanke, dass es nicht in ihrer Hand lag, was mit Audrey passierte, und das panische Gefühl, dass sie ihrer Tochter nicht helfen konnte, ließen sie kaum atmen. Es war beinahe Mitternacht, was bedeutete, dass der Unfall gerade einmal zwölf Stunden her war. Für Amy jedoch fühlte es sich an, als stünde sie schon seit Tagen verzweifelt in diesem Krankenhausflur, um den knappen Ausführungen des blutjungen Arztes zu lauschen.

Seit sie auf der Notfallstation des Krankenhauses wach geworden war, hatte sie jegliches Zeitgefühl verloren. Amy war noch völlig benommen gewesen, als man ihr mitgeteilt hatte, dass ihre Tochter operiert wurde, weil man bei ihr innere Verletzungen festgestellt hatte. Da sie völlig außer sich gewesen war, hatte man ihr ein Beruhigungsmittel gegeben. Erst vor wenigen Minuten hatte man sie auf die Intensivstation zu ihrer Tochter gelassen. Noch immer konnte sie nicht fassen, dass Audreys Zustand so ernst sein sollte. Verzweifelt flehte sie jede Macht des Himmels an, dass dies nur ein Albtraum war.

Doch die nächsten Worte des Arztes gaben ihr zu verstehen, dass ihre Gebete leider nicht erhört wurden.

„Mrs. Gibson, durch den Unfall hat die Leber Ihrer Tochter erheblichen Schaden genommen. Zwar konnte die Blutung während der Operation gestillt werden, aber die Tests sagen uns, dass Audreys Leberfunktionen ...“

Mit dem Gefühl, dass ihr jemand die Kehle zuschnürte, unterbrach sie den Arzt krächzend: „Aber ... aber ... ich verstehe das nicht. Sie haben mir doch gesagt, dass die Operation erfolgreich war.“

Der Arzt rieb sich den Nacken und schien ein Gähnen unterdrücken zu müssen, bevor er blinzelte und sie ernst ansah. „Wir konnten die Blutung zwar stoppen, Mrs. Gibson, aber es kam zu einer traumatischen Leberruptur, in deren Verlauf der massive Blutverlust sehr viel Gewebe beschädigt hat. Zudem hat der Abriss des linken Pfortaderastes die Verletzung kompliziert. Da zu viel Gewebe in Mitleidenschaft gezogen wurde, ist eine natürliche Regeneration ausgeschlossen. In solchen schweren Fällen ist ein Organversagen beinahe unvermeidlich.“

„Organversagen?“ Erschrocken und gelähmt zugleich starrte sie den Arzt an.

„Die Tests zeigen, dass sich die Gerinnung sowie der Bilirubin- und Albuminwert verschlechtern. Wir können das Versagen der Leber zwar für kurze Zeit hinauszögern, aber ...“

Sie schluckte schwer. „Aber?“

Seufzend hob der Mann die Schulter. „Aber eine Transplantation ist die einzige Option, die uns bleibt.“

„Eine Transplantation.“ Nur mühsam bekam sie Luft und merkte, dass ihre Hände zu zittern begonnen hatten. Mit unsicherer Stimme flüsterte sie: „In Ordnung ... in Ordnung. Dann ... dann tun Sie es. Wenn dies die einzige Möglichkeit ist, dann ...“

„Mrs. Gibson“, unterbrach der Arzt, dessen Namen Amy bereits vergessen hatte, sie mit dumpfem Unterton. „Wir sollten uns vielleicht kurz setzen.“

Alarmglocken begannen in ihrem Kopf zu schrillen, weshalb sie augenblicklich einen Schritt zurückmachte und sich auf die Lippen biss. Während die Miene des jungen Arztes gerade noch ungeduldig gewesen war, wirkte sie nun gequält. Das war kein gutes Zeichen, sagte sie sich und schmeckte Galle in ihrer Kehle.

„Nein“, widersprach sie ihm mit rasselndem Atem. „Nein, ich will mich nicht setzen. Was ... was stimmt nicht? Sie sagten, dass eine Transplantation die ... die einzige Möglichkeit für meine Tochter wäre.“

Er unterbrach den Blickkontakt und zog die Mundwinkel nach unten. „Wir könnten Audrey auf die Spenderliste setzen lassen. Aufgrund der Dringlichkeit ihres Zustandes würde sie ganz oben für ein Spenderorgan stehen. Außerdem gäbe es immer noch die Möglichkeit einer Lebendspende ...“

„Gut“, warf sie ängstlich ein. „Ich bin ihre Mutter. Sie können ...“

Kopfschüttelnd unterbrach er sie. „Es tut mir außerordentlich leid, aber das wird nicht möglich sein. Das Krankenhaus hat die Benachrichtigung Ihrer Krankenkasse bekommen, dass diese Eingriffe nicht bezahlt werden.“

Fassungslos öffnete sie den Mund und war zu keiner Regung fähig.

„Hören Sie, Mrs. Gibson ...“

„Mein Name ist Amy“, brachte sie tonlos hervor und wäre beinahe zu Boden gefallen, wenn der Arzt sie nicht auf einen der Plastikstühle geschoben hätte, die an der entgegenliegenden Wand standen.

„Amy.“ Er seufzte schwer und ließ sich auf den benachbarten Stuhl fallen. „Ihre Versicherung kommt nur für eine Grundversorgung auf. Alle Behandlungen über fünfzehntausend Dollar werden von ihr nicht übernommen.“

„Moment“, krächzte Amy fassungslos und sah den Arzt verständnislos an. „Reden wir hier etwa über Geld?“

Das Schweigen des Arztes sagte ihr alles, was sie wissen musste. Abrupt schnappte sie nach Luft. „Es geht um meine Tochter! Sie ... sie liegt in diesem Krankenhaus ... verletzt ... Sie wurde verletzt, weil irgendjemand in unser Auto gefahren ist! Und jetzt wollen Sie mir sagen, dass ... dass sie nicht operiert werden kann, weil ... weil die Versicherung nicht zahlt?“

„Der Unfallverursacher hat keine Haftpflichtversicherung ...“

„Das ist mir egal“, unterbrach sie ihn aufgebracht und schüttelte wie besessen den Kopf. „Operieren Sie gefälligst meine Tochter!“

„Mrs. Gibson ... Amy“, korrigierte er sich angespannt. „Ohne eine Finanzierung wird das Krankenhaus Audrey nicht auf die Spenderliste setzen lassen. Wenn ich entscheiden könnte, dann ...“

Sie schloss die Augen und ignorierte das Gestammel des jungen Arztes, der sie anscheinend mit hohlen Phrasen zu beruhigen versuchte. Trotz der Galle in ihrer Kehle und den flimmernden Lichtern vor ihren Augen schaffte sie es, relativ ruhig zu klingen, als sie entschlossen erklärte: „Wenn die Versicherung nicht zahlt, werde ich die Rechnung begleichen.“ Sie öffnete ihre Augen und sah ihn auffordernd an. „Höchstpersönlich werde ich für die Operation aufkommen. Mit welcher Summe muss ich rechnen?“

„Hören Sie ...“

Ihr Blick fiel auf das Namensschild an seinem Kittel. „Dr. Latham, es ist mir egal, was diese Operation kosten soll. Sagen Sie mir, womit ich rechnen muss.“

Wirsch hob er eine Hand. „Das kann man nie genau sagen.“

„Wie viel?!“

Seufzend senkte der Mann seinen Kopf und murmelte beschämt: „Im Minimum müssten Sie mit zweihunderttausend Dollar rechnen. Monatlich würde zudem eine Summe von ungefähr zweitausend bis dreitausend Dollar auf Sie zukommen. Für die Nachsorge, Medikamente und Therapien.“

Amy senkte den Kopf und ballte die Hände zu Fäusten. Das konnte nicht wahr sein, dachte sie in einem Anfall von Hysterie. Das war nur ein böser Traum, und wenn sie aufwachte, war alles wieder in Ordnung.

Während Dr. Latham auf sie einredete, hatte Amy nur einen Gedanken. Sie würde niemals zulassen, dass Audrey ein Leid geschah. Um ihre Tochter zu beschützen, würde sie barfuß über brennende Kohlen laufen.

Einige Minuten später saß sie am Bett ihrer Tochter und hielt die kleine Hand fest in ihrer eigenen. Sie wusste nicht, ob sie mit dieser Berührung Audrey oder sich selbst beruhigen wollte. Während sie ihre zerbrechlich und friedlich wirkende Tochter betrachtete, tropften immer wieder Tränen auf den sterilen Kittel, den sie sich auf der Intensivstation hatte anziehen müssen. Bisher hatte Amy gehofft, dass es nicht so schlimm um Audrey stand, doch indem sie diesen scheußlichen Kittel hatte anziehen müssen, war ihr klar geworden, wie krank das Mädchen wirklich war.

Audrey lag wie leblos auf ihrem Bett und war an Geräte und Monitore angeschlossen, die ständig piepten und irgendwelche Werte angaben. Das kleine Mädchen war blass und sah herzzerreißend angegriffen aus. Durch den dichten Tränenschleier vor ihren Augen konnte Amy nur schwach die zierlichen Umrisse ihrer Tochter erkennen.

Seit der Mitteilung des Arztes, dass die Versicherung jene lebensnotwendige Operation nicht bezahlte, die Audrey unbedingt brauchte, dachte Amy fieberhaft darüber nach, wie sie an das Geld dafür herankommen sollte. Sie hatte alle Möglichkeiten in

Betracht gezogen, kam jedoch immer nur zu einem Schluss.

Vorsichtig beugte sie sich vor und flüsterte heiser: „Audrey ... Liebling, Mommie lässt dich nicht allein. Ich komme gleich wieder und passe dann weiter auf dich auf. Das verspreche ich dir, mein Schatz.“ Mit zitternden Fingern strich sie ihr zärtlich eine schwarze Haarsträhne aus der Stirn.

Da sich Audrey nicht rührte, bildete sich in Amys Magen ein schmerzhafter Knoten. Langsam erhob sie sich und blickte schweigend auf die vielen Abschürfungen und Prellungen hinab, die Audreys Gesicht verunzierten, bevor sie sich mit schleppenden Schritten auf den Weg in ihr Zimmer machte.

Dort angekommen setzte sie sich auf ihr Bett und verzog dabei das Gesicht vor Schmerzen. Aus lauter Sorge um ihre Tochter hatte sie ihre eigenen Verletzungen ignoriert und bemerkte erst jetzt jede Zerrung in ihrem Körper.

Zitternd warf sie dem Telefon einen unsicheren Blick zu und schöpfte bebend Atem. Vorsichtig griff sie nach dem Hörer des Telefons, das auf dem spartanisch eingerichteten Nachtkästchen in ihrem Krankenhauszimmer stand. Keinesfalls sicher, was sie tun und was sie sagen sollte, rief sie die Auskunft an und ließ sich zögernd verbinden. Es kostete sie ihren ganzen Willen, nicht einfach aufzulegen, als nach wenigen Sekunden eine sympathische Stimme an ihrem Ohr ertönte.

„Ashcroft Enterprises, Geschäftsstelle New York City, was kann ich für Sie tun?“

Einen Moment lang war ihre Zunge wie gelähmt und ihr Gehirn wie leer gefegt. Nur unter Aufbringung aller Kraft stotterte Amy: „Ich … ich würde gerne mit Mr. Patrick Ashcroft sprechen."

„Einen Moment bitte, Ma'am, ich verbinde Sie weiter."

Es klickte in der Leitung.

Amy klopfte das Herz rasend in der Brust und sie brach in kalten Schweiß aus. Während die Musik durch das Telefon spielte, um dem Anrufer die Wartezeit zu verkürzen, hörte sie lediglich ihren eigenen Herzschlag. In den nächsten fünf Minuten, die sie in einer Warteschleife verbrachte und die ihre Nerven über das Erträgliche hinaus strapazierten, überlegte sie zwischen Panik und Verzweiflung hin- und hergerissen, was sie sagen sollte oder ob sie nicht lieber auflegen sollte. Allein der Gedanke an Audrey hielt sie davon ab, das Telefon aus dem Fenster zu werfen.

Gerade als die Idee, eine Bank auszurauben, um Audreys Operation zu bezahlen, wie eine großartige Möglichkeit erschien, klickte es ein weiteres Mal in der Leitung und eine andere Frauenstimme erklang.

„Das Büro von Mr. Patrick Ashcroft. Mein Name ist Mrs. Elister, was kann ich für Sie tun?"

Einen kurzen Augenblick lang war Amy irritiert, dass Mrs. McDoughs Stimme am anderen Ende der Leitung nicht zu hören war, bevor sie hart schluckte und geradezu heiser in den Hörer raunte: „Hallo, ich würde gerne mit Mr. Ashcroft sprechen."

„Mr. Ashcroft ist gerade beschäftigt", erwiderte die Stimme freundlich. „Kann ich ihm etwas ausrichten? Oder kann er Sie zurückrufen?"

„Es ... es geht um eine Familienangelegenheit." Amy holte tief Luft, bevor sie hastig weitersprach. „Eine sehr wichtige Familienangelegenheit. Hier spricht

Mrs. Ashcroft, ich muss wirklich dringend mit ihm sprechen.“

Augenblicklich veränderte sich die Stimme der anderen Frau, als sie sich mit einem Seufzen entschuldigte. „Verzeihen Sie, Mrs. Ashcroft, ich hatte Sie gar nicht erkannt! Natürlich verbinde ich Sie augenblicklich weiter.“

Bevor Amy wusste, wie ihr geschah, ertönte wenige Sekunden später eine schleppende tiefe Stimme, die sie sofort erkannte – und die sie völlig aus dem Konzept brachte.

Genervt und ein wenig verärgert seufzte die Stimme in den Hörer. „Barbara, ich habe heute viel zu tun. Was kann nicht bis heute Abend warten, dass du mich im Büro anrufen musst?“

Wie versteinert schwieg Amy und starrte auf den Fußboden vor sich. Dass sie nach sechs Jahren Patricks Stimme hörte und von ihm für seine Schwester gehalten wurde, überstieg ihr Fassungsvermögen.

„Barbara?“ Nun war seine Stimme sichtlich verärgert. „Ich habe gleich ein Meeting ...“

„Hier … hier ist nicht Barbara“, unterbrach sie ihn zitternd. „Ich bin es. Amy.“

2. Kapitel

Patrick starrte auf die Tischplatte vor sich, die über und über mit Papieren bedeckt war, während er verstört dem nervösen Atmen lauschte, das durch den Telefonhörer an sein Ohr drang.

Verwirrt blinzelte er und schluckte gegen den Kloß in seiner Kehle an.

Irgendjemand musste sich einen Scherz mit ihm erlauben. Anders war die zittrige Frauenstimme nicht zu erklären, die ihm gerade einen gehörigen Schreck zugefügt hatte. Ganz unmöglich konnte es wirklich Amy sein, die am anderen Ende der Telefonleitung darauf wartete, dass er etwas sagte. Wie betäubt klebte ihm die Zunge am Gaumen.

„Patrick?“

Nein. Es konnte nicht Amy sein, die ihn nach sechs Jahren plötzlich anrief, als wäre nichts gewesen. Als hätte es die vergangenen sechs Jahre nicht gegeben und als hätte sie ihn nicht ohne ein einziges Wort verlassen.

Als wäre sie nicht einfach verschwunden.

Doch die Stimme, die seinen Namen geflüstert hatte, war zu real und klang exakt nach seiner Frau.

Plötzlich saß die Krawatte um seinen Hals zu eng, also zupfte er energisch daran, während er spürte, dass sein Magen ins Bodenlose sackte. Mit der linken Hand fuhr er sich durchs Haar, bevor er ungläubig den Kopf schüttelte.

„Amy?“

„Patrick“, erwiderte sie schlicht.

Anscheinend war er nicht der Einzige, der nicht wusste, was er sagen sollte.

„Wo ist Mrs. McDough?“

Auch wenn er nicht wusste, warum sie ausgerechnet auf seine Sekretärin zu sprechen kam, und unzählige Fragen durch seinen Kopf rasten, erklärte er beinahe freundlich: „Pensioniert. Schon seit zwei Jahren.“

„Aha“, antwortete sie sichtlich nervös. „Wieso dachtest du, dass Barbara am Apparat sei?“

Angespannt lehnte sich Patrick langsam zurück. „Barbara heißt wieder Ashcroft. Sie und James haben sich vor einem Jahr scheiden lassen.“

Er hörte, wie sie schockiert nach Atem rang.

„Oh, das tut mir leid.“

Wieder verfielen beide in ein tiefes Schweigen. Patrick saß an seinem Schreibtisch und konnte kaum glauben, dass sie gewöhnliche Konversation betrieben. Nicht nach allem, was passiert war. Plötzlich musste er an die Sorgen und die Wut denken, die er nach Amys Verschwinden verspürt hatte. Ein zorniger Knoten bildete sich in seiner Kehle, als er über Amys Unverfrorenheit nachdachte, einfach hier anzurufen, nachdem er sechs lange Jahre nichts von ihr gehört hatte. Sie sprach über seine Sekretärin und Schwester, als fragte sie in einem Atemzug, wie das Wetter in New York sei.

Ihr Bild erschien vor seinem geistigen Auge: jung, hübsch, charmant und klug. Aber Patrick wusste besser als jeder andere Mensch, dass sie auch ganz anders sein konnte. Niemand sonst hatte es jemals geschafft, ihn dermaßen zu verletzen, wie es Amy getan hatte.

„Patrick?“

Mit einem Mal überwiegte sein Zorn die Verwunderung darüber, dass sie ihn angerufen hatte. Mit kalter Stimme wollte er wissen: „Was willst du?“

„Ich muss mit dir sprechen. Bitte.“

„Worüber?“

„Patrick“, stammelte sie unsicher. „Es ist ... ist sehr wichtig.“

„Wichtig?“ Er knirschte mit den Zähnen. „Dann mach einen Termin mit meinem Anwalt aus!“

„Nein“, rief sie aufgebracht. „Ich muss mit *dir* reden!“

„Was willst du damit bezwecken, verdammt noch mal?“ Fassungslos schnaubte er. „Worüber sollten wir beide reden? Nach sechs Jahren? Es gibt nichts mehr zu bereden, Amy.“

„Bitte“, flüsterte sie heiser. „Ich weiß, dass du wütend bist, aber ...“

„Wütend?“ Er lachte grob. „Wütend?!“

„Patrick, es ... es tut mir leid.“

Ihre Entschuldigung ignorierte er und schnarrte stattdessen in den Hörer: „Hör mir zu, Amy. Ich habe keine Ahnung, was du nach sechs Jahren von mir willst, und es ist mir ziemlich egal. Was auch immer du mir zu sagen hast, kannst du meinem Anwalt sagen.“

„Aber ich muss mit dir reden. Persönlich.“

„Das fällt dir ja sehr früh ein“, erwiderte er trocken. „Wie wäre es gewesen, wenn wir miteinander geredet hätten, bevor du in einer Nacht- und Nebelaktion deine Sachen gepackt hast und verschwunden bist?“

„Ich ...“

Wieder unterbrach er sie grob. „Damals hätten wir reden sollen, aber jetzt habe ich kein Interesse mehr daran."

„Patrick", flehte sie geradezu verzweifelt. „Ich weiß, dass mein Anruf ein Schock sein muss, und ich weiß, dass ich damals einen Fehler gemacht habe, aber was ich dir zu sagen habe, ist wichtig. Bitte."

Patricks Griff um den Telefonhörer wurde stärker, während er das Kinn nach vorne schob und die Stirn runzelte. Es hatte mehrere Monate gedauert, bis er das Haus verlassen hatte, nachdem sie von heute auf morgen verschwunden war. Tagelang hatte er nicht schlafen können und war ein Wrack gewesen, das Unmengen von Alkohol in sich hineingeschüttet hatte, weil ihn seine Frau verlassen hatte. Ständig hatten sich seine Gedanken nur um sie gedreht. Erst nach einer halben Ewigkeit war er dazu fähig gewesen, den Tag ohne Alkohol zu überstehen oder sich nicht den Kopf über ihr Verschwinden zu zerbrechen. Nach seinem damaligen Absturz hatte er sich geschworen, niemandem jemals wieder so viel Macht über sich zu geben.

Dass Amy nun behauptete, dass ihr Anruf wichtig sei, interessierte ihn nicht mehr. Früher wäre er sofort gesprungen, doch heute ließ er sich nicht mehr manipulieren.

Auch nicht von ihr.

Daher holte er Luft und fragte mit eisiger Stimme: „Was kann so wichtig sein, dass du mich anrufst?"

„Hör zu ... Gott, ich weiß nicht, wie ich anfangen soll."

„Da hätte ich eine Idee", erklärte er sarkastisch. „Wenn dir die Worte fehlen, solltest du am besten auflegen und dich sechs Jahre nicht melden. Damit wäre uns beiden sicherlich sehr geholfen."

„Patrick", flüsterte sie unglücklich und schaffte es, dass sich sein Magen vor lauter Sehnsucht, Wut und Scham zusammenzog.

„Ich weiß nicht, was du von mir willst", brach es aus ihm heraus, während er mit widerstreitenden Gefühlen zu kämpfen hatte. „Vor sechs Jahren hast du mir klargemacht, dass du nichts mehr mit mir zu tun haben willst."

„Niemals wollte ich dir wehtun, Patrick. Das musst du doch wissen", raunte sie mit tränenerstickter Stimme.

Obwohl er sich bemühte, schaffte er es nicht, den höhnischen Unterton in seiner Stimme abzustellen. „Ach so? Dann muss ich irgendetwas missverstanden haben, als ich nach Hause kam und feststellen musste, dass meine Frau abgehauen war." Er holte tief Luft. „Ohne mir ein Wort zu sagen!"

„Wir hatten uns gestritten", krächzte sie. „Es gab ständig Streit. Ich dachte, dass es das Beste wäre, wenn ..."

Aufgebracht schlug er seine Faust auf den Schreibtisch und brüllte beinahe in den Hörer hinein: „Ein Streit ist noch lange nicht ein Grund, den Mann ohne Vorwarnung zu verlassen und ihm nicht einmal die Chance zu geben, sich für seine Worte zu entschuldigen, Amy! So löst man keine Konflikte!"

„Man löst auch keine Konflikte, indem man nach einem Streit für zwei Wochen das Land verlässt und es nicht einmal für nötig hält, die eigene Frau über diese Abwesenheit zu informieren", hielt sie ihm ebenso aufgebracht entgegen.

„Ich hatte einen Geschäftstermin ...“

„Von dem ich nichts wusste“, unterbrach nun sie ihn wütend. „Deine Sekretärin musste mir sagen, dass du in Japan warst!“

„Ich war wütend“, verteidigte er sich.

Ihre Stimme klang hohl. „Du hast mir gezeigt, dass ich nicht wichtig war, Patrick. Damals hatte ich mehr Kontakt zu Mrs. McDough als zu dir!“

Patrick presste die Lippen zusammen und grollte in den Hörer. „Unsinn!“

„Das ist kein Unsinn“, widersprach sie bedrückt. „Denkst du etwa wirklich, dass ich nicht gemerkt habe, wie lästig ich dir war?“

„Lästig?“ Sein Kopf schnellte in die Höhe. „Ich denke viel eher, dass du mir die Schuld für deine Fehler in die Schuhe schieben willst! Täusche ich mich oder bist du nicht diejenige gewesen, die einfach gegangen ist? Nach sechs Jahren die Tatsachen zu verdrehen und ...“

„Siehst du“, hielt sie ihm entgegen. „Nach sechs Jahren schaffst du es immer noch nicht, auf meine Gefühle einzugehen! Ich habe dir gesagt, dass ich das Gefühl hatte, dass ich dir lästig sei, aber anstatt darauf einzugehen, lässt du meine Bemerkung unter den Tisch fallen.“

Er spürte, wie eine Vene an seiner Stirn zu pulsieren begann. Mit kaum zu bändigendem Groll knirschte er: „Wieso sollte ich nach sechs Jahren auf deine Gefühle eingehen wollen, Amy?“

Gerade als sie Luft holte und zu einer Antwort anzusetzen schien, klopfte es plötzlich an seine Bürotür und sein Bruder steckte missmutig den Kopf hinein.

„Patrick! Verdammt noch mal, du solltest schon längst oben sein. Der Helikopter wartet seit fünf geschlagenen Minuten auf dich und *ich* habe wirklich nicht die Absicht, an deiner Stelle …“

„Stuart“, unterbrach er das Geschwafel und schüttelte den Kopf. „Raus!“

„Weißt du, wie spät es ist?“

Patrick hielt die Hand über den Hörer und starrte seinen Bruder warnend an. „Stuart, siehst du nicht, dass ich beschäftigt bin? Hau ab.“

Sein jüngerer Bruder schien den drohenden Blick nicht zu beachten, sondern schloss die Tür hinter sich. „Du hast ein Meeting.“

„Ein Meeting, das dich nichts angeht“, betonte Patrick und wies mit klopfendem Herzen zur Tür.

Er wusste einfach nicht, wo ihm der Kopf stand. Noch immer konnte er nicht glauben, dass sich Amy tatsächlich am anderen Ende der Telefonleitung befand und sich mit ihm stritt. Verwirrt, fassungslos und wütend zugleich konnte er sich gerade jetzt auf nichts anderes konzentrieren als auf die Frau, die er vor sechs Jahren geheiratet hatte.

Und die bis vor zehn Minuten verschwunden gewesen war.

Netterweise schaffte es sein Bruder, ihn wieder in die Realität zu holen. „Und ob es mich etwas angeht, schließlich bin ich für den Vertrag zuständig gewesen!“

„Ich komme ja gleich“, fuhr er Stuart an und hoffte, dass sein Bruder endlich den Wink mit dem Zaunpfahl verstand und abhaute. „Sag dem Piloten, dass ich in fünf Minuten da bin, verdammt noch mal!“

Er konnte Stuart ansehen, dass er mit dieser Antwort nicht wirklich zufrieden war, doch die

Drohgebärde, die Patrick in seine Geste legte, dass Stuart endlich verschwinden sollte, schien den jüngeren Mann davon zu überzeugen, den Rückzug anzutreten und schwungvoll die Tür hinter sich zuzuschlagen.

Nach einem langen Atemzug hob er wieder den Hörer ans Ohr und erklärte mit geschäftsmäßiger Stimmlage: „Amy, ich habe einen Termin und ...“

„Patrick“, fiel sie ihm entschlossen ins Wort. „Wir müssen reden. Es gibt da etwas, das du wissen solltest.“

„Ich wüsste nicht, was das sein sollte.“

„Du und ich ... also wir beide ...“ Sie stockte und stieß zittrig den Atem aus.

Er hatte keine Ahnung, was dieser merkwürdige Telefonanruf zu bedeuten hatte, und wurde ungeduldig. „Falsch. Wir beide haben nichts mehr miteinander zu tun.“

„Aber ...“

„Das war deine Entscheidung. Oder hast du das bereits vergessen?“

„Jetzt hör mir doch zu“, schnappte sie und klang verzweifelt. „Ich bin in Chicago und brauche deine Hilfe. Ich brauche sie dringend.“

„Wie bitte?“ Seine Stimme nahm an Schärfe zu. „Chicago? Du bist in Chicago?!“

„Ja.“

Er schnaubte abfällig. „Eigentlich hatte ich gedacht, dass du dich in der italienischen Provinz oder in einem chinesischen Bergdorf aufhalten würdest.“

„Wie bist du denn auf so einen Gedanken gekommen?“

„Weil es mit Sicherheit weit genug weg von mir war!“

Betroffen würgte sie seinen Namen hervor, wurde jedoch von ihm unterbrochen.

„Chicago? Das ist ja fast um die Ecke!“ Während er eine Hand zur Faust ballte, senkte er den Kopf und atmete schwer aus. „Du rufst mich nach sechs Jahren an und erklärst mir, dass du Hilfe brauchst?“

„Ja“, stieß sie leise hervor. „Ich ... ich hatte einen Unfall. Einen Autounfall.“

Trotz allem konnte er die Besorgnis nicht unterdrücken, die in ihm aufstieg. Um ihr nicht zu zeigen, dass er sich Sorgen machte, räusperte er sich und fragte geschäftsmäßig nach: „Geht es dir gut?“

„Mir geht es gut, aber ... aber ich brauche Geld. Für eine Operation. Nicht für mich“, ergänzte sie hastig. „Die Krankenversicherung deckt die Kosten nicht. Das Geld ist ... ist nicht für mich.“

„Nicht für dich“, erwiderte er dumpf und schob alle Besorgnis von sich, um aufgebracht zu dröhnen: „Wie schön zu wissen, dass du dich wenigstens dann an mich erinnerst, wenn du Geld brauchst! Ich fasse es nicht! Du rufst mich an, weil ich dir Geld geben soll.“

Tatsächlich dröhnte ihm das Blut so laut durch die Ohren, dass er nicht verstand, was sie ihm aufgeregt zu erklären versuchte.

„Ausgerechnet du!“ Patrick schöpfte bebend Atem und konnte den Zorn nicht zurückhalten, der ihn erzittern und höhnisch lachen ließ. „Du hast immer so getan, als wäre dir Geld egal, und wolltest nie etwas von mir annehmen! Und jetzt rufst du mich tatsächlich an, um mich nach Geld zu fragen!“

„Patrick!“ Amy rief laut seinen Namen. „Es ist wichtig!“

„Na wunderbar! Dann ist ja alles geregelt“, antwortete er ironisch. „Wenn es wichtig ist, dann ...“

„Seit wann benimmst du dich wie ein gefühlloser Scheißkerl?“, fragte sie ihn mit dem Anflug eines Schluchzens.

„Seit meine Frau abgehauen ist und es ihr scheißegal war, was ich dabei empfand.“

„Das tat es nicht“, protestierte sie augenblicklich.

„Verdammt, Amy! Kannst du dir vorstellen, dass ich verrückt vor Sorge war? Ich kam nach Hause und du warst verschwunden!“

„Ich hatte dir einen Brief geschickt ...“

„Genau, dein Brief!“ Er kniff seine Augen zusammen. „Dein verfluchter Brief hat mir jedoch nicht gesagt, ob es dir gut ging. Und dein idiotischer Brief hat mir leider auch nicht gesagt, wo ich dich hätte finden können, damit wir hätten reden können. Du hast mich verlassen. Also musst du jetzt nicht anrufen und ...“

„Jetzt hör mir doch endlich zu“, schrie sie ihn an. „Ich muss dir etwas sagen!“

Nicht minder aufgebracht dröhnte er mit dunkler Stimme: „Was denn?“

Anhand ihrer zitternden Stimme bemerkte er, wie ernst es ihr war. Irgendetwas sagte ihm, dass das, was jetzt kommen würde, nicht angenehm sein würde.

„Kannst du bitte nach Chicago kommen? Heute noch?“

„Was?“ Er schüttelte automatisch den Kopf. „Wieso sollte ich nach Chicago kommen?“

„Weil ich dich hier brauche“, flüsterte sie verzweifelt. „Es ist nämlich so ... hier ... also ... ich ... ich habe dir nie von Audrey erzählt, Patrick.“

Patrick sprang auf und lief zu dem großen Fenster seines Büros. Während er sich gegen das klare Glas lehnte und die Stirn runzelte, schaute er auf das hektische Treiben der Großstadt unter sich. Gleichzeitig sackte sein Magen ins Bodenlose, denn aus einem unerfindlichen Grund wusste er, was Amy ihm gleich sagen würde.

„Audrey? Wer ... wer ist Audrey?"

Mit tränenerstickter Stimme erwiderte sie: „Es tut mir leid, Patrick. Ich hätte dir ... dir viel früher von ihr erzählen müssen. Bitte ..."

„Amy", unterbrach er sie mit rasselndem Atem.

„Audrey ... sie ist verletzt und muss operiert werden. Ohne diese OP ... die Ärzte sagen, dass ... dass sie sonst stirbt. Sie ist doch noch so klein. Wenn ..."

Patrick schloss die Augen und wäre vermutlich getaumelt, wenn er sich nicht bereits gegen das Fenster gelehnt hätte. „Amy, wer ist Audrey?"

Nach einer kleinen Ewigkeit flüsterte sie unglücklich in den Hörer. „Sie ist unsere Tochter, Patrick."

Es dauerte eine Weile, bis er sprechen konnte und bis er nicht mehr Gefahr lief, auf irgendetwas einzuschlagen oder einen Schreikrampf zu bekommen. „In welchem Krankenhaus bist du?"

Nachdem sie ihm mit zitternder Stimme den Namen genannt hatte, räusperte er sich hart. „Amy?"

„Ja?"

„Das werde ich dir nie verzeihen."

Dann legte er auf.

3. Kapitel

Amy hasste es, zugeben zu müssen, dass Geld die Welt regierte, aber es stimmte.

Sie wusste nicht, was Patrick nach ihrem Gespräch in die Wege geleitet hatte, aber sobald sie wieder die Intensivstation betrat, war Audrey bereits in ein anderes Zimmer verlegt worden. Außerdem war der blutjunge Arzt verschwunden, der ihr vor Kurzem mitgeteilt hatte, wie schlecht es um Audrey bestellt war. Stattdessen hatte sich ein stattlicher, grauhaariger Arzt vorgestellt, der sie in einen separaten Raum geführt hatte, um ihr in aller Ausführlichkeit zu erklären, was sie zu tun gedachten, um ihrer Tochter zu helfen.

Dieses seriöse Gespräch sowie die moderneren Maschinen, an die Audrey angeschlossen wurde, gaben Amy einen kleinen Hoffnungsschimmer. Dass sich die Ärzte und Schwestern plötzlich fast die Beine ausrissen, um Amy zufriedenzustellen, dass der Chef des Krankenhauses persönlich zu ihr kam, um sich für die vorherigen Geschehnisse zu entschuldigen, und dass ihr selbst ein Privatzimmer angeboten wurde, interessierte sie nicht. Alles, was sie wollte, war, dass es Audrey wieder gut ging. Doch Geld war nun einmal keine Garantie dafür, dass ihre Tochter gesund würde. Der Gedanke war ihr unerträglich.

Anstatt sich in ihr eigenes Zimmer zurückzuziehen und sich auszuruhen, wie ihr nicht nur Dr. Fairhaven, Audreys Arzt und Chef der Chirurgie, riet, sondern auch das restliche Krankenhauspersonal, blieb sie vor Audreys Zimmer sitzen, starrte durch die gläserne Trennwand und ignorierte den Gedanken, dass ihre eigene Mutter bei einem Autounfall gestorben war, als sie sechs Jahre alt gewesen war – damals war sie nur ein Jahr älter gewesen als Audrey jetzt. Doch der sterile Krankenhausgeruch bohrte sich derart penetrant in ihre Nase, dass sie unweigerlich daran erinnert wurde, wie sie an der Hand ihres Vaters in ein anderes Krankenhaus geeilt war, um dort zu erfahren, dass ihre Mom gestorben war.

Kaum hatte sich diese Erinnerung in ihr manifestiert, war es unmöglich, die grauenvollen Bilder zu verdrängen, die sich in ihr Gehirn schlichen. Sollte Audrey etwas passieren oder sollte sie ... Amy schluckte hart.

Den Gedanken konnte sie nicht zu Ende bringen. Sie wusste nur, dass sie sich ihr Leben lang Vorwürfe machen würde, weil sie dieses verfluchte Auto gefahren war. Um Himmels willen! Sie war Audreys Mutter. Eigentlich war es ihr Job, sie zu beschützen und dafür zu sorgen, dass ihr kein Leid geschah. Jetzt lag ihr Kind hier und war schwer verletzt. Sie wusste nicht, wie sie mit den Gefühlen, die auf sie niederprasselten, umgehen sollte.

Einen anderen Gedanken schob sie weit von sich, seitdem Patrick das Telefonat beendet hatte.

Er wusste nun Bescheid und würde sich so schnell wie möglich auf den Weg nach Chicago machen, was wiederum bedeutete, dass sie ihn in Kürze sehen würde. Der Gedanke ließ sie in Schweiß ausbrechen und führte zu einem akuten Zittern in all ihren Gliedern. Natürlich machte sie sich nichts vor, denn Patrick war in den vergangenen sechs Jahren in ihren Gedanken allgegenwärtig gewesen. Dass sie ihn verlassen hatte, hieß nicht, dass sie ihn vergessen hätte. Wie hätte sie das auch tun können, wenn eine Miniaturausgabe von ihm stets an ihrer Seite war?

Vorsichtig schaute Amy durch das Fenster in das Krankenzimmer und musterte ihre Tochter. Die Ähnlichkeiten waren nicht zu übersehen. Audrey war ein genaues Abbild ihres Vaters und bestach sogar durch das gleiche Lächeln und die gleiche Mimik. Wenn ihr etwas nicht passte, rümpfte sie auf die gleiche Weise die Nase, wie es Patrick immer getan hatte. Und wenn die Kleine etwas ausheckte, glitzerten ihre Augen genau so, wie es die Augen ihres Vaters getan hatten.

Je länger Amy darüber nachdachte, wie ähnlich Audrey ihrem Dad war, desto nervöser wurde sie.

Patrick würde noch heute hier antanzen und sie zur Rede stellen, während Amy nicht wusste, wie sie mit der Situation umgehen sollte. Der Schock darüber, mit Audrey in einen Autounfall verwickelt worden zu sein und nach sechs Jahren mit Patrick telefoniert zu haben, brachte sie sehr nah an die Schwelle des Erträglichen. In den vergangenen Jahren hatte sie sich ständig gesagt, dass sie Patrick von Audrey erzählen musste, doch aus lauter Angst vor dieser Konfrontation hatte sie immer gekniffen. Das war nicht in Ordnung gewesen. Es war sogar grausam gewesen, doch der Gedanke an ihre Ehe, in der es lediglich Höhen und Tiefen, jedoch keine Beständigkeit gegeben hatte, war stärker gewesen.

Je länger sie vor Audreys Zimmer saß, desto mehr schwand ihr Zeitgefühl. Amy war dermaßen erschöpft und verzweifelt, dass sie nicht wusste, ob sie seit zehn Minuten hier saß oder bereits seit zehn Stunden.

Um gegen die aufkommende Müdigkeit zu kämpfen, hatte sie sich mit einem Becher Kaffee versorgt, starrte auf den Boden und sah ungefähr alle fünf Sekunden auf, um einen Blick auf Audrey werfen zu können. Dass der Kaffee aus dem Automaten grauenvoll schmeckte und dass der Plastikbecher undicht war und ihr somit den Zeigefinger ansengte, merkte sie nicht, da sie all ihre Gedanken lediglich auf ihre Tochter richtete.

In dieser Situation fand Patrick sie.

Sie hob ihren Blick, als sie einen befehlsgewohnten Schritt wahrnahm, und erstarrte, sobald sie ihn auf sich zukommen sah. Beinahe hätte sie den Plastikbecher fallen gelassen, da er sie finster fixierte und dabei ein Gesicht machte, als würde er ihr am liebsten an die Gurgel gehen. Obwohl er älter geworden war, hatte er sich kaum verändert, wenn sie davon absah, dass seine Miene niemals zuvor dermaßen fuchsteufelswild ausgesehen hatte. Noch immer war er groß, kräftig gebaut und breit in der Schulter. Seine schwarzen Haare waren ein wenig kürzer als früher, zeigten jedoch noch keine einzige graue Strähne, während dunkle Bartschatten seine Wangen zierten. Was seine grünen Augen betraf, konnte sie sogar im Abstand von einigen Metern erkennen, dass sie aufgebracht aufblitzten. Sein ganzer Körper wirkte aufgebracht und fuchsteufelswild.

Amy dagegen konnte sich nicht rühren und saß wie festgefroren auf ihrem Stuhl, während sie hilflos bemerkte, dass Patrick nicht allein war. Neben ihm eilte seine Mutter auf sie zu. Da sie ihre Schwiegermutter niemals kennengelernt hatte, überstieg deren Auftauchen Amys momentanes Fassungsvermögen.

Mit staubtrockener Kehle und zitternden Knien erhob sie sich wackelig.

„Patrick ..." Selbst sie erschrak über ihre gebrochene Stimme und bemerkte, wie er direkt vor ihr stehen blieb und die Hände zu Fäusten ballte.

Er hatte keine Begrüßungsfloskel parat, sondern fuhr sie unbeherrscht an: „Ich will meine Tochter sehen! Sofort!"

Angesichts der unverhohlenen Wut wich sie automatisch einen Schritt zurück und stieß mit ihren Kniekehlen gegen den Stuhl. Beinahe hätte sie die Balance verloren und wäre hingefallen. Tatsächlich befürchtete sie jeden Moment, vor ihm zusammenzubrechen.

Auch wenn Patrick dies nicht bemerkte oder es ihm egal war, reagierte seine Mutter, nahm Amy den Kaffeebecher ab und legte ihr fürsorglich einen Arm um den Rücken, um sie zu stützen.

Mit allem hätte Amy gerechnet, aber sicherlich nicht damit, dass ihre Schwiegermutter in dieser Situation tröstend über ihren Rücken streichelte und beruhigend erklärte: „Schätzchen, du zitterst ja wie Espenlaub ..."

„Weißt du eigentlich, was du getan hast?", schrie Patrick Amy an. „Wie konntest du mir mein Kind verheimlichen?"

„Es ... es tut mir leid", stotterte sie unglücklich, während sie merkte, dass ihr das Atmen plötzlich schwerfiel und weiße Flecken vor ihren Augen erschienen.

„Patrick", fuhr seine Mom ihn mit unterdrückter Wut in der Stimme an. „Das reicht."

„Das reicht nicht!" Anklagend zeigte er auf Amy, während eine Ader an seiner Schläfe unheilverkündend pochte. „Wenn meinem Kind etwas passiert ..."

„Patrick!“ Seine Mutter schüttelte aufgeregt den Kopf. „Siehst du nicht, dass sie gleich zusammenbricht? Das gehört hier nicht hin! Jetzt beruhige dich endlich.“

„Mom, halte dich da raus!“ Er schnaubte wutentbrannt. „Ich habe eine Tochter, von der sie mir seit Jahren nichts erzählt hat und die einen Autounfall hatte! Wie soll ich mich da beruhigen?“ Er setzte dem Ganzen die Krone auf, indem er Amy einen Blick schenkte, der ihr durch den ganzen Körper fuhr, bevor er heiser und drohend verkündete: „Wenn meiner Tochter etwas passiert, dann ...“

Dass Patrick diese Horrorvision aussprach, brachte das Fass zum Überlaufen.

Amy schlug sich die Hände vor das Gesicht und begann hemmungslos zu schluchzen, als ihr bewusst wurde, dass Audrey sterben könnte. Panische Angst, Schuldgefühle und das Gefühl, gleich ersticken zu müssen, brachen über sie ein.

„Du hilfst niemandem, wenn du ihr Vorwürfe machst“, bellte seine Mutter ihn erzürnt an und klopfte Amy gleichzeitig liebevoll auf den Rücken, während ihr Arm sich fest um sie schlang. „Die beiden hatten einen schweren Unfall, an dem deine Frau jedoch keine Schuld trägt. Anstatt sie anzuschreien ...“

„Vielleicht bekomme ich niemals die Möglichkeit, mein Kind kennenzulernen“, unterbrach Patrick seine Mutter mit einer Mischung aus Wut und Verzweiflung in der Stimme. „Wessen Schuld ist das, Mom? Meine ganz sicher nicht!“

Während sich Amys Magen drehte und sie asthmatisch nach Luft schnappte, hob sie ängstlich den

Blick und erkannte an seiner Miene, dass hinter all der Wut vor allem eins steckte: Angst.

„Patrick“, krächzte sie schluchzend. „Bitte ... es tut mir leid. Bitte ...“

„Nein.“ Er wich zurück und erstarrte. Gleichzeitig verzog sich sein ebenmäßiges Gesicht zu einer verächtlichen Fratze. „Sprich mich nicht an. Du nicht! Ich bin fertig mit dir.“

Neben ihr holte Eleanore Ashcroft Luft. „Patrick! So geht das nicht.“

Amy beobachtete, wie er ablehnend den Kopf schüttelte, und gab dem Drang nach, sich auf den Stuhl hinter sich sinken zu lassen, da ihre Beine nicht aufhörten zu zittern. Dass er sie augenscheinlich nicht nur verachtete, sondern zu hassen schien, war für Amy ein absoluter Schock.

Patricks Mutter setzte sich neben Amy, hielt sie weiterhin im Arm und murmelte tröstend auf sie ein.

Der Gedanke, dass Amy ihrer Tochter nicht nur den Vater vorenthalten hatte, sondern sie auch um eine anscheinend sehr warmherzige Großmutter gebracht hatte, ließ sie vor Scham beinahe im Boden versinken. Dass Eleanore Ashcroft derart nett zu ihr war, konnte sie nicht begreifen, nahm die tröstende Umarmung jedoch dankend an. Bislang hatte sie mit ihrer Schwiegermutter lediglich zwei Mal telefoniert, weil diese für ein paar Monate in Südafrika gewesen war, als Amy bei Patrick in Connecticut gelebt hatte.

„Es tut mir so leid“, flüsterte sie an die braunhaarige Frau an ihrer Seite gewandt. „Ich ... ich wollte nie ... nie ...“

„Ist ja gut“, murmelte ihre Schwiegermutter sanft.

Unglücklicherweise funktionierten Patricks Ohren fabelhaft. „Was wolltest du nie, Amy? Mich verlassen und mir mein Kind wegnehmen?!"

Sie würgte. „Bitte ... versteh mich ... ich ..."

„Wie soll ich dich verstehen?" Er bebte am ganzen Körper, ballte seine Hände immer wieder zu Fäusten und holte hörbar Luft. „Am liebsten würde ich dich ..."

„Falls du es vergessen haben solltest", unterbrach seine Mutter ihn mit schneidender Stimme. „Aber es geht jetzt nicht um euch, Patrick, sondern um ein kleines Mädchen. Audrey hat die oberste Priorität. Was ihr beide miteinander zu regeln habt, werdet ihr später tun, aber nicht hier und nicht jetzt!"

Er sagte nichts, sondern starrte sie beide finster an, bevor er sich abrupt umdrehte und mit drei Schritten direkt vor dem Fenster stehen blieb, durch das man in das Krankenzimmer sehen konnte. Als er ein gequältes Stöhnen von sich gab und mit beiden Händen den Handlauf umklammerte, der unter dem Fenster montiert war, zuckte Amy zusammen und schlug sich eine Hand vor den Mund.

„Oh Gott", gab er heiser von sich und senkte den Kopf.

Als seine Schultern zu beben begannen, brach es ihr das Herz.

Da sie das Bedürfnis hatte, sich wenigstens vor der Frau zu rechtfertigen, die so wahnsinnig nett zu ihr war, drehte sie den Kopf zur Seite und sah in das besorgte Gesicht ihrer Schwiegermutter. Mit krächzender Stimme flüsterte sie verzweifelt: „Es ... ich ... es tut mir ... mir leid. Ich ... ich wollte niemandem ... weh ... wehtun!" Der Kloß in ihrem Hals wurde gigantisch. „Wenn Audrey jetzt ..." Sie stockte.

Ihre Schwiegermutter sah nicht weniger ängstlich aus, als sie es vermutlich war, und schien sich zu einem beruhigenden Lächeln zu zwingen. Auch ihre Stimme klang gebrochen. „Wir dürfen uns nicht verrückt machen lassen, Amy. Ganz sicher ... ganz sicher werden die Ärzte ihr helfen können."

Wie unter Schock starrte sie auf ihre Hände. „Das ... ich verstehe das nicht. Wir ... wir standen an einer Ampel und ... und Audrey erzählte mir von ... von ihrem Kindergarten. Und ... und dann war da plötzlich dieser Knall."

„Schätzchen", tröstete Eleanore sie und strich ihr über das Haar. „Mach dir keine Vorwürfe. Es ist nicht deine Schuld."

Ihr gehetzter Blick glitt zu Patrick, der ihnen den Rücken zugekehrt und den Kopf gesenkt hatte, während er durch das Fenster zu Audrey blickte. Seine niedergeschlagene Geste machte ihr klar, dass sie nicht die Einzige war, die hier litt. Auch wenn er keinen Zweifel daran gelassen hatte, dass er sie verabscheute, wuchs in ihr der Drang, ihn zu trösten.

Da Amy wusste, dass er sie hören konnte, raunte sie schniefend: „Sie ... sie hat deine Augen, Patrick. Und sie liebt ... sie liebt Erdnussbutter mit Bananen – genau wie du. Sie ist dir so ... so ähnlich."

Bei dem letzten Wort brach sie erneut in Tränen aus und sah lediglich verschwommen, wie er sich zu ihr drehte und gequält wirkte. Auch seine Augen waren tränennass.

„Das macht es nicht besser", grollte er heiser.

Amy nickte unglücklich. „Ich weiß."

Mit vor der Brust verschränkten Armen hörte Patrick dem Arzt zu, der neben dem Bett seiner Tochter stand und ihn über die Risiken einer Operation in Kenntnis setzte. Das Piepen der Maschinen machte ihn noch wahnsinnig – ebenso der grauenvoll sterile Krankenhausgeruch oder der kratzige Kittel, den er übergestreift hatte, bevor er das Zimmer seiner Tochter betreten hatte.

Selbstverständlich hätten sie das Gespräch auch vor der Tür führen können, doch keine Macht der Welt hätte ihn davon abhalten können, zu seiner Tochter zu gelangen. Nur hinter einer Glasscheibe zu stehen und das kleine Mädchen zu beobachten, wie es hilflos auf einem Bett lag und an diverse Monitore angeschlossen war, hatte ihm nicht gereicht. Er hatte das zierliche Mädchen aus nächster Nähe sehen wollen, hatte ihre kleine Hand in seine nehmen wollen und hatte ihre schwarzen Locken berühren wollen, die die gleiche Farbe hatten wie sein Haar.

Während Dr. Fairhaven etwas über eine Blutgerinnung sprach, wurde Patrick schwer ums Herz.

Er hatte eine Tochter. Ein bildhübsches kleines Mädchen, das fünf Jahre alt war und nicht nur seine Augen hatte, sondern auch gerne Erdnussbutter mit Bananen auf seinem Brot aß – genau wie er. Doch leider war er bislang nie in den Genuss gekommen, sie beim Verschlingen eines solchen Brotes zu betrachten. Er hatte ihr auch noch nie in die Augen sehen dürfen und niemals erlebt, wie sie die Ärmchen um ihn schlang und ihn Daddy nannte.

Diese Vorstellung ließ seine Augen brennen. Nur mühsam schaffte er es, den dicken Kloß in seinem Hals hinunterzuwürgen.

Als er gerade an ihrem Bett gesessen und ihr winziges Händchen gehalten hatte, war ihm schrecklich übel geworden. Ihr kleiner rechter Finger war ein wenig abgespreizt – genau wie bei ihrer Mutter, doch ihr Fingernagel hatte die gleiche ovale Form wie seiner. Er hätte dieses Wunder stundenlang betrachten können, wenn ihm beim Anblick des riesigen Zugangs auf ihrem Handrücken nicht übel geworden wäre. Die Kanüle musste einem kleinen Mädchen wehtun. Ebenso die zahlreichen Prellungen und Abschürfungen in ihrem Gesicht. Dass seine kleine Tochter solche Schmerzen ausstehen musste und eine schlimme Operation hinter sich hatte und eine weitere vor sich hatte, bereitete ihm selbst körperliche Schmerzen.

Er kämpfte mit so vielen Gefühlen in seinem Inneren, dass er bald zu platzen fürchtete.

Wenn ihm jemand heute Morgen gesagt hätte, dass er Vater einer Fünfjährigen war, hätte er ihn für verrückt erklärt. Wer wurde schließlich über Nacht Vater einer Tochter von fünf Jahren? Auf dem Weg von New York nach Chicago hatte er neben seiner Sorge, seiner Wut und seiner Angst auch daran denken müssen, ob er für ein Mädchen, das er nicht kannte, Vatergefühle entwickeln könnte. In den letzten Jahren hatte er des Öfteren über sich selbst munkeln hören, wie gefühlskalt er erscheinen würde. Als knallharter und unnachgiebiger Verhandlungspartner wurde er von einigen Geschäftspartnern bezeichnet, daher hatte er im Flieger an etwaigen Vaterqualitäten zu zweifeln begonnen.

Eigentlich kam er mit Kindern gut klar, schließlich vergötterte er seine beiden Neffen und konnte guten Gewissens behaupten, dass sie ganz verrückt danach waren, Zeit mit ihm zu verbringen, aber woher sollte er schon wissen, wie er sich seiner Tochter gegenüber verhalten sollte? Was wusste er überhaupt über fünfjährige Mädchen? Seine einzige Erfahrung mit Mädchen dieses Alters hatte er bei seiner eigenen Schwester gesammelt, als er selbst sechs Jahre alt gewesen war. Doch einmal abgesehen von Fröschen, die er in ihr Puppenhaus geschmuggelt hatte, und von hitzigen Streitereien um Süßigkeiten war er absolut ahnungslos.

All diese Bedenken waren jedoch verflogen, als er einen einzigen Blick auf seine Tochter geworfen hatte.

Ein Blick hatte gereicht, um ihn wissen zu lassen, dass er alles für dieses kleine Püppchen getan hätte. Ein Blick hatte gereicht, um seine Tochter in sein Herz zu schließen. Und ein Blick hatte gereicht, um zu wissen, dass er ihrer Mutter niemals verzeihen würde.

Ihm war alles vorenthalten worden, worauf er ein Anrecht gehabt hätte.

Angefangen von Ultraschallbildern, dem ersten Schrei, dem ersten Babylächeln und so vielen ersten Malen, die unwiederbringlich fort waren.

Verächtlich dachte er an die Versuche seiner Mutter, ihn auf dem Weg nach Chicago zu beruhigen und zur Besonnenheit zu bringen, während er innerlich gebrodelt hatte vor Zorn. Es gab keine Entschuldigung für das, was Amy getan hatte. Und seine Mom konnte ihm noch so oft sagen, dass seine Frau vermutlich nicht aus böser Absicht heraus gehandelt hatte, doch das würde nichts daran ändern, dass sie ihm seine Tochter vorenthalten hatte.

Er warf einen kurzen Blick durch das Fenster und sah, wie seine Mom vor dem Raum stand und ein besorgtes Gesicht machte, während sie ihre Arme um sich geschlungen hatte. Auch sie stand nach diesem Tag unter Schock und war beim Anblick ihrer Enkelin in Tränen ausgebrochen. Dass sie darauf bestanden hatte, ihn nach Chicago zu begleiten, sagte Patrick, dass sie ebenso viel Angst hatte wie er. Insgeheim war er dankbar, dass sie hier war, auch wenn sie seiner Meinung nach viel zu verständnisvoll auf Amy reagiert hatte.

Sobald er an sie dachte, suchten seine Augen die blondhaarige Frau, die erschreckend bleich, ausgezehrt und geradezu panisch wirkte. Ein kleiner Teil in seinem Inneren sagte ihm besorgt, dass sie kurz vor einem Nervenzusammenbruch stand und gar nicht gut aussah, doch Patrick wollte sich vor allen Dingen nicht ausgerechnet *darüber* Gedanken machen.

Gut, er gab es zu, dass die Amy, der er heute wieder begegnet war, nur ein kränkliches Abbild der Amy war, die vor sechs Jahren seine Frau geworden war. Heute hatte sie wie ein Gespenst ausgesehen. Ihre blauen Augen hatten in tiefen Höhlen gelegen und waren unnatürlich weit aufgerissen gewesen, während ihr zitternder Körper den Eindruck erweckt hatte, dass sie sich nicht eigenständig auf den Beinen halten konnte. Außerdem war er bei dem Anblick der Prellungen und Schnittverletzungen in ihrem Gesicht zusammengezuckt.

Wie der Unfall abgelaufen sein musste, wollte er lieber nicht wissen.

Da er sie nicht zu lange anstarren und sich davon beeinflussen lassen wollte, dass sie mit dem unglücklichsten Gesicht, das er jemals bei einem Menschen gesehen hatte, vor Audreys Tür saß, schenkte er dem Arzt wieder seine volle Aufmerksamkeit.

„Mr. Ashcroft, Sie sollten sich im Klaren sein, dass wir Audrey zwar weit nach oben auf die Transplantationsliste haben setzen können, wir jedoch nicht abzuschätzen vermögen, wann wir ein passendes Organ erhalten. Der Zustand Ihrer Tochter ..."

„Was ist mit einer Lebendspende?", unterbrach er den Arzt und runzelte die Stirn. „Ich habe mich informiert, dass Sie einem Elternteil ein Stück Leber entnehmen und dem Kind einsetzen können."

Dr. Fairhaven nickte ernst. „Das ist in der Tat möglich. Wir werden sowohl Sie als auch Ihre Frau testen lassen. Mit Lebendspenden haben wir extrem gute Erfahrungen gemacht. Sollten Sie sich als Spender für Ihre Tochter eignen, würden wir Ihnen lediglich den linken Leberlappen entnehmen müssen, da Audrey mit ihren fünf Jahren noch nicht über ein größeres Volumen verfügt. Die Regenerationsfähigkeit ..."

„Machen Sie das", unterbrach er den Arzt ein weiteres Mal, und dies ziemlich fahrig. „Ich möchte mich augenblicklich testen lassen, Dr. Fairhaven. Sollte jemand von uns infrage kommen, würde ich gerne wissen, wann Sie meine Tochter operieren können."

„Bei Audreys Zustand möchte ich so wenig Zeit wie möglich verstreichen lassen", entgegnete der Arzt ruhig, versetzte Patrick dennoch in höchste Alarmbereitschaft.

„Dr. Fairhaven", machte er dem Arzt mit vibrierender Stimme klar. „Ich möchte, dass Sie alles tun, was möglich ist, um meiner Tochter zu helfen. Es ist mir völlig egal, was das kostet oder was dafür nötig ist. Wenn Sie meine Leber brauchen, dann nehmen Sie diese um Himmels willen."

„Machen Sie sich keine Sorgen", beruhigte der Arzt ihn. „Der Zustand Ihrer Tochter ist ernst, aber mit der richtigen Behandlung können wir das Komplikationsrisiko minimieren und werden dafür sorgen, dass es Audrey an nichts mangeln wird. Sofern Sie damit einverstanden sind, würden wir Sie gleich testen lassen. Bei Ihrer Frau ..." Er stockte kurz und stieß ein leicht besorgtes Seufzen aus. „Angesichts der Tatsache, dass wir verifizieren müssen, dass die Spender bei guter körperlicher Verfassung sind, möchte ich erst einmal darauf verzichten, Ihre Frau als mögliche Spenderin in Betracht zu ziehen."

Patrick stieß den Atem aus. „Warum?"

„Sie sollte sich ausruhen", erwiderte der grauhaarige Arzt mit dem schneeweißen Kittel schlicht. „Der behandelnde Arzt der Notaufnahme hat zwar keine schwerwiegenden Verletzungen festgestellt, aber sie eigentlich unter Beobachtung stellen lassen. Selbstverständlich respektieren wir ihren Wunsch, bei ihrer Tochter zu sein, jedoch sollte sie sich schonen und zu Kräften kommen. Mit einer Gehirnerschütterung und einem Schock ist nicht zu spaßen."

Gerne hätte er dem Arzt gesagt, dass es ihm nicht nur einerlei war, ob seine Frau sich schonte oder nicht, sondern dass er ihr noch nie etwas hatte vorschreiben können. Amy tat nun einmal das, was sie sich in den Kopf gesetzt hatte.

Dennoch nickte er grob. „Gut. Wie lange wird es dauern, bis sich Audrey erholt hat, wenn die Operation gut läuft?"

„Das lässt sich schlecht einschätzen, Mr. Ashcroft, doch ich würde prognostizieren, dass sie sicherlich drei Wochen im Krankenhaus bleiben müsste. Nach der Entlassung würden wir Audrey im ersten Vierteljahr nach der Transplantation regelmäßig in unserer Ambulanz sehen. Dies kann zwischen einmal und zweimal in der Woche passieren.“

Patrick schüttelte abwehrend den Kopf und erklärte fest: „Ich werde meine Tochter nach ihrem Krankenhausaufenthalt mit nach Connecticut nehmen. In New York sollte es doch ebenfalls eine Möglichkeit geben, Audreys Gesundheitszustand kontrollieren zu lassen.“

„Ein Kollege aus New York könnte die Betreuung übernehmen, Mr. Ashcroft, aber wir sollten uns zu gegebener Zeit darum Gedanken machen. Jetzt liegt erst einmal die Operation vor uns.“

Gleich darauf machte Patrick sich auf den Weg, unzählige Tests hinter sich zu bringen, doch selbst wenn Dr. Fairhaven davon gesprochen hatte, dass er sich jetzt keine Gedanken darum machen sollte, wie Audreys weitere Behandlung stattfinden sollte, wusste er, dass er seine Tochter mit sich nach Hause nehmen würde, sobald sie entlassen war.

Und Amy würde in jener Hinsicht nichts zu sagen haben.

4. Kapitel

Amy war so übel, dass sie glaubte, sich jeden Moment übergeben zu müssen. Zwar hatte sie vor lauter Nervosität sowieso nichts hinunterbekommen, dennoch stieg beim Blick auf die Uhr bittere Magensäure in ihrer Speiseröhre hoch. Seit sie das letzte Mal auf die Uhr gesehen hatte, waren lediglich zwanzig Sekunden vergangen. Mit dem Gefühl, nicht eine einzige Minute länger auf ihrem Stuhl verbringen zu können, erhob sie sich und tigerte in dem hell gestrichenen und freundlich eingerichteten Wartezimmer auf und ab. Nach einem nervösen Schulterblick auf die Uhr drehte sie sich abrupt um und lief an das Fenster, um auf die diesig erscheinende Silhouette von Chicago zu sehen. Kurz schloss sie die Augen, umklammerte mit beiden Händen die Fensterbank und lehnte hilflos den Kopf gegen das Fenster.

„Amy ... Liebes", seufzte ihre Schwiegermutter begütigend. „Du musst positiv denken. Dr. Fairhaven wird sein Bestes tun."

Bebend holte sie Luft, zog die Schultern hoch und begann an ihren Fingernägeln zu kauen. Das Gefühl, dass ihr Leben aus den Fugen geraten war und sie keine Kontrolle mehr darüber hatte, was mit ihrer Tochter geschah, ließ sie weder zur Ruhe kommen noch etwas essen. Seit zwei Tagen stand sie völlig neben sich und hatte kein Auge zugetan. Als für heute ein OP-Termin vereinbart worden war, war sie einerseits vor lauter Erleichterung in Tränen ausgebrochen, aber andererseits durchlitt sie seitdem Todesängste. Gerade jetzt lag Audrey auf einem OP-Tisch, während Patrick der linke Leberlappen entfernt wurde.

Die Ärzte hatten ihnen erst gestern in jeder Einzelheit erklärt, wie sie vorgehen würden, wie lange es dauern sollte, bis Patricks Leber sich regeneriert hätte, und wie Audreys Prognose war. Im Grunde war dieses Gespräch der erste Lichtblick seit gefühlten hundert Jahren gewesen, dennoch wünschte sich Amy, dass endlich jemand zu ihnen kam, um ihnen die erlösende Nachricht zu bringen, dass die Operation ein voller Erfolg gewesen sei und es den beiden gut ginge.

Sie dachte nicht nur an Audreys Zustand, sondern auch an Patrick, der sich ohne zu zögern hatte testen lassen und tatsächlich als optimaler Spender eingestuft worden war. Wie dankbar sie ihm war, dass er dies für Audrey tat, konnte sie nicht in Worte fassen.

Um nicht daran zu denken, wie kalt er sich ihr gegenüber benahm und wie sehr es schmerzte, dass er nichts als Verachtung zu empfinden schien, wenn er sie ansah, kaute Amy weiter auf ihren Nägeln herum und ließ ihre Augen über die vereinzelten Menschen unter sich wandern, die das Krankenhaus verließen und es betraten.

Heute war Freitag.

Wäre der Unfall nicht passiert, würde Amy ihre Tochter jetzt aus der Vorschule abholen und nach Hause bringen, sinnierte sie und schluckte tief in der Kehle. Freitags war ihr Spaghetti-mit-Hackbällchen-Tag, den Audrey wie nichts anderes auf der Welt liebte. Zusammen standen sie beide an jedem Freitag in der Küche und bereiteten Hackbällchen zu, die sie ausnahmsweise auf der Couch aßen, während ein Trickfilm lief, den sich Audrey stets aussuchen durfte.

Wie oft Amy sich schon Arielle hatte anschauen müssen, wusste sie nicht, da ihre Tochter ein absolutes Faible für die kleine Meerjungfrau hatte. Audrey war dermaßen verrückt nach der Geschichte über die rothaarige Arielle, dass sie sich zu Halloween nicht nur ein Meerjungfrauenkostüm gewünscht hatte, sondern dass Amy beschlossen hatte, ihre Tochter zum Schwimmunterricht anzumelden. Noch hatte es eine Überraschung sein sollen, weil sie für den Schwimmunterricht ein paar zusätzliche Schichten im Restaurant hatte übernehmen und zwei Monate lang sparen müssen, aber eigentlich hätte Audrey im nächsten Monat anfangen sollen, einmal in der Woche in eine Schwimmschule zu gehen.

Amys Herz zog sich zusammen.

Ihr kleines Mädchen, das sie jetzt sicher dafür gescholten hätte, dass sie an den Fingernägeln kaute, wäre über die Aussicht auf Schwimmunterricht vermutlich in Begeisterungsschreie ausgebrochen. Eigentlich war Audrey für alles zu begeistern, ob es nun Hackbällchen, Schwimmunterricht oder eine Gutenachtgeschichte war.

„Komm, setz dich zu mir", rief Eleanore ihr leise zu.

Bevor sich Amy umdrehte, ließ sie von ihren Fingernägeln ab und schlang sich die Arme stattdessen um ihre Mitte. Langsam und niedergeschlagen schlich sie zu ihrer Schwiegermutter, um sich auf den freien Stuhl neben ihr zu setzen. Zwar glaubte sie nicht, dass sie es dieses Mal besonders lange dort aushalten würde, ließ es jedoch auf einen Versuch ankommen.

„Ich halte das nicht aus", flüsterte sie mit einem Kloß im Hals und ließ sich langsam auf den Stuhl sinken. „Wir hätten längst eine Nachricht bekommen sollen.“

„Es wird sicherlich alles problemlos laufen“, bemühte sich Eleanore, sie zu beruhigen.

Amy fuhr sich unsicher über die Lippen und schielte vorsichtig zur Seite, um die freundlichen Augen ihrer Schwiegermutter auf sich ruhen zu sehen. Nicht zum ersten Mal in den vergangenen Tagen fragte sie sich, warum Eleanore Ashcroft dermaßen nett zu ihr war. Eigentlich hätte sie vermutet, dass die ältere Frau ihr die Augen auskratzen oder sie bestenfalls völlig ignorieren würde, jedoch schien Amy in der Frau mit dem lebhaften Gesicht und dem legeren Kleidungsstil eine Befürworterin gefunden zu haben. Sie erlaubte immerhin nicht einmal Patrick, ein annähernd grobes Wort Amy gegenüber fallen zu lassen, und unterband augenblicklich jedes Streitgespräch, das er in den letzten Tagen nur zu gerne angezettelt hätte. Beinahe hätte Amy deshalb ein schlechtes Gewissen bekommen, schließlich suhlte sie sich momentan in einer riesigen Schuldlache.

„Du bist so nett zu mir“, erklärte sie verwirrt. „Ich verstehe das nicht.“

„Wieso verstehst du das nicht?“ Eleanore lächelte schwach und tätschelte ihr die Hand. „Glaubst du, ich müsste mit einer Mistgabel bewaffnet hinter meinem Sohn stehen und mich blutrünstig auf dich stürzen?“

„So ungefähr“, murmelte sie peinlich berührt. Sie wollte die andere Frau nicht vor den Kopf stoßen und flüsterte daher angespannt: „Du müsstest mich eigentlich ... verachten.“

„Ach, Schätzchen.“ Eleanore Ashcroft verzog den Mund zu einem amüsierten Lächeln. „Wie käme ich denn dazu?“

„Aber ...“ Sie stockte und holte tief Luft. „Immerhin habe ich deinen Sohn verlassen und ihm nichts davon erzählt, dass ich schwanger war.“

Die ältere Frau musterte sie unergründlich, bevor sie mit träger Neugierde wissen wollte: „Wusstest du denn, dass du schwanger warst, als du Patrick verlassen hast?“

Bei dem Gedanken, wie sie vier Wochen nach ihrem Auszug in einer überfüllten und lärmenden Sozialstation darauf gewartet hatte, dass ihr jemand mitteilte, warum sie sich kaum auf den Beinen hatte halten können, schüttelte sie den Kopf. „Nein, das wusste ich damals nicht. Ich habe es erst einen Monat später herausgefunden.“

„Du hättest jederzeit zurückkommen können, Amy“, entgegnete Eleanore mit ruhiger Stimme.

Amy fuhr sich über ihre trockenen Lippen. Als die das Ergebnis des Schwangerschaftstests bekommen hatte, war ihr erster Gedanke der gewesen, sofort den erstbesten Bus nach Connecticut zu nehmen und zu Patrick zurückzukehren. Ein wenig war sie sogar froh gewesen, *das* Argument schlechthin zu haben, weshalb sie an ihrer Ehe mit ihm festhalten sollte. Ein Baby in ihrer damaligen Situation zu bekommen, war absoluter Wahnsinn gewesen. Sie hatte kaum Geld, keinen Job, keine Wohnung und keinen Mann an ihrer Seite gehabt. Wenn sie wieder nach Connecticut gefahren wäre, hätte sie sich weder um Geld noch um einen Job noch um eine Wohnung und auch nicht über den Status einer alleinerziehenden Mutter machen müssen.

Aber nur wegen eines Babys zurück zu ihrem Mann zu gehen und all ihre Probleme einfach auszublenden, wäre ebenfalls Wahnsinn gewesen.

Ihre Ehe hatte nicht funktioniert. Nicht einmal drei Monate hatte Amy gebraucht, um einzusehen, dass sie nicht in Patricks Welt passte und dass Patrick sie in jener Welt sowieso nicht haben wollte. Wie hätte sie nur einem Baby zuliebe den Gedanken ertragen sollen, dass ihr Mann ihre Eheschließung bereute und sich für seine Frau schämte? Zwar war Amy hart im Nehmen, aber es gab tatsächlich etwas Schlimmeres, als auf sich allein gestellt zu sein und sich allein um ein Baby zu kümmern – sich ungeliebt und lästig zu fühlen, war weitaus schlimmer.

„Wir hätten dich alle unterstützt", seufzte Eleanore. „Selbst wenn du dich von Patrick getrennt hättest, wäre es selbstverständlich gewesen, dir bei Audreys Versorgung zu helfen."

Amy schluckte schwer. „Ich weiß, dass ... dass ich nicht nur Patrick wehgetan haben muss, sondern auch dir. Du hättest Audrey auch schon als Baby kennenlernen müssen."

„Glaubst du nicht, dass du das mit deinem Mann besprechen solltest?"

„Mein Mann." Amy stieß einen winzigen Laut aus, der sich wie ein krächzendes Lachen anhörte. Anschließend fragte sie unsicher: „Wieso hat er sich nicht scheiden lassen?"

„Auch das solltest du mit ihm besprechen", erwiderte Eleanore weich. „Leider weiß ich nicht, was sich im Kopf meines Sohnes abspielt. Außerdem weiß ich nicht, was damals zwischen euch beiden vorgefallen ist. Daher erlaube ich mir kein Urteil. Von meiner Seite hast du keine Mistgabeln zu erwarten."

Ihre Augen schwammen in Tränen. „Es tut mir leid, Eleanore. Wirklich. Ich habe so viel falsch gemacht."

Eleanore legte den Kopf schief und rümpfte die Nase. „Zu einer Ehe gehören nun einmal zwei Menschen. Was auch immer zu eurem Zerwürfnis geführt hat, wird sicherlich nicht nur von dir ausgegangen sein."

„Du musst mich nicht in Schutz nehmen", murmelte sie schüchtern.

Ihre Schwiegermutter drückte ihre Hand. „Irgendjemand sollte es aber tun, Schätzchen. Findest du nicht?"

Fragend begegnete sie dem Blick ihrer Schwiegermutter.

Diese nickte langsam. „Mir wird bei dem Gedanken ganz anders, dass du dich bisher allein um Audrey gekümmert hast und niemand dir zur Seite stand. Ich kann mir vorstellen, dass die letzten Jahre bestimmt nicht einfach waren."

Amy errötete leicht und murmelte verlegen: „Auch wenn wir nicht im Überfluss leben, ist ... ist Audrey sehr glücklich."

„Das weiß ich doch." Die ältere Frau lächelte traurig. „Und eigentlich dachte ich eher an dich als an Audrey, denn du wirst dich ziemlich abgerackert haben müssen, um ihr eine schöne Kindheit zu ermöglichen."

Mit dem Gefühl, all dieses Lob und diese Rücksichtnahme nicht zu verdienen, schluckte Amy. „Sie ist meine Tochter. Für sie würde ich alles tun. Wenn sie diese OP ..." Sie unterbrach sich und presste eine Hand gegen ihren Mund, konnte den gequälten Laut jedoch nicht unterdrücken, der sich in ihr Bahn brach.

Ihre Schwiegermutter legte einen Arm um sie. „Es wird alles gut werden. Da bin ich sicher.“

Hin- und hergerissen zwischen einem erleichterten Schluchzen und grenzenloser Freude hatte Amy mehrere Minuten gebraucht, um sich zusammenzureißen, als Dr. Fairhaven nach der erfolgreichen Operation ins Wartezimmer gekommen war, um ihr und Eleanore die frohe Botschaft mitzuteilen, dass Audrey den Eingriff gut überstanden hatte und sich bereits im Aufwachraum befand. Auch bei Patrick war es zu keinen Komplikationen gekommen, sodass er sich bereits auf seinem Zimmer befand, wach war und sich nach Aussage einer Krankenschwester augenblicklich nach seiner Tochter erkundigt hatte.

Amy war dermaßen erleichtert, dass ihr schwindelig war.

Sobald Audrey auf ihr neues Zimmer gebracht wurde, das sich zwar ebenfalls auf der Intensivstation befand, jedoch nicht mehr viel mit dem sterilen Glasgefängnis zu tun hatte, in dem sie vorher untergebracht gewesen war, durfte Amy zu ihr.

Noch immer war die Kleine blass, doch die Tatsache, dass sich die Anzahl der Maschinen um sie herum verringert hatte und der Monitor, der ihre Vitalfunktionen anzeigte, in einem beruhigenden

Rhythmus ihren Herzschlag wiedergab, sagte Amy, dass es ihr besser ging.

Vorsichtig setzte sie sich auf die Bettkante, strich Audrey eine schwarze Haarsträhne aus der Stirn und lauschte voller Hoffnung den sanften Atemzügen der Kleinen, während ihre Augen über jeden Zentimeter des zierlichen Puppengesichtes ihrer Tochter glitten. Am liebsten hätte sie Audrey an sich gepresst und sie nie wieder losgelassen. Tatsächlich war dieser Drang dermaßen groß, dass ihre Hände beinahe gezittert hätten, als sie über Audreys Kopf streichelte.

Sie hätte stundenlang dort sitzen bleiben können und störte sich nicht einmal an den Krankenschwestern, die ab und zu das Zimmer betraten, um nach der Infusion oder Audreys Werten zu schauen. Gerade als eine der Krankenschwestern hineinkam und etwas auf Audreys Krankenblatt schrieb, begannen die Augenlider des Mädchens zu flattern. Amy hielt automatisch den Atem an und beugte sich näher zu Audrey, während sie weiterhin über ihren Kopf streichelte.

„Na, da scheint ja jemand wach zu werden“, erklärte die Schwester mit einem fröhlichen Lächeln, legte das Krankenblatt beiseite und machte sich am Monitor zu schaffen.

Auch Amy begann zu lächeln und wisperte: „Audrey? Hörst du mich, mein Schatz?“

Erschöpft öffneten sich die grünen Augen und schlossen sich wieder.

„Sie ist von der Narkose ein wenig benommen“, erklärte die Krankenschwester beruhigend. „Das legt sich meistens sehr schnell.“

Als hätte Audrey lediglich auf ihren Einsatz gewartet, flüsterte sie heiser: „Mommie?“

Vor lauter Erleichterung brauchte Amy einen Moment, um nach Fassung zu ringen. „Hallo, Liebling. Ich bin ja hier.“

Die Krankenschwester nickte Amy aufmunternd zu. „Reden Sie ruhig etwas mit ihr. Ich werde Dr. Fairhaven Bescheid geben, dass Audrey wach ist.“

„Danke“, murmelte Amy und atmete tief durch.

Einige Sekunden später öffnete Audrey wieder ihre Augen, schloss diese erschöpft und blinzelte anschließend verwirrt. „Mommie?“

Amy lächelte beruhigend, streichelte über die babyzarten Wangen ihrer Tochter und beugte sich zu ihr, um sie auf die Stirn zu küssen. „Ich bin bei dir, Liebling. Mommie ist hier.“

„Mommie?“ Ihre Frage ging in einem Gähnen unter.

„Ja“, erwiderte Amy liebevoll. „Ich bleibe bei dir. Ruh dich schön aus, Spatz.“

Die Kleine gähnte ein weiteres Mal, verzog das Gesicht und sah sich anschließend verwirrt um. „Mommie? Wo ... wo sind wir?“, flüsterte sie müde.

„Sch“, flüsterte Amy und schenkte Audrey ein weiches Lächeln. Da Audrey Krankenhäuser nicht wirklich mochte, nachdem sie vor einem halben Jahr in einer Notaufnahme mit einer Nadel traktiert worden war, als ein kleiner Pudel sie in die Hand gebissen und eine Tetanusimpfung nötig gemacht hatte, hätte sie es gerne vermieden, das Wort *Krankenhaus* in den Mund zu nehmen. „Alles wird gut, mein Schatz. Du warst ein bisschen krank, aber bald wird es dir wieder besser gehen.“

Eine Träne kullerte über die runde Kinderwange. „Mommie ...“, schniefte Audrey. „Ich fühle mich … komisch.“

„Ich weiß, Liebling. Sch … bald wird es dir wieder besser gehen“, erwiderte Amy und bemühte sich darum, ihre eigene Hilflosigkeit zu unterdrücken.

Audrey verzog das Gesicht und begann zu weinen. Gleichzeitig flüsterte sie schwach: „Ich will nach Hause, Mommie!“ Dicke Tränen kullerten aus den grünen Augen und blieben an den dichten schwarzen Wimpern hängen. „Bitte ... können wir nach Hause gehen?“

„Oh, Mäuschen!“ Amy drückte ihr einen beruhigenden Kuss auf die Stirn. „Du musst keine Angst haben. Ich bleibe die ganze Zeit bei dir.“

Schluchzend sah das kleine Mädchen auf und wisperte heiser: „Mein ... mein Bauch tut mir weh, Mommie. Ich will so gerne nach Hause!“

„Ich weiß … ich weiß.“ Amy atmete tief durch. „Du musst ganz tapfer sein, Liebling. Bald darfst du nach Hause gehen, aber bis dahin musst du tapfer sein.“

Sehr ernst schaute Audrey sie an, schloss kurz darauf wieder die Augen und stieß müde die Luft aus. „Okay, Mommie.“

Amy streichelte über die tränennasse Wange und spürte, wie auch sie feuchte Augen bekam. „Du bist so ein tapferes kleines Mädchen, Audrey. Ich bin sehr, sehr stolz auf dich.“

„Bleibst du bei mir, Mommie? Hier mag ich es nicht.“

„Natürlich“, entgegnete Amy beruhigend. „Ich bleibe die ganze Zeit bei dir.“

Audrey blinzelte und betrachtete mit müden Augen die blauen Flecke und Abschürfungen, die Amys Gesicht zierten. „Mommie? Was hast du da im Gesicht?“

„Das sind nur ein paar Kratzer.“ Amy lächelte schwach.

„Tun sie weh?“, fragte ihre Tochter besorgt.

„Nein.“ Amy schüttelte den Kopf. „Solange es dir gut geht, geht es auch mir gut.“

Zufrieden nickte Audrey und war gleich darauf wieder eingedöst. Amy wäre vor lauter Erleichterung fast in Tränen ausgebrochen.

Als Audrey das nächste Mal wach wurde, waren nur ein paar Minuten vergangen. Sie war noch immer etwas benommen und müde, beantwortete jedoch alle Fragen, die Dr. Fairhaven ihr stellte, quengelte, dass sie Durst habe, und fragte Amy nach ihrem Kuscheltier, was diese als gutes Zeichen wertete. Während die Fünfjährige mithilfe einer Krankenschwester einen Schluck Wasser trank, nahm Dr. Fairhaven Amy beiseite und sprach davon, dass er vollauf zufrieden sei und Audrey genau beobachten wolle, um etwaige Komplikationen zu verhindern.

Als er zusammen mit der Krankenschwester das Zimmer verließ, fiel Amys Blick auf ihre Tochter, die sich vor lauter Trost den Daumen in den Mund gesteckt hatte und sie mit großen Augen ansah. Innerlich atmete sie tief durch, lächelte schief und setzte sich wieder auf die Bettkante, um über Audreys Haar zu streichen.

Da Audrey ein ausgesprochen aufgewecktes Kind war und ihrer Mutter von morgens bis abends Fragen stellte, befürchtete Amy, dass das folgende Gespräch nicht wirklich glimpflich ablaufen würde.

Angespannt fuhr sie sich über die Lippen. „Audrey? Ich muss dir etwas erzählen. Wirst du mir gut zuhören?“

Wortlos nickte die Kleine und schob ihre freie Hand in Amys.

Entzückt von dieser Geste lächelte Amy und streichelte über die pummelige Hand. „Wir beide hatten einen Autounfall und mussten ins Krankenhaus gebracht werden. Weil du so krank warst, habe ... habe ich deinen Daddy angerufen. Er ist sofort gekommen.“

Als Audrey sie mit immer größeren Augen ansah, stieß Amy den angehaltenen Atem aus. „Audrey?“

„Mein Daddy ist hier?“

Amy nickte und fragte mit gespielt fröhlicher Stimme nach: „Weißt du noch, was ich dir über deinen Daddy erzählt habe?“

„Daddy ist sehr lieb“, entgegnete Audrey augenblicklich und lächelte breit. „Er ist sehr, sehr lieb. Leider muss Daddy viel arbeiten und kann uns deshalb nicht besuchen kommen.“

„Mhm.“ Angesichts der dreisten Lüge, die sie ihrer Tochter aufgetischt hatte, seit diese begonnen hatte, nach ihrem Daddy zu fragen, schämte sie sich schrecklich und schluckte das bittere Schuldgefühl in ihrer Kehle hinunter. „Es ist nur so, mein Schatz. Ich ... ich fürchte, dass ich dich angeflunkert habe.“

„Aber man darf nicht lügen, Mommie“, wisperte Audrey in heller Empörung.

„Ich weiß.“ Mit ihrem Zeigefinger fuhr sie über Audreys winzige Fingerknöchel. „Es tut mir leid.“

Das kleine Gesicht machte eine ängstliche Miene. „Ist Daddy nicht lieb?“

„Doch! Dein Daddy ist wirklich sehr, sehr lieb, aber ... aber er hat uns nie besucht, weil ich ihm nie erzählt habe, dass ... dass es dich gibt, mein Schatz."

Eigentlich hatte Amy nach diesem Geständnis mit bohrenden Fragen gerechnet, die darauf abzielten, warum sie ihm nicht von ihr erzählt hatte, doch Audrey zog ihre eigenen Schlüsse.

Noch mit dem Daumen im Mund wisperte sie zurückhaltend: „Mommie? Du hast mir gesagt, dass Daddy mich lieb hat, aber ... aber wenn er nicht wusste, dass es mich gibt, wie kann er mich dann lieb haben?"

Plötzlich begriff Amy, was Audreys Vorschullehrerin ihr erst vor wenigen Wochen hatte erklären wollen. Anscheinend zog sie ein wirklich extrem schlaues Kind groß.

Mit belegter Stimme versicherte sie ihr: „Als dein Daddy dich zum ersten Mal gesehen hat, hat er mir gesagt, wie hübsch du bist und wie sehr er dich lieb hat, Audrey."

Normalerweise war Audrey in keiner Weise schüchtern oder zurückhaltend, doch jetzt fragte sie mit ihrem Stimmchen scheu: „Darf ... darf ich Daddy sehen?"

„Natürlich", entgegnete Amy weich. „Natürlich darfst du das."

„Und wird er mich mögen?"

Sehr ernsthaft nickte ihre Mutter. „Du musst dir keine Sorgen machen, Liebling. Dein Daddy hat dich jetzt schon wahnsinnig lieb und wird dich großartig finden."

Ein winziges Lächeln voller Erleichterung erhellte das kleine Gesicht.

5. Kapitel

In den vergangenen Jahren hatte Patrick mit einigen schwierigen und sogar brenzligen Situationen zu tun gehabt, doch keine hatte ihn darauf vorbereitet, wie es war, die eigene Tochter kennenzulernen.

Zermürbende Geschäftsverhandlungen mit Großaktionären aus Japan oder nervenaufreibende Zusammenkünfte mit saudischen Prinzen waren ein Kinderspiel im Gegensatz zu seiner momentanen Situation gewesen, in der er zu schwitzen begonnen hatte und sich sein Magen im Kreis bewegte. Dass er kurz davor stand, Audrey kennenzulernen, ließ ihn zu einem nervösen Wrack mutieren, das den Kopf verlor. Nur dank einiger Medikamente war er nachts in der Lage gewesen, einzuschlafen, denn vor Aufregung hätte er ohne die medikamentöse Unterstützung vermutlich kein Auge zugemacht. Neben der Besorgnis, dass die OP gut verlief, dass sich keine Komplikationen einstellten und dass es zu keinen Folgeschäden kam, hatte Patrick begonnen, sich den Kopf darüber zu zerbrechen, ob seine Tochter ihn mögen würde.

Was sollte man einer Fünfjährigen sagen, die gerade eine schwere Operation hinter sich hatte und von jetzt auf gleich ihren Vater kennenlernte?

Und wie sollte er sich vor den Augen seiner Tochter in Mäßigung üben, wenn Amys Anblick ihn aus der Haut fahren ließ?

Wie er von seiner Mom am gestrigen Abend erfahren hatte, hatte Amy der Kleinen bereits von ihm erzählt und ihr versprochen, ihn bald kennenzulernen. Seine Mom hatte an seinem Bett gesessen und ihn angeschaut, als erwarte sie, dass er vor lauter Dankbarkeit in Freudentänze ausbrechen würde. Selbst wenn er nicht vor wenigen Stunden operiert worden wäre, hätte er sich niemals dazu bewegen können, Amy gegenüber Dankbarkeit zu empfinden, geschweige denn vor Freude zu tanzen. Es war ja wohl das Mindeste, dass sie Audrey von ihm erzählt hatte.

Als ob ihr Gespräch mit Audrey ungeschehen machen könnte, was sie ihm mutwillig vorenthalten hatte!

Mit diesem bitteren Gefühl im Bauch saß Patrick am Tag nach der Operation in einem Rollstuhl und ließ sich von einem Krankenpfleger auf die Kinder-Intensivstation fahren, auf der Audrey in den kommenden Tagen beobachtet werden sollte, bis sie auf die normale Station wechseln durfte. Während sein Herz schmerzhaft gegen seinen Brustkorb schlug, bemerkte er Amy, die anscheinend schon auf ihn gewartet hatte und vor einer Zimmertür stand.

Ihr zittriges Lächeln führte dazu, dass sich ein Haufen Wut in seinem Magen bildete und dass er die Schmerzen, die er nach der OP hatte, ausblenden konnte. Niemals zuvor hatte es ein Mensch geschafft, ihn dermaßen wütend zu machen wie sie.

Dabei wollte er nicht wütend werden – nicht jetzt! Nicht kurz bevor er seine Tochter kennenlernte.

„Hallo, Patrick“, begrüßte sie ihn mit ebendiesem zittrigen Lächeln. „Wie geht es dir?“

„Gut“, erwiderte er kurz angebunden und warf dem Pfleger hinter sich einen ungeduldigen Blick über die Schulter zu. „Darf ich wenigstens jetzt alleine gehen?“

Der Mann in dem zartgelben Krankenhaushemd neigte amüsiert den Kopf. „Mr. Ashcroft, wenn Sie mir versprechen, dass Sie mich rufen, sobald Sie zurück auf Ihre Station wollen, dürfen Sie das Zimmer betreten, ohne dafür den Rollstuhl zu benutzen."

Da Patrick weder wie ein Invalide noch wie ein geistig Zurückgebliebener behandelt werden wollte, erwiderte er grollend: „Ich brauche keinen Rollstuhl. Mit meinen Beinen ist alles in bester Ordnung."

Anscheinend ließ sich der Pfleger nicht aus der Ruhe bringen, da er unverändert freundlich erklärte: „Sie hatten gestern eine Operation und werden sich gezwungenermaßen noch ein wenig schonen müssen."

Ächzend kämpfte sich Patrick aus dem grauenvollen Rollstuhl heraus und verfluchte die Tatsache, dass er sich ausgerechnet vor Amy wie ein alter Mann bewegte und zudem auch noch Pyjama und Bademantel trug. „Bis zum Aufzug und zu meinem Zimmer werde ich es auch alleine schaffen."

Aus dem Augenwinkel bemerkte er, wie der Pfleger Amy zunickte, und hörte, wie er laut seufzte. „Ich verlasse mich darauf, dass Sie mich rufen lassen, Mrs. Ashcroft. Ihr Mann sollte unter keinen Umständen auf dumme Gedanken kommen."

Dass Amy auch noch nickte, ließ Patrick die Stirn runzeln. Sobald der Pfleger den Rollstuhl wegschob, knurrte er ihr zu: „Du wirst ihn nicht rufen. Ich kann alleine laufen."

„Um Himmels willen, Patrick", flüsterte sie und schaute ihn besorgt an. „Du solltest auf das Pflegepersonal hören. Erst gestern wurdest du operiert."

Er schenkte ihr einen finsteren Blick, wusste jedoch nicht, was er hätte sagen sollen. Allein ihre besorgte Miene rief in ihm eine Vielzahl unterschiedlicher Gefühle hervor, sodass er lieber nicht darüber nachdenken wollte. Stattdessen räusperte er sich. „Wie geht es ihr?“

„Sie ist immer noch ein wenig müde.“ Die blondhaarige Frau mit den Kratzern und Prellungen im Gesicht, deren dunkle Augenringe davon zeugten, dass sie in den letzten Tagen kein Auge zugetan haben musste, und die dafür verantwortlich war, dass er die Hölle auf Erden erlebt hatte, lächelte weich. „Aber ihr scheint es von Stunde zu Stunde besser zu gehen. Gegessen hat sie heute schon, dann wollte sie eine Geschichte vorgelesen bekommen und hat anschließend ein bisschen geschlafen. Gerade wurde sie wach und hat ein wenig gequengelt, weil sie ihren Zugang nicht mag, aber ... aber als ich ihr gesagt habe, dass du sie besuchen kommst ...“ Sie atmete schwer aus und schluckte. „Seitdem wartet sie gespannt auf dich.“

Er wollte keinen Groll empfinden, weil ihm bei ihren Worten das Herz aufgegangen war. Dennoch schaffte er es nicht, freundlich zu klingen, als er wissen wollte: „Was hast du ihr gesagt? Hat sie nie nach ihrem Vater gefragt?“

„Doch“, entgegnete sie leise und schlang die Arme um sich. „Wenn sie nach dir fragte, habe ... habe ich immer behauptet, dass du sie sehr lieb hättest, aber leider so viel arbeiten müsstest.“

Automatisch spannte er sich an und zuckte zusammen, als seine Operationswunde zu ziehen begann. „*Was* hast du meiner Tochter erzählt? Dass ich so viel arbeiten müsste und deshalb nie da wäre?“

„Patrick“, flüsterte sie alarmiert. „Bitte, nicht hier.“

Vor Wut blähten sich seine Nasenflügel auf, während er das Kinn nach vorne schob. „Wie stehe ich jetzt da?“

Wortlos schüttelte sie den Kopf, bevor sie gebrochen wisperte: „Wie du dastehst? Du hast ihr das Leben gerettet, Patrick. Du ahnst nicht ..."

„Aber was denkt meine fünfjährige Tochter von mir?!" Gerade eben schaffte er es noch, nicht ihren Arm zu packen und sie gehörig zu schütteln. „Sie wird denken, dass sie mir egal sei! Audrey wird denken, dass ich meine Arbeit vor meine Tochter gestellt habe! Ist das die Retourkutsche dafür, dass ich dir damals nichts von meiner Geschäftsreise erzählt habe?"

„Nein!" Abwehrend schüttelte sie den Kopf. „Nein, das ist es nicht! Ich habe nur nie gewusst, was ich ihr hätte sagen sollen."

„Wie wäre es mit der Wahrheit gewesen?", fuhr er sie an und scherte sich nicht darum, ob irgendein Patient oder ein Krankenpfleger ihn hören konnte. „Du hättest ehrlich sein und ihr sagen müssen, dass du einfach verschwunden bist und mir nicht einmal erzählt hattest, dass du von mir schwanger warst!"

„Nur zu deiner Information", erwiderte sie mit funkelnden Augen. „Als ich gegangen bin, wusste ich noch nicht, dass ich schwanger war."

„Macht es das etwa besser?"

Sie starrte ihn an und entgegnete sehr ruhig: „Nein, aber ich glaube nicht, dass die Tatsache, dass du mich auf dem Krankenhausflur vor dem Zimmer unserer Tochter anbrüllst, in irgendeiner Weise nützlich ist."

Patrick schnaubte.

„Aber falls es dir hilft", fügte sie leise hinzu. „Ich habe Audrey gestern erzählt, dass ich sie angelogen habe. Sie weiß jetzt, dass du keine Ahnung von ihrer Existenz hattest und sofort nach Chicago gekommen bist, als sie ins Krankenhaus kam."

„Oh.“

„Patrick.“ Zögernd trat sie einen Schritt auf ihn zu. „Du kannst dir nicht vorstellen, was es mir bedeutet, dass du ihr geholfen hast ...“

„Ich habe es nicht für dich getan, sondern für meine Tochter“, unterbrach er sie grob.

„Das ist mir klar.“ Ihre Stimme klang fest. „Trotzdem wollte ich dir danken.“

Er machte eine unwillige Handbewegung und schaute ihr voll ins Gesicht. „Sie ist nicht nur dein Kind, falls du es vergessen haben solltest.“ Ungeduldig nickte er der Tür zu. „Ich will sie endlich sehen.“

„Okay“, flüsterte sie und drehte ihm den Rücken zu.

Kaum betrat Patrick hinter ihr das Zimmer, war all sein Groll verflogen, denn ein winziges Kindergesicht erhellte sich und strahlte ihn an. Das kleine Mädchen saß gegen ein paar Kissen gelehnt auf seinem Bett, hielt einen Stoffhasen im Arm und schaute ihn aus grünen Augen an.

Patrick besaß gerade noch die Geistesgegenwart, die Tür hinter sich zu schließen, weil er diesen kostbaren Moment mit keinem Zuschauer teilen wollte, bevor er mit ansah, wie Amy ihrer Tochter ein paar Strähnen aus dem Nacken strich.

Ihre Stimme klang so zärtlich wie niemals zuvor. „Liebling, ich habe dir doch versprochen, deinen Daddy mitzubringen. Willst du ihm nicht guten Tag sagen?“

Die Kleine lächelte charmant und krähte so begeistert, als würde sie ihn seit Ewigkeiten kennen: „Hallo, Daddy.“

„Hallo“, murmelte er und spürte, wie er angesichts der fröhlichen Miene seiner Tochter ebenfalls lächeln musste. „Wie geht es dir, Mäuschen?“

„Ganz gut.“ Geradezu vertraulich und ohne jede Zurückhaltung hob sie ihre kleine, pummelige Hand, die er am ersten Tag minutenlang in seiner gehalten hatte. „Aber meine Hand tut weh. Mommie sagt, das muss so sein, weil ich Medizin brauche.“

Er gab einen mitfühlenden Laut von sich, kam näher und konnte sich dem bestrickenden Charme seiner Tochter nicht entziehen. „Deine Mommie hat recht“, erklärte er voller Anteilnahme. „Trotzdem ist es gemein, wenn einem die Hand wehtut.“

Audrey nickte und schaute ihn mit großen Augen an. Als sie an seiner Hand einen ähnlichen Zugang bemerkte, verzog sich ihr kleiner Mund, bevor sie mitleidig seufzte. „Du hast ja auch ein Aua an deiner Hand. Brauchst du auch Medizin?“

„Nur ein bisschen. Es tut auch gar nicht weh.“

Patrick konnte nicht so schnell blinzeln, wie Audrey nach seiner Hand gegriffen hatte und ihn dazu brachte, sich zu ihr auf die Bettkante zu setzen. Eigentlich hatte er mit allem gerechnet, aber nicht mit einem derart offenen und wenig zurückhaltenden Kind, das ihn wie selbstverständlich *Daddy* nannte und keine Berührungsangst hatte.

Während er dicht bei seiner Tochter saß, sprachlos beobachtete, wie sie seine Hand begutachtete und den schwarzhaarigen Schopf senkte, fühlte er ein derartiges Glücksgefühl in sich aufsteigen, dass ihm die Kehle eng wurde.

„Mommie und ich hatten einen Unfall mit dem Auto“, vertraute sie ihm an und schaute ihn mit einem

Stirnrunzeln an, das ihm vage bekannt vorkam, weil er es bereits einige Male an seinem Spiegelbild wahrgenommen hatte.

„Ich weiß, Spätzchen.“ Er warf einen kurzen Blick auf Amy, die noch immer neben Audrey stand, und lächelte ihr seiner Tochter zuliebe zu. „Deine Mommie hat mich angerufen und mir erzählt, dass du in einem Krankenhaus bist. Ich bin sehr, sehr froh, dass es dir schon wieder besser geht.“

Die Versuchung war einfach zu groß, seine Tochter zu berühren, also streckte er eine Hand aus und streichelte mit einer zarten Fingerbewegung über die babyweiche Wange des kleinen Mädchens.

„Wir haben uns große Sorgen um dich gemacht“, fügte er hinzu. „Dass du jetzt schon wieder lachen kannst, macht deine Mommie und mich sehr glücklich.“

Mit einem süßen Lächeln blickte Audrey ihm ins Gesicht und senkte anschließend die Lider. „Mommie hat mir erzählt, dass du sehr lieb bist, Daddy. Sie hat auch erzählt, dass du mich bestimmt magst.“

Obwohl er nicht gut auf Amy zu sprechen war, holte er tief Luft und schaute sie dankbar an. Anschließend richtete er seine volle Aufmerksamkeit wieder auf das kleine Mädchen, das mit ihrem Kuscheltier im Arm auf dem Krankenhausbett saß. „Natürlich mag ich dich, Audrey. Ich mag dich sehr.“

Beim Lächeln präsentierte sie eine kleine Zahnlücke, die ihm vorher noch gar nicht aufgefallen war, und wackelte mit dem einzigen Näschen. „Ich mag dich auch, Daddy.“

Ihm ging das Herz auf, weshalb er mit heiserer Stimme versprach: „Wenn du wieder ganz gesund bist und nach Hause gehen darfst, werden wir sehr viel Zeit miteinander verbringen, Mäuschen."

„Das wäre schön", flüsterte sie glücklich. „Ich hatte noch nie einen Daddy wie die anderen Kinder. Meine Freundin Melly geht mit ihrem Daddy immer ins Schwimmbad. Sie kann schon richtig, richtig gut schwimmen. Kannst du auch schwimmen, Daddy?"

Bestätigend nickte er und gelobte: „Wenn du möchtest, kann ich es dir beibringen, sobald du gesund bist."

„Oh ja!"

Er erinnerte sich daran, was Amy ihm erzählt hatte, und fragte Audrey liebevoll: „Und anschließend könnten wir ein Brot mit Erdnussbutter und Bananen essen. Das mag ich nämlich am liebsten."

Die Kinderaugen waren tellerrund. „Ich auch, Daddy! Das mag ich auch am liebsten!"

„Ach", zog er sie zärtlich auf. „Dabei dachte ich, dass nur ich das so gerne esse."

„Nein, ehrlich!" Audrey seufzte verzückt auf. „Magst du auch die kleine Meerjungfrau Arielle?"

Tatsächlich war er vor knapp zwei Jahren dazu genötigt worden, diesen Film mit seinen Neffen zu sehen, und rief nun im gespielten Erstaunen: „Das ist mein Lieblingsfilm!"

Audrey gluckste begeistert. „Meiner auch, Daddy! Magst du auch Glühwürmchen?"

„Glühwürmchen sind klasse", bestätigte er, woraufhin sie mit einem seligen Lächeln näher an ihn rückte.

Während Audrey ihm anvertraute, dass sie keine Karotten mochte, eine Freundin namens Hope hatte, die wiederum eine getigerte Katze besaß, und dass sie gerne Trickfilme sah, saß Patrick in dem hilflosen Gefühl, sich zum zweiten Mal in seinem Leben Hals über Kopf zu verlieben, neben ihr und bemerkte nur am Rande, dass Amy irgendwann das Zimmer verlassen hatte und sie beide allein ließ.

„Selten habe ich ein so süßes Mädchen gesehen", schwärmte seine Mom und schaute aus seinem Krankenhauszimmer hinaus, während er aufrecht auf seinem Bett saß und an seinem Laptop arbeitete. „Sie ist einfach nur herzallerliebst. Wenn es nach mir gegangen wäre, hätte ich das Zimmer nicht verlassen, sondern wäre einfach dort geblieben. Außerdem ist sie ausgesprochen klug, oder hast du andere Kinder in dem Alter erlebt, die so schön sprechen und so gescheite Dinge von sich geben können?"

Obwohl seine Mom ihn ein wenig nervte, zauberten ihre Worte ein stolzes Lächeln auf seine Lippen.

Das Gefühl, Vater zu sein, war zwar extrem neu und ungewohnt, dennoch war er nicht unempfänglich dafür, diese Worte über seine Tochter zu hören. Auch er fand, dass Audrey nicht hübscher, klüger, charmanter, aufgeweckter und lustiger hätte sein können. Mit anderen Worten fand er seine Tochter unübertrefflich und hätte ebenfalls den ganzen Tag nichts anderes tun können, als an ihrem Bett zu sitzen, ihrem quietschigen Stimmchen zu lauschen und sie ununterbrochen anzustarren. Doch da sich die Fünfjährige zwischendurch ausruhen musste oder zu diversen Tests gebracht wurde, blieb ihm leider nichts anderes übrig, als ab und zu seinen Platz zu räumen und seine Tochter allein zu lassen – so schwer es ihm auch fiel.

In seiner momentanen Situation war der Drang, bei ihr zu sein, dermaßen groß, dass es ihm selbst Angst machte.

Seit er Audrey vor drei Tagen kennengelernt hatte, war er seiner Tochter rettungslos verfallen. Das kleine Mädchen hatte sich rasant in sein Herz geschmuggelt und brachte seine Gefühlswelt komplett durcheinander. Dass Audreys Mutter es vor sechs Jahren auf ganz ähnliche Weise geschafft hatte, ihn dermaßen zu bezaubern, dass er seine Prinzipien quasi über Nacht vergessen und jemanden geheiratet hatte, den er erst seit drei Wochen gekannt hatte, gab ihm zu denken. Doch während seine Gefühle für Amy längst der Vergangenheit angehörten – und Patrick wusste, dass es nichts gab, was ihn jemals dazu bringen würde, Amy zu verzeihen – war ihm klar, dass er Audrey um nichts auf der Welt wieder hergeben würde.

„Und wie höflich sie ist! Amy hat ein ganz feines Mädchen aufgezogen."

Augenblicklich knirschte er mit den Zähnen und warf dem Profil seiner Mutter einen harschen Blick zu, bevor er seinen Laptop zuklappte.

„Mom, willst du mir irgendetwas sagen?"

Sie drehte sich zu ihm um und zog eine Augenbraue in die Höhe. „Wie meinst du das, Patrick?"

Der unschuldige Blick konnte ihn nicht täuschen. „Ich meine, dass du sie nicht ständig erwähnen musst."

„Wen?"

„Amy“, knirschte er mit den Zähnen. „Du weißt genau, dass ich keine Lust habe, ständig ihren Namen zu hören.“

Seine Mutter sah ihn an, als wäre er der größte Idiot, der auf Amerikas Straßen herumlief. „Entschuldige, mein Lieber, aber sie ist immerhin die Mutter deiner Tochter.“

„Sie ist vor allem die Frau, die mir mein Kind verheimlicht hat.“

„Patrick“, seufzte Eleanore Ashcroft schwer und kam von ihrem Platz am Fenster an das Bett, um sich auf den Besuchersessel zu setzen. „Darf ich dir einen Rat geben?“

„Lieber nicht, Mom“, wehrte er ächzend ab. „Wir beide wissen ja, auf wessen Seite du stehst.“

„Liebling“, beschwichtigte sie ihn. „Ich stehe auf keiner Seite ...“

„Du bist meine Mutter“, stellte er fest und hob das Kinn. „Eigentlich bin ich davon ausgegangen, ein bisschen seelische Unterstützung von dir zu erhalten. Stattdessen schlägst du dich auf die Seite der Frau, die mich ohne ein Wort verlassen hat und mich sechs Jahre später anruft, um mir von meiner Tochter zu berichten. Gerade du solltest vor Wut schäumen! Stuart und Barbara tun es doch auch.“

„Was machen Stuart und Barbara?“

Patrick packte seinen Laptop auf den benachbarten Nachttisch und drehte sich anschließend in Richtung seiner Mutter. Unwirsch hob er eine Hand. „Barbara hat mich heute Morgen angerufen, um sich nach Audrey zu erkundigen. Du glaubst nicht, wie aufgebracht sie ist, seit sie gehört hat, dass ich eine Tochter habe, die Amy mir fünf Jahre lang vorenthalten hat.“

„Deine Schwester ist seit ihrer Scheidung nicht in der Lage, rational über Beziehungen, Ehen oder Trennungen zu sprechen, Patrick. Du weißt doch, dass ihr bei diesem Thema schnell einmal die Pferde durchgehen.“

„Dennoch hat sie nicht unrecht!“

Seine Mom stieß ein Seufzen aus, das ihn wütend machte. „Patrick ...“

„Mom“, schnarrte er mit unterdrückter Wut. „Amy hat mir nichts von meiner Tochter erzählt! Was glaubst du denn, was ich davon halte? Und was denkst du, sollte ich tun? Die Hände im Schoß falten und mich artig bedanken, dass sie mich dermaßen hintergangen hat? Was wäre wohl passiert, wenn Audrey nicht ins Krankenhaus gekommen wäre? Vermutlich hätte ich nie von ihr erfahren!“

„Erst einmal solltest du dich beruhigen“, schlug sie leise vor. „Dann solltest du darüber nachdenken, was Priorität hat. Das ist nun einmal Audrey, und ihr wird es nicht guttun, wenn sich ihre Eltern streiten. Allein ihr zuliebe müsst ihr zu einer friedlichen Lösung kommen.“

„Und wie sieht die deiner Meinung nach aus?“ Obwohl er es nicht beabsichtigt hatte, konnte er den verächtlichen Tonfall nicht unterdrücken. „Soll ich mich bedanken, dass sie mich sechs Jahre lang im Unklaren gelassen hat?“

„Nein“, entgegnete seine Mutter fest. „Aber du könntest einmal darüber nachdenken, was du vielleicht falsch gemacht hast. Eine Frau läuft schließlich nicht von jetzt auf gleich weg und verlässt ihren Mann.“

Ungläubig holte er Luft und polterte los: „Ist es etwa jetzt *meine* Schuld, dass ich bis vor wenigen Tagen nichts von meiner eigenen Tochter wusste?“

„Himmel, Patrick, jetzt lass bitte deine Schuldfixierung sein und denk einfach ein bisschen darüber nach, ob du nicht auch Fehler gemacht hast, anstatt deiner Frau alles allein anzukreiden“, wehrte seine Mutter stöhnend ab.

Schnaubend verschränkte er die Arme vor der Brust. „Stuart hat mich davor gewarnt, dass du so reagieren würdest.“

„Dein Bruder“, erklärte seine Mutter mit liebevoller Belustigung, „ist sicherlich nicht der richtige Ansprechpartner für Beziehungstipps, Patrick, schließlich schafft er es nicht, länger als eine Woche mit ein und derselben Frau auszugehen.“

Der Ärger darüber, dass seine Mutter seinen Standpunkt nicht im Mindesten verstehen wollte, ließ ihn folgende Aussage machen: „Aber da er Jurist ist, ist er der richtige Ansprechpartner, um eine Scheidung einzureichen und einen Antrag auf das alleinige Sorgerecht zu stellen.“

Schockiert schnappte seine Mutter nach Luft und setzte sich stocksteif auf. „Patrick Seymor Ashcroft! Du bist doch von allen guten Geistern verlassen!“

„Ganz und gar nicht.“

Abrupt sprang sie auf. „Du kannst einer Mutter nicht einfach das Kind wegnehmen!“

„Wieso?“, ächzte er verbittert. „Das hat sie bei mir schließlich auch getan.“

Ihr Blick versetzte ihm plötzlich einen Schlag in den Magen, denn er sah Entsetzen und Enttäuschung in ihren Augen.

„Mom ...“ Patrick öffnete den Mund, um etwas zu sagen – um sich zu entschuldigen, weil er selbst merkte, dass es mit ihm durchging. Seit Amy wieder aufgetaucht war und ihm von Audrey erzählt hatte, stand sein Leben kopf. Er war gleichzeitig wütend und unglücklich, wollte einerseits etwas zerschlagen und andererseits in ganz schwachen Momenten heulen, und dann war da auch noch das Gefühl, dass er die Kontrolle verlor.

Nein, er würde Amy niemals Audrey wegnehmen. Wenn schon nicht wegen Amy, dann ganz sicher nicht wegen Audrey, weil die Kleine ihre Mutter anhimmelte. Und weil ihm nicht aus dem Kopf wollte, mit welcher Verzweiflung Amy ihn angesehen hatte, als er sie im Krankenhaus wiedergetroffen hatte.

Aber er würde nie wieder auf seine Tochter verzichten.

Patrick wollte sie aufwachsen sehen und *kein lieber Daddy sein, der leider viel arbeiten musste.*

„Ich hoffe, dass du es nicht ernst gemeint hast, Patrick. Oder denkst du wirklich darüber nach, das alleinige Sorgerecht zu beantragen?“

Mit einem schweren Stöhnen fuhr er sich frustriert durch sein Haar. „Du müsstest mich eigentlich besser kennen, Mom.“

„Eigentlich“, flüsterte sie dumpf. „Eigentlich hätte ich für dich meine Hand ins Feuer gelegt und jeder Person eine Backpfeife gegeben, die in meiner Anwesenheit behauptet hätte, dass mein Sohn gefühlskalt ist, aber seit du Amy wiedergetroffen hast, erkenne ich dich manchmal nicht wieder.“

Der Vorwurf hatte gesessen. Patrick verzog das Gesicht. „Das ist unfair, Mom. Ich bin hier das Opfer.“

Sie schüttelte den Kopf. „Dein Problem ist, dass du das Opfer sein willst, weil das sehr viel leichter ist, als sich eingestehen zu müssen, dass man vielleicht doch nicht so unschuldig war, wie man angenommen hat."

Kämpferisch zog er die Augenbrauen zusammen. „Wie soll ich das verstehen?"

„Ich glaube, du weißt sehr genau, wie ich das meine."

6. Kapitel

Seine Tochter saß zufrieden in ihrem Bett und malte ein wenig in dem neuen Buch herum, das ihre Mutter ihr gestern mitgebracht hatte, als er am späten Vormittag zum zweiten Mal an jenem Tag ihr Zimmer betrat. Wie Patrick bereits öfter in den vergangenen zwei Wochen festgestellt hatte, war Audrey ein sehr genügsames Kind, das selten quengelte und das sich über jede Winzigkeit freute. Bekam sie ein Malbuch, bei dessen Anblick die meisten Kinder lediglich gegähnt hätten, war sie Feuer und Flamme. Sein Impuls wäre der gewesen, seine Tochter mit allen Geschenken dieser Welt zu verwöhnen, um ihr zu zeigen, wie lieb er sie hatte, doch dies war nicht einmal nötig. Vermutlich würde er sie an Geburtstagen und zu Weihnachten hoffnungslos beschenken, doch fürs Erste verzichtete er während ihres Krankenhausaufenthaltes auf Geschenke und verlegte sich stattdessen darauf, so viel Zeit wie möglich mit ihr zu verbringen.

Sie beide hatten sich bereits sehr miteinander angefreundet, spielten stundenlang mit ihren Puppen und sahen sich zusammen Trickfilme an. Als sie vor drei Tagen ihr Köpfchen gegen seine Schulter gelehnt hatte und bei einem Zeichentrick über sprechende Hündchen neben ihm eingeschlafen war, hatte es sich angefühlt, als müsse sein Herz vor Vaterstolz platzen. Mit Entzücken nahm er zur Kenntnis, wie selbstverständlich sie ihn Daddy nannte. Mit großer Erleichterung reagierte er auf die ärztlichen Berichte, die davon sprachen, wie sehr sich ihr Gesundheitszustand gebessert hatte und welche

Fortschritte sie machte. Und mit absoluter Entspannung stellte er fest, dass Amy ihm genügend freie Zeit allein mit seiner Tochter zuerkannte.

Auch jetzt fehlte von ihr jede Spur. Am frühen Morgen war sie zur Visite da gewesen, doch nun kurz vor dem Mittagessen saß Audrey allein in ihrem Zimmer.

„Daddy." Audrey strahlte ihn an und schwenkte ihr Malbuch herum. „Schau mal! Ich habe die Kätzchen pink gemalt."

Patrick beugte sich interessiert hinunter, küsste sie auf den Kopf und betrachtete eingehend das bunte Bild. Obwohl er zugegebenermaßen keinen großen Sachverstand besaß, was Kinderzeichnungen betraf, war dies kein typisches Gekritzel. Wie es schien, hatte seine Tochter von ihrer Mutter mehr als nur das hübsche Puppengesicht geerbt.

„Was für ein schönes Bild", lobte er und deutete auf die Sonne, die sie blau gemalt hatte. „Und warum ist die Sonne nicht gelb, Mäuschen?"

„Alle Sonnen sind gelb", beschied sie schulterzuckend, nahm einen Stift in ihre Hand und fuhr fort, ihr Bild zu bearbeiten. „Das ist langweilig, wenn alle Sonnen gleich aussehen."

Was hätte er dagegen schon sagen sollen?

„Weißt du schon, was es gleich zu essen gibt?" Patrick zog sich einen Stuhl heran und setzte sich neben die Kleine. Mittlerweile war sie längst in ein Zimmer auf der Kinderstation verlegt worden und spielte zwischendurch mit anderen kleinen Patienten. Zwar musste sie diverse Medikamente nehmen – darunter Immunsuppressiva –, doch glücklicherweise schlugen sie alle an und waren bisher ohne Nebenwirkungen geblieben.

Ihr Kindergesicht verzog sich zu einer mitleiderregenden Grimasse, während sie verschwörerisch murmelte: „Reis mit Hühnchen und Paprika, aber ich mag keine Paprika.“ Ein winziges Lächeln ließ ihre Mundwinkel heben. „Aber zum Nachtisch gibt es Pudding. Außerdem hat Mommie versprochen, mir später Pommes mitzubringen. Die schmecken im Restaurant nämlich am besten!“

Fragend runzelte er die Stirn. „Restaurant?“

„Mhm“, erwiderte sie abgelenkt und malte eine Blume aus. „Bei Mommies Arbeit. Sie hat gesagt, dass sie bis vier Uhr arbeiten muss und mir dann Pommes mitbringt. Schau mal, Daddy? Soll ich das Häuschen grün malen? Ist dein Haus auch grün?“

Innerlich schnappte er nach Luft, zog die Augenbrauen zusammen und konnte ein Schnauben gerade noch unterdrücken. Jetzt verstand er auch, warum sie nicht mehr rund um die Uhr im Krankenhaus war. Sie ging arbeiten, während Audrey sich die Zeit damit vertrieb, Malbücher vollzukritzeln. Das Gefühl, dass sie seine Tochter vernachlässigte, machte sich unangenehm in seinem Magen breit.

Dennoch setzte er eine fröhliche Miene auf und fragte Audrey vorsichtig: „Schätzchen?“

„Hm?“

„Möchtest du denn, dass Mommie arbeiten geht, während du im Krankenhaus bist?“

Abschätzig verzog sie den Mund, bevor sie schüchtern zu ihm hoch schielte. „Ich will Mommie nicht traurig machen, deshalb sage ich nichts.“

Angesichts ihrer Unsicherheit und ihres Geständnisses wäre er am liebsten an die Decke gegangen und hätte ihrer Mutter allzu gerne die Meinung gegeigt. „Soll ich mit Mommie darüber reden?“

„Aber Mommie muss doch arbeiten, Daddy“, wich sie ihm aus. „Und ich muss ein großes Mädchen sein.“

„Mach dir keine Sorgen, Spätzchen“, murmelte er besänftigend und streichelte ihr über das Haar. „Deine Mommie und ich finden schon eine Lösung.“

Die Lösung bestand darin, eine Stunde später in dem Restaurant aufzutauchen, dessen Adresse Amy den Krankenschwestern gegeben hatte. Dass sie ihm nicht einmal Bescheid gegeben hatte, dass sie dort arbeitete, verdarb ihm ebenso die Laune wie Audreys niedergeschlagenes Gesicht, als sie gestanden hatte, dass sie ihre Mommie lieber bei sich gehabt hätte. War er denn der Einzige, der es unverantwortlich fand, ein krankes Kind stundenlang allein im Krankenhaus zu lassen, während man arbeiten ging? Genau das wollte er Amy klarmachen.

Das Restaurant, das direkt an einer Hauptstraße lag, stellte sich als ein gut besuchtes Diner heraus, in dem zur Mittagszeit Hochbetrieb zu herrschen schien. Alle Tische waren besetzt, ebenso die mit billigem Lederimitat bezogenen Barhocker an der langen Theke. Patrick reihte sich in die Schlange der Wartenden ein und sah sich zweifelnd um.

Als Restaurant konnte dies hier wirklich nicht mehr durchgehen. In dem lang gezogenen Diner, das einem früheren Speisewaggon nachempfunden war, schienen nur noch die unzähligen Fotos an den Wänden die ganze Konstruktion zusammenzuhalten. Das Vinyl auf dem Boden war an einigen Stellen fast nicht mehr existent, während das Mobiliar generell renovierungsbedürftig wirkte. Zudem roch es nach ranzigem Fett.

Als eine Bedienung in einem albernen rosa Kleid mit weißer Schürze und einem Häubchen auf dem Kopf an ihm vorbeistolperte, von einem Gast in Holzfällerhemd und dreckigen Jeans einen Klaps auf den Hintern bekam und unter grölendem Gelächter weiterer Holzfällerhemdtragender das riesige Tablett fallen ließ, platzte ihm der Kragen.

Hier arbeitete Amy?

Hier rackerte sie sich ab?

Eine Arbeit als Kellnerin in einem heruntergekommenen Diner hatte sie ihm vorgezogen?

„Rita“, brüllte in diesem Moment ein beleibter, schnaufender Typ hinter der Theke die Bedienung an, die ein ganzes Tablett leerer Gläser fallen gelassen hatte, weil der Armleuchter im Holzfällerhemd ihr auf den Hintern geschlagen hatte. „Räum die Sauerei weg, Mädchen! Aber dalli, damit ich es dir nicht vom Lohn abziehen muss.“

Empört darüber, wie die Angestellten behandelt wurden, verfinsterte sich Patricks Miene in genau dem Moment, in dem Amy mit einem riesigen Tablett beladen aus der Küche kam. Sie wirkte viel zu zierlich und viel zu schwach, um die Anzahl an voll beladenen Tellern vor sich her zu tragen. Außerdem trug auch sie dieses alberne Kleid samt Schürze und Häubchen, das Patrick in Rage versetzte. Immerhin war sie seine Frau! Und seine Frau hatte es nicht nötig, eine Uniform zu tragen, die irgendwelche Idioten zum Anlass nahmen, ihr auf den Hintern zu hauen. Außerdem widerstrebte ihm dieses hässliche Häubchen, das sie zu einer Haushaltshilfe des 19. Jahrhunderts degradierte.

Noch hatte sie ihn nicht bemerkt, da sie fast schon im Laufschritt an genau den Tisch eilte, an dem ein Haufen lechzender und blökender Holzfäller-Heinis saß.

Patrick spannte automatisch seinen Körper an, als sich die widerlichen Kerle anzüglich angrinsten, von Amy bedient wurden und über die furchtbarsten Tischmanieren verfügten, die ihm jemals untergekommen waren.

„Hey, Süße! Noch ein Bier für mich. Zack, zack!“ Einer der Kerle schlug nun auch Amy auf den Po.

Mit einem Knurren schoss Patrick aus der Warteschlange heraus, schob Amy, die bei dem Schlag empört gekeucht hatte, beiseite und baute sich vor den fünf Hinterwäldlern auf. Er wusste, dass er keine Chance gegen sie gehabt hätte, zumal er noch immer lädiert war, aber seine Wut ließ ihn jegliche Vernunft vergessen.

„Lass deine Hände von ihr“, raunte er dem Typen hitzig zu, dem nicht nur der linke Schneidezahn fehlte, sondern der vermutlich nur einmal im Jahr ein Bad nahm.

„Was willst du Schnösel denn von mir?“, wollte der Hinterwäldler großkotzig wissen und bohrte sich zwischen den Zähnen herum. „Ich kann mit ihr machen, was ich will.“

Patrick ballte seine Hände und trat einen Schritt nach vorne. „Falsch! Sie ist meine Frau, also wirst du deine dreckigen Pfoten gefälligst von ihr lassen. Verstanden?“

Neben ihm keuchte Amy erschrocken: „Patrick, bitte ..."

Der gleiche beleibte Typ hinter der Theke, der soeben bereits die Kellnerin namens Rita angebrüllt hatte, schnauzte nun: „Amy! Was geht da vor sich? Du sollst hier bedienen und keinen Kaffeeklatsch halten."

Amy trat dicht neben ihn, zog an seinem Ärmel und flüsterte aufgeregt: „Bitte, Patrick. Könntest du bitte gehen? Ich muss arbeiten ..."

„Aber nicht hier!" Aufgebracht drehte er sich zu ihr um und schaute in ihr erschrockenes Gesicht. All seine Wut richtete sich plötzlich gegen sie, weshalb er sie anfuhr: „Was tust du hier? Du müsstest im Krankenhaus sein und nicht in diesem Rattenloch arbeiten!"

Sie erstarrte buchstäblich und starrte ihn fassungslos an, bevor sie abwehrend den Kopf schüttelte. „Pst! Könntest du bitte leiser sein?"

Darauf ging Patrick gar nicht ein, sondern verengte die Augen. „Ich hätte dich nicht für derart verantwortungslos gehalten, dass du Audrey allein lässt!"

„Verantwortungslos?", keuchte sie. „Wovon sprichst du?"

Er senkte seinen Kopf. „Meine Tochter ..."

„*Unsere* Tochter", korrigierte sie ihn aufgebracht und schien endlich ihre Sprache zurückgefunden zu haben, da auch sie die Stimme erhob. „Unsere Tochter weiß, dass ich arbeiten gehen muss, also wage es nicht, mir hier Vorhaltungen zu machen."

„Amy", brüllte der Mann hinter der Theke. „Was soll dieser Aufstand? Ich dulde keine Privatgespräche!"

Patrick beobachtete ungläubig, wie Amy zusammenzuckte und ängstlich den Kopf einzog. An ihn gerichtet flüsterte sie geradezu flehend: „Patrick, ich bitte dich. Es geht um meinen Job. Können wir ...?“

Mit einem Kopfschütteln unterbrach er sie, packte ihren Arm und erklärte kategorisch: „Du bleibst nicht hier. Ich lasse nicht zu, dass du in dieser Absteige arbeitest, in der du von irgendwelchen Hinterwäldlern belästigt wirst!“

„Lass mich los“, empörte sie sich keuchend. „Was tust du denn?“

Ihm war es egal, dass sie mittlerweile die Aufmerksamkeit des ganzen Diners auf sich gezogen hatten, dass der Mann, der anscheinend ihr Chef war, vor lauter Wut Schaum vor dem Mund hatte, und dass sie an seinem Arm zerrte. Patrick konnte nur daran denken, dass die Mutter seiner Tochter nicht in einem Diner arbeiten sollte, in dem ihr auf den Po geschlagen und in dem sie wie eine Dienstmagd herumkommandiert wurde.

„Hol deine Sachen.“ Er zog sie an sich und schaute ihr in die schreckgeweiteten Augen.

„Nein, jetzt geh endlich.“

„Ich lasse nicht zu, dass du in diesem Rattenloch arbeitest!“

„Hey!“, empörte sich ihr Chef. „Halten Sie Ihre Klappe!“

„Wir gehen“, bestimmte Patrick und sah Amy auffordernd ins Gesicht.

Ihre Augen blitzten wütend. „Du kannst mir nicht sagen ...“

In diesem Augenblick rief der dickliche Mann hinter der Theke: „Amy, das war es jetzt! Du bist gefeuert."

Sie schnappte nach Luft. „Aber ..."

„Gut!" Patrick nickte befriedigt. „Lass uns gehen!"

Er schaffte es, sie aus dem Diner zu bugsieren, achtete nicht auf ihren Protest und rief ein Taxi.

„Was hast du bloß getan?" Amy starrte Patrick fassungslos an, während er neben ihr in einem Taxi saß und dem Fahrer die Adresse des Krankenhauses sagte. Wie betäubt schüttelte sie den Kopf und presste ihre Tasche an sich. „Weißt du, was du gerade getan hast?"

Er schnaubte und warf ihr einen verächtlichen Seitenblick zu. „Was ich getan habe? Was hast du in diesem Loch gemacht?"

„Ich habe gearbeitet!"

„Du hast dich betatschen lassen!"

Amy unterdrückte das Schluchzen, das in ihr aufsteigen wollte, und entzog ihm ihren Blick. Stattdessen blickte sie stoisch aus dem Fenster des Taxis und versuchte die Fassung zu bewahren, obwohl ihr Tränen der Wut in die Augen stiegen und ein dicker Kloß in ihrem Hals schmerzte.

Was hatte Patrick bloß getan? Und was hatte er sich dabei gedacht, einfach im Diner aufzutauchen und sie vor ihren Gästen, Arbeitskollegen und ihrem Chef so zu behandeln? Jetzt war sie ihren Job los, der nicht nur Grundlage ihres Lebensunterhalts war, sondern den sie schon seit fast vier Jahren hatte. Es mochte ein

Knochenjob gewesen sein, einige der Gäste mochten widerwärtig sein und ihr Chef mochte noch nie etwas von einer Gewerkschaft gehört haben, aber sie hatte immer pünktlich ihren Lohn bekommen, hatte Extraschichten einlegen können, wenn sie zusätzliches Geld gebraucht hatte, und das Beste war die Tatsache gewesen, dass sie sogar Audrey hatte mitnehmen können, wenn kein Babysitter Zeit gehabt hatte. Während sie Essen servierte, hatte Audrey im Hinterzimmer spielen dürfen. Perfekter ging es gar nicht!

Doch Patrick hatte ihr diesen Job mit seinem Auftritt vermasselt. Woher sollte sie auf die Schnelle einen ähnlichen Job herbekommen? Für diesen Monat sollte das Geld reichen, um die Miete und alle anderen Rechnungen zu bezahlen, aber im nächsten Monat ...

Zu allen bisherigen Sorgen musste sie sich jetzt auch noch darum Gedanken machen, dachte sie in einem Anfall von absoluter Erschöpfung.

Als das Auto anfuhr, presste sie ihre Stirn gegen das Fenster und wünschte sich, wenigstens für einen Tag ihre Sorgen vergessen zu können. Seit fast drei Wochen bekam sie kaum ein Auge zu, sie hatte keinen Appetit und kam einfach nie zur Ruhe. Sie machte sich Sorgen um Audrey, rechnete im Kopf nach, welche Rechnungen sie bezahlen musste und welche vielleicht noch warten konnten, und dann plagte sie das schlechte Gewissen, dass sie Audrey alleine lassen musste, um endlich wieder zu arbeiten.

Außerdem war da noch Patrick.

Bei jeder Begegnung zeigte er ihr deutlich, dass er sie verachtete. Meistens sprach er kaum ein Wort mit ihr, ohne dabei den Eindruck zu erwecken, sie am liebsten zum Teufel zu jagen. Sein Verhalten tat ihr nicht nur weh, sondern deprimierte sie. Natürlich hatte sie sich falsch benommen. Es war nicht richtig gewesen, ihm Audrey vorzuenthalten, und sie konnte sogar nachvollziehen, woher seine Wut stammte, aber da sie beide einander vor sechs Jahren so viel bedeutet hatten und da Patrick der einzige Mann war, den sie jemals geliebt hatte, schmerzte seine Ablehnung.

„Weißt du eigentlich, wie ich mir vorkomme, wenn ich sehen muss, dass du dort arbeitest?“ Seine finstere Stimme durchbrach ihre schmerzhaften Gedanken.

Müde ließ sie die Schultern sinken und fragte ihn, ohne damit aufzuhören, aus dem Fenster zu schauen: „Was hat mein Job mit dir zu tun?“

„Du bist meine Frau und hast es nicht nötig, dich in einem heruntergekommenen Diner von irgendwelchen Gästen betatschen zu lassen.“

Amy schluckte schwer und murmelte am Rande eines Nervenzusammenbruchs: „Du hast einen völlig falschen Eindruck bekommen. Normalerweise machen unsere Gäste so etwas nicht.“

„Das ist alles, was du dazu zu sagen hast?“

Auf seine hitzige Frage reagierte sie mit einem Seufzer. „Was soll ich dazu sagen, Patrick? Wenn es deinen Stolz verletzt, dass ich arbeite ...“

„Und ob es meinen Stolz verletzt“, unterbrach er sie aufgebracht. „Weißt du eigentlich, wie peinlich es ist, dass du in so einem Loch arbeiten gehst?“

„Peinlich?“ Sie sah ihn nun doch an und runzelte verwirrt die Stirn. „Warum sollte *dir* das peinlich sein?“

Er warf die Hände in die Luft. „Du bist immer noch meine Frau, verdammt noch mal! Wie komme ich mir denn vor, wenn du einem Knochenjob nachgehst, obwohl ich Geld im Überfluss habe?“

Sie wollte darüber nicht diskutieren und sich von ihm nicht anhören müssen, dass er ihr Geld geben könnte. Stattdessen fuhr sie ihn an: „Es war ein guter Job!“

„Für mich sah das ganz anders aus!“

Amy biss die Zähne zusammen, schaute in seine stürmischen Augen und hoffte, wenigstens ein bisschen den Mann in ihm zu erkennen, in den sie sich Hals über Kopf verliebt hatte. „Patrick, dieser Job *war* gut. Ich bekam meinen Lohn pünktlich und konnte sogar Audrey mitnehmen, wenn der Babysitter keine Zeit hatte!“

Anscheinend hatte sie das Falsche gesagt, da eine Ader auf seiner Stirn zu pochen begann. „Willst du mir sagen, dass du Audrey mit in diesen Laden genommen hast?“

Sie warf ihre Hände in die Luft. „Es ist doch nur ein Restaurant! Ein ganz normales Restaurant! Was regst du dich darüber auf? Es ist doch kein Bordell!“

„Das erlaube ich nicht! Meine Tochter ...“

„*Unsere* Tochter, Patrick, *unsere* Tochter“, schrie sie ihn nun an und ignorierte den Taxifahrer, der ganz nebenbei das Radio leiser stellte. „Sie ist *unsere* Tochter!“

„Eine Tatsache, die du in den vergangenen fünf Jahren sehr gerne verdrängt hast“, brüllte er nun und rückte sein Gesicht näher an ihres heran.

Obwohl er wütend war, vor Zorn bebte und finsterer als ein blutrünstiger Krieger aus dem Mittelalter wirkte, hatte Amy komischerweise keine Angst vor ihm. „Was soll ich tun?“, fragte sie ihn verzweifelt. „Was soll ich tun, damit du mir das nicht alle fünf Minuten vorwirfst?"

„Wenn es so einfach wäre ..."

„Patrick." Beinahe hätte sie geweint. „Was soll ich tun? Sag es mir ..."

„Denkst du nicht, dass es dafür zu spät ist?" Er atmete schwer, während der Schwung seines Kiefers deutlich hervorstach. „Was soll das jetzt noch bringen?"

Seine Worte versetzten ihr einen Stich mitten ins Herz. Amy wollte sich nicht anmerken lassen, wie sehr er sie verletzte, und fragte heiser: „Audrey sollte nicht ..."

„Audrey sollte vor allem eins nicht", unterbrach er sie hart. „Sie sollte nicht mit ansehen müssen, wie ihre Mutter anderen Menschen Essen serviert und dabei angefasst wird."

„Du ignoranter Snob", brach es aus ihr heraus, während sie ihm eine Ohrfeige gab, die man vermutlich bis nach New York hören konnte. Tränen rannen ihr über die Wangen. „Wie kannst du so etwas sagen? Ich habe ein Kind versorgt und bin arbeiten gegangen, damit es ihm an nichts fehlte, aber du stellst mich dar, als wäre ich auf den Strich gegangen! Wieso tust du das, Patrick?"

Mit brennenden Augen schaute sie ihn an, sah seine Verwunderung über ihre Reaktion und konnte nicht aufhören zu zittern.

„Amy ..."

„Du bist solch ein Snob", warf sie ihm fassungslos vor. „Im Gegensatz zu den hochwohlgeborenen Frauen deines Freundeskreises, die niemals etwas anderes getan haben, als das Geld ihrer Männer oder Väter auszugeben, musste ich Audreys und meinen Unterhalt selbst verdienen. Dafür wäre ich auch putzen gegangen, aber wage es nicht, mir deshalb Vorwürfe zu machen!" An dem Kloß in ihrem Hals wäre sie fast erstickt, brachte jedoch wütend hervor: „Ich bin froh, dass unsere Tochter weiß, was es heißt, für sein Geld hart arbeiten zu gehen. Und eins sage ich dir, Patrick Ashcroft: Es ist alles andere als schäbig oder peinlich, anderen Menschen Essen zu servieren, wenn man dadurch seinen Unterhalt bestreiten kann!"

Sie hatte mit einer abfälligen Bemerkung gerechnet, doch stattdessen kam nichts.

Rein gar nichts.

Amy wollte nicht nachsehen, ob er vor Wut erstarrt war oder nicht, sondern schloss die Augen, lehnte sich vor und spürte, wie sie zitterte. Für weitere Auseinandersetzungen hatte sie einfach keine Kraft mehr.

„Amy", murmelte er plötzlich bedauernd. „Entschuldige."

„Was?"

„Entschuldige", raunte er heiser. „Du hast völlig recht. Nichts ist daran schäbig oder peinlich, anderen Menschen Essen zu servieren."

Da sie nicht glaubte, dass er seine Worte ernst meinte, schaute sie zweifelnd auf und begegnete seinem düsteren Gesicht. Gleich darauf atmete er schwer.

„Amy, du hättest dir nie Sorgen um Geld machen müssen, wenn du mich angerufen hättest."

Sie schluckte und merkte, dass ihr übel wurde. „Audrey hatte immer alles, was sie brauchte."

Sehr vorsichtig entgegnete er: „Das mag schon stimmen, aber für dich wäre es um einiges leichter gewesen."

Die Angst, dass sie sich vor ihm die Blöße geben könnte, sich übergeben zu müssen oder die Besinnung zu verlieren, wuchs von Sekunde zu Sekunde. „Patrick“, bat sie ihn unter Tränen. „Ich möchte jetzt nicht darüber reden.“

„Du siehst nicht gut aus“, stellte er fest, ohne dabei gehässig zu klingen. „Falls du es vergessen hast, aber auch du hattest einen Autounfall.“

„Ich weiß“, murmelte sie und gab zu, weil sie sich vor ihm ohnehin nicht noch mehr hätte erniedrigen können: „Aber wie soll ich im nächsten Monat die Miete bezahlen? Glaub mir, wenn ich könnte, würde ich nicht für eine Sekunde von Audreys Seite weichen.“

„Scheiße, Amy“, fluchte er lautlos und rutschte näher an sie heran. „Wieso sagst du denn nichts?“

„Wieso?“ Sie schniefte, zitterte und warf ihm einen ängstlichen Blick zu. „Glaubst du, dass ich unter diesen Umständen zu dir komme und dich nach Geld für meine Miete frage? Auch ich habe meinen Stolz.“

„Aber du hast eine Tochter, die dich braucht“, warf er erschreckend ruhig ein. „Ihretwegen solltest du auf deinen Stolz pfeifen. Wir werden darüber auch kein Wort verlieren. Versprochen.“

Gequält murmelte sie: „Das ist unfair, Patrick. Du weißt, dass Audrey wichtiger als alles andere für mich ist.“

Er nickte ernst. „Deshalb solltest du bei ihr im Krankenhaus sein, denn sie möchte ihre Mom gerne bei sich haben.“

Nach einer winzigen Pause nickte sie. „Okay. Danke.“

Seine grünen Augen forschten neugierig in ihren.

Amy konnte sehen, dass auch er schluckte, da sich seine Kehle bewegte, bevor er sich räusperte.

„Hör zu, Amy, wir sollten darüber reden, was wir machen, wenn Audrey entlassen wird, was schon in der nächsten Woche passieren könnte."

Voller Schrecken ahnte sie, was jetzt kommen würde. Sie hatte gewusst, dass er früher oder später über eine Scheidung und darüber, wo Audrey aufwachsen sollte, mit ihr reden würde, aber niemals hätte sie vermutet, dass dieses Gespräch in einem Taxi stattfinden könnte.

Bevor sie jedoch etwas hätte antworten können, seufzte er schwer. „Ich hätte gerne, dass Audrey für eine Weile nach Connecticut kommt. Dort wird sie sich in Ruhe erholen können, in New York gibt es genügend Spezialisten, die sie betreuen können, und zudem hätte ich die Gelegenheit, sie besser kennenzulernen."

„Ich ... ich weiß nicht", antwortete sie durcheinander. „Sie ist erst fünf und ohne mich ..."

„Du sollst natürlich mitkommen", unterbrach er sie und wirkte mit einem Mal verletzlich. „Amy, ich kann sie jetzt nicht allein lassen, verstehst du? In Connecticut könnte sie ..."

„Okay", fiel sie ihm leise ins Wort und nickte zustimmend. „Wir kommen mit nach Connecticut."

7. Kapitel

Es war beinahe wie ein Déjà-vu.

Amy stand vor dem Flughafengebäude in New York und betrachtete die wartende schwarze Limousine mit gemischten Gefühlen. Einerseits stieg ein beklemmendes Gefühl in ihr auf, als sie daran dachte, wieder in New York zu sein und gleich nach Connecticut zu fahren, andererseits war Audreys Begeisterung ansteckend. Ihre Tochter fröhlich, lächelnd und vor allem putzmunter zu erleben, ließ alles andere verblassen. Wenn sich Amy vorstellte, dass sie vor fast einem Monat darum gebangt hatte, dass Audrey wieder gesund würde, konnte sie es kaum glauben.

Langsam war in den vergangenen Tagen auch diese allumfassende Panik verschwunden, die sie trotz des guten Operationsverlaufs immer noch empfunden hatte. Die Ärzte waren sehr zufrieden mit Audreys Gesundheitszustand und hatten sie mit einem guten Gefühl entlassen.

Für sie hatte das bedeutet, dass ihrer Reise nach Connecticut nichts mehr im Wege stand. Seither war Amy vor Nervosität ganz schlecht, auch wenn sie vor Audrey ständig davon sprach, wie sehr es ihr bei ihrem Daddy gefallen würde. Für die Kleine war die Tatsache, das Zuhause ihres Vaters kennenzulernen und den Rest der Familie zu treffen, sehr aufregend, doch für ihre Mutter dagegen war es ein wenig wie ein Albtraum.

Vor sechs Jahren war sie schließlich nicht grundlos gegangen. Obwohl sie Patrick mehr als alles andere geliebt hatte, hatte es zwischen ihnen einfach nicht gepasst. In seiner Welt hatte sie sich nicht wohlgefühlt und irgendwann auch begonnen, sich zu fragen, ob sich Patrick mit einer Frau an seiner Seite wohlfühlte, die von seinem Bekanntenkreis dermaßen auffällig als Erbschleicherin betrachtet wurde. Zwar hatte sie es ihm niemals gesagt, aber sie hatte erfahren, was über sie erzählt worden war. Außerdem hatte sie ebenfalls erfahren, dass er in seinen Geschäftskreisen zu einer Witzfigur mutiert war, weil er nach drei Wochen eine Frau geheiratet hatte, die er kaum kannte und von der er nicht einmal einen Ehevertrag verlangt hatte.

Amy nahm ihm nicht einmal übel, dass ihm ihre Ehe bei all diesen Gerüchten und dem Druck, der auf ihm geruht hatte, irgendwann lästig geworden war. *Amy* war ihm lästig geworden, und er hatte ihr gezeigt, dass er ihre Heirat bedauert hatte, indem er immer länger gearbeitet, ihr immer weniger Aufmerksamkeit geschenkt und immer häufiger mit ihr gestritten hatte. Anfangs hatte sich Amy eingeredet, dass die vielen Abende, die er erst spät in der Nacht nach Hause gekommen war, lediglich eine Phase seien, doch über kurz oder lang war ihr nichts anderes übrig geblieben, als der Wahrheit ins Auge zu sehen.

Sie hätten niemals heiraten dürfen. Aus ihrer übersprudelnden Verliebtheit war relativ schnell Ungeduld und Unverständnis geworden, weil sie aus völlig verschiedenen Welten gekommen waren. Amy hatte nicht warten wollen, dass sich aus Patricks Gereiztheit Abscheu entwickelte.

Auch sie hatte Fehler gemacht und war nicht unschuldig daran, dass ihre Ehe zerbrochen war.

„Mommie?“, riss Audreys flüsternde Stimme sie aus ihren Gedanken. „Ist das Daddys Auto?“

Sie nickte schwach und dachte daran, welche Augen ihre Tochter machen würde, wenn sie das Haus ihres Daddys sehen würde. Im Gegensatz zu ihrem winzigen Appartement in einem Wohnkomplex würde Audrey Patricks Haus für ein Märchenschloss halten.

Vor sechs Jahren war es ihrer Mutter immerhin nicht anders ergangen.

Von der vielen Aufregung völlig erschöpft ließ sich Audrey wenige Augenblicke später von ihrem Dad in die Limousine setzen, schaute sich auch dort mit großen Augen um und schmiegte sich an Amy, als sich diese neben sie setzte. Mit quietschender Stimme kommentierte sie jede Entdeckung, schaute staunend aus dem Fenster und wurde nicht müde, sich von ihrem Dad alles erklären zu lassen, was sie interessierte.

Die Fahrt nach Connecticut schien ewig zu dauern.

Amy schaute währenddessen aus dem Fenster, nahm die schöne Landschaft im Süden Connecticuts wahr und hörte belustigt zu, wie Vater und Tochter miteinander redeten. Die beiden waren bereits nach wenigen Tagen ein Herz und eine Seele gewesen und machten mittlerweile nicht den Eindruck, auch nur einen Tag in ihrem Leben getrennt gewesen zu sein. Voller Erleichterung stellte Amy immer wieder fest, dass Patrick zu Audrey nicht herzlicher, liebevoller und aufmerksamer hätte sein können. Es würde den beiden guttun, in den nächsten Wochen viel Zeit miteinander zu verbringen. Außerdem war es für Audrey tatsächlich viel besser, sich wohlbehütet in einem schönen Haus im Grünen von den Strapazen ihres Krankenhausaufenthaltes zu erholen.

Sanft streichelte sie über Audreys Rücken, während diese sich zu ihrem Dad beugte, um aus dem

Fenster zu schauen, als sie durch das große Eingangstor fuhren, um auf das Gelände der Ashcrofts zu kommen. Genau wie Amy vor sechs Jahren öffnete auch Audrey staunend den Mund.

„Fahren wir durch einen Park, Daddy?“

„Nein, mein Spatz“, lachte Patrick gutmütig. „Das ist kein Park, sondern unser Garten.“

„So einen großen Garten habe ich noch nie gesehen! Musst du den Rasen ganz alleine mähen?“

Prustend schüttelte der hochgewachsene Mann mit den rabenschwarzen Haaren und dem großzügigen Lächeln den Kopf. „Nein, das muss ich nicht. Zum Glück habe ich etwas Hilfe.“

„Ich kann dir auch helfen“, bot Audrey eifrig an. „Wenn Mommie die Wohnung aufräumt, helfe ich ihr auch immer.“

„Gut zu wissen“, fügte er amüsiert hinzu und nahm Audrey auf den Schoß, um sie auf Bäume, Blumen und auf das große Haus aufmerksam zu machen, dem sie sich stetig näherten.

Mit einem Kloß im Hals betrachtete Amy verstohlen das Gespann neben sich, bemerkte das glückliche Gesicht ihrer Tochter, während sie sich an ihren Daddy schmiegte, und musterte auch Patrick, der einen Arm um Audrey geschlungen hatte, während er mit der anderen Hand nach draußen zeigte. Dass die beiden zusammengehörten, erkannte man nicht nur an der gleichen Haarfarbe, den identischen grünen Augen oder der ähnlichen Kopfhaltung.

„Daddy, schau mal! Da steht Grandma“, rief Audrey aufgeregt, als sie ihre Großmutter entdeckte, die gerade das Haus verließ und die Freitreppe hinunterlief.

Eleanore war bereits vor zwei Wochen abgereist und hatte nach eigener Auskunft eine tolle Überraschung für ihre Enkeltochter vorbereitet. Was das war, konnte Amy nur vermuten, aber sie dankte ihrer Schwiegermutter von Herzen, dass sie sich so viel Mühe gab, um Audrey das Gefühl zu geben, willkommen zu sein.

Dass sich Audrey wohlfühlte, erkannte Amy an der Begeisterung, mit der sie aus dem Auto sprang und ihrer Großmutter um den Hals fiel.

„Grandma! Ich saß in einem Flugzeug! Und ich habe zwei Kissen bekommen! Saft habe ich auch bekommen und Cracker!“

Belustigt stieg Amy ebenfalls aus, warf einen kurzen Blick auf die eindrucksvolle Fassade des Hauses, das für wenige Monate ihr Zuhause gewesen war, und atmete tief durch.

Währenddessen erging sich Audrey in unendlichen Beschreibungen zu der aufregenden Reise hierher. Für ein Kind, das bislang nie über die Stadtgrenzen von Chicago gekommen war, war der Flug ein außergewöhnliches Abenteuer gewesen.

Gerade als Audrey darüber sprach, wie viele Wolken sie vom Flugzeug aus gesehen hatte, bemerkte Amy, die schräg hinter ihrer Tochter stand, dass noch jemand das Haus verließ und in langsamen Schritten die Treppe hinunterkam.

Ihr Schwager war in den vergangenen sechs Jahren erwachsen geworden, trug nun einen seriösen Anzug und hatte die knabenhaften Züge mittlerweile verloren, die sein Gesicht früher lausbubenhaft hatten wirken lassen. Wie sein Bruder war er hochgewachsen, breit in der Schulter und extrem attraktiv. Außerdem schien er ähnlich wie Patrick nicht gut auf sie zu sprechen zu sein, da seine Augen sich zu finsteren Schlitzen verzogen, als sich ihre Blicke begegneten.

Eleanore, die Amy vor wenigen Augenblicken aufmunternd zugezwinkert hatte, drehte sich zu ihrem Sohn um und erklärte atemlos: „Stuart, schau doch, wer endlich das Krankenhaus verlassen durfte und uns jetzt besucht.“

Erleichtert stellte Amy fest, dass ihr Schwager beim Anblick der Kleinen breit grinste, bevor er direkt vor Audrey in die Hocke ging.

„Hallo, Audrey, ich bin dein Onkel Stuart. Grandma hat mir schon so viel von dir erzählt und dein Dad hat mir Fotos von dir geschickt. Wie geht es dir denn, Mäuschen?“

Angesichts des charmanten Lächelns ihrer Tochter befürchtete Amy, dass Audrey in späteren Jahren mehr Männern den Kopf verdrehen würde, als gut für sie war. Dennoch pochte ihr Mutterherz vor Stolz, als die Kleine mit piepsiger Stimme erklärte: „Jetzt geht es mir schon vieeeeeeel besser. Ich durfte mit Mommie und Daddy in einem Flugzeug sitzen und habe so viele Cracker bekommen, wie ich wollte.“

„Aha“, entgegnete Stuart weich. Anscheinend war der junge Mann extrem kinderlieb und gut vorbereitet, weil er aus seiner Tasche ein Bonbon zauberte, das Audrey mit Verzückung nahm.

Während die Kleine mit einem seligen Lächeln das Bonbon in den Mund steckte, legte ihr Onkel den Kopf schief und fragte neugierig: „Was hältst du davon, wenn wir vielleicht in nächster Zeit einen Ausflug machen? In der Nähe gibt es einen tollen Zoo, den ich dir zeigen möchte, wenn du Lust hast.“

Vermutlich konnte Audrey ihr Glück gar nicht fassen, da sie ihren Onkel anstrahlte und begeistert nickte. „Oh ja! Gibt es dort auch Fische? Ich lieeeeeebe nämlich Arielle, die kleine Meerjungfrau!“

„Wenn du Fische magst, sollten wir das Aquarium besuchen.“ Stuart erhob sich und streichelte seiner Nichte kurz über das Haar. „Vielleicht sehen wir dort ja auch eine Meerjungfrau.“

Audrey platzte vor Aufregung. „Mommie! Ich darf mit Onkel Stuart Fisch ansehen gehen!“

„Toll, mein Schatz“, erwiderte sie weich und schaute kurz darauf zu ihrem Schwager, dem sie ein zurückhaltendes Lächeln schenkte. „Hallo, Stuart.“

Er antwortete nicht, sondern schenkte ihr einen stechenden Blick, bevor er sich abrupt an Patrick wandte und frostig erklärte: „Ich muss wieder ins Büro. Ruf mich heute Abend an, sobald du Zeit hast.“

„Stuart“, rief Eleanore verärgert, doch ihr Sohn schüttelte den Kopf und stapfte wortlos zu einem schwarzen Sportwagen.

Als er davonbrauste, stellte Amy fest, dass sie genau das bekommen hatte, was sie erwartet hatte.

„Bestimmt werde ich mich verlaufen, Mommie“, mutmaßte Audrey, klang jedoch in keiner Weise eingeschüchtert. „So ein großes Haus habe ich noch nie gesehen.“

Lächelnd drückte Amy ihrer Tochter einen Kuss auf den Kopf und forderte anschließend gutmütig: „Arme hoch.“

Augenblicklich gehorchte die Fünfjährige und ließ sich von ihrer Mutter das Nachthemd über den Kopf ziehen, während sie auf ihrem neuen Bett saß und sich wieder und wieder umsah, als könne sie nicht glauben, dass es ihr Zimmer war, in dem sie saß.

Eleanore hatte ganze Arbeit geleistet und den hellen Raum im ersten Stock dermaßen schön renoviert und ausgestattet, dass es Amy Tränen in die Augen getrieben hatte. Niemals zuvor hatte Audrey so ein schönes Zimmer gehabt, das ganz im Meerjungfrauenthema gehalten war. An die Wände waren kunstvolle Bilder mit Fischen, Muscheln und Meerjungfrauen gemalt worden, während die weißen Holzmöbel ebenfalls einem Meermotiv nachempfunden waren. Geschnitzte Wellen oder Muscheln an den Schränken, dem Bett und dem kleinen Tisch, unendlich viel Spielzeug und Vorhänge aus zartem Stoff ließen das Zimmer zu einem wahren Kinderparadies werden.

Audrey musste sich sicherlich wie eine Prinzessin vorkommen.

Beim Anblick der langsam verblassenden Narbe auf dem runden Kinderbauch musste Amy schlucken und sagte sich, dass ihre Tochter all das mehr als verdiente. Vorsichtig zupfte sie an dem weichen Nachthemd herum, strich zärtlich über die pummeligen Arme der Kleinen und umarmte sie anschließend, um sich zu beweisen, dass es Audrey gut ging.

Im Gegensatz zu ihr hatte das Mädchen den Krankenhausaufenthalt anscheinend schon vergessen, da sie neugierig fragte: „Und wenn ich mich doch verlaufe, Mommie?“

„Das wirst du schon nicht“, erwiderte Amy belustigt und löste sich langsam von ihr. „Aber ich bin sicher, dass Daddy dir alle Räume zeigt, wenn du ihn fragst."

„Und wo schläfst du, Mommie?"

„Genau gegenüber." Amy ergriff die weiche Kinderbürste und begann, die langen Locken ihrer Tochter zu kämmen. „Ich lasse dir ein Nachtlicht an, damit du keine Angst haben musst, Liebling. Wenn du mich brauchst, musst du nur über den Flur gehen, wie ich es dir gerade gezeigt habe."

„Und wo schläft Daddy?"

Amy schluckte kurz. Das Gefühl, nicht mehr in *ihrem* Schlafzimmer zu übernachten, sondern in einem anderen Raum, hatte ihr kurz vor Augen gehalten, was sich geändert hatte. Betont geduldig erklärte sie Audrey jedoch: „Daddy schläft am anderen Ende des Flures. Hatte er dir seine Zimmer nicht schon gezeigt?"

„Doch", murmelte sie. „Aber was ist, wenn ich es vergessen habe?"

„Das wirst du schon nicht", widersprach Amy amüsiert und kämmte ihr weiterhin das Haar, bevor sie ihr einen Zopf flocht und dabei lauschte, wie Audrey von den Spaghetti und dem Erdnussbutter-Bananen-Nachtisch schwärmte, das sie abends gegessen hatten. Allem Anschein nach riss sich tatsächlich jeder in diesem Haus ein Bein aus, damit sich Audrey wohlfühlte. Wie erleichtert Amy darüber war, konnte sie gar nicht sagen.

„Jetzt fehlt nur noch deine Medizin", warf sie gespielt fröhlich ein, nachdem sie den Zopf geflochten hatte, und griff nach der Medikamententasche, die sie neben Audreys Bett deponiert hatte.

„Mommie, ich mag meine Tabletten nicht."

„Sie sind wichtig, Audrey“, entgegnete sie ernst. „Du musst sie nehmen, damit du nicht wieder krank wirst.“

„Okay“, flüsterte die Kleine wie ein Märtyrer. „Liest du mir denn trotzdem eine Geschichte vor?“

„Natürlich.“ Amy reichte ihrer Tochter die Tabletten und ein Glas Wasser. Zufrieden sah sie, wie Audrey sie hinunterschluckte, ohne einen größeren Aufstand zu machen, und sich anschließend unter die Bettdecke begab. Schnell räumte sie die Bürste, das Wasserglas und die Medikamente beiseite, bevor sie nach Audreys Lieblingsbuch griff und sich neben sie legte. Da das Bett groß genug war, hätten sie problemlos nebeneinanderliegen können, doch Audrey schmiegte sich eng an ihre Mutter, kuschelte ihren Kopf gegen Amys Brust und schlang ein Ärmchen um ihre Mitte, während sie erschöpft gähnte.

Amy hatte gerade erst damit begonnen, die Geschichte um ein kleines Mädchen mit Zauberkräften vorzulesen, als es leise an der Tür klopfte und Patrick seinen Kopf hineinsteckte.

Augenblicklich begann Amys Herz zu rasen.

„Mäuschen“, rief er leise und erntete einen verschlafenen Blick seiner Tochter. „Ich wollte dir gute Nacht sagen.“

Mit widerstreitenden Gefühlen sah Amy vom Bett aus zu, wie Patrick das Zimmer betrat, weich lächelte und sich anschließend zu Audrey hinunterbeugte, um sie auf die Stirn zu küssen. Dabei kam er ihr so nahe, dass sie nicht nur seinen Geruch wahrnahm, sondern seine Körperwärme fühlen konnte. Mulmig starrte sie einen Moment auf seinen schwarzhaarigen Schopf und konnte nichts gegen die plötzliche Sehnsucht tun, die sich in ihr ausbreitete.

„Schlaf schön, mein Schatz“, murmelte er und streichelte Audrey über die Wange.

Als er seinen Blick hob, sahen sie sich in die Augen und waren sich so nah wie lange nicht mehr, ohne dass Streit in der Luft gehangen hätte. Das dösende Kind zwischen ihnen, das sich den Daumen in den Mund steckte und flüsterte: „Gute Nacht, Daddy“, ließ sie beide lächeln, während sie sich noch immer in die Augen schauten.

Fast gleichzeitig erschraken sie.

Patrick räusperte sich augenblicklich und trat vom Bett zurück. „Hat sie ihre Medikamente genommen?“

Amy nickte. „Ja, das hat sie.“

„Gut, ich ... ich gehe dann.“

„Gute Nacht“, flüsterte sie, erhielt jedoch keine Antwort, sondern sah zu, wie er das Kinderzimmer verließ.

8. Kapitel

„Thompson ist kompetent genug, um meine Aufgaben zu erledigen, Peter“, knurrte Patrick in den Telefonhörer hinein, während er in seinem Schlafzimmer auf und ab tigerte. „Was mischst du dich eigentlich in mein Projekt ein? Mit dem asiatischen Raum hast du überhaupt nichts mehr zu tun, wenn ich dich erinnern darf.“

Die aufgeregte Stimme seines Freundes drang an sein Ohr. „Meine Abteilung spekuliert auf eine Übernahme des britischen Pearson-Konzerns, deren Tochtergesellschaft in China beheimatet ist. Solltet ihr ...“

„Wenn du dir solche Sorgen machst, solltest du Thompson anrufen, aber nicht mich“, unterbrach er Peter grob. „Das liegt in seinen Händen, nicht in meinen.“

„Aber Thompson hat nicht die richtige Erfahrung, um einen vernünftigen Deal zustande zu bringen!“

Patrick machte eine ungeduldige Handbewegung. „Dann lasse ihn meinetwegen auf die Nase fallen! Beim nächsten Mal ...“

„Beim nächsten Mal?“ Peters Stimme nahm einen ungläubigen Tonfall an. „Willst du das Geschäft etwa in den Sand setzen?“

„Ich will meiner Tochter Frühstück machen“, klärte er seinen Freund entschlossen auf und hatte es satt, sich Peters ständige Anrufe gefallen zu lassen. Nur weil Peter kein Privatleben hatte, hieß das nicht, dass auch Patrick nur dafür lebte, in seinem Büro zu sitzen und Videokonferenzen nach Übersee zu führen.

„Eigentlich wollte ich schon vor zehn Minuten in der Küche stehen, doch dein Anruf raubt mir den letzten Nerv! Du weißt, dass ich mir eine Auszeit genommen habe. Also warum klärst du das nicht mit Thompson?“

„Verdammt, Patrick“, blökte Peter. „Du warst über einen Monat in Chicago und ...“

„Peter“, knurrte er bedrohlich und holte tief Luft. „Kein Wort mehr.“

„Ich weiß, ich weiß ... deine Tochter war krank“, ächzte er geringschätzig. „Aber das ist kein Grund, die Geschäfte schleifen zu lassen, zumal es ihr wieder besser geht. Du solltest ins Büro kommen, Patrick.“

Er sollte nur eins tun: seinem Freund in den Arsch treten und ihm durch die Blume zu verstehen geben, dass das immer noch *sein* Unternehmen war, von dem Peter hier sprach. Nur weil er sein ältester Freund war, hieß das nicht, dass Peter ihm Vorschriften machen konnte oder ihm Vorhaltungen machen durfte, weil Patricks Priorität auf seiner Tochter lag. Wenn Peter das nicht verstand, war es sein Problem, aber Patrick würde nicht zulassen, dass Peter in diesem großkotzigen sowie belehrenden Ton über seine Beziehung zu Audrey richtete.

„Was ich tue, hat dich nicht zu interessieren. Meine Tochter hat die oberste Priorität, und ich werde erst dann wieder ins Büro kommen, wenn ich das für richtig halte!“

Wütend legte er einfach auf, warf sein Handy auf das Bett und marschierte anschließend in sein Badezimmer, um sich zu rasieren. Kaum stand er vor seinem Badezimmerspiegel und griff nach der Rasiercreme, steckte Audrey vorsichtig ihren Kopf durch die Tür, um ihn schüchtern anzuschauen.

Augenblicklich erhellte sich seine Miene. „Guten Morgen, Liebling. Hast du gut geschlafen?“

„Sehr gut, Daddy“, flüsterte sie und hielt sich mit ihren Händen am Türrahmen fest, während sie einen nackten Fuß zaghaft über den Boden schwang. Genau wie ihr Vater hatte auch sie sich noch nicht angezogen, doch während Patrick eine lange Pyjamahose trug, steckte sie in einem rosa getupften Nachthemd.

Lächelnd legte er den Kopf schief und begann damit, die Rasiercreme auf seinen Wangen zu verteilen. „Wolltest du mich besuchen kommen und nachschauen, wo ich bleibe?“

„Mhm“, erwiderte sie einsilbig und blinzelte zu ihm hoch.

Fast hätte er gelacht, da sie die Rasiercreme in seinem Gesicht fasziniert musterte. „Ich muss mich noch rasieren. Möchtest du hierbleiben und mir zuschauen?“

Anscheinend war das genau ihr Stichwort gewesen, da sie sofort den Türrahmen losließ und auf den Stuhl kletterte, der neben dem Waschbecken stand.

Während Patrick sich konzentriert rasierte, starrte seine Tochter ihn nicht weniger konzentriert an. Nach einem kurzen Seitenblick wusste er, dass Audrey die Stirn gerunzelt und angestrengt den Mund verzogen hatte.

„Warum machst du das, Daddy? Ist das Sprühsahne?“

Beinahe hätte er sich geschnitten, als er lachen musste. „Nein, das ist keine Sprühsahne“, erwiderte er gutmütig und drehte den Kopf in die andere Richtung. „Das ist Creme. Die brauche ich, um mich morgens zu rasieren.“

„Was passiert, wenn du dich nicht rasierst, Daddy?“

„Dann bekäme ich einen Vollbart“, entgegnete Patrick murmelnd.

„Wie der Weihnachtsmann?“

„So ungefähr.“ Das Bedürfnis, laut loszulachen, wurde immer größer. Räuspernd schränkte er ein: „Vielleicht wäre mein Bart nicht so weiß wie der des Weihnachtsmannes, aber über kurz oder lang hätte ich auch so einen dichten Bart.“

„Ohne Bart mag ich dich lieber“, bestätigte seine Tochter sehr ernst, um ihn gleich darauf zu informieren: „Mommie hat keinen Bart, aber sie rasiert sich die Beine. Rasierst du dir auch die Beine?“

Patrick schüttelte den Kopf und unterdrückte die aufkommende Erinnerung, wie er vor sechs Jahren in einem winzigen Badezimmer mit defektem Wasserhahn gestanden und sich rasiert hatte, während Amy hinter ihm in einer Badewanne gelegen hatte.

Das schien so unendlich lange her zu sein, dass es sich wie ein anderes Leben anfühlte. Seit damals war so viel passiert, dass er sich heute nicht mehr vorstellen konnte, unbeschwert mit Amy Zeit verbracht zu haben.

„Ich muss mich nicht rasieren“, plapperte Audrey weiter. „Aber ich muss mir immer die Füße waschen, weil Mommie sagt, dass man nicht mit dreckigen Füßen ins Bett gehen darf.“

„Oh ja“, bestätigte er ernst und wischte sich den Rest seiner Rasiercreme weg, bevor er das Wasser laufen ließ und sich damit das Gesicht wusch. Anschließend griff er nach einem Handtuch und trocknete sich ab. „Dreckige Füße im Bett dürfen nicht sein. Zeig mal deine her! Sind sie dreckig?“

„Daddy“, kreischte sie fröhlich auf und wollte ihre Füße vor ihm verstecken. „Nicht! Meine Füße sind sauber!“

„Ha“, lachte er und kitzelte sie unter der rechten Fußsohle.

Mit Rücksicht auf ihre Operation hielt er das Toben in Grenzen und verfrachtete sie mit einer einzigen Bewegung in seine Arme, während er kurz ihre Füße packte und sie anschließend in das angrenzende Schlafzimmer trug.

„Meine Füße sind immer sauber“, behauptete sie und ließ sich von ihm auf einen Sessel setzen.

„Gut zu wissen.“ Patrick griff nach einem T-Shirt und schlüpfte hinein. Seine Stimme klang gedämpft, als er lachte: „Kleine Mädchen mit dreckigen Füßen kommen mir nicht ins Haus.“

„Du? Daddy?“

Er zog sich das Shirt über den Kopf, fuhr sich anschließend durch die Haare und suchte Audreys Blick, die ihn forschend ansah. „Ja, Mäuschen?“

„Haben alle Männer Haare auf der Brust?“ Sie streckte die Hand aus und deutete auf seine Brust, über der sich nun ein T-Shirt spannte. „Mommie hat da keine Haare, aber du hast welche.“

Unweigerlich kratzte er sich an der Stirn und hoffte, dass er seiner Tochter nicht den Unterschied zwischen Jungen und Mädchen erklären musste, denn dafür wäre Amy in seinen Augen am geeignetsten. Eine andere Frage setzte sich jedoch in seinem Kopf fest, und er wusste nicht, wie er diese am besten formulieren sollte, ohne dass Audrey dies ausplauderte und Amy davon Wind bekam.

Daher lief er zu seiner Schublade und kramte nebenbei in seinen Socken. „Die meisten Männer haben Haare auf der Brust."

„Aha", erwiderte sie ernst, um gleich darauf wissen zu wollen: „Warum?"

„Äh ... damit ihnen nicht kalt wird", improvisierte er und fragte nun seinerseits extrem beiläufig: „Hat Mommie denn keinen Freund, der dir das schon einmal erklärt hat?"

„Freund?", piepste Audrey fragend. „Mommie hat ganz viele Freunde! Am liebsten mag ich Mr. Michaels. Mommie und ich bringen ihm manchmal Kuchen vorbei, wenn wir gebacken haben, weil er in einem Rollstuhl sitzt und in der Wohnung unter uns wohnt."

„Mhm." Patrick kramte weiter in seiner Schublade herum. „Das klingt nett."

„Mr. Michaels ist sehr nett! Er hat mir sogar einmal eine Postkarte geschickt, als er im Urlaub in Florida war. Auf der Postkarte war eine Palme drauf. Warst du schon einmal in Florida, Daddy?"

Er nickte und schloss langsam die Schublade. Woher der Drang kam, wissen zu wollen, ob Amy einen Freund hatte, wusste er nicht, aber bevor er nachdachte, fragte er noch einmal nach: „Hat Mommie denn einen Freund, der bei euch zu Hause übernachtet und der Mommie küsst?"

Nachdenklich legte sich die kleine Stirn in Falten, bevor sie erfreut nickte. „Ja, Malcolm schläft manchmal bei uns."

Augenblicklich versteifte er sich. „Malcolm?"

Audrey nickte triumphierend. „Manchmal darf er am Wochenende bei uns schlafen, wenn Mommie es erlaubt. Aber manchmal hat er Stubenarrest und darf dann nicht kommen. Beim letzten Mal hat Mommie uns ein Matratzenlager aufgebaut und uns Trickfilme ausgeliehen. Und geküsst hat sie uns beide, als wir schlafen sollten."

Das hatte er davon, wenn er seine fünfjährige Tochter manipulieren wollte, dachte er mit einem Anflug von Ironie.

„Audrey", wollte er mit einem unterdrückten Lachen wissen. „Wie alt ist Malcolm?"

„Fünf, aber er wird bald sechs!"

Patrick stieß einen amüsierten Laut aus und ging zu seiner Tochter, um sie aus dem Sessel zu heben. „Lass uns lieber in die Küche gehen und frühstücken, bevor du noch verhungerst."

Kaum hatten sie ihr Frühstück beendet, kam auch schon seine Mutter ins Esszimmer und verkündete fröhlich: „Audrey, Schätzchen? Deine Tante hat mich gerade angerufen und gefragt, ob du nicht Lust hast, sie gleich zu besuchen und kennenzulernen. Deine Cousins sind heute bei ihrem Dad, daher würde sie gerne eine Teestunde ausrichten." Mit einem Blick auf ihn erklärte sie überdeutlich: „Nur für Frauen."

Patrick schnitt eine Grimasse. Erstens widerstrebte es ihm, dass seine Schwester sich in seinen Tagesplan einmischte und ihm kostbare Zeit mit seiner Tochter stahl, und zweitens kannte er Barbaras Hang zu übertriebenen Teegesellschaften und dankte daher dem Herrn, dass er dazu nicht eingeladen war.

„Eine Teestunde?“ Audrey blickte von ihrem leeren Teller auf, auf dem sich noch vor wenigen Minuten Rührei mit Speck befunden hatte, das sie mit großer Hingabe und zu seiner absoluten Freude in sich hineingeschaufelt hatte.

„Na ja“, erwiderte seine Mom mit einem vertraulichen Augenzwinkern. „Ich denke, dass es auch Kakao für dich geben wird.“

Es folgte von Audreys Seite kein weiterer Protest.

Als sich seine Mom an Amy wandte, die sich während des Frühstücks darauf beschränkt hatte, neben Audrey zu sitzen und sich anscheinend extrem unwohl zu fühlen, konnte er sofort sehen, wie sich ihre gesamte Körperhaltung abwehrend verspannte.

„Du bist natürlich auch herzlich eingeladen, Schätzchen.“

Das zittrige Lächeln, das Amy aufsetzte, sagte allen Anwesenden außer der Fünfjährigen, dass sie sehr wohl wusste, dass sich Barbaras Einladung sicherlich nicht auf sie erstreckt hatte.

„Vielen Dank, Eleanore, aber ich bleibe lieber hier und ruhe mich ein wenig von dem Stress der letzten Tage aus, wenn es dir nichts ausmacht, allein mit Audrey zu Barbara zu fahren.“

„Bist du krank, Mommie?“

„Nein, Schätzchen.“ Sie schüttelte den Kopf. „Ich bin nur etwas müde. Hab du viel Spaß mit Grandma und deiner Tante und sei lieb.“

Patrick schwieg während der folgenden Diskussion darüber, welches Kleid Audrey zur Teestunde mit seiner Schwester tragen wollte, beobachtete immer wieder Amys blasses Gesicht, das in den vergangenen Jahren um einiges schmaler geworden war, und fand sich irgendwann allein mit seiner Frau am Esstisch wieder, weil seine Mom mit Audrey nach oben gegangen war, um die Kleine anzuziehen.

Im unangenehmen Schweigen saßen sie beide sich gegenüber und vermieden es, sich anzuschauen. Patrick lehnte sich in seinem Stuhl zurück und schlürfte seinen Kaffee, während Amy unbehaglich in ihrer Kaffeetasse herumrührte und den Blick gesenkt hielt. Er konnte nicht leugnen, dass es ein merkwürdiges Gefühl war, wieder mit ihr an einem Frühstückstisch zu sitzen, zumal er sich wie ein Hochstapler vorkam, seiner Tochter einen harmonischen Morgen vorzuspielen, während er ständig daran denken musste, was Amy ihm in den vergangenen Jahren vorenthalten hatte.

„Du bist also müde", brach er das Schweigen.

Argwöhnisch blinzelte sie. „Ja, das bin ich."

Obwohl er sich für den gehässigen Tonfall selbst in den Hintern hätte treten können, ächzte er: „Dabei dachte ich, dass du hier besonders gut schlafen könntest, immerhin war dieses Haus auch einmal dein Zuhause."

Das Klirren ihres Kaffeelöffels war ohrenbetäubend zu hören. „Muss das jetzt sein?", flüsterte sie ihm zu.

Patrick zuckte ahnungslos mit der Schulter. „Was muss sein?"

„Müssen wir schon wieder streiten? Audrey hat nicht einmal das Haus verlassen und sollte nicht hören, wenn wir uns an die Gurgel gehen."

„Keine Sorge, meine Mom wird sie lange beschäftigen", entgegnete er sarkastisch. „Sie wird nicht hören müssen, was ich dir zu sagen habe."

„Fein!“ Mit einem Ruck schob Amy ihre Kaffeetasse beiseite. „Aber ich will mir auch nicht anhören, was du zu sagen hast, Patrick Ashcroft.“

„Ashcroft“, sinnierte er mit einem trockenen Lachen. „Das führt mich zu einer anderen Frage. Beim Ausfüllen einiger Papiere ist mir aufgefallen, dass du meiner Tochter den Nachnamen Gibson gegeben hast. Muss ich das verstehen?“

„Ich habe *unserer* Tochter meinen Nachnamen gegeben.“

„Dein Nachname ist jedoch Ashcroft“, korrigierte er sie finster. „Ich muss es wissen, schließlich war ich dabei, als du ihn angenommen hast.“

Seufzend rieb sie mit einer Hand über ihre Stirn. „Der Mädchenname meiner Mom war Gibson, wenn du es genau wissen willst. Nachdem ich gegangen bin, habe ich ihren Namen angenommen.“

„Audrey wird meinen Namen tragen“, knurrte er aufgebracht. „Ich werde mich in ihre Geburtsurkunde als ihr Vater eintragen lassen und darauf bestehen, dass sie meinen Namen bekommt.“

„Dann tu das.“ Sie hob müde die Hand. „Ich stehe dir nicht im Weg.“

Ihre Ruhe machte ihn aus unerfindlichen Gründen noch wütender. „Warum begleitest du sie nicht zu Barbara?“

Seufzend lehnte auch sie sich zurück. „Weil Barbara mich nicht dabeihaben will, und das weißt du.“

„Gehst du meiner Schwester aus dem Weg, weil du Angst hast, dass sie dir ihre Meinung sagen könnte?“

„Nein“, fuhr sie ihn wütend an. „Ich gehe ihr aus dem Weg, damit Audrey nichts von unserem Zwist mitbekommt. Sie ist erst fünf und sollte Spaß bei ihrer Tante haben!“

Verächtlich verdrehte er die Augen. „Du machst es dir ziemlich leicht, Amy. Aber das kennen wir ja. Bei Schwierigkeiten nimmst du schließlich gerne Reißaus.“

Sie schnappte erschrocken nach Luft, erstarrte und erhob sich anschließend mit ihrer Kaffeetasse in der Hand. „Das wäre dann auch geklärt.“

Wie von der Tarantel gestochen sprang Patrick so unvermittelt auf, dass sein Stuhl dabei umkippte.

„Gar nichts ist geklärt“, brüllte er los und kam auf sie zu. „Ich habe das alles satt, Amy!“

„Meinst du denn, ich nicht?“ Sie schüttelte den Kopf. „Was denkst du denn, wie ich mich fühle, wenn ich von dir, deinem Bruder oder deiner Schwester wie eine Aussätzige behandelt werde?“

Patrick verschränkte die Arme vor der Brust und schaute in ihre stürmischen Augen. „Willst du mein Mitleid erwecken?“

„Von dir will ich gar nichts!“

„Sehr schön!“

„Schön!“

Wutschnaubend baute er sich vor ihr zu voller Größe auf. „Dass du jetzt hier bist, ändert nichts.“

Anscheinend zitterte sie vor Wut. „Ich bin wegen Audrey hergekommen. Wenn es nach mir ginge, wäre ich nicht hier.“

In dem Bedürfnis, sie zu verletzen, grollte er dumpf: „Wenn es nach mir gegangen wäre, wärst du auch nicht hier.“

Seine Antwort schien sie tatsächlich verletzt zu haben, da sich ihre blauen Augen entsetzt weiteten und sie einen winzigen Schrei ausstieß.

Das schlechte Gewissen durchdrang ihn wie ein Blitz. Ohne nachzudenken, streckte er die Hand nach ihr aus und umfasste ihren Unterarm. Vor lauter Bedauern war seine Stimme rau wie Schmirgelpapier. „Amy ..."

„Lass mich los", wehrte sie ab und versuchte, ihm den Rücken zuzudrehen.

Entschlossen schüttelte Patrick den Kopf. „Komm schon."

„Nein", beharrte sie und wollte seinem Arm entwischen, als er automatisch kräftiger zupackte und sie ungewollt schüttelte.

In diesem Moment stieß sie einen schmerzverzerrten Schrei aus und ließ die Kaffeetasse auf den Teppich fallen.

Entsetzt bemerkte nun Patrick, dass ihr der brühend heiße Kaffee über die Hand gelaufen sein musste. Sofort ließ er ihren Arm los und fluchte auf, während sie nach hinten taumelte, das Gesicht verzog und ihre verbrannte Hand hielt.

„Scheiße!" Er machte einen Schritt auf sie zu und beugte sich hinab, um ihre Hand zu betrachten.

„Es ... es ist nicht schlimm", stotterte sie und versuchte, ihm die Hand zu entziehen.

Mit angespannter Stimme schüttelte er den Kopf. „Lass mich mal sehen."

„Nein ..."

Er fluchte schon wieder, als er die rote Haut über den schmalen Fingern und dem Handrücken sah. „Das sieht gar nicht gut aus", bemerkte Patrick und schob sie auf einen Stuhl. „Warte hier ..."

„Patrick", protestierte sie schwach.

Eilig lief er in die Küche und kramte in der Schublade herum, in der Pflaster, Salben und Verbände aufbewahrt wurden, ohne sich um die Köchin zu kümmern, die ihm neugierig über die Schulter sah. Gleichzeitig kam er sich wie ein Unmensch vor und senkte vor lauter Scham den Kopf. Was war bloß mit ihm los? Er behandelte Menschen normalerweise nicht so. Und schon gar nicht Frauen. Insbesondere nicht die Frau, die noch seine Ehefrau war und ihm ein Kind geschenkt hatte. Er war kein Brutalo.

Sein schlechtes Gewissen wurde größer und größer.

In Windeseile war er wieder zurück im Esszimmer, in dem Amy noch immer saß und ihre Hand hielt.

Sobald sie ihn sah, schüttelte sie abwehrend den Kopf. „Du solltest dir keine Umstände machen. Im Diner habe ich mich schon schlimmer verbrannt."

Dies ließ er unkommentiert und zog sich einen Stuhl heran, bevor er nach ihrer Hand griff und trotz seines leichten Griffes ein Luftschnappen hörte.

Die verbrannte Haut spannte sich über ihren Fingerknöcheln, was ihn beschämt murmeln ließ: „Scheiße ... es tut mir leid."

Sie zuckte zusammen, als er die Hand vorsichtig mit der Brandsalbe einrieb. „Ich habe nicht aufgepasst. Es ist meine Schuld."

Über die dick eingeschmierte Stelle legte er ein kleines Stück Stoff. „Das hier ist *meine* Schuld", widersprach er bitter. „Ich habe die Beherrschung verloren. Es tut mir wirklich leid."

„Wir haben uns gestritten", flüsterte sie. „Ich hätte die Tasse einfach wegstellen sollen, Patrick. Es ist nicht deine Schuld."

„Nein“, erwiderte er rau. „Das ist keine Entschuldigung. Ich bin einer Frau gegenüber niemals handgreiflich geworden. Keine Ahnung, was mit mir los ist.“

Ihr zittriges Luftholen war gut zu hören. Er begann sorgfältig ihre Hand zu verbinden und starrte dabei auf die zierlichen Finger, die er früher so gerne angeschaut hatte.

„Das machst du gut“, murmelte Amy leise. „Ich wusste nicht, dass du so etwas kannst.“

„Ich habe eben unerkannte Talente“, raunte er belustigt und verzog den Mund zu einem winzigen Lächeln, bevor er wieder ernster wurde. „Amy, ich weiß nicht, was ich sagen soll, um mich zu entschuldigen. Das wird nie wieder vorkommen.“

„Was?“, wollte sie mit einem Hauch Belustigung wissen. „Heißt das, dass ich keinen Kaffee mehr zum Frühstück bekomme?“

„Nein, das heißt, dass ich dich nie wieder anschreien werde.“

Sie schwieg eine Weile, bevor sie murmelte: „Man sollte nur Dinge versprechen, die man auch einhalten kann.“

„Ich weiß.“

9. Kapitel

Als Amy zum ersten Mal nach Jahren wieder auf Barbara traf, bemerkte sie einige Veränderungen an ihrer Schwägerin. Erstens trug Patricks Schwester mittlerweile einen modernen Bob, zweitens war der Mann an ihrer Seite ein anderer als ihr Ehemann und drittens schaute sie Amy dermaßen feindselig an, dass diese am liebsten die festlich gedeckte Tafel im Garten verlassen hätte, um den restlichen Sonntag in ihrem Zimmer zu verbringen.

Wenn Audrey nicht gewesen wäre, die Feuer und Flamme dafür war, mit ihrem drei und mit ihrem ein Jahr älteren Cousin zu spielen, hätte Barbaras frostige Reaktion ihr die Laune verderben können. Daher beschloss Amy, Barbara so gut wie möglich zu ignorieren, und verlegte sich lieber darauf, Hamilton und Scott zu betrachten, die in den letzten sechs Jahren gehörig gewachsen waren. Vor allem Hamilton machte den Eindruck, ein äußerst sensibler Junge zu sein und sich etwas zurückhaltend zu benehmen. Der schlaksige Neunjährige eroberte jedoch Amys Herz im Sturm, als er seine kleine Cousine an die Hand nahm und mit ihr und seinem sechsjährigen Bruder im Schlepptau die Schaukel anvisierte, die Patrick erst vor zwei Tagen hatte aufstellen lassen.

Anscheinend war die brandneue Schaukel dermaßen aufregend, dass die Kinder darüber sogar den Schokoladenkuchen vergaßen, der neben anderen Gebäcksorten auf dem Tisch stand. Die Erwachsenen dagegen saßen im schönsten Sonnenschein in einem herrlichen Garten, ließen es sich schmecken, hießen

Barbaras Begleiter Simon willkommen, den sie erst vor einer Woche auf einer Hochzeit kennengelernt zu haben schien, und fielen dadurch auf, dass ständig ein peinliches Schweigen auftrat, das Eleanore stets mit Fragen an ihren Gast unterbrechen wollte.

„Kommen Sie auch aus Connecticut, Simon?“

„Nein, ich komme aus Massachusetts“, erklärte dieser höflich und ließ formvollendete Manieren erkennen. „Mittlerweile lebe ich wieder in Boston und bin Verleger.“

„Ein Verleger?“ Eleanore nickte beeindruckt. „Das klingt sehr spannend.“

„Es ist leider nicht ganz so spannend, wie ich es mir erhofft hatte“, witzelte er und neigte den Kopf.

Obwohl Amy Barbaras Exmann James nicht sehr oft begegnet war, fiel sogar ihr auf, dass Simon ihm ziemlich ähnlich sah. Sie hätte gerne darüber nachgegrübelt, ließ es jedoch sein, als Barbaras stechender Blick sie traf.

Eigentlich hatte Amy nach den vergangenen vier Tagen angenommen, dass sich die Aufregung um ihre Anwesenheit langsam legte, schließlich hatte es seit dem Vorfall mit der Kaffeetasse kein böses Wort mehr von Patricks Seite gegeben. Er bemühte sich sogar sehr darum, sie höflich zu behandeln, auch wenn ihr klar war, dass seine Wut noch lange nicht verraucht war. Sie beide hatten noch einige Probleme zu klären, aber wenigstens feuerte er nicht mehr bei jeder sich bietenden Situation auf sie.

Amy konnte gar nicht sagen, wie groß ihre Erleichterung darüber war.

„Bleiben Sie denn länger in Connecticut, Simon?“

Sehr bedacht erklärte der Gast: „Momentan liebäugle ich mit einer weiteren Geschäftsstelle und sehe mir aus diesem Grund hier einige potenzielle Standorte an.“

Patrick, der neben Amy saß und sein Kuchenstück bereits verdrückt hatte, lehnte sich zurück und begann einen kurzen Plausch über das Verlagswesen, bis Barbara eine Gesprächspause dazu nutzte, das Thema zu wechseln.

„Wollte Stuart nicht auch kommen, Mom?“

Eleanore hob seufzend eine Hand. „Er ist erwachsen. Woher soll ich wissen, wo er sich schon wieder herumtreibt? Eigentlich wollte er heute kommen, soviel er mir gestern mitgeteilt hatte.“

„Stuart musste nach Phoenix fliegen“, beantwortete Patrick die unausgesprochene Frage seiner Mutter und zuckte mit der Schulter. „Ich habe ihn gebeten, einige meiner Termine und Geschäfte in der nächsten Zeit zu übernehmen, damit ich mehr Zeit für Audrey habe.“

„Ich finde das fabelhaft“, lobte seine Mom ihn.

Auch Amy konnte ein dankbares Gefühl nicht unterdrücken, denn dass sich Patrick extra die Zeit nahm und von seinem vollen Terminkalender Abstand nahm, um seine Zeit Audrey zu widmen, erwärmte ihr Herz. Sie wusste, dass er ein absolutes Arbeitstier war und gerne die Zügel in der Hand hielt. Daher verstand sie die Bedeutung hinter dieser Geste.

„Nun ja, Mom“, scherzte er trocken. „Das sehen nicht alle in der Firma wie du. Vor allem Peter tut gerade so, als würde das Gebäude einstürzen, sobald ich nicht im Haus bin, dabei können sie auch ruhig ohne mich auskommen.“

Barbara schnaubte abfällig und überraschte Amy mit folgenden Worten: „Peter ist ein karrieregeiler Drecksack, Patrick, der über Leichen gehen würde, um einen guten Geschäftsabschluss zu machen."

„Barbara", empörte sich ihre Mutter sofort. „Peter ist immerhin ein Freund der Familie."

„Das meine ich auch", erklang Patricks Stimme mit mildem Tadel. „Du vergisst, dass er mein ältester Freund ist."

„Und du vergisst, dass er in einigen Dingen äußerst eigenmächtig gehandelt hat. Stuart hat mir erzählt, dass er ..."

Patrick unterbrach seine Schwester fest. „Ich glaube nicht, dass das hierhergehört."

„Das denke ich auch", schloss sich Eleanore an.

Barbara zuckte mit der Schulter. „Sag nicht, ich hätte dich nicht gewarnt."

„Vielen Dank, Schwesterherz", ächzte er übertrieben. „Wie gut, dass du immer das Gefühl hast, deinen älteren Bruder beschützen zu müssen."

Ihre Augen glitten zu Amy, die schweigend zugehört hatte, und erläuterte gespielt freundlich: „Mir geht es doch nur darum, dass du nicht ausgenutzt wirst, Patrick."

„Ich habe es verstanden, Barbara", antwortete er dumpf.

Auch Amy hatte verstanden, was ihre Schwägerin ihr damit durch die Blume hatte sagen wollen.

Sie hatte jedoch gar keine Chance, auf den unterschwelligen Vorwurf zu reagieren, da Kindergebrüll ertönte.

„Mommie, Mommie! Aua!"

Amy drehte sich erschrocken um und sah, wie Audrey schluchzend auf sie zustürmte. Bevor sie hätte aufstehen können, warf sich ihre Tochter in ihre Arme und weinte bitterlich.

„Sch." Sie strich ihr das feuchte Haar aus der Stirn und bemerkte, wie Patrick neben ihr aufsprang. „Was ist denn passiert, mein Schatz?"

„Ich … ich … bin … von ... der … Schaukel … gefallen!" Ihre schluchzende Stimme verlor sich in einem Schluckauf.

„Wo hast du dir denn wehgetan?", wollte Amy ruhig wissen, während sie Audrey auf ihren Schoß zog und die Arme um sie schlang.

Immer noch schluchzend zeigte die Fünfjährige auf ihr Knie. „Mein Knie! Aua!"

„Aber Liebling", tröstete sie die Kleine amüsiert, nachdem sie das kaum aufgeschrammte Knie betrachtet hatte, das nicht einmal blutete. „Deshalb machst du so ein Theater?"

„Aua, aua." Audrey blickte ihre Mutter mit verheulten Augen an.

„Wir sollten ins Krankenhaus fahren", flüsterte Patrick aufgebracht und rang neben ihr die Hände.

Amy legte den Kopf zurück und schenkte ihm ein beruhigendes Lächeln. Im Gegensatz zu ihr schien er kurz davor zu sein, in Panik zu verfallen, da sein Gesicht schneeweiß war. „Sie hat sich nur erschrocken. Kein Grund zur Sorge, Patrick."

„Bist du sicher?"

Amy nickte bekräftigend und vertraute ihm augenzwinkernd an: „Wenn sie sich nur erschreckt, ist das Geheule am größten."

„Liebling“, tröstete nun auch Eleanore an ihre Enkelin gewandt. „Du warst im Krankenhaus so tapfer und wirst doch jetzt nicht wegen einer winzigen Schramme weinen, oder?“

Der kleine Mund und das runde Kinn zitterten mitleidsvoll. Amy streichelte ihr über das Haar und beugte sich hinab, um ihr einen Kuss auf das Knie zu geben.

„Du hast dich nur erschreckt, als du gefallen bist. Deswegen musst du doch nicht so weinen, Audrey.“

„Mommie“, wimmerte sie und drückte sich enger an ihre Mutter.

Amy versuchte es mit einer anderen Methode und schalt sie sacht: „Nun sieh doch nur, wie du deinen Daddy erschreckt hast, weil du so weinst.“

Zögernd blickte Audrey zu ihrem Vater, der leichenblass am Tisch stand. „Es tut noch weh“, quengelte sie augenblicklich. „Ich brauche ein Pflaster.“

„Okay“, seufzte Amy und verdrehte die Augen, während sie Patricks Blick suchte. Er sah aus, als könnte er einen Drink gebrauchen. „Nimm du sie, damit ich ein Pflaster holen kann.“

Widerspruchslos nahm er ihr das Kind ab und setzte sich mit Audrey auf dem Schoß wieder hin, während Amy sich auf den Weg ins Haus machte. Tatsächlich hatte der harmlose Sturz von der Schaukel ihr eine kleine Atempause ermöglicht, da es extrem anstrengend war, Barbara gegenüberzusitzen und ihre stechenden Blicke zu ertragen.

In der Küche ließ sie sich Zeit, um ein Pflaster auszusuchen, und stand an der Spüle, als ausgerechnet ihre Schwägerin den Raum betrat.

„Barbara“, seufzte sie, schnappte sich die Pflasterbox und machte Anstalten, wieder zu gehen. „Ich wollte gerade wieder zurück in den Garten gehen.“

Ihre Schwägerin setzte eine entschlossene Miene auf und verschränkte die Arme vor der Brust. „Was ich dir sagen will, dauert nicht lange.“

Amys Schultern sackten hinab. „Hör zu, Barbara, ich weiß schon, was du sagen willst, aber ich wäre froh, wenn du dir die Luft sparen würdest. Patrick und ich klären unsere Probleme allein.“

„Er ist mein Bruder“, wandte sie ein. „Außerdem hast du ihm die Hölle auf Erden beschert, daher denke ich, dass ich jedes Recht der Welt habe, um dir zu sagen, was ich von dir halte.“

Amy zuckte zusammen und wich automatisch einen Schritt zurück.

„Ich frage mich immer noch, wie ich mich damals so sehr in dir täuschen konnte“, fuhr Barbara bitter fort. „Ich hielt dich für grundanständig, nachdem ich dich kennengelernt hatte, aber dann hast du Patrick einfach verlassen und ihm nicht erzählt, dass du schwanger warst.“

Unter diesem Vorwurf versteifte sich Amy und hob das Kinn, auch wenn sie innerlich zitterte. „Als ich gegangen bin, ahnte ich nicht einmal, dass ich schwanger war.“

„Das macht es nicht besser.“

„Nein“, stimmte sie unglücklich zu. „Aber es wird auch nicht dadurch besser, dass du mich wie eine Aussätzige behandelst.“

Barbara schüttelte knapp den Kopf. „Du hast wirklich keine Ahnung, was du ihm angetan hast?“

Ein schmerzhafter Knoten bildete sich in ihrem Hals. „Bitte ...“

„Wie konntest du nur, Amy?“

„Du verstehst das nicht“, flüsterte sie heiser. „Es war wirklich besser so.“

„Besser? Für wen denn? Für dich?“

Abwehrend schüttelte sie den Kopf und gestand ihrer Schwägerin: „Glaubst du wirklich, dass ich nicht gemerkt hätte, dass ich nicht zu ihm passte? Dass ich nicht bemerkt hätte, dass Patrick unsere Heirat bereut hat? Es war besser, dass ich gegangen bin“, beharrte sie.

„Unsinn“, blaffte Barbara sie an. „Patrick hat versucht, dich zu finden, und dafür sogar einen Privatdetektiv engagiert. Als du verschwunden bliebst, ist er monatelang nicht aus dem Haus gekommen und hat viel zu viel getrunken. Er war überhaupt nicht wiederzuerkennen!“

Amy fuhr zusammen und merkte, wie sich unter ihren Füßen ein Loch auftat. „Das … das wusste ich nicht“, flüsterte sie.

„Wie denn auch?“ Barbara schüttelte aufgebracht den Kopf. „Woher hättest du wissen sollen, durch welche Hölle du ihn geschickt hast?“

Amy schwieg aufgelöst. Mit Patricks Wut hatte sie gerade noch umgehen können, aber nun zu hören, wie es Patrick tatsächlich ergangen war, war zu viel für sie. Sie schluckte und bemühte sich, nicht in Tränen auszubrechen, denn sie war der felsenfesten Überzeugung gewesen, dass ihr Verschwinden ihn erleichtert hätte.

Abfällig schnaubte ihre Schwägerin. „Und er hat im ersten Monat nach deinem Verschwinden immer noch beteuert, dass du ihn lieben würdest."

Sie hob den Blick – beinahe tränenblind. „Ob … du es glaubst oder nicht, Barbara … ich habe ihn geliebt." Sie holte zitternd Luft.

„Du hast ihm nichts von Audrey erzählt", warf Barbara ihr vor und wirkte in ihrem Sommerkleid nicht wie eine Frau, die gerade dabei war, jemandem bittere Vorwürfe zu machen.

„Ich weiß." Amy schluckte. „Das bereue ich. Sogar sehr."

„Du wirst ihn nicht wieder einwickeln", befahl Barbara mit fester Stimme. „Patrick wird sich nicht mehr auf dich einlassen, weil du ihm etwas von einer netten kleinen Familie vorheuchelst."

Amy erschrak und schüttelte heftig den Kopf. „Deshalb bin ich nicht nach Connecticut gekommen. Es geht mir nur um Audrey …"

„Von wegen! Ich habe doch Augen im Kopf und gesehen, wie du ihn anschaust."

Mühsam schnappte Amy nach Luft. „Barbara, was auch immer du glaubst, gesehen zu haben ..."

„Was tust du hier, Barbara?"

Beide Frauen drehten sich erschrocken um, als Patrick plötzlich in der Tür stand und mit vor der Brust verschränkten Armen die Stirn runzelte.

Amy schoss die Röte ins Gesicht, als sie daran dachte, was er eventuell mit angehört hatte. Gleichzeitig gingen ihr Barbaras Worte nicht aus dem Kopf. Der Gedanke, dass er unter ihrem Verschwinden so sehr gelitten hatte, fühlte sich wie ein Schlag in die

Magengrube an. Niemals hatte sie ihn verletzen wollen, schließlich war sie gegangen, um ihm nicht wehzutun.

„Ich habe nur mit Amy gesprochen", erwiderte Barbara unschuldig.

„Aha", erwiderte Patrick misstrauisch und warf Amy einen skeptischen Blick zu.

Besorgt, dass ihre Miene sowie ihre glasigen Augen sie verraten könnten, drehte Amy ihm den Rücken zu.

„Ich möchte Simon nicht so lange warten lassen", brach Barbara das Schweigen und verließ den Raum. Kaum waren ihre Schritte verklungen, räusperte sich Patrick.

„Alles in Ordnung?"

Sie nickte.

Bevor er wieder gehen würde, drehte sie sich zögernd um und krächzte verwirrt: „Patrick?"

Wortlos starrte er sie an.

Fassungslos und auch verstört über Barbaras Geständnis stotterte sie: „Ich … ich wusste … nicht ...

„Was wusstest du nicht?"

„Ich wusste nicht, dass mein Verschwinden dich so sehr verletzt hat."

Seine Miene veränderte sich nicht. Unergründlich sah er sie an, machte einen Schritt auf sie zu und wich dann wieder zurück. Seine Stimme klang rau und vibrierte vor Anspannung. „Du warst plötzlich fort, und ich habe mir den Kopf zerbrochen, wo du hättest dein können."

„Das wusste ich nicht", flüsterte sie gebrochen.

Er ballte die Hände zu Fäusten und senkte den Blick. „Ich verstand das alles nicht. Wieso bist du einfach gegangen? Du warst doch meine Frau und … und wir waren glücklich, oder nicht?“

Als Amy seinen Worten lauschte, seine gebrochene Stimme wahrnahm und bemerkte, wie angespannt sein ganzer Körper wirkte, ließ sie ihren Tränen freien Lauf. Wortlos hob sie die Schulter und konnte nicht antworten.

„Was hast du denn gedacht, wie ich mich fühlen würde, nachdem du mich verlassen hattest, Amy?“

Sie blinzelte und sah ihm dann fest in die Augen, als sie wisperte: „Erleichtert. Ich dachte, du wärst erleichtert.“

10. Kapitel

Sie hatte nicht damit gerechnet, Patrick in der Küche vorzufinden, und verharrte mitten im Schritt, als sie ihn am Herd stehen sah, wie er völlig entspannt eine Pfanne hin und her schwenkte.

Auch er schien sie bemerkt zu haben, da er den Kopf hob und fragte: „Hey, hattest du auch Lust auf einen Mitternachtssnack?“

Angesichts der Tatsache, dass es kurz nach elf Uhr nachts war und er lediglich Boxershorts und ein T-Shirt trug, während sie selbst kurze Shorts und ein Sweatshirt angezogen hatte, wusste Amy nicht, ob sie nicht lieber wieder schnell in ihr Zimmer verschwinden sollte. Nachdem sie vor einigen Tagen in ebendieser Küche ein aufwühlendes Gespräch geführt hatten, schlichen sie umeinander herum und begegneten sich mit einer Vorsicht, die beinahe lachhaft war.

„Eigentlich wollte ich mir nur etwas zu trinken holen“, wandte sie ein und lief zu dem doppeltürigen Kühlschrank, um eine Wasserflasche herauszunehmen.

„Setz dich zu mir“, bat er gutmütig und schaltete den Herd aus. „Ich weiß doch, dass du zu Bratkartoffeln mit Speck und Zwiebeln nicht Nein sagen kannst.“

Ein warmes Flattern setzte in ihrer Herzgegend ein. Dass er sich noch daran erinnern konnte, wie sie eines Nachts von Bratkartoffeln mit Speck und Zwiebeln geschwärmt hatte, nachdem sie von einer dieser unsäglichen Partys gekommen waren, auf denen neben Unmengen von Alkohol lediglich winzige Horsd’œuvres gereicht wurden, ließ ihr Inneres angenehm kribbeln. Wehmütig dachte sie daran, wie sie mitten in der Nacht mit ihm hier gestanden hatte, um Bratkartoffeln zuzubereiten. Während sie ihm erklärt hatte, wie wichtig es sei, die Kartoffeln in Stücke und nicht in Scheiben zu schneiden, hatte er hinter ihr gestanden, seine Arme um ihre Mitte geschlungen und seinen Mund enthusiastisch in ihrem Nacken vergraben. Gerade diese Aufmerksamkeit hatte ihr damals extrem gutgetan, nachdem man ihr auf der Party durch die Blume erzählt hatte, dass ihre übereilte Heirat dafür verantwortlich sei, dass Patricks Geschäftspartner an seinem gesunden Menschenverstand zweifelten.

Amy wollte nicht darüber nachdenken, wie verunsichert sie damals gewesen war, und unterdrückte jegliche Erinnerung an jene Party, um auf die Kücheninsel zuzuschleichen und sich zu Patrick zu gesellen, der die Pfanne dort abstellte und ihr eine Gabel reichte.

Ehe sie es sichs versah, hockte sie auf einem Barhocker, aß direkt aus der Pfanne und saß Patrick gegenüber, der sich das deftige Essen schmecken ließ. Wenn man Amy vor wenigen Wochen gesagt hätte, dass sie in friedlicher Eintracht mit Patrick in seiner Küche sitzen und mitten in der Nacht Bratkartoffeln essen würde, während sie beide mehr oder weniger in Unterwäsche waren, hätte sie lauthals gelacht.

Verstohlen hob sie den Blick und betrachtete seine zerzausten schwarzen Haare sowie sein gut geschnittenes Gesicht.

Als hätte er geahnt, dass sie ihn anstarrte, begegneten sich ihre Augen. Fragend deutete er auf die Pfanne. „Schmeckt's?“

Amy nickte schwach und hoffte, dass sie nicht errötete. Um sich und ihn abzulenken, fragte sie unverfänglich: „Hat dir das Abendessen nicht gereicht?“

Schulterzuckend nahm er einen weiteren Bissen. „Doch, aber ich fürchte, dass ich heute Nacht noch ein paar Stunden arbeiten muss, und wollte mich dafür stärken.“

Belustigt schnalzte sie mit der Zunge. „Und dann komme auch noch ich und nehme dir das Essen weg.“

„Ja, schäm dich“, zog er sie auf und seufzte anschließend. „Ich fürchte, dass ich morgen ins Büro muss, aber ich bemühe mich, so schnell wie möglich wieder nach Hause zu kommen.“

Sie schluckte den köstlichen Bissen hinunter und entgegnete verständnisvoll: „Patrick, du solltest deine Arbeit wirklich nicht vernachlässigen. In den letzten Wochen hast du dich derart intensiv um Audrey gekümmert, dass ich mich schon gewundert habe, dass die Firma nicht zusammengebrochen ist.“

Er verzog das Gesicht. „Audrey ist nun einmal wichtiger als meine Arbeit.“

„Ich weiß“, erklärte sie sanft und konnte ihm nicht sagen, was es für sie bedeutete, dass er ihr gemeinsames Kind über seine Arbeit stellte. „Dennoch geht es Audrey besser. Du musst ihr zuliebe nicht deine Arbeit vernachlässigen.“

Eilig beschwichtigte er sie: „Es geht auch nur um ein Meeting. Wenn ich mich beeile, bin ich zum Mittagessen wieder da.“

„Bitte, hetze dich nicht.“ Sie holte Luft. „Audrey versteht es, wenn du arbeiten gehst. Sie kennt es schließlich von mir auch nicht anders.“

In der Befürchtung, dass er wegen ihres früheren Jobs wieder aus der Haut fahren könnte, schaute sie ihm zögernd ins Gesicht und entdeckte dort lediglich ein Zucken seiner Mundwinkel. „Hast du etwas Besonderes mit Audrey vor, von dem ich nicht wissen soll? Ich habe den Eindruck, dass du mich loswerden willst.“

Angesichts seines belustigten Tonfalls musste auch Amy lächeln. „Nein, eigentlich möchte ich nur nicht, dass deine Arbeit leidet, schließlich weiß ich sehr gut, wie viel du normalerweise schuftest. Allein die vielen Wochen, die du bei uns in Chicago warst, müssen die Firma einiges gekostet haben“, mutmaßte sie besorgt.

„Es ist ja nicht so, als wäre ich die einzige Person in der Firma, die dort arbeitet“, wandte er beruhigend ein. „Die anderen können ihrem Boss ruhig etwas Arbeit abnehmen, damit er Zeit mit seiner Tochter verbringen kann.“

Seufzend nickte sie. „Okay. Nur fühle dich bitte nicht verpflichtet, deinen Job ...“

„Amy, es ist in Ordnung“, schmunzelte er und versenkte seine Gabel in einem Stück Kartoffel. „Du solltest dir um meine Arbeit wirklich keine Sorgen machen.“

Schweigend versenkte auch sie ihre Gabel in der Pfanne. Wenn es sie nicht dermaßen beunruhigt hätte, wie freundschaftlich und besonnen dieses Gespräch vonstatten ging, hätte sie sich darüber freuen können, dass sie beide sich in einem Raum aufhielten, ohne dass es zu einem Streit kam. Um Audreys willen wollte Amy ein Verhältnis zu Patrick führen, das nicht voller Anspannung, Wut und Abscheu war. Vielleicht war dieser gemeinsame Mitternachtssnack ein guter Anfang.

„Apropos Arbeit“, unterbrach er ihre Gedanken mit vollem Mund. „Was macht eigentlich deine Malerei?“

Wenn er sie danach gefragt hätte, ob sie in letzter Zeit in Timbuktu gewesen sei, hätte sie nicht überraschter sein können. Automatisch zuckten ihre Augenbrauen in die Höhe. „Meine Malerei?"

Er nickte und blickte sie auffordernd an, während er neugierig nachhakte: „Hast du viel in letzter Zeit gemalt?"

Amy schluckte hart und lehnte sich zurück, bevor sie den Kopf schüttelte und so beiläufig wie möglich entgegnete: „Ich male schon lange nicht mehr."

Dies überraschte ihn anscheinend sehr. Naserümpfend legte er den Kopf schief. „Was meinst du? Wieso malst du nicht mehr?"

„Nun ja." Amy hob schwach eine Hand und seufzte schwer. „Nachdem Audrey geboren wurde, hat sich sehr viel verändert. Plötzlich war ich für ein kleines Menschenleben verantwortlich und brauchte einen Job, um sie versorgen zu können. Ich glaube, dass ich in den ersten zwei Jahren nie mehr als vier Stunden am Tag geschlafen habe", erklärte sie im scherzhaften Ton, auch wenn sie nicht übertrieb, sondern tatsächlich ständig übermüdet gewesen war.

„Aber das Malen war doch dein Traum", wies er sie auf das Offensichtliche hin.

Amy fuhr sich über die Lippen und begann, gedankenverloren mit ihrer Gabel in der Pfanne herumzustochern. „Versteh mich nicht falsch, Patrick, denn die Malerei war meine große Leidenschaft, aber dann kam Audrey." Ohne es zu wollen, lächelte sie sanft. „Sie war so ein liebes und hübsches Baby. In der ersten Zeit nach ihrer Geburt dachte ich nicht einmal ans Malen und später ..." Sie zuckte mit der Schulter.

„Das Geld war knapp. Die Zeit war ebenso knapp, also habe ich nicht weitergemacht."

Als sie aufsah und seinen nachdenklichen Blick bemerkte, fügte sie eilig hinzu: „Ich bedaure es nicht. Wie es ist, ist es gut."

„Mhm." Er nickte, bevor er neugierig fragte: „Wie lange hat Audreys Geburt gedauert?"

Mit einem gequälten Lachen stöhnte sie auf. „Siebzehn Stunden."

„Oha."

„Das kannst du laut sagen." Sie verdrehte amüsiert die Augen. „Sie wog dreitausendfünfhundertfünfzig Gramm und war dreiundfünfzig Zentimeter lang. Außerdem hatte sie unglaublich viele schwarze Haare. Die Krankenschwestern waren absolut entzückt, weil sie kaum schrie und die meiste Zeit sehr friedlich schlief."

Angesichts des stolzen Funkelns in seinen Augen wurde ihr ganz warm ums Herz.

„Dreitausendfünfhundertfünfzig Gramm? Was für ein Wonneproppen!"

„Darauf kannst du Gift nehmen", nickte sie vergnügt. „Ihr Appetit war legendär."

Patrick stützte seine Ellenbogen auf der Kücheninsel ab und lehnte sich interessiert vor. „Wann hat sie ihr erstes Wort gesprochen?"

„Mit neun Monaten."

„Und wann hat sie zu laufen begonnen?"

„Mit achten Monaten", erwiderte sie stolz. „Ihre Lehrerin aus der Vorschule hat mir schon oft gesagt, dass Audrey sehr aufgeweckt ist. Ein bisschen lesen kann sie auch schon und freut sich sehr darauf, nach dem Sommer in die Schule zu kommen."

Nachdenklich kräuselten sich seine Lippen. Seine Stimme klang beinahe zögernd. „Wir haben hier in der Nähe einige sehr gute Schulen."

Augenblicklich schluckte Amy und schaute ihn ebenfalls nachdenklich an. Audreys Schulsituation wäre eine von sicherlich vielen Diskussionspunkten, die sie beide klären mussten. Patrick hatte ihr in den vergangenen Wochen gezeigt, dass er an Audreys Leben teilhaben wollte. Für sie hieß das, dass sie den Vater ihrer Tochter ab sofort in ihre Entscheidungen miteinbeziehen musste und dass sie darauf Rücksicht nehmen musste, Audrey und Patrick so viel Zeit wie möglich einzuräumen. In nicht allzu ferner Zukunft würden Audrey und sie ihren Besuch in diesem Haus beenden und wieder in eine eigene Wohnung ziehen. Ob sich diese in Chicago oder in Connecticut befinden würde, wusste Amy noch nicht, aber wie es aussah, wäre es unmöglich, Vater und Tochter für längere Zeit zu trennen. Audrey sollte in der Nähe ihres Dads aufwachsen, was wiederum hieß, dass Amy mit ihrer Tochter Chicago verlassen würde.

Und dann war da noch die Frage, was sie wegen einer Scheidung zu tun gedachten, schließlich hatte Patrick in den vergangenen sechs Jahren anscheinend keine Anstalten gemacht, sich von ihr scheiden zu lassen. Zwar wusste Amy nicht, wie die juristischen Voraussetzungen waren, um sich von einer verschwundenen Ehefrau scheiden zu lassen, und sie war verwirrt, dass Patrick in dieser Richtung noch nichts getan hatte, aber sie war auch nicht so naiv, dass sie nicht wüsste, dass sie über kurz oder lang seine Exfrau sein würde.

Doch ausgerechnet heute wollte sie nicht darüber reden.

Stattdessen schlug sie ihm zurückhaltend vor: „Wenn du willst, könnten ... könnten wir uns bald ein paar Schulen ansehen."

Er machte den Anschein, dass ihm ein riesiger Stein vom Herzen fiele. Gleichzeitig lächelte er dankbar. „Das wäre toll, Amy."

Den weichen Ausdruck in seinen Augen wollte sie nicht näher ergründen, senkte daher den Blick und fragte ihn räuspernd: „Hättest du etwas dagegen, wenn ich deine Mom frage, ob sie mit Audrey und mir morgen in ein Einkaufszentrum fährt? Ich würde Audrey gerne einen Badeanzug kaufen und hatte eigentlich überlegt, dich zu bitten, den Chauffeur zu spielen, aber wenn du morgen arbeiten bist, müsste ich deine Mom fragen oder ein Taxi nehmen."

„Mom wird sicherlich gerne mit euch fahren, aber du kannst auch mein Auto nehmen, Amy."

Sie wollte ihm nicht sagen, dass sie den Gedanken nicht ertrug, hinter dem Steuer eines Autos zu sitzen. Allein die Vorstellung jagte ihr eine Heidenangst ein und Erinnerungsfetzen an ihren Unfall stoben durch ihren Kopf. Patrick sollte nicht wissen, dass sie seit dem Unfall ständig Albträume hatte, in denen Audrey und sie in einem brennenden Auto eingeklemmt waren und sie nicht zu ihrer Tochter gelangte. Daher lächelte sie unverbindlich und ballte gleichzeitig in ihrem Schoß die Hände zu Fäusten.

„Danke, aber ich denke, dass ich Eleanore frage."

Patrick wusste, dass er verrückt war. Und er wusste auch, dass ihn jeder seiner Freunde für einen Idioten halten musste, aber als er den nigelnagelneuen SUV vor der Haustür abstellte, konnte er nur daran denken, welches Gesicht Amy machen würde, wenn sie das neue Auto sah.

Man schenkte der Frau, die einem fünf Jahre lang die gemeinsame Tochter verheimlicht hatte, kein Auto, aber Patrick tröstete sich mit dem Gedanken, dass das Auto ebenso gut für seine Tochter war, die schließlich bald von ihrer Mom in die Schule gefahren werden musste. Wenn sie und Amy nach Connecticut zögen und Audrey hier zur Schule gehen würde, bräuchten sie ein Auto, denn vor allem auf dem Land war der öffentliche Nahverkehr eine Katastrophe. Außerdem würde Amy mit Audrey in diesem Auto zu den regelmäßigen Untersuchungen der Kleinen fahren können.

Seine Entscheidung, Amy ein Auto vor die Tür zu stellen, war daher absolut rational. Wer hätte den Autokauf nicht gut gefunden?

Der Automobilhändler jedenfalls hatte Patricks Idee großartig gefunden, immerhin hatte er den größten und sichersten Wagen herausgesucht, den das Autohaus zu bieten hatte. In diesem Schlachtschiff würde man nicht nur jedes Loch in der Fahrbahn ignorieren können, sondern war bestens geschützt, sollte es zu einem Unfall kommen. Wie Patrick recherchiert hatte, war dieser SUV der sicherste Wagen auf Amerikas Straßen.

Gespannt, wie Amy reagieren würde, schaltete er den Motor aus und begab sich im Haus auf die Suche nach ihr. Er fand sie im Garten, wie sie im Schatten saß und in einem Buch las.

Anscheinend hatte er sie erschrocken, da ihr Kopf in die Höhe schoss, als er neben ihr stehen blieb. Mit großen blauen Augen sah sie ihn an. „Patrick! Was machst du denn schon hier? Ich dachte, du würdest erst später nach Hause kommen."

Wortlos ergriff er ihre Hand und zog sie erst hoch, bevor er mit ihr im Schlepptau wieder das Haus betrat.

An ihrer Stimme konnte er hören, dass sie absolut überrumpelt war.

„Patrick? Was ... was soll das denn? Wohin willst du? Audrey macht gerade einen Mittagsschlaf, wenn du sie suchst."

Er antwortete nicht, sondern zog sie durch das Haus und lief durch die Haustür, um auf der Treppe stehen zu bleiben und mit einem breiten Grinsen auf den in der Sonne glänzenden SUV zu deuten.

Ihr war die absolute Verwirrung in das hübsche Gesicht geschrieben. Ahnungslos sah sie von ihm zum Auto und anschließend wieder zurück.

„Tada", bemerkte er vergnügt und stellte fest, dass er schon lange nicht mehr so viel Spaß daran gehabt hatte, Geld auszugeben.

Stirnrunzelnd schaute sie ihm ins Gesicht. „Sollte ich wissen, wovon du gerade sprichst?"

Patrick deutete gut gelaunt auf das neue Auto. „Tada. Dein neues Auto."

„Mein neues *was*?", krächzte sie aufgebracht und starrte ihn wie vom Blitz getroffen an.

„Dein neues Auto", betonte er und war mit sich extrem zufrieden. „Als du mir gesagt hast, dass du ein Taxi nehmen könntest, wenn du niemanden hast, der dich fährt, ist mir der effektivste Weg eingefallen, um dieses Problem aus der Welt zu schaffen."

„Aber ... aber ... du kannst mir doch kein Auto kaufen", keuchte sie entsetzt.

„Und warum kann ich das nicht?", wollte er geduldig wissen.

„Patrick." Sie schüttelte den Kopf und war mittlerweile erblasst. „Das geht nicht!"

„Du brauchst ein Auto", stellte er beiläufig fest.

Fassungslos schüttelte sie den Kopf. „Ich kann es nicht annehmen."

Davon wollte er nichts hören, sondern schob sie mit sanftem Griff die Treppen hinunter und blieb erst direkt vor dem Wagen stehen. Als hätte sie ihm nicht soeben erklärt, dass sie das Auto nicht annehmen könne, klopfte er gegen das getönte Fenster und erläuterte: „Der Wagen hat Allradantrieb, eine verstärkte Karosserie und den besten Bremsassistenten, den es momentan gibt. Neben ABS und ESP verfügt er über Airbags in allen Bereichen. Es gibt kein sichereres Auto", stellte er fest, bevor er ernst hinzufügte: „Wenn du Audrey damit durch die Gegend fährst, werde ich ein besseres Gefühl haben, als wenn ihr in einem anderen Auto sitzen würdet."

Da sie ihn noch immer sprachlos anstarrte und sich keinen Millimeter rührte, umfasste Patrick ihre Schultern, öffnete die Fahrertür und schob sie auf den Fahrersitz, bevor er um das Auto herumlief und sich auf den Beifahrersitz gleiten ließ. Obwohl er kein solcher Autofreak wie sein Bruder oder wie sein Cousin J.T. war, musste er zugeben, dass das Innere des Wagens ihn schwer begeisterte. Dass Amy wie paralysiert neben ihm saß, während er den Motor startete, bemerkte er kaum, da er pausenlos über all den Schnickschnack sprach, den das Auto besaß.

„Ohne dir zu nahe treten zu wollen“, lachte er schelmisch und fummelte an dem Knopf herum, mit dem man die Temperatur regulieren konnte, „aber das Auto hat auch Parksensoren und sogar eine Kamera fürs Rückwärtsparken.“

Als sie noch immer nichts sagte, sondern steif wie ein Brett neben ihm saß, tätschelte er gutmütig ihre Hand. „Lass uns mal eine Runde drehen, während Audrey schläft. Ihr Kindersitz muss nämlich noch geliefert werden.“

Irritiert darüber, dass sie sich nicht rührte und nicht einmal eine Antwort gab, legte er den Kopf schief und schaute sie an. Plötzlich merkte er, dass hier etwas nicht stimmte. Amy war nicht nur furchtbar blass, hatte das Gesicht angestrengt verzogen und krallte sich mit ihren Händen am Sitz fest, sondern zitterte und schwitzte gleichzeitig. Ein ungutes Gefühl stieg in ihm hoch.

„Amy?“

„Ich ... ich kann nicht“, flüsterte sie, als wäre sie zu Tode erschrocken. „Ich kann nicht.“

Patrick holte Luft, rückte näher und legte ihr vorsichtig eine Hand auf den Rücken, der sich extrem zerbrechlich anfühlte. Eigentlich machte sie insgesamt einen zarten und zerbrechlichen Eindruck. Obwohl sie auch früher schlank gewesen war, wirkte sie heute abgekämpft und viel zu dünn. Etwas sagte Patrick, dass er sich Sorgen um sie machen sollte.

„Was kannst du nicht?“

Abwehrend und geradezu panisch schüttelte sie den Kopf. „Ich ... ich muss hier raus.“

Er drehte sich zu ihr, schaltete den Motor aus und platzierte anschließend seine Hand auf ihrem Knie, während er mit betont ruhiger Stimme meinte: „Alles ist gut, Amy. Dir passiert hier nichts."

Mit extrem verzerrter Stimme, die er kaum wiedererkannte, schnappte sie nach Luft und krächzte: „Ich bekomme keine Luft!"

„Sch." Erschrocken und hilflos zugleich musste er beobachten, wie sie den Kopf gegen das Lenkrad sinken ließ und in Tränen ausbrach, während sie so sehr nach Luft schnappte, dass er befürchten musste, dass sie erstickte.

Nun wurde auch er panisch. „Amy ... scheiße! Was ist los? Was soll ich tun?"

„Ich ... kann ... nicht", stieß sie immer und immer wieder hervor, während ihr ganzer Körper zitterte.

Ihr exzessives Luftschnappen machte ihm Sorgen. Unsicher strich er ihr über den Rücken und drückte tröstlich ihr Knie. „Amy ..."

„Oh Gott", stöhnte sie schluchzend. „Fast wäre ... wäre Audrey gestorben. Meinetwegen!"

Endlich begriff er, was los war, und schalt sich selbst den größten Idioten der Welt. Seit dem Unfall hatte sie nicht wieder hinter dem Lenkrad eines Autos gesessen. Kurz schloss er seine Augen, holte tief Luft und betrachtete anschließend ihren bebenden Körper sowie den am Lenkrad vergrabenen Kopf.

„Das war doch nicht deine Schuld", murmelte er. „Du trägst an dem Unfall keine Schuld."

Es war, als hätte sie ihn nicht gehört. „Audrey hätte sterben können."

„Sie ist aber nicht gestorben", betonte er fest. „Sie ist quietschfidel."

Ein Schluchzen ertönte. „Aber sie muss ihr Leben lang Medikamente nehmen!“

„Amy“, sprach er sie sehr ernst an. „Unsere Tochter wird ein völlig normales Leben führen können und nur wenige Einschränkungen beachten müssen. Sie kann sogar problemlos Kinder bekommen. Der Unfall war schrecklich, aber jetzt geht es euch beiden wieder gut. Du musst dir keine Vorwürfe machen.“

Sie hob den Kopf und schaute ihn tränenüberströmt an. Ihr Anblick versetzte ihm einen Schlag in den Magen.

„Patrick“, flüsterte sie gequält, während ihr Kinn zitterte und sie eine Hand an den Mund führte. „Bei ... bei dem Unfall. Ich dachte, dass ... dass wir ... dass wir sterben. Audrey weinte, während ich mich nicht bewegen konnte. Und ... und dann brach auch noch ein Feuer aus ...“

Anscheinend war die Erinnerung zu viel für sie, weil sie stockte und die Arme zitternd um sich schlang.

Mitleid, Sorge und Schreck ließen auch ihn zittern. Langsam beugte er sich zu ihr und zog ihr Gesicht an seine Schulter.

„Schon gut“, flüsterte er und strich ihr über die Haare. „Schon gut. Euch ist nichts passiert. Du hast nichts falsch gemacht.“

„Audrey ist mein Baby“, schluchzte sie an seiner Schulter und machte keine Anstalten, sich von ihm zu lösen, sondern schmiegte ihr Gesicht an seinen Hals. „Ihr darf nichts passieren.“

„Ihr passiert auch nichts“, tröstete Patrick sie und glitt mit seiner Hand nun über ihren Rücken.

Er wusste nicht, was er dabei empfinden sollte, Amys Gesicht an seiner Schulter zu spüren und ihr gleichzeitig über den Rücken zu streicheln. Neben dem Mitleid und der eigenen Trauer gab es nämlich einen Funken in seinem Inneren, den er erfolglos zu unterdrücken versuchte. Süße Schwere breitete sich in ihm aus, als Amy seufzte und erschöpft gegen seinen Hals atmete.

„Du bist nicht schuld an dem Unfall", murmelte er und kämpfte gegen das Bedürfnis an, seinen Kopf gegen ihren zu schmiegen. „Unserer Tochter geht es gut."

Sie schniefte und legte den Kopf eine Winzigkeit zurück. „Du hast *unsere* Tochter gesagt."

Angesichts ihrer blauen Augen, in denen er zu ertrinken fürchtete, wenn er nicht höllisch aufpasste, schluckte er den Kloß in seinem Hals hinunter und verharrte mit seiner Hand auf ihrem Rücken.

„Ja, das habe ich."

Sie schwieg einen Augenblick, bevor sie flüsterte: „Bitte, bring das Auto wieder zurück. Ich brauche es nicht."

Vorsichtig schüttelte er den Kopf. Seine Hand ließ er dort, wo sie war. „Ich möchte, dass ihr beide in einem sicheren Auto sitzt."

Besorgt runzelte sie die Stirn. „Aber was ist, wenn ich nie wieder mit einem Auto fahren kann?"

„Das kannst du", behauptete er fest.

„Patrick ..."

Er schimpfte sich einen Idioten, als er sanft vorschlug: „Wenn du willst, können wir es täglich versuchen."

11. Kapitel

„Hallo, Mom." Patrick beugte sich zu seiner Mutter, die sich entspannt auf einer Liege rekelte, und gab ihr einen Kuss auf die Wange. „Hier steckt ihr also."

„Hallo, Liebling. Du bist früher zurück, als ich gedacht hatte." Eleanore deutete auf das kreischende Mädchen, das fröhlich im beheizten Pool der Familie tobte. „Deine Tochter ist eine richtige Wasserratte und will nicht mehr aus dem Pool heraus."

Patrick folgte ihrem Blick und entdeckte seine Tochter, die großen Spaß daran zu haben schien, das Poolhaus mit ihrem fröhlichen Kreischen zu erfüllen und lauthals im Wasser zu planschen. Während sie im Wasser tollte, saß ihre Mutter in Shorts und T-Shirt am Beckenrand und lachte über Audreys Vergnügen. Ihm wurde beim Anblick der beiden ganz anders. Den bisherigen Tag hatte er nur an sie denken können und hatte aus diesem Grund sein Meeting verkürzt, um wieder nach Hause zu fahren. Jetzt war es erst vier Uhr nachmittags. Anscheinend war er gerade rechtzeitig gekommen, um Audrey bei ihren Schwimmversuchen zu beobachten.

Audrey schien ihn gesehen zu haben, da sie lauthals rief: „Daddy! Schau mal!"

Lächelnd winkte er. „Hallo!"

Während er langsam zu ihnen schlenderte, schlüpfte er aus seinem Sakko und legte dieses anschließend auf eine Liege. Da er sich zu Amy an den Beckenrand gesellen wollte, zog er seine Schuhe sowie die Socken aus und krempelte die Hose nach oben, bevor er neben ihr stehen blieb und mit einem Lächeln zu ihr hinabblinzelte.

„Hi."

Sie hatte den Kopf in den Nacken gelegt und erwiderte sein Lächeln. „Hi."

Das angenehme Pochen in seiner Herzgegend stellte sich ganz plötzlich ein, während er ihren fröhlichen Gesichtsausdruck einfing und erkennen musste, dass ihre blauen Augen Macht über ihn zu besitzen schienen. Waren sie unglücklich, fühlte er sich mies, aber strahlten sie ihn an – so wie jetzt –, brachte dies sein Herz in einen gehörigen Taumel.

„Daddy, schau! Ich habe einen neuen Badeanzug!"

Nur mühsam konnte er sich von dem Gesicht seiner Frau losreißen und stattdessen zu seiner Tochter schauen, die mit Schwimmflügeln im seichten Wasser des Pools planschte.

„Der sieht ja toll aus", lobte er euphorisch.

Audrey kicherte und jubelte: „Mommie hat ihn mir gekauft!"

„Gut gemacht, Mommie", stellte er mit einem weiteren Blick auf sie fest.

Ihr weicher Mund kräuselte sich. „Ich hatte sowieso nicht viel zu sagen, schließlich hat sie ihn sich ausgesucht."

Patrick versuchte die drängende Hitze in seinem Bauch zu ignorieren und setzte sich neben sie, während er seine Füße im warmen Wasser des Pools baumeln ließ. „Geschmack hat sie, das muss man ihr lassen."

Amys fröhliches Lachen drang in sein Ohr. „Ich werde dich daran erinnern, wenn sie später Miniröcke und hohe Schuhe tragen will."

Er stieß ein übertriebenes Schnauben aus. „Nur über meine Leiche."

„Das Schicksal überfürsorglicher Vater", neckte sie ihn sanft, um anschließend neugierig zu fragen: „Wie war dein Tag?"

„Glücklicherweise sehr kurz", erwiderte er vergnügt.

„Schwänzt du etwa deine Arbeit, Patrick?", wollte sie schelmisch wissen.

„Pst", raunte er ihr zu und registrierte mit Vergnügen, dass sie nicht zurückwich, als sie die Köpfe zusammensteckten. „Sag es nicht meinem Boss."

Vergnügt wie ein Kind stupste sie ihn unter Wasser mit ihrem Fuß an. „Ich schweige wie ein Grab."

„Daddy", bettelte Audrey laut. „Komm doch auch ins Wasser!"

Bedauernd schüttelte er den Kopf. „Ich habe doch gar nichts Passendes an, Mäuschen."

Seine Tochter machte ein betrübtes Gesicht. „Mommie will auch nicht mehr ins Wasser."

Lächelnd lehnte er sich zurück. „Deine Mommie hat ja auch nicht das Passende fürs Schwimmen an."

Audrey protestierte augenblicklich. „Aber Mommie hat auch einen neuen Badeanzug, Daddy!"

„Ein neuer Badeanzug?" Interessiert sah er Amy in die Augen und stellte fest, dass sie abrupt errötete. „Zeig mal her!"

Abwehrend schüttelte sie den Kopf. „Ich habe ihn schon zum Trocknen aufgehängt."

„Wo?" Ohne ihre Antwort abzuwarten, drehte er suchend den Kopf herum und entdeckte tatsächlich einen winzigen schwarzen Bikini, der über einem Stuhl hing und den er sehr gerne an ihr gesehen hätte.

Mit einem breiten Grinsen nickte er ihr zu. „Ein Badeanzug? Das sieht eher nach einem winzigen Bikini aus."

„Deine Mutter hat ihn gekauft", verteidigte sie sich peinlich berührt. „Ich wollte ihn nicht kaufen, aber Eleanore hat nicht auf mich gehört."

Lachend prustete er: „Ganz schön schlau von ihr."

Amy jammerte leise los. „Du willst mich in Verlegenheit bringen, Patrick."

„Überhaupt nicht", widersprach er ihr belustigt und verschwieg, dass ihr Anblick in diesem winzigen Bikini vermutlich zu viel für seine Selbstbeherrschung sei.

„Mommie, zieh den hübschen Bikini für Daddy an", verlangte Audrey zu allem Überfluss.

„Jetzt nicht, mein Schatz", entgegnete Amy neben ihm resolut, auch wenn ihre Wangen knallrot geworden waren. Er konnte nicht leugnen, dass ihm das gefiel. „Du solltest auch bald aus dem Wasser kommen, Mäuschen, sonst bist du ganz verschrumpelt."

„Aber Mommie", bettelte Audrey. „Ich will noch drinbleiben!"

Seufzend wandte ihre Mutter ein: „Möchtest du wie eine Rosine verschrumpeln?"

„Ich möchte mit dir und Daddy schwimmen", rief die Kleine.

„Jetzt nicht", antwortete Amy kopfschüttelnd und erhob sich vom Becken.

Wie es schien, konnte Audrey trotz aller Folgsamkeit ein kleiner Dickkopf sein. „Warum nicht?"

Angesichts der frustrierten Miene seiner Frau musste er lachen und ahmte seine Tochter nach. „Ja? Warum nicht?"

Fragend legte sie den Kopf schief, stemmte beide Hände in ihre schlanke Taille und schaute ihn durchdringend an. „Heißt das, dass du schwimmen willst, Patrick?“

Er öffnete den Mund, um eine lässige Antwort zu geben, als sie sich blitzschnell zu ihm hinunterbeugte, beide Hände gegen seinen Rücken legte und ihn einfach ins Becken stieß. Patrick schnappte vor Schreck nach Luft und merkte im nächsten Moment, wie er unter Wasser ging – samt seiner Kleidung. Als er wieder auftauchte und sich sein nasses Haar aus den Augen strich, musste er feststellen, wie seine Frau lauthals lachte, seine Mom am anderen Ende des Pools prustend auf ihrer Liege lag und seine Tochter begeistert kicherte.

Schnaufend trat er Wasser und merkte, dass seine Kleidung ihm schwer am Körper klebte. „Danke, Amy!“

„Nichts zu danken“, erwiderte sie fröhlich und rieb sich die Hände.

Als würde er sie auf das Wetter ansprechen, erklärte er beiläufig: „Dir ist schon klar, dass ich mein Handy in der Hosentasche hatte, oder?“

Erschrocken hob sie den Kopf. „Was? Mist! Patrick ...“ Zerknirscht trat sie an den Beckenrand und beugte sich hinunter, um ihm die Hand zu reichen. „Das tut mir wahnsinnig leid. Komm, ich helfe dir raus.“

Mit ernstem Gesicht schwamm er die zwei Meter an den Rand und ergriff ihre Hand, um sie im nächsten Moment schwungvoll ins Becken zu ziehen.

Ihr Kreischen war wie Musik in seinen Ohren.

Als sie prustend auftauchte, legte er seine Arme um sie und raunte zufrieden: „Reingelegt.“

„Das ist nicht fair“, hustete sie und strich sich ihr blondes Haar zurück.

„Aber hallo“, antwortete er, während er den Spaß seines Lebens hatte.

Dass sie plötzlich die Arme um seinen Nacken schlang, ließ seinen Puls in die Höhe jagen und ihm gleichzeitig heiß und kalt werden, da sie ihre Augen verzückt schloss und den Mund spitzte. Bevor er wusste, wie ihm geschah, hatte sie ihre Hände auf seinen Kopf gelegt und drückte ihn kräftig unter Wasser.

„Ha! Das war die Rache“, hörte er sie zufrieden rufen, als er ebenfalls hustend wieder auftauchte und gegen das Wasser in seinen Augen anblinzelte. Wie es schien, versuchte sie wegzuschwimmen, doch gegen ihn hatte sie keine Chance.

Nach weiteren gegenseitigen Attacken schwammen sie um Audrey herum, die vor lauter Spaß kreischte und auf das Wasser schlug, und betrieben eine spielerische Verfolgungsjagd.

Amys atemlose Stimme bettelte: „Gnade, Patrick! Ich bitte dich!“

„Was sagst du, Audrey? Haben wir Gnade mit deiner Mom?“

„Ja, Daddy! Gnade!“

Über Audreys fröhliches Betteln begannen Patrick und Amy dröhnend zu lachen und wurden von Eleanore unterbrochen, die an den Beckenrand geschlendert war und ein großes Handtuch in den Händen hielt.

„Ihr beide gebt wirklich ein gutes Beispiel ab“, tadelte sie belustigt.

„Entschuldige, Mom“, gluckste Patrick.

„Ja, Eleanore“, bestätigte Amy lachend. „Entschuldige!“

Ihre Schwiegermutter verdrehte die Augen und nickte ihrer Enkelin zu. „Komm heraus, Liebling. Wir gehen in dein Zimmer und ziehen dir etwas Warmes an.“

Bei ihrer Großmutter gehorchte die Fünfjährige augenblicklich und planschte zu der seichten Treppe hinter sich.

Während seine Mom und Audrey das Poolhaus verließen, schwammen auch sie beide zu der Treppe und stiegen tropfnass aus dem Becken. Zu seinem Unglück musste er mit ansehen, wie Amy vor ihm die Stufen erklomm und ihm ihre langen Beine sowie ihren wohlgeformten Po präsentierte, der in knallengen Shorts steckte, die sich verführerisch an ihre Haut schmiegten. Noch sehr viel interessanter war jedoch das weiße Shirt, das tropfnass und beinahe durchsichtig war. Ein rascher Blick sagte ihm, dass sie nichts unter dem Shirt trug. Am liebsten hätte er laut gestöhnt.

Bevor er sich jedoch ein weiteres Mal diesem interessanten Anblick widmen konnte, griff Amy nach einem Handtuch und schlang es sich um die Schultern. Zudem erklang ein Räuspern vom Eingang des Poolhauses, das ihm sagte, dass sein vermaledeiter Bruder immer zu den ungünstigsten Momenten auftauchte.

Stuart stand mit starrer Miene und mit vor der Brust verschränkten Armen neben der Tür und rief ihm zu: „Patrick, ich muss mit dir reden.“

„Dir auch einen schönen Tag“, rief er bedeutungsvoll zurück und nahm Amy das Handtuch ab, das sie ihm schweigend reichte. Stuarts grober

Auftritt schien sie verstummt haben zu lassen. „Was gibt's?“

Sein Bruder fixierte ihn, schnaubte und knurrte: „Lass uns im Arbeitszimmer reden.“

Dann drehte er sich um und ging.

Angesichts Amys aufgelöster Miene stöhnte Patrick und versuchte sie zu besänftigen. „Du weißt doch, dass er ein Idiot ist.“

„Schon gut“, entgegnete sie mit einem zittrigen Lächeln, das ihre Verletzung zu überspielen versuchte. „Entschuldige, dass ich deine Kleidung ruiniert habe.“

„Nicht der Rede wert.“ Zögernd starrte er sie an und wollte etwas sagen, verlegte sich dann jedoch darauf, kurz ihren Arm zu drücken, bevor er seinem Bruder folgte und ihn in der Eingangshalle des Hauses abpasste. Anstatt jedoch ins Arbeitszimmer zu gehen, schlug Patrick den Weg zu seinem Schlafzimmer ein.

„Wo willst du hin?“, verlangte sein Bruder wütend zu wissen.

„Mich umziehen“, erwiderte Patrick nicht minder wütend und erklomm die Stufen in die erste Etage, während er hörte, dass Stuart ihm folgte. „Manchmal könnte ich dich schlagen, Stuart. Tatsächlich stehe ich kurz davor, dich gehörig zu verprügeln.“

„Mich?“, wollte sein Bruder empört wissen. „Dir sollte man ein bisschen Verstand einbläuen!“

Patrick warf ihm einen finsteren Blick über die Schulter zu und betrat sein Zimmer. „Du bist ein Arsch, Stuart, und unhöflich dazu.“

„Unhöflich?“ Sein jüngerer Bruder schüttelte fassungslos den Kopf, blieb in Patricks Schlafzimmer stehen und ballte die Hände zu Fäusten. „Diese Frau hat dein Leben zur Hölle gemacht, und was tust du? Du holst sie wieder her, schenkst ihr ein Auto und planschst mit ihr fröhlich im Pool herum! Bist du völlig übergeschnappt?“

Während er das klatschnasse Hemd aufknöpfte, verfinsterte sich sein Gesicht. „Ich wüsste nicht, was dich meine Ehe anginge!“

„Großer Gott“, ächzte Stuart verächtlich. „Ist es etwa so weit? Hat sie dich schon wieder weich gekocht?“

„Stuart“, stieß Patrick wütend hervor. „Sprich nicht von Sachen, die du nicht verstehst!“

„Genau!“ Sein Bruder hob eine Hand. „Ich verstehe dich nicht! Du hättest schon vor Jahren eine Scheidung erwirken müssen! Spätestens jetzt solltest du alles in die Wege leiten, um dich von ihr scheiden zu lassen, aber du machst keine Anstalten, Patrick.“

„Es ist nicht so einfach, wie du meinst“, wehrte Patrick gereizt ab. „Wir haben ein Kind.“

„Barbara und James haben sogar zwei Kinder und sind dennoch geschieden!“

„Amy und ich sind nicht Barbara und James“, knurrte er drohend.

„Stimmt.“ Stuart nickte und verzog das Gesicht zu einer abfälligen Grimasse. „Keiner von beiden hat dem anderen die Kinder vorenthalten.“

Patrick richtete sich stocksteif auf und stand kurz davor, seinen jüngeren Bruder niederzuschlagen, weil dieser in jenem abfälligen Ton von Amy sprach.

„Ich habe die Schnauze voll, dass du dich in meine Privatangelegenheiten einmischst, Stuart. Was Amy und ich zu klären haben, machen wir unter uns aus, und du hast dich gefälligst herauszuhalten!“

„Es geht mich sehr wohl etwas an, wenn du dich ihretwegen lächerlich machst!“

Mit geballten Fäusten zischte er: „Ich warne dich, Stuart, du gehst zu weit.“

„Schläfst du mit ihr?“

„Halt dich da raus!“

Provozierend rümpfte sein Bruder die Nase. „Weißt du, wie das vor Gericht aussieht, wenn du sie beschuldigst, dir deine Tochter verschwiegen zu haben, aber sie dem Richter erklärt, dass ihr es miteinander treibt?“

Patrick kochte vor Wut und holte aus, um Stuart einen heftigen Kinnhaken zu geben. Sein kleiner Bruder ächzte, taumelte nach hinten und stöhnte auf.

„Verdammtes Arschloch!“ Stuart schüttelte sich und betastete seinen Kiefer. „Was ist denn in dich gefahren?!“

„Lass Amy in Ruhe, verdammt noch mal!“, warnte Patrick ihn wutentbrannt. „Und sprich nicht so über sie!“

Verächtlich schüttelte sein Bruder den Kopf. „Sie muss ja ein heißer Feger im Bett sein, wenn du dich ihretwegen mit mir schlägst. Tu, was du nicht lassen kannst, aber komm bloß nicht zu mir angekrochen, wenn sie dir zum zweiten Mal das Herz bricht!“

In der Annahme, dass Patrick sich mit seinem Bruder im Arbeitszimmer des Erdgeschosses aufhielt, betrat Amy sein Schlafzimmer, um dort sein Sakko zu deponieren, das er im Poolhaus liegen gelassen hatte.

Rasch hatte sie sich in ihrem Zimmer die nassen Klamotten ausgezogen und war in einen kuschelweichen Trainingsanzug geschlüpft, bevor sie barfuß über den Flur gehuscht war, um ihm das Kleidungsstück zu bringen, solange er beschäftigt war. Nun stand sie in ihrem früheren Schlafzimmer und bemerkte, dass sich seit damals überhaupt nichts verändert hatte.

Mit einem wehmütigen Seufzer schloss sie die Tür hinter sich und schüttelte das elegante Sakko aus, das Patricks Duft verströmte, bevor sie es vorsichtig über einen Stuhl legte. Einen Augenblick verharrte Amy und strich gedankenverloren über den Bettüberwurf.

Als sie den Blick hob, stand Patrick auf der anderen Seite des Zimmers und verharrte mitten in der Bewegung.

Er war splitterfasernackt und kam gerade aus dem Badezimmer.

Sie hatte das Gefühl, als wäre eine Dampflokomotive über sie hinweggerollt und hätte ihr jegliche Luft zum Atmen aus den Lungen gepresst. Unweigerlich glitt ihr Blick über seinen nackten Körper, der vor Hitze zu dampfen schien. Es war so lange her, dass sie ihn berührt oder nackt gesehen hatte, dass sie eigentlich vergessen haben sollte, wie breit seine Brust war, wie ausgeprägt die Muskeln an seinen Armen und seinem Bauch waren und wie schmal seine Hüfte war, dennoch erinnerte sie sich schlagartig an jeden Muskel und jede Stelle seines Körpers.

Mit trockenem Mund und schwachen Knien konnte sie den Blick nicht von ihm abwenden und betrachtete hilflos, wie sich das Haar auf seiner Brust zu einem schmalen Streifen über seinen Bauch verjüngte und zu seinem Penis führte.

Ihre Wangen brannten, als sie abrupt den Blick hob und stotterte: „Was tust du hier, um Himmels willen?“

„Normalerweise wohne ich hier“, antwortete Patrick lässig und trocknete sich das Haar mit einem Handtuch ab. Er machte nicht den Anschein, durch ihr Auftauchen peinlich berührt zu sein. Amy dagegen wäre vor Scham beinahe im Boden versunken.

Unglücklicherweise klebte ihr die Zunge am Gaumen, sodass sie aufgebracht krächzte: „Du ... du solltest mit Stuart doch in deinem Arbeitszimmer sein!“

„Er ist bereits gegangen.“ Er zuckte mit der Schulter und sah sie neugierig an – nackt.

Mit puterrotem Gesicht versuchte sie sich zu verteidigen. „Du hast dein Sakko am Pool liegen gelassen! Ich ... ich wäre nie in dein Zimmer gekommen, wenn ... wenn ...“

„Wenn du gewusst hättest, dass ich nackt bin?“

„Ja!“

Sein heiseres Lachen machte sie fassungslos. Wie konnte er ausgerechnet jetzt lachen?

„Es ist ja nicht so, als hättest du mich vorher nie nackt gesehen.“

Zittrig holte sie Luft und flüsterte: „Das ist nicht komisch, Patrick.“

Er warf sein Handtuch beiseite und kam auf sie zu, bevor er sich gegen den Bettpfosten lehnte. „Da muss ich dir recht geben.“

Amy stellte fest, dass seine Augen lasziv über ihren Körper glitten, und kämpfte gegen ein Schwindelgefühl an, als er mit heiserer Stimme flüsterte: „Du bist verdammt niedlich.“

Unverwandt starrte sie ihn an und konnte sich nicht rühren, als er dicht vor sie trat und eine Hand ausstreckte. „Du weißt doch, wie niedlich du in diesem rosafarbenen Anzug bist, oder?“

Sie schüttelte schwach den Kopf und wäre fast zusammengesackt, als er mit seinem Daumen über den klopfenden Puls an ihrem Hals fuhr. Mühsam schluckte sie und spürte, wie sich ihre Brustwarzen gegen den weichen Stoff ihrer Jacke pressten und sich brodelnde Hitze in ihrer Körpermitte sammelte.

„Patrick“, flüsterte sie unsicher und atmete schwer. „Nicht ...“

Seine Finger fanden ihren Nacken und massierten die sensible Stelle unter ihrem Haaransatz. Einen tiefen Seufzer konnte sie nicht zurückhalten und schloss die Augen, weil sich alles vor ihren Augen drehte. Sie sollte sofort den Raum verlassen, bevor sie beide etwas taten, was nicht sein durfte, doch leider gehorchten ihre Beine ihr nicht mehr. Amy konnte an nichts anderes als daran denken, dass sein Körper vor Hitze dampfte und sein warmer Atem über ihre Wange und ihr Ohr streifte.

Als sein Mund federleicht ihr Ohrläppchen berührte und dann langsam über jeden Millimeter ihres Halses und ihrer Kehle glitt, stieß sie ein tiefes Stöhnen aus. Wie in Trance ließ sie zu, dass seine Zunge ihren Hals berührte und feuchte Stellen hinterließ, über die er anschließend seinen Atem strich. Eine Gänsehaut überzog ihren ganzen Körper.

Am Rande spürte sie, wie sich eine Hand unter ihre Jacke schob und ihren nackten Rücken streichelte. Augenblicklich lehnte sie sich gegen eine stahlharte Brust und legte den Kopf in den Nacken, als Patrick ihre Kehle mit kleinen Bissen marterte.

„Mhh.“ Seine Stimme klang rau und belegt.

Amy stöhnte seinen Namen, während eine winzige Stimme in ihrem Kopf flüsterte, dass sie das nicht zulassen durfte. Sie protestierte sogar mit einem winzigen Laut, als er den Reißverschluss ihrer Jacke nach unten zog.

„Lass mich“, raunte er, während seine andere Hand unter ihre Hose schlüpfte und über ihren Po glitt. Gleichzeitig strich seine andere Hand mit federleichten Berührungen über ihren Bauch und tastete sich langsam höher, bis sie ihre Brüste fand.

Stöhnend versteifte sie sich, als er seine Handfläche abwechselnd über ihre harten Brustwarzen rieb. Ihr Körper presste sich fordernd an seinen, was dazu führte, dass sie an ihrem Bauch die stahlharte Erektion fühlte und keinen klaren Gedanken mehr fassen konnte. Als Patrick dann auch noch den Kopf senkte und erst an der einen und dann an der anderen Brustwarze saugte, konnte Amy nicht mehr an sich halten und klammerte sich stöhnend an seinen Schultern fest. Seine Zähne schlossen sich sanft um ihre Brustwarzen, seine Hand glitt vorne in ihre Hose und sein Penis drückte sich steinhart gegen ihren Bauch. Sie rang nach Atem, als seine Finger in ihre feuchte Mitte stießen.

Undeutlich hörte sie seine gebrochene Stimme. „Gott, ich will dich.“

Als Antwort stöhnte sie und klammerte sich noch fester an seine breite Schulter und drängte sich gegen seine pochende Erektion. In ihrem Inneren schmolz sie dahin und wollte ihn nicht mehr loslassen.

Wimmernd rieb sie sich an ihm und ließ mit der rechten Hand seine Schulter los, um mit dieser über seinen Körper zu fahren, seine Hüften zu streicheln und anschließend seine Erektion zu umfassen.

Augenblicke später lag sie auf dem Bett und spürte, dass er an ihrer Hose zerrte und sich gleich darauf auf sie legte. Amy sah mit klopfendem Herzen zu ihm auf und wollte die Hand ausstrecken, um sein Gesicht zu berühren, das weder lächelte noch irgendeine Gefühlsregung abgab. Er ließ dies jedoch nicht zu, sondern fing ihre Hand ab und presste diese auf die Matratze. Dass er sich von ihr nicht berühren lassen wollte, versetzte ihr einen Stich.

„Stuart glaubt, dass wir miteinander schlafen."

Verwirrt sah sie ihn an und konnte nicht begreifen, was er ihr sagen wollte. Mit trockener Kehle flüsterte sie: „Was?"

Er antwortete nicht, sondern senkte den Kopf, saugte heftig an ihrer Kehle und drehte sie anschließend auf den Bauch. Sie krallte ihre Hände in die Bettlaken, als er ihre Hüften anhob und in sie eindrang.

Unweigerlich entfuhr ihr ein kleiner Schrei, denn obwohl sie feucht war, tat ihr sein Eindringen fast weh.

Patrick musste es gehört haben, da er innehielt, bewegungslos verharrte und seine Finger über ihr Rückgrat gleiten ließ, um anschließend ihre Brüste zu umfassen.

Amy senkte den Kopf, als er eine Hand tiefer wandern ließ, um ihre Klitoris zu streicheln, und stöhnte erregt auf.

Langsam begann er sich zu bewegen. „Bist du okay?"

Ihr Mund war dermaßen trocken, dass sie nicht antworten konnte. Stattdessen presste sie ihren Po gegen seine Lenden und senkte den Oberkörper.

Seine Antwort bestand aus einem heiseren Fluch, bevor er schneller in sie eindrang und sie fester packte.

Amy vergrub das Gesicht im Bett und musste sich auf die Lippe beißen, um ihre Lustschreie zu unterdrücken, als er tief und fest in sie eindrang.

Sie konnte hören, dass er etwas stammelte, verstand den Sinn seiner Worte jedoch nicht. Eine unglaubliche Spannung baute sich zwischen ihren Beinen auf, die plötzlich explodierte und sie am ganzen Körper zucken ließ.

Abrupt zog er sich aus ihr zurück und drehte sie auf den Rücken.

Benommen schlug Amy die Augen auf und sah, wie sich Patrick wieder über sie beugte, mit seinen Händen ihre umfasste und neben ihrem Kopf festhielt, während seine Knie ihre Beine spreizten. Als er wieder in sie eindrang, stöhnte sie auf.

„Ich kann nicht noch einmal“, wimmerte sie undeutlich.

Entschlossen schüttelte er den Kopf und presste seinen Bauch gegen ihren. „Doch.“

Sie konnte ihn tief in sich fühlen, während die Nachwirkungen ihres Orgasmus durch jede Ader ihres Körpers pulsierten.

„Doch, du kannst.“

Geradezu verzweifelt schlang Amy ihm die Beine um die Hüften und hob sich ihm entgegen, als er immer wieder in sie eindrang.

Seine Bewegungen wurden schneller. Amy sah zu ihm auf. Seine Miene war vor Erregung verzerrt, die Augen hielt er geschlossen, das Kinn nach vorne gepresst und den Kopf hatte er in den Nacken geworfen.

Sie hätte gerne sein Gesicht berührt, doch er hielt noch immer ihre Hände in seinen. Außerdem fiel ihr auf, dass er sie nicht ein einziges Mal geküsst hatte. Wie betäubt schloss sie die Augen, spürte eine wachsende Erregung in sich aufsteigen und wünschte sich gleichzeitig, dass er sie einfach küssen würde.

Plötzlich begann er laut zu stöhnen, bewegte sich ruckartig und ließ sich anschließend auf sie fallen. Bewegungslos lag sie unter ihm, fühlte sein heftig schlagendes Herz an ihrer Brust und spürte, dass sie noch immer miteinander verbunden waren. Zu gerne hätte sie ihn jetzt berührt, umarmt und geküsst, aber sie ahnte, dass er dies nicht wollte.

Amy hatte gerade einen der intensivsten Höhepunkte erlebt, die Patrick ihr bislang geschenkt hatte, und dennoch ...

Mit einem Kloß im Hals schloss sie die Augen. Irgendetwas fühlte sich nicht richtig an. Wieso hatte er sie nicht geküsst? Und wieso rollte er sich mit einem Fluch auf den Lippen von ihr herunter, um neben ihr liegen zu bleiben und seinen Handrücken über seine Augen zu legen?

Sie schluckte hart und wagte es, einen Blick in sein Gesicht zu werfen. Der bittere Zug um seinen Mund und die grimmige Miene versetzten ihr einen Stich. Mit einem Mal fühlte sie sich schlecht und benutzt. Amy stand kurz vor einem Tränenausbruch und musste daran denken, dass sie in dem Bett lag, in dem Patrick und sie ihre Tochter gezeugt hatten und in dem sie gerade eben heißen, lieblosen Sex gehabt hatten, den sie beide bereits zu bereuen schienen. Außerdem hatte er sie nicht geküsst, sondern ihr lediglich die Hose ausgezogen, denn auch ihre Jacke hing völlig wirr um ihre Schulter.

„Scheiße“, flüsterte er plötzlich wütend. „Scheiße.“

Amy erstarrte neben ihm. Langsam drehte sie den Kopf zur Seite und schluckte die aufsteigenden Tränen hinunter. Mit staubtrockenem Mund erhob sie sich langsam und setzte sich zögernd auf. Sie wollte seinen Augen absichtlich ausweichen, genauso wie einer Konfrontation, denn ein Blick in ihr Gesicht hätte ihm offenbart, wie verletzt sie war.

Vorsichtig rutschte sie an den Rand des Bettes und versuchte, mit zitternden Händen ihre Jacke zu schließen, bevor sie nach ihrer Hose griff.

Er setzte sich nun ebenfalls auf, was sie panisch werden ließ.

Hastig schlüpfte sie in ihre Hose und sprang auf die Füße.

Zwar rief er ihren Namen, aber Amy blieb nicht stehen, um ihn anzuschauen, sondern rannte förmlich aus seinem Zimmer.

12. Kapitel

Als Amy am nächsten Tag aufwachte, fühlte sie sich wie gerädert, da sie kaum ein Auge zugemacht hatte. Mit der Ausrede, Kopfschmerzen zu haben, hatte sie sich in ihrem Zimmer verkrochen, um Patrick nicht beim Abendessen begegnen zu müssen. Nachdem sie beide miteinander geschlafen hatten, wäre sie nicht imstande gewesen, ihn zu sehen. Vor allem dann nicht, wenn seine Mom und Audrey dabei waren. Auch heute wäre sie ihm am liebsten aus dem Weg gegangen, doch leider hatte Audrey ihren wöchentlichen Termin im Kinderkrankenhaus von Manhattan, was bedeutete, dass sie beide ihre Tochter begleiten würden.

Der Gedanke, neben ihm zu sitzen, mit dem Arzt zu sprechen und gleichzeitig darüber zu grübeln, dass sie gestern übereinander hergefallen waren und dass er nur mit ihr geschlafen hatte, um ein sexuelles Bedürfnis zu stillen, während sie nichts anderes gewollt hatte, als wieder bei ihm zu sein, ihn zu fühlen und ihn zu küssen, ließ sie verzweifelt zurück.

Daher klopfte ihr Herz schmerzhaft gegen ihre Brust, als sie das Frühstückszimmer betrat und zu ihrer grenzenlosen Erleichterung bemerkte, dass Patrick nicht da war. Stattdessen saß Eleanore neben Audrey und goss der Kleinen etwas Milch ein.

„Guten Morgen, Liebes“, begrüßte ihre Schwiegermutter sie fröhlich. „Was machen deine Kopfschmerzen?“

Dass sie Eleanore belügen musste, damit diese nicht erfuhr, dass Amy gestern hemmungslosen Sex mit ihrem Sohn gehabt hatte, während sie bei Audrey gewesen war, um ihr beim Umziehen zu helfen, trieb ihr Schamesröte in die Wangen. „Mir geht es schon viel besser. Danke, Eleanore."

„Patrick lässt ausrichten, dass er heute Morgen dringend ins Büro musste."

„Oh." Auch wenn Eleanore vermutlich damit gerechnet hatte, dass Amy die Nachricht enttäuschen würde, jubelte diese innerlich. „Das geht in Ordnung. Audrey und ich können auch alleine ins Krankenhaus fahren. Das ist kein Problem."

„Unsinn", widersprach ihre Schwiegermutter und schenkte ihr ein beruhigendes Lächeln. „Patrick besteht darauf, euch zu dem Arzttermin zu begleiten. Ihr sollt vorher bitte ins Büro kommen, damit ihr zusammen ins Krankenhaus fahren könnt."

Diese Nachricht wiederum ließ jeglichen Appetit plötzlich verschwinden.

Kurze Zeit später saß Amy mit einem fröhlichen Kind in Patricks Limousine, die er freundlicherweise für sie daheim gelassen hatte, und musste sich Audreys Begeisterungsrufe anhören, weil sie es gar nicht erwarten konnte, das Büro ihres Daddys kennenzulernen. Amy dagegen war weniger begeistert.

In dem riesigen Bürogebäude, das Patricks Unternehmen beherbergte, wurden sie mit ausgesuchter Freundlichkeit durch diverse Sicherheitsschranken geführt und zu einem Aufzug gebracht, der bei Audrey zu tellergroßen Augen führte. Die Kleine wusste vor lauter Staunen nicht, wohin sie zuerst schauen sollte, als sie mit dem verglasten Aufzug in die oberste Etage fuhren und dabei einen Blick nach draußen werfen konnten. In der obersten Etage hatte sich seit ihrem letzten Besuch einiges verändert, stellte Amy fest, als sie an einer eleganten Rezeption vorbei, durch einen mit wunderschönem Parkettboden ausgelegten Flur geführt und schließlich in Patricks Vorzimmer gebracht wurden.

Dort wartete bereits Patricks Sekretärin, die sich Amy geradezu ehrerbietig vorstellte und auch Audrey sehr freundlich begrüßte. Das hektische Klackern ihrer Pumps war zu hören, als sie zu den riesigen Doppeltüren eilte, hinter denen sich Patricks Büro befand.

Sie war noch nicht einmal dort angekommen, als sich die Türen öffneten und Patrick erschien. Sein Blick glitt suchend durch den Raum, bis er Amy gefunden hatte und sie anstarrte. Mit einem bitteren Magengefühl biss sie die Zähne zusammen und blieb erstarrt stehen.

Keiner von beiden rührte sich, bis er heiser erklärte: „Da hatte ich doch richtig gehört."

„Daddy!" Audrey stürzte sich auf ihren Vater, der sie gleich hochhob und auf seinen Arm setzte. Nur langsam schien er seinen Blick von Amy losreißen zu können.

„Hallo, mein Schatz." Er drückte Audrey einen Kuss auf die Wange. „Bist du mit Mommie vorbeigekommen, um dir mein Büro anzusehen?"

Kichernd nickte die Kleine und begann ihm von dem tollen Fahrstuhl zu erzählen, in dem sie soeben gefahren war. Währenddessen machte Patrick ein gespielt verblüfftes Gesicht, hörte sich mit einer Engelsgeduld die Ausführungen seiner Tochter an und hielt sie weiterhin auf seinem Arm fest. Amy konnte nicht anders, als beim Anblick der beiden heiße Liebe zu empfinden.

Räuspernd wandte er ihr wieder das Gesicht zu und wollte mit weicher Miene wissen: „Möchtet ihr noch einen Augenblick hereinkommen, bevor wir fahren?“

Das wollte sie ganz sicher nicht, aber sie hätte schlecht Nein sagen können, zumal Audrey heftig nickte.

Also ließ sie sich von Patrick in sein Büro führen, bemerkte, dass auch hier renoviert worden war, und starrte fassungslos auf das Bild an der linken Wand, das professionell ausgeleuchtet und mit einem wunderschönen Rahmen versehen war.

Es war ihr Bild.

Da ihr Blick sprachlos an dem Bild hängen blieb, hatte auch Audrey es bemerkt und erklärte ihrem Vater, während sie noch immer auf seinem Arm saß: „Das ist ein hübsches Bild!“

„Oh ja“, bestätigte er und schaute Amy von der Seite an. „Das Bild hat deine Mom gemalt.“

„Ehrlich?“ Audrey schien begeistert zu sein. „Mommie, ich möchte auch so ein Bild haben! Das hänge ich dann über mein Bett und kann es mir immer ansehen.“

Als Amy nicht antwortete, lachte Patrick sanft. „Ich bin mir sicher, dass deine Mom dir auch ein Bild malt. Möchtest du dich in meinen Sessel setzen und dich darin drehen?“

„Ja, bitte!“

„Sehr gut, dann können Mommie und ich uns unterhalten.“

Ihr blieb beinahe das Herz stehen, als sie dies hörte, und sie verschränkte panisch die Hände vor ihrem Körper, denn nach dem gestrigen Tag wollte sie nur ungern mit ihm allein reden.

Schweigend kam er zu ihr zurück, nachdem er Audrey in seinen Sessel gesetzt hatte, und führte sie zu einer Ledercouch. Nervös und befangen setzte sie sich und musste beobachten, wie er einen Sessel heranzog und sich so dicht zu ihr setzte, dass sich ihre Knie beinahe berührten. Zu ihrer Schande stieg heftige Röte in ihr Gesicht. Gleichzeitig nahm sie alle möglichen Einzelheiten seines Gesichts auf einmal wahr – wie die kleinen Lachfältchen um seine Augen, das eckige Kinn, die herrlichen Lippen mit dem leicht arroganten Schwung und den Hauch seines Aftershaves.

„Habt ihr gut hergefunden?"

„Mhm", antwortete sie einsilbig und starrte auf den Couchtisch vor sich, um ihm nicht ins Gesicht sehen zu müssen.

Er schien kurz zu zögern. „Ist Audrey schon nervös wegen der Untersuchung?"

Amy schüttelte den Kopf und konnte sich nicht überwinden, ihm zu sagen, dass Audrey ihr auf dem Weg versprochen hatte, ein braves Mädchen zu sein, selbst wenn man ihr Blut abnehmen würde.

Seine Stimme nahm einen beinahe zurückhaltenden Tonfall an. „Vielleicht können wir nach dem Termin mit Audrey eine Pizza essen gehen, wenn du magst."

Sie nickte und verschränkte ihre Finger miteinander, ohne dabei aufzusehen.

„Amy, wegen gestern ..."

Abrupt wollte sie aufspringen und fliehen, als er ihre Hand ergriff und sie daran hinderte, sich von ihrem Platz zu erheben.

„Können wir bitte darüber reden, Amy?", flehte er mit viel zu hoher Stimme.

Sie schluckte und ließ ihre Augen nervös hin und her wandern.

„Warum kannst du mir nicht mehr in die Augen sehen?“, fragte er ruhig.

Amy holte zitternd Luft und blickte ihn nun mit einem gehetzten Blick an, den er stumm erwiderte. Panisch schüttelte sie den Kopf.

Mit einer bedauernden Miene legte er den Kopf schief und seufzte tief. Gleichzeitig ließ er ihre Hand nicht los. „Es tut mir leid ...“

„Sag das nicht“, krächzte sie mit einem Flüstern.

„Was soll ich nicht sagen?“

Ihr Gesicht war wie betäubt, als sie die Zähne zusammenbiss und gequält erwiderte: „Sag nicht, dass es dir leidtut.“

„Himmel, Amy“, entgegnete er rau und beugte sich vor, während er ihre Hand drückte. „Ich habe mich wie ein Wilder benommen.“

Als sie nicht antwortete, holte nun er angespannt Luft. „Bitte, sag etwas.“

Nach einem abgehackten Seufzen flüsterte sie: „Ich … ich schäme mich.“

Ungläubig schnappte er nach Luft. „*Du* schämst *dich*?“

Unglücklich drehte sie den Kopf zur Seite. „Lass mich …“

„Amy …“

Sie schluckte und entzog ihm ihre Hand. „Bitte, Patrick. Ich fühle mich nicht besonders.“

„Habe ich dir etwa wehgetan?“, fragte er mit einem tiefen Stöhnen und riss seine wunderschönen Augen ängstlich auf. „War ich grob? Hast du Schmerzen?“

Amy schüttelte den Kopf und blickte zur Seite.

Bevor sie wusste, was passierte, stand er auf und erhob sich, um kurz darauf mit einem Glas Wasser zurückzukommen und es ihr zu reichen. Zitternd nahm sie es entgegen und trank schlückchenweise, während er sich auf seinen Sessel sinken ließ.

Patrick suchte wieder ihren Blick und fuhr sich unsicher über seine Lippen. „Hör zu, Amy, ich weiß, dass gestern nur einer von uns dafür verantwortlich war, dass wir miteinander geschlafen haben – und das war ich. Du musst dich nicht schämen. Für nichts.“

Sie stellte das Glas ab. „Aber das tue ich“, wisperte sie unglücklich. „Ich schäme mich ganz furchtbar.“

„Wofür denn?“, wollte er sanft wissen. „Wenn wir ehrlich sind, habe ich dir keine große Wahl gelassen. *Ich* schäme mich“, gab er bedrückt zu und rang seine Hände.

Amy wollte etwas erwidern, doch ihr blieb jedes Wort im Hals stecken. Wie betäubt starrte sie auf ihre Hände und wünschte sich, dass alles anders wäre. Sie wünschte sich, ihn niemals verlassen zu haben und jetzt nicht neben ihm zu sitzen und nicht zu wissen, was sie sagen sollte. Außerdem wünschte sie sich, dass Audrey ihren Dad nicht erst mit fünf Jahren kennengelernt hätte.

„Es tut mir leid, Amy“, unterbrach er ihre Gedanken und umfasste ihre Hände ein weiteres Mal mit seinen. „Es tut mir leid. Ich hoffe, dass ich nichts kaputt gemacht habe.“

Erstickt schüttelte sie den Kopf und merkte, wie sich eine Träne aus ihrem Augenwinkel löste. Sein Kopf fuhr augenblicklich in die Höhe.

„Grundgütiger!“ Er verfiel in den Lieblingsfluch seiner Mutter und flüsterte entsetzt: „Ich habe dir gestern doch wehgetan.“

„Nein“, widersprach sie zittrig. „Das hast du nicht.“

Seine Augen verfinsterten sich, als er mit belegter Stimme murmelte: „Aber ich habe doch gehört, dass du ...“

„Patrick“, unterbrach sie und holte tief Luft, während ihr Gesicht brannte. „Du ... du hast mir nicht wehgetan.“

„Aber ich war grob.“

Amy schluckte und flüsterte aus Rücksicht auf das Mädchen, das am anderen Ende des Zimmers Kreise im Bürostuhl seines Daddys drehte: „Du wolltest nicht mit mir schlafen und warst wütend. Ich verstehe das.“

„Wie kommst du denn darauf?“, wollte er ungläubig wissen.

Kurz nagte sie auf ihrer Unterlippe herum, bevor sie unglücklich erläuterte: „Du hast mich nicht geküsst, etwas von deinem Bruder erzählt und ... und anschließend geflucht. Ich weiß, was das bedeutet, Patrick.“

„Es bedeutet, dass ich ein Idiot bin“, gab er zu und hatte damit begonnen, über ihre Fingerknöchel zu streicheln. „Aber das heißt nicht, dass ich nicht mit dir schlafen wollte.“

Sie schlang ihre Arme um sich. „Ich will nicht darüber reden.“

„Scheiße“, fluchte er niedergeschlagen. „Du bist wütend auf mich.“

„Ich bin nicht wütend“, widersprach sie ebenso niedergeschlagen.

Eindringlich schaute er sie an. „Dann sag mir, dass wir weiterhin freundschaftlich miteinander umgehen können.“

„Wir können nicht freundschaftlich miteinander umgehen“, flüsterte Amy unglücklich. „Du vergisst die Tatsache, dass ich dir deine Tochter verschwiegen habe. Dafür schäme ich mich entsetzlich, Patrick, schließlich sehe ich, wie sehr sie dich liebt. Und du sie.“

Er sah sie erschrocken an. „Das meinte ich nicht, Amy.“

„Aber ich meinte es.“ Amy versteifte sich und atmete schwer. „In den letzten Wochen habe ich gesehen, wie glücklich Audrey ist, weil sie einen Dad hat. Du bist so wunderbar zu ihr und liebst sie. Es war nicht richtig von mir, dich aus ihrem Leben ausgeschlossen zu haben. Ich ... ich kann mir nicht vorstellen, wie sehr du ... du mich verabscheuen musst.“

Patrick sagte erst einmal nichts, bevor er leise fragte: „Müssen wir wirklich jetzt darüber sprechen?“

„Du weißt nicht, wie leid mir das alles tut“, flüsterte sie. „Wenn ich könnte ...“ Ihre Stimme verfing sich, weil sie wusste, dass sie die Zeit sowieso nicht zurückdrehen konnte.

Sehr bedächtig erwiderte er: „Amy, ich verabscheue dich nicht. Wie könnte ich auch, schließlich hast du mir dieses wundervolle Kind geschenkt.“

„Was?“

„Bitte, Amy.“ Er sah sie beschwörend an. „Ich will nicht mehr über die letzten sechs Jahre nachdenken und wütend auf dich sein. Viel wichtiger ist doch, dass Audrey *jetzt* beide Elternteile hat und glücklich ist."

Sie schluchzte auf und biss sich auf die Unterlippe. „Aber … aber du musst doch wütend auf mich sein!"

„Nein." Er lächelte besänftigend. „Seit ihr bei mir seid, hat Wut keinen Platz mehr in meinem Kopf. Ich bin glücklich, Audrey bei mir haben zu dürfen. Da verschwende ich meine Zeit nicht damit, wütend zu sein."

Amy presste sich eine Hand gegen den Mund und glaubte jeden Moment in Tränen auszubrechen.

„Glaubst du, dass wir es schaffen, uns für Audrey zusammenzuraufen und uns wie Freunde zu verhalten?"

Langsam zog sie die Hand beiseite und fragte hoffnungsvoll: „Meinst du das ernst?"

Er nickte und nahm wieder ihre Hände in seine. „Ich verspreche dir, dass ich keinen Ton zu damals von mir gebe und dir keine Vorwürfe mehr machen werde."

Amy starrte ihn fassungslos an. Sie hatte das Gefühl, als würde ihr ein Stein vom Herzen fallen, denn ihre Schuldgefühle hatten sie in letzter Zeit beinahe aufgefressen.

„Können wir uns darauf einigen, in Zukunft gemeinsam zu entscheiden, was Audrey betrifft?"

Sie drückte seine Hand und nickte. „Natürlich."

Das Lächeln, das er ihr schenkte, ging ihr durch und durch.

Sie merkte, dass sie sich sehnlich wünschte, sich gut mit ihm zu verstehen, und hoffte, dass es allein für Audrey klappen würde, mit Patrick befreundet zu sein, aber eine Stimme in ihrem Kopf flüsterte ihr eindringlich zu, dass es nicht möglich sein würde. Sie hatte ihn lange Zeit geliebt. Sie hatte das Baby vor allem deshalb so sehr von Anfang an geliebt, weil es sein Kind gewesen war. Natürlich konnte sie versuchen, die Gefühle in ihrem Inneren zu ignorieren und sich einzureden, lediglich Freundschaft und Zuneigung zu verspüren, aber sie befürchtete, dass sie sich damit selbst belog.

„Audrey?“ Patrick hob in diesem Moment den Kopf und warf seiner Tochter einen schelmischen Blick zu. „Sollen wir nach deiner Untersuchung eine Pizza essen gehen?“

„Ja!“, kreischte die Kleine vor Begeisterung und drehte sich immer noch vergnügt in seinem bequemen Sessel im Kreis herum.

„Gleich hast du einen Drehwurm“, warf auch Amy belustigt ein.

Patrick beugte sich näher zu ihr und murmelte ihr vertraulich ins Ohr: „Verrate mich nicht, aber ich mache das heute noch ganz gerne.“

„Meine Lippen sind versiegelt“, schwor sie und erntete einen Blick, bei dem ihr ganz warm wurde.

13. Kapitel

Patrick saß an seinem Schreibtisch und blickte auf das Foto in seinen Händen. Er hatte es sich seit Jahren nicht mehr angesehen, sondern in der untersten Schublade versteckt, um es nicht mehr ständig vor Augen zu haben, nachdem es einige Monate auf der glänzend polierten Tischplatte gestanden hatte. Der Anblick hatte ihm nicht gutgetan; doch heute war ein besonderer Tag, weshalb er gar nicht anders gekonnt hatte, als es herauszukramen und nun schon seit Minuten anzustarren.

Mit einem leisen Seufzen lehnte er sich in seinem Sessel zurück und verzog den Mund zu einem schiefen Lächeln, während in seinem Inneren ein Gefühlschaos tobte. Seit Amy neben ihm in ihrem SUV zusammengebrochen war und einen Panikanfall bekommen hatte, fühlte er nichts als Verwirrung. Da dieser Vorfall mittlerweile einige Wochen her war, wuchs seine Anspannung von Tag zu Tag. Sobald sie lächelte, musste er ebenfalls lächeln, und sobald sie sich freute, freute er sich idiotischerweise mit. Und sobald sie unglücklich war, fühlte es sich in seinem Inneren an, als würde etwas zerbrechen. Zudem gab es da auch ein kleines Mädchen, das heute nicht nur seinen sechsten Geburtstag feierte, sondern das in ihm die Sehnsucht nach einer Familie weckte.

Nach einer richtigen Familie, in der er seine Frau in den Arm nehmen und küssen konnte, wann er wollte, und in der sie sonntagmorgens zusammen im Bett liegen konnten. So wie es momentan war, verkniff er sich jede Berührung und jeden Blick, weil Amy und er sich darauf geeinigt hatten, Freunde sein zu wollen. Doch leicht war es nicht, denn er wollte sie berühren und ansehen. Und küssen. Nachdem er mit ihr geschlafen hatte, war es schlimmer denn je.

Dies war vier Wochen her, und seither träumte er Nacht für Nacht davon, mit ihr zu schlafen und sie zu küssen. Warum er sie damals nicht wenigstens einmal flüchtig geküsst hatte, wusste er ganz genau. Patrick hatte sich selbst beweisen wollen, dass er mit ihr Sex haben konnte, ohne dabei etwas zu empfinden.

Leider war dies gewaltig in die Hose gegangen, denn der Sex hatte nur eins bewiesen: Er war dabei, sich rettungslos in sie zu verlieben, und ertrug den Gedanken nicht, dass sie wieder aus seinem Leben verschwinden könnte.

Zum zweiten Mal.

Durch die halb geöffneten Fenster drang Lärm aus dem Garten. Zur Feier von Audreys Geburtstag war seine Mom auf die glorreiche Idee gekommen, eine Party zu schmeißen, und hatte nicht eher geruht, bis sie halb Connecticut und Manhattan eingeladen hatte. Weder Amy noch er hatten es ihr ausreden können, obwohl er sie sogar beiseitegenommen hatte, um ihr zu erklären, dass Amy der Trubel sicherlich zu viel sein würde.

Natürlich würden auch Barbara und Stuart kommen, mit denen er momentan kaum ein Wort sprach, weil er es ihnen krummnahm, wie sie sich seiner Frau gegenüber benahmen. Wenn sich Audrey nicht dermaßen auf ihre Party gefreut hätte, hätte Patrick vermutlich sie und Amy eingepackt, um den Tag irgendwo am Strand zu verbringen. Schön genug war das Wetter allemal.

Wenn man vom Teufel sprach, dachte er verzückt, als seine Tochter den Kopf zur Tür hineinsteckte und ihm ein schiefes Lächeln schenkte.

„Schätzchen? Was machst du denn hier?“ Er legte das Bild auf den Tisch zurück und klopfte auf sein Knie.

Mehr Ansporn war gar nicht nötig, da sie auf ihn zustürmte und auf seinen Schoß sprang, um sich selig an ihn zu schmiegen.

„Unten sind so viele Leute“, hauchte sie aufgeregt.

Patrick streichelte ihr über das Haar und nickte. „Grandma hat eine große Party organisiert. Es kommen sehr viele Gäste.“

„Daddy?“

„Ja, mein Schatz?“

Audrey klang ratlos. „Ich kenne die meisten Gäste überhaupt nicht.“

„Da geht es dir wie mir“, erwiderte er mit einem trockenen Lachen.

Sie seufzte schwer. „Mommie und Grandma sind in der Küche, aber ich durfte nicht hinein. Dabei habe ich doch Geburtstag.“

Da er wusste, dass in der Küche ihre Torte stand, bemühte er sich, sie abzulenken, und fragte eifrig: „Freust du dich auf die Party?“

„Ich freue mich auf den Zauberer!“

Stöhnend erinnerte er sich daran, dass seine Mom in letzter Minute einen Zauberer organisiert hatte, nachdem sie sogar beinahe eine Hüpfburg bestellt hätte. Kopfschüttelnd verdrehte er die Augen, bevor er ihr einen Kuss auf den Kopf gab.

„Habe ich dir heute schon gesagt, wie hübsch du bist?“

„Ja, schon zwei Mal“, lachte sie und streckte ihre pummelige Hand nach dem Foto aus, das er gerade erst auf den Tisch gelegt hatte. Nach einem kurzen Augenblick legte sie den Kopf zurück und sah ihm erstaunt in die Augen. „Bist du das auf dem Foto, Daddy?“

Er nickte bestätigend. „Ja, Liebling. Das bin ich.“

Ihre kleine Stirn legte sich in Falten. „Neben dir steht ja Mommie!“

Angesichts ihrer überraschten Stimme hätte er beinahe aufgelacht. „Das stimmt. Das sind Mommie und ich.“

Audrey seufzte begeistert. „Mommie hatte so ein schönes Kleid.“

„Oh ja, das hatte sie.“ Er fuhr sich kurz über seine Lippen und gestand seiner Tochter ehrlich: „Deine Mommie sah immer sehr schön aus, Audrey. Egal, was sie getragen hat. Das tut sie heute noch.“

„Das ist ein hübsches Foto.“

Ein warmes und gleichzeitig sehnsüchtiges Gefühl machte sich in ihm breit. „Das Foto stammt von unserer Hochzeit. An dem Tag hat deine Mommie mich geheiratet.“

Die Kleine schien zu zögern und flüsterte, als müsse sie ihm ein Geheimnis verraten: „Daddy, du hast Mommie ja geküsst!“

Patrick lachte glucksend und gab ihr einen Nasenstüber. „Ich habe deine Mommie oft geküsst, Audrey. Ich konnte gar nicht genug davon bekommen.“

Verwirrt glitt ihr Blick von dem Foto zurück zu seinem Gesicht. „Und warum küsst du Mommie heute nicht mehr?“

Darauf wusste er keine Antwort und grübelte noch darüber nach, als die ersten Gäste kamen und seine Frau plötzlich unauffindbar war. Mit der Vermutung, dass sie sich irgendwo verkroch, lief er intuitiv in Richtung Wintergarten und fand sie dort tatsächlich auf einem Rattansofa sitzend vor, wie sie die Beine an den Körper gezogen und die Arme um ihre Knie geschlungen hatte. Der unsichere Blick aus blauen Augen ließ auch den winzigsten Eisklumpen schmelzen, der sich noch an seinem Herzen befunden hatte.

„Hey", erklärte er leise und trat an das Sofa heran.

Sie rutschte zur Seite, um ihm Platz zu machen. „Hey."

Patrick setzte sich neben sie und legte einen Arm um ihren zierlichen Rücken. Er hatte dieses Versteckspiel so satt.

„Alles okay?"

„Ich brauchte nur eine kleine Pause", gestand sie mit einem Wispern und bettete ihren Kopf auf die Knie. Zusammen mit dem hellblauen Sommerkleid, das ihm einen vorzüglichen Blick auf ihre nackten Beine ermöglichte, sah sie wie ein junges Mädchen aus.

Wie ein unglückliches junges Mädchen.

„Da draußen herrscht ziemlich viel Trubel, was?"

„Mhm", murmelte sie besorgt.

Patrick lehnte sich zurück, genoss die Ruhe in dem friedlich wirkenden Wintergarten, der vor einigen Jahren ihr Refugium gewesen war, und betrachtete den sanften Schwung ihres Nackens. „Du solltest wieder malen", schlug er plötzlich vor und wusste selbst nicht, woher das kam.

„Was?", raunte sie leise.

„Du solltest wieder malen, Liebling“, fügte er hinzu und legte eine Hand auf ihren Rücken. Seine Liebkosung ließ nicht nur ihn zucken, sondern auch sie, wie es schien, da er unter seiner Hand fühlen konnte, dass auch sie erschauerte. „Ich weiß doch, wie sehr dein Herz an der Malerei hing und wie glücklich es dich gemacht hat. Audrey ist mittlerweile sechs Jahre alt und braucht keine Rundumbetreuung mehr.“

Lange Zeit sagte sie nichts, bevor sie verzagt flüsterte: „Ich habe es verloren.“

„Was hast du verloren?“

Ihr Schulterzucken sollte vermutlich beiläufig wirken, doch Patrick merkte, dass viel mehr dahintersteckte. „Es ist weg.“

Auf seinen fragenden Blick hin seufzte sie leise. „Das Malen.“

„Wie meinst du das?“

Sie nagte auf ihrer Unterlippe herum und gestand ihm unglücklich: „Seit damals kann ich nicht mehr malen. Es geht einfach nicht mehr. Wenn ich einen Pinsel in die Hand nehme, ist mein Kopf leer.“

„Seit wann?“

Vorsichtig hob sie den Kopf und schluckte, wie er an der verletzlichen Stelle ihrer Kehle sehen konnte. „Seit ich gegangen bin, Patrick. Seither ...“ Sie ließ den Satz unvollendet.

„Amy“, flüsterte er verwirrt und sah zu, wie ihre Augen glasig wurden und sich ihre Nase rötete.

„Ich habe dich so sehr geliebt“, raunte sie.

Mit ebenso leiser Stimme wollte er wissen: „Warum bist du dann gegangen?“

„Weil ich dich nicht unglücklich machen wollte", antwortete sie zitternd. „Ich dachte, dass du unsere Heirat für einen Fehler hieltest und sie bereut hättest."

„Niemals", beteuerte er ernst. „Niemals ist mir solch ein Gedanke in den Sinn gekommen."

Sie schniefte. „Aber du warst ständig im Büro und hast mich abgewimmelt. Und ... und dann gab es diese Gerüchte."

„Welche Gerüchte, Liebling?"

Er beobachtete, wie sie eine Träne wegwischte, und hätte sie am liebsten an sich gezogen und nicht mehr losgelassen.

„Ich habe gehört, dass man dich für einen Idioten hielt, weil du mich nach nur drei Wochen geheiratest hattest und nicht einmal einen Ehevertrag haben wolltest. Peter erzählte mir, dass ein wichtiger Deal geplatzt sei, weil du drei Wochen lang außer Landes warst, und dass du deshalb Ärger mit dem Aufsichtsrat hattest."

Sprachlos blinzelte er. „Was?"

„Versteh doch, ich hatte Angst, dass deine Geschäftspartner dich meinetwegen nicht mehr für voll nehmen würden und du darunter zu leiden hättest, eine Frau wie mich zu haben."

Noch immer verstand Patrick nicht, was sie ihm sagen wollte. „Amy, was willst du mir damit sagen?"

„Zwischen deinen Freunden und Bekannten habe ich mich immer völlig unzulänglich gefühlt", gestand sie beschämt. „Alle sahen mich immer an, als ob ich ein Niemand wäre, der es besonders geschickt angestellt hatte, dich zu einer Ehe zu überreden. Wenn sie uns zusammen sahen, fragten sie sich vermutlich, warum du eine Landpomeranze wie mich geheiratet hattest. Und mich hielten sie für berechnend. Was denkst du, warum ich nie einen Cent von dir annehmen wollte, Patrick?"

„Amy." Seine Stimme sollte tröstlich klingen, während er ihr bedeutungsvoll in die Augen sah. „Wer so etwas denkt, ist nicht mein Freund."

„Und was ist mit deinen Geschwistern?", fragte sie unglücklich.

Patrick schluckte schwer und hoffte, das Vertrauen seiner Schwester nicht zu missbrauchen, als er ihr verriet: „Barbara hat in den letzten zwei Jahren einiges mitgemacht."

„Die Scheidung?"

„Nicht nur." Er holte tief Luft. „Sie ist noch immer sehr verletzt und unglücklich. Aber ich weiß, dass sie dich damals sehr mochte. Leider kann sie momentan nicht objektiv sein, aber glaube mir, dass sie sich über kurz oder lang beruhigt."

Ihre blauen Augen glitten forschend über sein Gesicht. „Was ist mit Stuart?"

„Stuart." Schnaubend strich er ihr eine verirrte Strähne aus dem Nacken und verdrehte die Augen. „Auch er wird sich wieder beruhigen, denn Stuart war dein größter Fan, mein Schatz."

„Mein größter Fan?", fragte sie schwach.

„Ich glaube, er war mit zweiundzwanzig ein bisschen in dich verknallt. Du hättest mal hören sollen, wie er vor seinen Kumpels mit dir und deinen Bildern angegeben hat, wenn du nicht dabei warst. Eigentlich war ich kurz davor, eifersüchtig zu werden."

„Aha."

Er verzog den Mund zu einem schwachen Lächeln. „Stuart ist dermaßen aufgebracht, weil er damals hautnah mitbekommen hat, dass ich wie ein Hund gelitten und wie ein Säufer gelebt habe. Aber er wird sich schon einkriegen."

Mit belegter Stimme flüsterte sie, während sie eine Hand ausstreckte und diese auf seine Wange legte: „Ich mag mir nicht vorstellen, dass es dir so schlimm ging."

Patrick schloss für einen winzigen Moment seine Augen, als ihre Hand seine Wange berührte, bevor er sie wieder öffnete. Statt zu antworten, raunte er: „Komm mit mir nach draußen."

„Patrick ..."

Er unterbrach ihren unsicheren Seufzer, indem er den Kopf schüttelte. „Du gehörst hierher. Niemand sonst gehört so sehr hierher wie du."

Amy antwortete nicht sofort, sondern holte tief Luft und straffte die Schultern, bevor sie nickte und ihre Hand auf seine legte, um ihn davon abzuhalten, aufzustehen. „Warte, ich ... ich habe noch etwas für dich."

Neugierig sah er zu, wie sie einen Briefumschlag aus der Tasche ihres Kleides zog und ihm diesen reichte.

Während er den weißen Umschlag öffnete, murmelte sie schüchtern: „Ich habe meine Nachbarin gebeten, es mir zu schicken. Leider bin ich sechs Jahre zu spät, aber ... aber vielleicht macht es dir eine kleine Freude."

Beim Anblick des Fotos eines Neugeborenen mit zerknautschtem Gesicht und einer winzigen Mütze auf dem Köpfchen wurde ihm ganz anders zumute. Einerseits brannten seine Augen, aber andererseits musste er lachen.

„Audrey Ashcroft", krächzte er kopfschüttelnd. „Wie bist du eigentlich auf diesen Namen gekommen?"

Sie fiel in sein Lachen ein. „Das waren die Schmerzmittel!“

„Ach was.“ Patrick zog sie an sich. „Amy und Audrey Ashcroft. Besser hätte es mich nicht treffen können.“

„Kann ich mich kurz setzen?“

Amy legte den Kopf zurück und blinzelte gegen die Sonne an, die genau hinter Stuart schien und ihm ironischerweise einen Heiligenschein um den Kopf zauberte. Sie war sich ziemlich sicher, dass ausgerechnet Stuart nicht der Typ war, dem ein solcher Heiligenschein passte. Dafür war der Mann mit den blonden Haaren und dem jungenhaft wirkenden Grübchen viel zu versiert darin, mit Frauen zu flirten, wie sie am heutigen Tag schon dutzend Mal beobachtet hatte. Allem Anschein nach hatte Eleanore einen Aufreißer aufgezogen, der nichts anbrennen ließ. Vermutlich war das auch der Grund, warum der Junggeselle aus dem stattlichen Haus seiner Familie in ein modernes Loft in der Stadt gezogen war. Amy konnte sich allzu gut vorstellen, dass Stuart dort gewaltig auf den Putz haute.

Bis gerade eben hatte sie allein am Tisch gesessen und Patrick beobachtet, der Audrey an beiden Händen hielt und sie auf seinen Füßen stehen ließ, um mit ihr auf der improvisierten Tanzfläche im Garten zu einem Lied zu tanzen. Die beiden schienen extrem viel Spaß zu haben, da sie ohne Unterlass lachten, kicherten und Faxen machten. Bei diesem Anblick war es fast schon

Nebensache, dass man ihr bereits den ganzen Tag neugierige Blicke aus allen Richtungen schenkte. Amy versuchte sie einfach auszublenden und hoffte, dass Audrey nichts davon merkte.

Stuart nickte sie zu und erklärte in dem gleichen dumpfen Ton, den auch er aufgesetzt hatte: „Natürlich."

„Gut." Er ließ sich auf dem Stuhl nieder, auf dem vor ein paar Minuten noch sein Bruder gesessen hatte, und schaute ebenfalls zur Tanzfläche, bevor er brummte: „Sie ist echt süß."

Sie wusste ein Kompliment zu schätzen, wenn sie es bekam, und antwortete belustigt: „Danke. Wie man sieht, gebührt das meiste Lob deinem Bruder."

„Mhm", bestätigte er einsilbig. „Sie sieht ihm sehr ähnlich, aber von dir hat sie die Nase und das Lächeln."

Beinahe wusste sie nicht, wie ihr geschah, denn obwohl Stuart nicht unbedingt mit der warmherzigsten Stimme gesprochen hatte, war die Bedeutung hinter seinen Worten allzu verständlich. Dankbar sah sie ihn an, doch er beobachtete noch immer seinen Bruder.

„Danke, Stuart."

Er nickte in Richtung Tanzfläche. „Er sieht glücklich aus. Außerdem ist er endlich wieder er selbst, denn in den letzten Jahren war er manchmal nicht zu ertragen."

Darauf wusste sie nichts zu antworten und schwieg. Als Stuart den Kopf in ihre Richtung bewegte, waren seine Augen nicht unfreundlich, jedoch sehr ernst.

„Tu ihm nicht weh, okay? Nicht schon wieder."

Amy schluckte. „Natürlich nicht. Das wäre das Letzte, was ich möchte."

Ihr Schwager runzelte die Stirn. „Ich möchte nicht noch einmal erleben, dass er dermaßen am Boden ist, Amy. Das hat er nicht verdient."

„Das weiß ich", flüsterte sie heiser. „Ich möchte ihn auch nicht unglücklich sehen, Stuart."

Ein winziges Lächeln erhellte sein Gesicht. „Eigentlich wollte ich nie wieder ein Wort mit dir sprechen, aber nachdem mein Bruder mir fast den Kiefer ausgerenkt hat und er heute wie ein Honigkuchenpferd strahlt, blieb mir nichts anderes übrig."

Patrick hätte ihm beinahe den Kiefer ausgerenkt? Fragend schaute sie ihn an und merkte, wie ihr Magen einen Überschlag machte.

Leider ging Stuart nicht weiter darauf ein, sondern deutete mit dem Kopf hinter sich. „Barbara hat einen neuen Freund, daher denke ich, dass sie über kurz oder lang auch mit sich reden lässt."

Neugierig musterte sie ihn. „Und was ist mit dir? Hast du eine Freundin?"

Ganz der Lausbengel, der er auch vor sechs Jahren gewesen war, grinste er und zeigte seine Grübchen. „*Eine*?"

Sie verdrehte amüsiert die Augen.

Kurz darauf verschwand er wieder, und Amy sah, wie Audrey ihr zuwinkte, dass sie auch auf die Tanzfläche kommen sollte. Das ließ sie sich nicht zweimal sagen und schlenderte zu den beiden.

„Na, macht es Spaß, mit Daddy zu tanzen?"

„Und wie, aber jetzt musst du mit Daddy tanzen", bestimmte Audrey und trat von den Füßen ihres Dads hinunter.

Amüsiert über Audreys entschlossene Geste schmunzelte Amy, als ihre Tochter ihre Hand nahm und diese ihrem Dad reichte, der Amy ohne zu zögern an sich zog. Während sie sich plötzlich in den Armen ihres Mannes befand, drehte sich Audrey um und lief forsch zum Kuchentisch. Darüber musste ihre Mutter lachen, weil es sie begeisterte, wie sehr sich Audrey hier zu Hause fühlte und wie selbstverständlich sie ihre Umgebung betrachtete.

Anscheinend hatte Patrick ganz ähnliche Gedanken, da er sich mit ihr im Takt der Musik hin und her wiegte und dabei meinte: „Ganz schön kess, oder? Sie fegt durch die Gäste, als würde sie diese schon ewig kennen."

„Ihr Selbstbewusstsein ist enorm", stimmte Amy ihm zu und zwinkerte schelmisch. „Ganz der Vater."

„Hey", beschwerte er sich gespielt eingeschnappt. „Wir Ashcrofts sind nun einmal sehr durchsetzungsfähig."

„So könnte man es auch nennen", murmelte sie, während sie sich an seine Brust gepresst fühlte und merkte, dass sich nichts auf der Welt besser anfühlte. Es war ihr sogar völlig egal, dass über zwei dutzend Augenpaare neugierig verfolgten, wie Patrick und sie eng umschlungen miteinander tanzten und dabei scherzten. In seiner Umarmung fühlte sie sich zu wohl, um Groll oder Nervosität zu fühlen.

Sein linker Arm hatte sich um ihren Rücken geschlungen und seine Hand lag sehr tief auf ihrer Hüfte. Seine andere Hand hatte ihre umschlossen und sie vertraut auf seine Brust gelegt. Ihr gesamter Körper wurde fest an seinen gepresst, und sie musste den Kopf in den Nacken legen, um ihn anschauen zu können.

„Sie hat großen Spaß, oder?“

„Sehr großen Spaß“, bestätigte sie und spürte das Heben seiner Brust an ihrer. „Selten habe ich sie dermaßen aufgekratzt erlebt.“

„Hast du auch Spaß oder fühlst du dich unwohl? Hat jemand etwas zu dir gesagt?“

Seine Besorgnis wischte sie mit einem Lächeln weg. „Audrey feiert ihren Geburtstag, Patrick. Nach den letzten Monaten ...“ Einen kurzen Moment blieb ihr die Luft weg, bevor sie mit belegter Stimme weitersprach. „Ich bin glücklich, dass sie hier bei uns ist. Aufgekratzt, kess und putzmunter.“

Er senkte den Mund zu ihrem Ohr. „Ich bin auch sehr glücklich, dass sie bei uns ist. Und ich bin glücklich, dass du bei mir bist.“

Amy biss sich vor lauter Freude in die Unterlippe und lehnte ihren Kopf gegen seinen Hals.

Nach einiger Zeit räusperte er sich. „Weißt du eigentlich, dass wir zum ersten Mal miteinander tanzen?“

Amy sah auf und korrigierte ihn. „Ich erinnere mich da an einen Club in Rom und ein Konzert.“

Schallend lachte er. „Die Nacht werde ich in meinem ganzen Leben nicht vergessen, meine kleine Schnapsdrossel.“

Empört schnappte sie nach Luft. „Wie hast du mich gerade genannt?“

„Meine kleine Schnapsdrossel“, erwiderte er ungeniert. „Erinnerst du dich etwa nicht mehr?“

„Ich erinnere mich an alles“, wies sie ihn zurecht, während ihr Herz wie wahnsinnig in ihrer Brust klopfte und ihr gesamter Körper mit einer Gänsehaut überzogen war.

„Dann solltest du wissen, dass wir niemals zu langsamer Musik getanzt haben."

Amy konnte nicht anders und schüttelte amüsiert den Kopf. „Hilfe, Patrick Ashcroft ist tatsächlich ein Romantiker."

„Wir hätten es eigentlich schon viel früher machen sollen."

„Tanzen?", fragte sie atemlos und schaute in seine grünen Augen.

Mit dunkler Stimme erwiderte er: „Das auch."

14. Kapitel

„Lies mir noch etwas vor, Daddy“, quengelte das rundum zufriedene Geburtstagskind, während Patrick es ins Bett trug.

Amy schlug die Bettdecke zurück und beobachtete, wie er Audrey vorsichtig auf die Matratze legte, ihr eine Locke aus der Stirn strich und ihr ein Kuscheltier in den Arm drückte, bevor er sie sorgfältig zudeckte.

„Dir fallen doch schon die Augen zu“, protestierte er belustigt, während die Kleine laut gähnte.

„Genau“, stimmte Amy ihm zu und beugte sich von der anderen Seite des Bettes über ihre müde Tochter. „Außerdem hat dein Daddy stundenlang mit dir getanzt und braucht jetzt auch seine Ruhe.“

„Okay“, murmelte Audrey und verzog den Mund. „Darf ich morgen zum Frühstück Kuchen essen?“

„Du hast doch heute fast nichts mehr übrig gelassen“, erwiderte Amy weich und strich ihrer Tochter über die babyweiche Wange.

„Aber ich bin jetzt auch schon sechs Jahre alt“, ergänzte Audrey und blinzelte gegen die Müdigkeit an.

„Oh ja“, bestätigte Patrick mit einem Lachen und drückte ihr einen Kuss auf die Stirn. „Aber auch große Mädchen von sechs Jahren müssen irgendwann schlafen gehen.“

„Noch einen Kuss, Daddy“, forderte Audrey ihn auf und spitzte die Lippen.

Amy betrachtete Vater und Tochter mit einem glücklichen Lächeln, bevor Audrey auch sie dazu aufforderte, ihr einen Kuss zu geben.

„Auch einen Kuss von dir, Mommie.“

„Okay“, murmelte sie und beugte sich zu ihr hinunter, um sie auf den gespitzten Kindermund zu küssen.

„Und jetzt müsst *ihr* euch küssen“, verlangte Audrey erschöpft. „Wie auf dem Foto.“

Überrumpelt und zugleich errötet fuhren Amys Augenbrauen in die Höhe. Ihr Blick suchte Patricks. „Von welchem Foto spricht sie?“

„Von unserem Hochzeitsfoto.“ Lachend präsentierte er zwei Reihen strahlend weißer Zähne. „Sie hat es heute in die Finger bekommen, als ich es mir angeschaut habe.“

Die Frage geisterte durch ihren Kopf herum, warum sich Patrick ihr Hochzeitsfoto angeschaut hatte. Irgendwie weckte die Vorstellung ein süßes Gefühl in ihr.

„Küss Daddy, Mommie“, nuschelte Audrey. „Wie auf dem Foto.“

Zögernd schaute sie Patrick an, der sich mit einem amüsierten Laut vorbeugte und sie auf den Mund küsste.

Eine pure Schockwelle ging durch ihren Körper.

Nur ein Kuss reichte aus, um sie dahinschmelzen und ihr Herz in einen wilden Galopp ausbrechen zu lassen. Genau wie früher.

Als er seine Lippen von ihren löste, war sie wie betäubt und öffnete nur zögernd ihre Augen, um ihm gleich darauf ins wissende Gesicht zu sehen. Audreys zufriedenes Gemurmel war noch kurz zu hören, bevor die Kleine eingeschlafen war.

Vorsichtig erhoben sie beide sich und schlichen zur Tür. Dort angekommen drehte sich Patrick um und nickte der schlafenden Audrey zu, die sich gerade selig den Daumen in den Mund steckte und sich unter die Decke kuschelte.

„Sie scheint ziemlich erledigt zu sein.“

Amy legte den Kopf zur Seite und betrachtete mit weichen Augen ihre schlafende Tochter. „Nach diesem schönen Geburtstag ist das kein Wunder.“

Sie zogen die Tür hinter sich zu und standen sich schweigend im Flur gegenüber.

Die Party war längst vorbei und die Gäste gegangen. Der Tag war extrem aufreibend gewesen und hatte Amy nur einmal mehr vor Augen geführt, was sie noch immer für Patrick empfand. Doch nun ergriff sie eine eigenartige Scheu, die sie daran zweifeln ließ, was sie ihm sagen sollte.

Unverfänglich erklärte sie daher: „Vielen Dank für den Tag, Patrick. Audrey war absolut begeistert über die ganze Aufmerksamkeit, die ihr heute geschenkt wurde.“

Seine Stirn legte sich in Falten. „Wie ging es dir? Hat dich jemand belästigt?“

Seine Besorgnis rührte sie. „Nein, alles war perfekt. Der Tag war traumhaft.“

„Amy.“ Seine Hand legte sich sanft auf ihre Wange. „Du hättest mir damals sagen sollen, wie ungern du zu Partys gegangen bist, auf denen du dich zu allem Überfluss wegen dieser Snobs nicht wohlgefühlt hast.“

„Ach, Patrick“, flüsterte sie. „Es ist so lange her.“

„Das ist doch egal“, erwiderte ernst. „Du sollst dich wohlfühlen.“

Amy schluckte und trat einen Schritt an ihn heran. „Aber ich fühle mich wohl bei dir. Das habe ich schon immer getan.“

Erinnerungsfetzen an ihre Zeit in Rom, an ihre Zeit in der winzigen Strandhütte und an den Morgen in jenem Orangengarten, in dem ihre Trauung stattgefunden hatte, tauchten plötzlich vor ihrem inneren Auge auf. Sie konnte gar nicht anders, als sich auf die Zehenspitzen zu stellen und ihm das Gesicht entgegenzustrecken.

Sehr langsam und bedächtig beugte auch er den Kopf zu ihr hinunter. Mit klopfendem Herzen und angehaltenem Atem sah Amy seine Lippen immer näher kommen. Zitternd schloss sie die Augen und fühlte seinen sanften Mund auf ihrem. Ihr entrang sich ein Seufzer, als seine Lippen zärtlich über ihre fuhren. Vorsichtig umschloss er ihre Unterlippe und küsste anschließend ihren Mundwinkel, bevor sein Mund gänzlich ihren verschloss.

Amy presste sich näher an ihn und schlang ihm die Arme um den Hals, weil sie ihm so nah wie möglich sein wollte. Fest und angenehm streichelten seine Lippen jeden Millimeter ihres Mundes und nagten an ihrer Oberlippe. Gleichzeitig streichelten seine Finger ihren Rücken und legten sich sanft auf ihren Nacken, um dort die empfindliche Haut ihres Nackens zu streicheln.

Seine Zunge glitt neckend und langsam in ihren Mund, berührte dort ihre und vereinigte sich mit ihr. Amy legte den Kopf schief, um ihn besser küssen zu können, während ihr Inneres von Tausenden von Schmetterlingen bevölkert zu werden schien. Ihr ganzer Körper prickelte bei seinem zärtlichen Kuss, von dem sie hoffte, dass er niemals enden würde.

Langsam zog sich Patrick zurück und drückte ihr liebevolle kleine Küsse auf die Lippen, bevor er seine raue Wange an ihre schmiegte und seufzte. Er zog eine ihrer Hände an seinen Mund und knabberte zärtlich an ihren Fingerspitzen. Wie hypnotisiert starrte sie in seine funkelnden grünen Augen und glaubte, dass ihre Knie jeden Moment wegknicken würden, wenn er sie weiterhin so ansah.

„Ich möchte jetzt nicht allein sein“, flüsterte er mit heiserer Stimme und drückte seinen Körper enger an ihren.

Als Antwort hob Amy den Kopf und drückte ihren Mund leidenschaftlich auf seinen. Sie küssten sich in verzweifelter Erregung.

Er hob sie in seine Arme und trug sie in ihr Schlafzimmer. Mit dem Fuß schloss er die Tür und legte sie anschließend auf das Bett.

Bedächtig und mit zitternden Händen streifte er ihr das Kleid vom Körper, während Amy ihm atemlos ins Gesicht sah. Sie lag in Unterwäsche vor ihm und bemerkte seinen warmen Blick. Keine Sekunde wollte sie mehr verschwenden und zog ihn daher zu sich.

Es war wie im Himmel.

Strahlender Sonnenschein und Vogelgezwitscher weckten Amy am nächsten Morgen.

Müde kuschelte sie sich unter die Decke und an den warmen Körper, der hinter ihr ruhte. Patrick strahlte Wärme und Geborgenheit aus, und Amy drückte sich schamlos in seine Umarmung, denn im Schlaf hatte er einen Arm um sie gelegt. Seine Oberschenkel schmiegten sich direkt an ihre, nur eine seiner Waden lag zwischen ihren. Ihr Rücken wurde von seiner muskulösen Brust gestützt, ihr Kopf lag an seiner Kehle, ihr Po ruhte an seinem straffen Bauch und sein linker Arm hatte sich um ihren Oberkörper geschlungen. An ihrem Kopf spürte sie seinen Atem, der beruhigend und gemächlich ging.

Glücklich kuschelte sie ihr Gesicht in das weiche Kissen, das nach ihm roch.

Es war nicht sehr lange her, dass sie endlich eingeschlafen waren, denn sie hatten sich stundenlang geliebt. Dieses Mal hatte er sie wirklich geliebt. Sehr lange und sehr zärtlich hatte er sie geküsst. Seine Hände waren auf ihrem Körper auf und ab geglitten. Und er hatte sie im Arm gehalten, nachdem er sie geliebt hatte. Verschwitzt und lächelnd hatte sie in seiner Armbeuge geruht, während seine leicht zitternden Hände ihre Locken beiseite gestrichen hatten.

Patrick hatte ihren Bauch geküsst und war mit dem Daumen über ihre fast verblasste Schwangerschaftsnarbe gefahren. Amy hatte ebenso vorsichtig seine Narbe berührt, die er von der Operation behalten hatte.

Kurz bevor sie irgendwann eingeschlafen waren, hatte sie gemerkt, dass er die Decken über sie beide zog und sie fest an sich gedrückt hielt. Viel hatten sie nicht gesprochen, sondern sich größtenteils schweigend berührt, geküsst und erregt. Einmal bat Patrick sie jedoch mit leiser Stimme, ihm von ihrer Schwangerschaft zu berichten, als sie an seiner Brust ruhte. Amy hatte ihm ebenso leise erzählt, dass sie fast täglich an ihn gedacht und manchmal geglaubt hatte, verrückt zu werden, wenn sie nicht zurück nach Connecticut fahren würde. Patrick hatte daraufhin nichts erwidert, sondern sie mit erschreckender Zärtlichkeit geküsst.

Jetzt murmelte er etwas vor sich hin und bewegte sich langsam hinter ihr.

Amy schmiegte sich enger an seinen warmen Körper und spürte, wie er seinen Arm fester um sie schlang.

„Mhm“, murmelte er im Halbschlaf und vergrub das Gesicht in ihrem Haar.

Lächelnd öffnete Amy ihre Augen und starrte erschrocken in die Miniaturausgabe von Patricks Gesicht.

Audrey stand mit ihrem Pyjama bekleidet neben Amys Bett und musterte mit neugieriger Miene ihre Eltern, die sich eng aneinanderschmiegten.

„Mommie? Was macht Daddy in deinem Bett?“

Hinter ihr erstarrte Patrick und schien augenblicklich wach zu sein.

„Audrey ist hier“, flüsterte Amy ihm über die Schulter zu, bevor sie Audrey ein kleines Lächeln schenkte. „Guten Morgen, Schatz. Was machst du denn schon so früh hier?“

„Ich wollte dich zum Frühstück wecken, Mommie.“

„Das ist aber lieb von dir“, erwiderte sie weich und schlug vor: „Willst du nicht schon nach unten gehen und dort auf mich warten?“

Audrey rührte sich nicht von der Stelle, sondern starrte weiterhin auf das eng umschlungene Paar im Bett. Ihr kleines Gesicht spiegelte Verwirrung und Nachdenklichkeit wider.

Hinter Amy bewegte sich Patrick. Neben den Geräuschen des raschelnden Bettzeugs war seine verschlafene Stimme zu hören. „Gute Morgen, Schätzchen. Hast du gut geschlafen?“

Die Kleine verzog fragend den kleinen Mund. „Warum bist du bei Mommie im Bett?“

„Oh.“ Er holte tief Luft. „Mommie hat heute Nacht gefroren und da habe ich sie gewärmt.“

„Aber warum seid ihr beide dann nackt, wenn euch kalt war?“

Amy warf Patrick einen alarmierten Blick zu, doch Audrey schien noch nicht fertig zu sein.

„Und warum liegen eure Sachen auf dem Boden, Mommie?“

Errötend vergrub Amy das Gesicht im Kissen. Patrick kicherte hinter ihr amüsiert auf und drückte ihr einen Kuss auf die nackte Schulter. „Audrey? Warum gehst du nicht nach unten und schaust nach, ob wir noch Kuchen haben? Den könnten wir gleich zum Frühstück essen, wenn du magst“, schlug er vor.

Mit großen Augen nickte Audrey begeistert und wollte schon zur Tür stürzen, als ihr Dad sie zurückrief und mit weicher Stimme fragte: „Bekommen Mommie und ich keinen Kuss?“

Obwohl es Audrey eilig hatte, hüpfte sie auf das Bett und gab erst Amy und dann ihrem Dad einen feuchten Kuss auf die Wange, bevor sie aus dem Zimmer stürmte und die Tür sperrangelweit offen ließ.

Stöhnend schloss Amy die Augen und flüsterte ihm zu: „Himmel, was wird sie jetzt wohl denken?“

Unter der Decke legte er eine Hand auf ihre Hüfte und streichelte diese beruhigend. „Sie wird denken, dass Mommie und Daddy gerne nackt in einem Bett schlafen, obwohl ihnen kalt ist, und wird nur daran denken, ihren Geburtstagskuchen zu verspeisen.“

„Gut zu wissen“, murmelte sie.

„Amy?“

Angesichts seiner ernsten Stimmlage drehte sie den Kopf zu ihm und ließ ihren Körper langsam folgen, bis sie ihm genau gegenüberlag.

Plötzlich klopfte ihr das Herz bis zum Hals, und sie fragte sich, ob er womöglich die vergangene Nacht für einen Fehler erklärte.

Stattdessen küsste er sie sanft auf die Nasenspitze. „Sollten wir langsam anfangen, über unsere Zukunft zu sprechen?“

„Über unsere Zukunft?“, murmelte sie zögernd.

„Genau.“ Seine grünen Augen hefteten sich auf ihre. „Könntest du dir vorstellen, mit Audrey hierzubleiben? Bei mir?“

Tief holte sie Luft. „Patrick ...“

„Ich würde gerne eine Scheidung vom Tisch fallen lassen“, erklärte er ernst und schluckte. „Außerdem möchte ich, dass … dass du wieder zu mir ziehst – in unsere Zimmer.“

Amy riss ihre Augen auf, während ihr schwindelte. „Hast du das alles nach einer Nacht entschieden?“

Patricks Stimme klang angestrengt und nervös. „Nein, darüber denke ich schon länger nach.“

Sie wusste nicht, was sie sagen sollte, und starrte ihn völlig verloren an.

Er umschloss ihre Hand und raunte: „Warum geben wir unserer Ehe nicht noch eine Chance, Amy? Ich bin älter geworden und mache nicht mehr die gleichen Fehler wie früher.“

Amy schluckte die beißenden Tränen hinunter. „Bitte, entschuldige dich doch nicht!“

„Doch.“ Er nickte ernst. „Ich habe erst in den letzten Wochen begriffen, was ich damals falsch gemacht habe. Das wird nicht wieder vorkommen.“

Sie schlang ihm die Arme um den Hals. „Du hast keine Schuld, Patrick. Ich bin diejenige, die gegangen ist!“ Sie versuchte nicht zu weinen und presste ihr Gesicht an seinen Hals. „Ich … ich habe uns keine Chance gegeben.“

„Dann tu es jetzt“, forderte er sie zärtlich auf. „Wir haben eine Tochter und können von vorne beginnen. Früher waren wir auch glücklich, Amy.“

Sie zögerte nicht lange, sondern küsste ihn sanft. Als sie nickte, quoll ihr das Herz über vor Glück und Erleichterung.

15. Kapitel

Patrick hatte sich vorgenommen, seine gute Laune den ganzen Tag über zu behalten, doch als er Peters Vorzimmer betrat, dessen Sekretärin einfach ignorierte und ohne zu klopfen Peters Büro betrat, war es ziemlich schwierig, diesen Vorsatz auch einzuhalten.

Sein Freund war gerade damit beschäftigt, wie paralysiert den Computer anzustarren und die Tastatur zu ermorden, als Patrick die Tür hinter sich zuwarf und mit großen Schritten den Schreibtisch ansteuerte, von dem Peter hochsah, und ihn mit einer Mischung aus Erschrecken, Unwillen und Nervosität anschaute.

„Patrick", stieß er hervor. „Was machst du denn hier? Müsstest du dich nicht um das Maxwell-Projekt kümmern?"

„Scheiß auf das Maxwell-Projekt", grollte er und verschränkte die Arme vor der Brust. „Was hast du meiner Frau erzählt?"

Peter runzelte seine Stirn und legte beide Hände auf die Tischplatte, bevor er ahnungslos den Kopf schüttelte. „Ich habe keine Ahnung, wovon du sprichst."

Patrick schnaubte ironisch und verengte seine Augen. „Komisch. Ich denke nämlich, dass du sehr wohl eine Ahnung hast, was ich meine."

„Moment", unterbrach Peter ihn verwirrt. „Deine *Frau*?"

„Jawohl, meine Frau", bestätigte Patrick und hob kurz seine Hand, um Peter zu zeigen, dass er wieder seinen Ehering trug.

„Willst du damit etwa sagen, dass Amy und du ...?“ Er ließ den Satz unvollendet.

Patrick trat auf das andere Bein und nickte heftig. „Amy und ich haben uns wieder versöhnt.“

„Patrick“, stöhnte Peter und schüttelte dermaßen tadelnd den Kopf, dass er auch als Lehrer hätte anheuern können. Patrick jedoch fand keinen Witz am Verhalten seines Freundes, sondern war nur noch außer sich. Seit Jahren hatte er gutmütig darüber hinweggesehen, dass sein ältester Freund glaubte, sich in alle seine Angelegenheiten einmischen zu können, doch nun bemerkte er, dass er Peter viel zu viel Freiraum gegeben hatte. Und er wusste auch, warum.

Es war das schlechte Gewissen gewesen, dass Peter einer großartigen Zukunft in der Firma seines Vaters beraubt worden war, als diese bankrott gegangen war. Sie beide waren stets auf Augenhöhe gewesen, doch dann hatte sich Peters Traum, das Unternehmen seines Vaters fortzuführen, in Luft aufgelöst. Patrick dagegen war von keinerlei Sorgen geplagt worden und hatte nach seiner Ausbildung sofort in der Chefetage eines florierenden Unternehmens einsteigen können. Peter dagegen hatte zwar ein exzellentes Studium vorweisen können, doch seine Zukunft hatte bei Weitem nicht so rosig ausgesehen wie Patricks.

Sie waren nicht mehr auf Augenhöhe gewesen, was dazu geführt hatte, dass Patrick seinen Dad nach einem Job für Peter gefragt hatte, als sie die Uni beendet hatten.

Leider hatte Peter dermaßen guten Willen gezeigt, dass er es übertrieben hatte. Eigenmächtige Entscheidungen, permanentes Dazwischenfunken und die Annahme, alles alleine und vor allem besser machen zu müssen, hatte Peter zu einem Mitarbeiter gemacht, mit dem es nur schwer auszukommen war.

Dennoch hätte Patrick ihn niemals hinausgeworfen, weil er schließlich sein ältester Freund war.

Aber das war gewesen, bevor Patrick erfahren hatte, was sich Peter Amy gegenüber geleistet hatte.

Seitdem kochte er vor Zorn.

Wie war Peter nur auf die Idee gekommen, Amy solche Flausen in den Kopf zu setzen? Allein sein eigenmächtiges Handeln, was diesen verdammten Ehevertrag betroffen hatte, war Patrick vor sechs Jahren ein Dorn im Auge gewesen, aber er war anschließend davon ausgegangen, dass Peter verstanden hatte, dass er sich aus seiner Ehe herauszuhalten hatte.

„Weißt du denn nicht mehr, was vor sechs Jahren passiert ist? Willst du den gleichen Fehler ein weiteres Mal machen?“

Sehr heftig schnaubte Patrick auf und wollte ungläubig wissen: „Ausgerechnet du willst mir erzählen, was vor sechs Jahren passiert ist?“

„Erinnere dich doch ...“

„Ich erinnere mich lediglich daran, dass ich dir klipp und klar gesagt hatte, dass du dich aus meiner Ehe heraushalten sollst!“

Peter setzte eine verwirrte Miene auf. „Das habe ich auch getan.“

„Ach! Und warum erzählt mir meine Frau, dass du ihr berichtet hättest, dass meine Geschäftspartner sich von mir abwenden könnten, weil sie mich nicht mehr für zurechnungsfähig hielten, nachdem ich Amy geheiratet hatte? Und wieso hast du ihr gesagt, dass ich angeblich Probleme ihretwegen mit dem Aufsichtsrat hatte? Oder dass ein wichtiger Deal geplatzt sei, weil ich bei ihr in Rom war?“

In den ersten Momenten antwortete Peter nicht, bevor er geradezu abfällig die Nase rümpfte. „Willst du mir etwa sagen, dass deine Frau dich verlassen hat, weil ich ein paar Geschichten ausgeschmückt habe? Ich bitte dich, Patrick! Amy ist damals aus einem anderen Grund gegangen, aber nicht wegen meiner Notlügen.“

„Notlügen?“ Beinahe wären Patrick die Augen aus den Höhlen getreten. „Spinnst du jetzt total? Du hast meiner Frau ein schlechtes Gewissen eingejagt und sie so sehr verunsichert, dass sie dachte, sie würde mir einen Gefallen tun, wenn sie einfach verschwände.“

Peter seufzte schwer. „Mein Gott! Ich hatte doch nicht angenommen, dass sie deshalb gleich abhauen würde.“

„Und warum hast du ihr dann diese Geschichten erzählt?“ Wütend ballte Patrick seine Hände zu Fäusten.

„Weil ich nicht zulassen konnte, dass du deine Firma genauso vor die Wand fahren würdest wie mein Vater! Mein Job stand schließlich auch auf dem Spiel, falls du es vergessen haben solltest.“

Fassungslos schüttelte Patrick den Kopf. „Wie bitte?“

Triumphierend nickte Peter. „Hast du nicht gesehen, was passiert ist? Kaum hattest du sie kennengelernt, bliebst du drei Wochen in Italien und hast das Hanson-Projekt verloren. Wenn das so weitergegangen wäre, dann ...“

„Aber das hattest nicht du zu entscheiden!“

„Du konntest ja anscheinend nichts mehr entscheiden. Ich denke nur an den Ehevertrag, den du nicht unterschreiben wolltest. Das war geradezu fahrlässig! Wenn unsere Kunden oder Partner erfahren hätten, wie naiv du dich bei deiner eigenen Heirat angestellt hattest, wären sie schreiend davongelaufen."

„Du übertreibst nicht nur, sondern redest einen Haufen Scheiß", spie Patrick verächtlich hervor. „Niemand hat sich für meine Ehe interessiert! Außerdem hat es niemanden etwas anzugehen, wie meine Frau und ich leben. Dich auch nicht!"

„Ich wollte dir doch nur einen Gefallen tun!"

„Einen Gefallen?" Ungläubig schüttelte er den Kopf und ging einen Schritt auf den Schreibtisch zu. „Dank deiner *Notlügen* und diesen Schandmäulern aus meinem Bekanntenkreis war Amy der felsenfesten Überzeugung, dass ich sie nicht mehr in meinem Leben haben wollte! Deshalb ist sie gegangen, und ich habe meine Tochter erst mit fünf Jahren kennengelernt. War das dein Gefallen?"

Anscheinend wusste Peter nicht wirklich, was er hätte antworten sollen, da er lebhaft stotterte. „Verdammt, Patrick, ich ... ich dachte doch nur, dass sie dir mehr Freiraum für deinen Job geben würde! Woher hätte ich denn wissen sollen, dass sie verschwinden könnte?"

Dass Peter auch noch zugab, dass er Amy mit seinen Geschichten absichtlich hatte verunsichern wollen, brachte das Fass zum Überlaufen.

„Was hast du ihr noch erzählt? Woran soll sie noch schuld gewesen sein?"

„Scheiße, Patrick", fluchte Peter. „Das ist jetzt sechs Jahre her, woher soll ich denn noch wissen, was ich ihr damals erzählt habe. Im Grunde war es ja auch harmlos! Sie hat anscheinend aus einer Mücke einen Elefanten gemacht.“

„Nichts davon war harmlos“, wütete Patrick. „Du hast sie vergrault, indem du ihr diese Lügenmärchen eingeflüstert hattest.“

„Verdammt! Dir ist eine Menge Ärger erspart geblieben, denn weißt du, wie wenig Zeit du deiner Arbeit hättest widmen können, wenn ein Säugling im Haus gewesen wäre?“

Sehr leise und sehr bedächtig entgegnete Patrick: „Es wird besser sein, wenn du die Firma verlässt, Peter.“

„Was?“ Sein Freund sprang auf und starrte ihn aufgebracht an. „Was sagst du da?“

„Ich sage, dass du die Firma verlassen solltest, bevor du gefeuert wirst.“

„Das kannst du nicht machen!“

Patrick nickte nachdrücklich. „Und wie ich das kann.“

Peter sagte nichts, sondern starrte ihn sowohl panisch als auch ungläubig an, bevor er mit verächtlicher Stimme drohte: „Damit gehe ich vor Gericht, schließlich habe ich einen Vertrag. Das wird teuer werden, also überleg es dir lieber noch einmal.“

„Das habe ich bereits.“ Patrick drehte sich um und marschierte zur Tür, hinter der vermutlich Peters Sekretärin stand und alles mit anhörte. „Pack deine Sachen! Lieber bezahle ich dir eine fürstliche Abfindung, als dich länger in meiner Firma zu sehen.“

Amy hatte gerade Audrey ins Bett gebracht und anschließend Patricks Schlafzimmer betreten, in dem sie zusammen mit ihm in den vergangenen zwei Nächten geschlafen hatte, als sie auf dem Bett einen Zettel fand.

Meine kleine Schnapsdrossel,
ich warte im Wintergarten auf dich.
Dein Romantiker

Mit einem überraschten Lachen schüttelte sie den Kopf und legte den Zettel zurück auf das Bett, bevor sie innehielt und sich dafür entschied, den Zettel lieber in die Kommode zu legen, damit niemand ihn versehentlich finden und sie womöglich stören würde, da es aussah, als würde Patrick sie mit irgendetwas überraschen wollen.

Beschwingt lief sie durchs Haus und betrat kurz darauf den Wintergarten, der von unzähligen Kerzen erleuchtet war, während es draußen bereits dunkel wurde. Nicht nur der Anblick des romantischen Kerzenscheins ließ sie mitten in der Bewegung verharren, sondern die Tatsache, dass der verglaste Wintergarten über und über mit leeren Leinwänden, Staffeleien, Farbpaletten und all dem weiteren Equipment ausgestattet war, die man für die Malerei brauchte. Der durchdringende Geruch von Terpentin drang ihr in die Nase und weckte alte Erinnerungen in ihr, die sie in den vergangenen Jahren verdrängt hatte. Seit Ewigkeiten hatte sie keinen Pinsel mehr in der Hand gehalten.

Die romantische Szenerie wurde von Patrick ergänzt, der langsam die Arme von hinten um sie schlang und ihr ein Glas Champagner reichte.

„Hallo, mein Schatz. Du hast meinen Zettel gefunden“, erklärte er mit zufriedener Stimme.

„Er war ja auch kaum zu übersehen“, erwiderte Amy leise und nahm ihm das Glas ab, während ihr bei seiner romantischen Geste einerseits ganz warm wurde, aber andererseits nervöse Anspannung in ihr hochstieg, schließlich glaubte sie nicht, jemals wieder malen zu können. Nachdem sie ihn verlassen hatte, war jegliche Leidenschaft für die Malerei in ihr erloschen. Sie hatte keinen einzigen Pinselstrich mehr machen können.

Sein Arm schlang sich fest um ihre Mitte. Gleichzeitig senkte er den Kopf an ihr Ohr und murmelte: „Ich habe über dein Dilemma nachgedacht und bin zu einer Lösung gekommen.“

„Aha“, entgegnete sie neugierig und legte eine Hand auf seinen Unterarm, der sie an seine breite Brust zog. „Und wie sieht diese Lösung aus?“

„Wir müssen einfach etwas finden, das in dir wieder die Lust am Malen weckt. Denn sosehr ich es genieße, dich und deine Bilder ganz für mich allein zu haben, möchte ich irgendwann neben dir auf deiner Ausstellung stehen und damit angeben, wie großartig und talentiert meine Frau ist.“

Seine Worte schnürten ihr die Kehle zu und trieben ihr die Tränen in die Augen. „Patrick“, flüsterte sie gebrochen.

Zärtlich küsste er sie auf die Schläfe und raunte anschließend: „Meine erste Idee war es, mit dir nach Rom zu fliegen, aber dann wurde mir klar, dass wir gar nicht so weit wegfliegen müssen. Die Lösung lag sozusagen auf der Hand."

Verwirrt legte sie den Kopf zur Seite und schaute zu ihm hoch. „Ich bin ganz Ohr."

Sein Grinsen stellte merkwürdige Dinge mit ihrem Herzen und mit ihrem Magen gleichzeitig an, wie Amy fasziniert bemerkte.

Er stieß mit seinem Champagnerglas gegen ihres und trank einen Schluck. Amy konnte nicht anders, als an dem prickelnden Getränk zu nippen und zu beobachten, wie er einen Schritt von ihr wegtrat und ihr sein Glas reichte. Gespannt nahm sie es in ihre andere Hand und stand dort wie festgewurzelt, als er vor ihren Augen aus seinen Klamotten schlüpfte und nur wenige Sekunden später splitterfasernackt war.

„Patrick", rief sie unter perlendem Gelächter. „Was ... was tust du da?"

„Ich stehe dir Modell, mein Schatz." Wie selbstverständlich breitete er die Arme aus und präsentierte ihr geradezu schamlos seinen nackten Körper.

„Aber ..."

„Wir müssen deine Lust und deine Leidenschaft wecken, damit du dich wieder an deine Staffelei traust. Was wäre da naheliegender, als mich nackt zu malen?"

Entzückt, belustigt und zärtlich zugleich musterte sie ihn und ließ ihre Augen über seinen herrlichen Körper wandern, bevor sie ihm ins Gesicht sah. „Du willst meine Leidenschaft fürs Malen wecken, indem du dich als Modell zur Verfügung stellst? Das klingt sehr ... äh ... selbstbewusst, oder?"

„Selbstbewusst?" Er hob eine schwarze Augenbraue. „Ich hätte eher *selbstherrlich* gesagt, aber solange es dir hilft, bin ich auch gerne nur selbstbewusst."

Kichernd stellte sie die beiden Gläser beiseite und fühlte, wie überschäumendes Glück in ihr hochsprudelte. „Was würde denn passieren, wenn ich dich male und dieses Bild plötzlich in aller Welt ausgestellt würde?"

„Dann", antwortete er mit einem breiten Grinsen, „würde man nicht nur mich beneiden, dass ich eine derart talentierte Frau habe, sondern die Frauen würden alle gerne mit dir tauschen, weil dein Mann dermaßen gut ausgestattet ist."

Amy konnte nicht anders, als in prustendes Gelächter auszubrechen und sich in seine Arme fallen zu lassen. Sie schmiegte sich hemmungslos an seinen nackten Körper und schlang ihm die Arme um den Hals, um gleich darauf mit ihren Fingern durch sein Nackenhaar zu fahren. Ihr war es egal, dass sich ihr Herz in ihren Augen widerspiegelte, denn auch in seinem Blick sah sie nichts anderes als heiße Liebe.

„Hey", beschwerte er sich gespielt empört. „Die Künstlerin darf das Nacktmodell nicht sexuell belästigen. Jedenfalls nicht vor Fertigstellung ihres Bildes."

„Können wir nicht eine kleine Ausnahme machen?", fragte sie mit einem übertriebenen Winseln. „Nur dieses eine Mal?"

Nachdenklich rümpfte er die Nase, schaute streng in ihre Augen und seufzte anschließend. „Meinetwegen! Dafür erwartet das Nacktmodell später jedoch ein Meisterwerk."

„Versprochen", beteuerte Amy und ließ sich gleich darauf von ihm ausziehen.

Epilog

Stolz stand Patrick neben seiner Frau und betrachtete sie von der Seite.

Ihre Nervosität war nicht zu übersehen, was er ziemlich lustig fand, denn seiner Meinung nach musste sie überhaupt nicht nervös sein, schließlich waren ihre Bilder bislang von jedem Betrachter gelobt worden. Lächelnd legte er einen Arm um sie und konnte nicht anders, als fast vor Stolz zu platzen, als seine Augen über das Gemälde glitten, vor dem sie standen und das in den vergangenen Monaten entstanden war. Wie es schien, hatte Amy endlich zu ihrem eigenen Stil gefunden, der eine Mischung aus dem farbenfrohen Impressionismus des späten neunzehnten Jahrhunderts, den geometrischen Formen des Frühkubismus und einer Pastelltechnik, die an die weichen Linien von Chagall erinnerte, war. Mittlerweile hatte Patrick das Gefühl, zu einem Kunstexperten zu mutieren, da daheim kaum noch ein anderes Thema herrschte.

Vor allem in den vergangenen Wochen hatte es kein anderes Thema als diese Ausstellung gegeben, für die er eine geplante Chinareise abgesagt und sich freigenommen hatte, um bei seiner Frau zu sein. Obwohl sie in einer vergleichsweise kleinen Galerie in Stamford ausstellte, hätte er nicht glücklicher oder stolzer sein können. Wenn Amy es ihm erlaubt hätte, hätte er dafür gesorgt, dass ihre Bilder in der größten Galerie Manhattans gezeigt würden, aber sie wollte es allein schaffen, ohne dass er seine Beziehungen spielen ließ. Das respektierte er und würde es sowieso nicht wagen, sich mit ihr darüber zu streiten.

So verrückt war nicht einmal er!

Mit schwangeren Frauen stritt man sich nicht. Vor allem dann nicht, wenn sie wie ein Kürbis aussahen, obwohl sie erst im sechsten Monat waren.

Seine glänzenden Augen huschten weg von dem Gemälde und saugten sich an der prallen Kugel fest, die sie unter einem bunt gemusterten Umstandskleid versteckte. Obwohl sie erst gestern im Scherz gejammert hatte, dass seine Söhne ihr das Leben schwer machten und sie von der Arbeit abhielten, weil sie mit ihrem Bauch kaum noch an die Leinwand herankam, wusste Patrick, dass er nicht der Einzige war, der es kaum erwarten konnte, die beiden Prachtkerle in der Familie willkommen zu heißen.

Der Ausdruck *Prachtkerle* stammte nicht von ihm, sondern von Amys Ärztin, die bei der letzten Ultraschalluntersuchung erklärt hatte, dass die Babys bereits jetzt ein für Zwillinge stattliches Gewicht hatten und sich nicht prächtiger hätten entwickeln können. Ein Vater hörte dies besonders gerne, während die werdende Mutter zu bedenken gegeben hatte, dass sie bereits jetzt aussah, als hätte sie zwei Brathühner verschluckt.

Das mochte zwar stimmen, aber für Patrick war sie vor allem eins: seine wunderschöne, talentierte Frau, die ihm bald zwei weitere Kinder schenken würde, von denen er hoffte, dass sie nur halb so großartig wie Audrey wurden. Bei dem Gedanken an Audrey wurde ihm augenblicklich warm ums Herz, denn die Kleine besaß nicht nur einen bestrickenden Charme, mit dem sie ihm vor einigen Tagen abgeschwatzt hatte, mit ihr zum Ponyreiten zu gehen, obwohl er eigentlich eine Vorstandssitzung hatte vorbereiten müssen, sondern auch einen derart klugen Kopf, dass er gerne behauptete, das käme von ihm. Bei solchen Gelegenheiten ignorierte er gerne Amys Augenverdrehen oder das Schnauben seiner Mom. Dass Audrey ihre Operation dermaßen gut überstanden hatte und nun fast ohne Einschränkungen ein glückliches Leben führen konnte, war das größte Geschenk, das er jemals erhalten hatte.

Sein anderes Geschenk schmiegte gerade seinen Hinterkopf gegen seine Schulter. „Wie findest du es?"

„Ich liebe es", entgegnete er sofort.

„Das sagst du von jedem meiner Bilder, Patrick", schalt sie ihn belustigt.

Er nickte. „Weil ich jedes deiner Bilder liebe, Amy."

„Hab ich ein Glück", antwortete sie fröhlich.

„Das finde ich auch." Patrick legte eine Hand auf seinen Bauch und hörte mit einem Ohr zu, wie seine Mutter wenige Meter entfernt einem Besucher von ihrer Schwiegertochter, *der talentierten Künstlerin*, erzählte. Amüsiert drehte er den Kopf zur Seite und entdeckte seine strahlende Mom nebst Barbara bei einem älteren Herren stehen, der interessiert eines von Amys Bildern musterte. Seine Schwester fing seinen Blick auf und verdrehte kurz die Augen, was er gut nachvollziehen konnte. Dass Barbara heute hier war, um Amy zu unterstützen, machte ihn froh, weil es hieß, dass sie endlich damit begann, seine Frau wieder in der Familie willkommen zu heißen.

„Mom gibt wieder mit dir an", flüsterte er lachend an Amys Ohr. „Wie es aussieht, steht sie kurz davor, eines deiner Bilder an den Mann zu bringen."

„Oha!"

Beinahe versagte ihm die Stimme, als er raunte: „Sag nicht, ich hätte dich nicht gewarnt, Liebling. Ich wusste von Anfang an, dass du einmal mit deinen Bildern berühmt würdest.“

Sie drehte sich um und schaute ihm vergnügt in die Augen. „Und wann wusstest du, dass du mich liebst?“

„Das ging sehr schnell“, murmelte er liebevoll und strich ihr eine blonde Locke hinter das Ohr. „Als wir uns zum ersten Mal küssten, war es um mich geschehen. Da wusste ich, dass ich nie wieder von dir loskäme.“

Zufrieden seufzte sie und legte eine Hand auf seine Brust. „So schnell?“

Patrick nickte. „Nur ein Kuss, mein Schatz. Nur ein Kuss.“

Danksagung

Die Geschichte um die Familie Ashcroft aus Connecticut, die mit Amy und Patrick ihren Anfang genommen hat, ruhte seit acht Jahren auf meiner Festplatte und war mein erster Ausflug in die Welt der modernen Liebesromane, da ich vorher lediglich historische Romane geschrieben hatte.
Nachdem ich bereits Bücher über Footballspieler, Feuerwehrmänner und Hinterwäldler veröffentlicht habe, hielt ich es für an der Zeit, auch die Ashcrofts auf die Welt loszulassen.
Dabei wurde ich tatkräftig durch die wunderbare Sybille unterstützt, die jeden meiner kleinen und großen Fehler ausbügelt und nicht müde wird, meine chaotische Arbeitsweise zu tolerieren.
Für das großartige Cover, in das ich mich Hals über Kopf verliebt habe, als ich es zum ersten Mal sah, ist die talentierte Catrin verantwortlich, die ebenfalls im größten Chaos die Ruhe bewahrt.
Danken möchte ich auch Natascha, Mandy, Catharina, Juliane und Conny, die dieses Buch vorabgelesen und mir jegliche Nervosität genommen haben, indem sie mir mitten in der Nacht schrieben und nach weiteren Kapiteln baten.
Danke, Mädels, ihr wisst, was mir das bedeutet!

Falls Ihnen, liebe Leserinnen und Leser, „Nur ein Kuss“ gefallen hat, freut es Sie vielleicht, dass im Herbst 2015 der zweite Band mit dem Titel „Nur ein Augenblick“ erscheinen wird.

Weitere Romane von Poppy J. Anderson

New York Titans-Reihe:

1) Verliebt in der Nachspielzeit
2) Touchdown fürs Glück
3) Make Love und spiel Football
4) Verbotene Küsse in der Halbzeit
5) Knallharte Schale – zuckersüßer Kerl
6) Kein Mann für die Ersatzbank
7) Unverhofft verliebt
8) Auszeit für die Liebe
9) Hände weg vom Quarterback
10) Küss mich, du Vollidiot
11) Cheerleader küsst man nicht

Hailsboro-Reihe:

1) Beim zweiten Mal küsst es sich besser
2) Nachträglich ins Glück
3) Ein Hinterwäldler zum Verlieben
4) Hals über Kuss

Fitzpatrick-Reihe:

1) Brandheiße Küsse
2) Draufgängerische Küsse
3) Chaotische Küsse (erscheint am 5. Juni 2015)

Impressum

Poppy J. Anderson
c/o copywrite Literaturagentur
Georg Simader
Woogstr. 43
60431 Frankfurt

Es werden grundsätzlich keine Pakete angenommen!

6600172R00250

Printed in Germany
by Amazon Distribution
GmbH, Leipzig